Luca D'Andrea wurde 1979 in Bozen geboren, wo er heute noch lebt. Er stieg mit seinem ersten Thriller sofort in die Riege der internationalen Top-Autoren auf. *Der Tod so kalt* erschien in rund vierzig Ländern und stand in Deutschland monatelang in den Top Ten der SPIEGEL-Bestsellerliste. Mit *Das Böse, es bleibt* hat Luca D'Andrea seinen zweiten großen Südtirol-Thriller geschrieben.

Luca D'Andrea in der Presse:

»Luca D'Andrea bedient sich nicht nur geschickt der klassischen Thriller-Elemente, sondern wechselt beständig die Perspektiven, erzählt unnachahmlich dicht. Virtuos in seiner Beiläufigkeit …«
Süddeutsche Zeitung

»Eine ziemlich abgefahrene Story, bei der man wahrhaftig Gänsehaut kriegen kann.« *Freundin*

»Der Roman hat Tempo und entfaltet mit seinen ständigen Perspektivwechseln eine große Sogkraft. Wer Gruselspannung im Stile Stephen Kings mag, der ist hier richtig.« *hr2 Kultur*

»D'Andreas Thema ist die gewaltige Natur, die Unberechenbarkeit des Wetters, das karge Leben weitab der Zivilisation. … Ein Bergdrama, das es in sich hat.« *Der Standard*

Außerdem von Luca D'Andrea lieferbar:

Der Tod so kalt

Luca D'Andrea

Das Böse, es bleibt

Thriller

Aus dem Italienischen
von Susanne Van Volxem
und Olaf Roth

PENGUIN VERLAG

Die italienische Originalausgabe erschien 2017 unter dem Titel
Lissy bei Giulio Einaudi Editore s.p.a., Turin, Italien.

MIX
Papier aus verantwortungsvollen Quellen
FSC® C014496

Verlagsgruppe Random House FSC® N001967

PENGUIN VERLAG

1. Auflage 2019

Umschlag: Bürosüd nach einem Entwurf von
Designbüro Lübbeke, Naumann, Thoben
Umschlagmotiv: franckreporter/E+/Getty Images; © Erni/Fotolia.com
Druck und Bindung: GGP Media GmbH, Pößneck
Printed in Germany
ISBN 978-3-328-10426-1
www.penguin-verlag.de

Dieses Buch ist auch als E-Book erhältlich.

1.

»Süße Lissy, kleine Lissy.«

2.

Zweimal Klopfen und die Worte *»Knusper, knusper, knäuschen, wer knuspert an meinem Häuschen?«*

Marlene, zweiundzwanzig Jahre alt, gut einen Meter sechzig groß, melancholische blaue Augen, ein Leberfleck über den geschwungenen Lippen, zweifellos hübsch und zweifellos in Panik, betrachtete in dem metallenen Gehäuse des Tresors ihr Spiegelbild und schalt sich eine dumme Gans.

Metall, nicht Lebkuchen. Und keine Hexe weit und breit. Das ist die Angst, sagte sie sich, weiter nichts.

Sie ließ die Schultern sinken, hielt die Luft an, wie ihr Vater immer, bevor er den Abzug des Gewehrs betätigte, atmete aus und versuchte sich zu konzentrieren.

Hexen gab es nicht. Und Märchen waren reine Lügengeschichten.

Nur das Leben zählte, und Marlene war dabei, ihr Leben für immer zu ändern.

Die Zahlenkombination war leicht zu merken. Eins. Drei. Zwei. Dann eine Vier. Eine Drehung mit dem Handgelenk und noch eine Vier. Geschafft. So einfach, dass Marlenes Hände sich von ganz alleine bewegten. Sie drückte die stählerne Klinke nieder und biss die Zähne zusammen.

Ein Schatz.

Bündel von Geldscheinen, aufgestapelt wie Brennholz für die Stube. Eine Pistole, eine Schachtel Munition und ein Beutel aus Samt. Unter der Schachtel lugte eine Kladde hervor, die hundertmal mehr wert war als das ganze Geld.

An ihren knittrigen Seiten klebte Blut, und es versteckten sich dort auch ein paar lebenslange Haftstrafen: eine unendlich lange Liste mit Namen von Gläubigern und Schuldnern, Freunden und Freunden von Freunden, alles notiert in der winzigen, nach links geneigten Handschrift von Herrn Wegener.

Marlene verschwendete keinen zweiten Blick darauf. Die Pistole, die Munition und die Geldscheine interessierten sie nicht. Der Samtbeutel hingegen ließ ihre Hände feucht werden. Sie kannte seinen Inhalt, sie kannte seine Macht, und sie hatte Angst davor.

Das war kein simpler Diebstahl, was sie da tat. Nennen wir die Dinge beim Namen.

Das, was die junge Frau, der das Herz bis zum Halse schlug, da gerade tat, nannte sich »Verrat«.

Marlene Taufer, verheiratete Wegener, rechtmäßige Ehefrau von Robert Wegener. Dem Mann, vor dem sie alle den Hut zogen: zweiundvierzig Jahre alt und eine Karriere, die aus Schutzgelderpressung, Hehlerei, Betrug und Mord bestand.

Mit einem Mann wie ihm scherzte man nicht. Niemand wagte es, ihn beim Vornamen zu nennen. Für alle war Robert Wegener nur *Herr* Wegener.

Auch für sie. Marlene. Seine Frau.

Los, mach schon.

Die Zeit läuft.

Doch vielleicht lag es genau an dem Voranschreiten des Zeigers auf dem Zifferblatt, an der Zeitspanne zwischen dem *Tick* und dem *Tack*, dass für Marlene, als sie den Samtbeutel öffnete, das Märchen erneut über die Realität siegte und sie in die tiefblauen, grausamen Augen von winzigen, spitzgesichtigen Kreaturen blickte.

Kobolde.

Sie fand es fast schon *normal.* Kobolde liebten Metall, die Kälte und den Tod. Tresor, Pistole, Geld und Kladde.

Ein perfektes Nest.

Kobolde reagierten aggressiv, wenn sie gestört wurden. Sie nahmen dem Raum sein ganzes Licht, saugten es auf mit ihren grausamen Äuglein und verwandelten es in einen derart geballten wilden Hass, dass Marlene beinah der Beutel aus der Hand gefallen wäre.

Sie kehrte in die Gegenwart zurück. Zu dem offenen Tresor. Zu dem Haus an der Passer.

Also zur Wirklichkeit.

Der Samtbeutel war gefüllt mit Saphiren. Zusammengepresster Kohlenstoff, der durch eine Laune der Natur dunkelblau funkelte. Das ganze oder fast das ganze Glück von Herrn Wegener hatte Platz in einer Hand. Von wegen Hexen oder Kobolde.

Es gab keine Hexen, redete Marlene sich gut zu. Und

auch keine Kobolde. Diese Edelsteine hingegen waren nicht nur real, sondern auch der Schlüssel zu ihrem neuen Leben. Vorausgesetzt, sie würde nicht weiter ihre Zeit vertrödeln und endlich die Flucht ergreifen.

Ohne länger an Märchen und an die möglichen Konsequenzen zu denken, die sie gerade heraufbeschworen hatte, schnürte Marlene den Samtbeutel zu, steckte ihn in die Innentasche ihrer Daunenjacke, verschloss den Tresor, hängte das Bild wieder davor, streckte den Rücken, schob sich eine vorwitzige Haarsträhne aus der Stirn und verließ das Schlafzimmer.

Sie lief über den Flur, die kleine Treppe hinunter, durch das Wohnzimmer, den Vorraum mit seinen zahlreichen Spiegeln, die Außentreppe hinab. Die Nacht empfing sie mit einem leichten Nordwind.

Ohne stehen zu bleiben, eilte sie zu ihrem grauen Fiat 130, ließ den Motor an und fuhr los.

Die Stadt verschwand im Rückspiegel. Straßenlaternen glitten vorüber. Der goldene Ehering wurde achtlos aus dem Fenster geworfen. Die verschlafene Stadt. Der Gebrauchtwagenhändler.

Ein kurzer Zwischenhalt, und dank eines prall mit Geldscheinen gefüllten Briefumschlags wurde aus dem Fiat 130 ein cremefarbener Mercedes W114 mit unverdächtigem Nummernschild, korrekten Papieren, nagelneuen Reifen und vollem Tank.

Kein Dank. Kein Gruß.

Weiter gen Westen.

Abgesehen von den ersten Schneeflocken verlief alles nach Plan.

Jedenfalls bis zu dem Kontrollposten ein paar Kilometer vor Mals. Verdammter Mist.

Am Ende einer Folge von Serpentinen, die sie noch vor sich hatte, sah Marlene einen unbeleuchteten Mannschaftswagen mit ausgeschalteten Scheinwerfern und ein paar halb erfrorenen Carabinieri stehen. Vielleicht waren sie auch einfach sterbensmüde. Oder warteten auf irgendetwas oder irgendjemanden.

Herr Wegener hatte seine Augen und Ohren überall. Auch unter den Uniformierten.

Und jetzt: dem Schicksal ins Auge sehen oder umdrehen?

Wären da nicht ihre Angst und ihr Verfolgungswahn gewesen, hätte Marlene vielleicht versucht, ihren Plan trotz der unvorhergesehenen Ereignisse durchzuziehen. Doch Angst, Verfolgungswahn und die immer dichter fallenden Schneeflocken ließen sie auf die Bremse treten, umkehren und dieselbe Strecke zurückfahren. Sie bog in die erstbeste Nebenstraße ein. Und löste eine neue Kette von Ereignissen aus.

Die Nebenstraße führte zu einer weiteren, die noch enger und gewundener war und ein verschlafenes Dorf durchquerte. Dann kam eine Kreuzung (nach links oder rechts abbiegen? Kopf oder Zahl?), und weiter ging es geradeaus, während der Schnee sich in dicken Schichten auf die Fahrbahn legte. Als das Auto ins Schlingern geriet, beschloss das Mädchen mit dem Leberfleck über den geschwungenen Lippen, auf jeden Fall weiterzufahren, den Blick abwechselnd auf die ansteigende Straße und die Landkarte auf dem Beifahrersitz gerichtet. Natürlich war ausgerechnet diese Straße nicht verzeichnet (diese elenden Kartografen mit ihren permanenten Fehlern).

Nein, das stimmte so nicht.

Die Karte war vielleicht unpräzise, wie im Übrigen alle Landkarten, aber falsch? Es war das Jahr 1974, und 1974 hatte der Mensch bereits seine Fußspuren im Mondstaub hinterlassen: Es konnte gar nicht sein, dass eine Landkarte falsch war. Marlene hätte nur an den Straßenrand fahren, die Handbremse anziehen, die Innenbeleuchtung einschalten, ein paar tiefe Atemzüge nehmen und noch einmal genauer schauen müssen. Die Dinge hätten sich anders entwickelt.

Aber Marlene hielt nicht an.

Sie hatte nicht nur Angst, sie konnte auch nicht fassen, dass sie sich tatsächlich verfahren haben sollte.

Gib Gas, aber *sachte*, sagte sie sich, und fahr weiter. Früher oder später wird die Straße irgendwohin führen. Zu einem Dorf, einer Berghütte, einem Rastplatz. Sie hätte sich sogar mit einer Parkbucht zufriedengegeben, die groß genug war, um zu wenden, zurückzufahren und es mit dem Kontrollposten aufzunehmen: Hauptsache, sie würde diese neue, unerbittliche Folge von Ereignissen unterbrechen und die Kontrolle über das eigene Schicksal wiedererlangen.

Doch nein.

Vielleicht war es der Schnee, vielleicht die Tatsache, dass sie den Blick nicht von der Karte abwenden konnte, jedenfalls merkte Marlene plötzlich, dass der Mercedes die Bodenhaftung verlor, ruckartig nach links ausscherte, sich einmal um die eigene Achse drehte und zu *fliegen* begann.

Es war schrecklich.

Scheinwerferlicht durchschnitt die Dunkelheit. Graue wirbelnde Schneemassen. Ein gähnender Abgrund.

Baumstämme, die einfach nicht weichen wollten und bis ins kleinste Detail zu erkennen waren.

Der Aufprall.

Mit voller Wucht.

Wimmern, das vom Scheppern des Blechs übertönt wurde. Höllisches Kreischen, das diesmal wirklich an das Quietschen der Hexenhaustür erinnerte.

Marlene flehte lauthals zu Gott.

Und während der namenlose schwarze Berg sich über ihr erhob, verwandelte sich ihr Schrei in ein Röcheln. Die Liebe war das Letzte, was sie beschwor. Die Liebe, die sie dazu gebracht hatte, den gefährlichsten Mann zu verraten, den sie je gekannt hatte. Die Liebe, die einen Namen hatte.

»Klaus.«

Marlenes letztes Wort vor der Dunkelheit.

3.

Bald würde die Dämmerung hereinbrechen.

Hätte die Uhr es nicht angezeigt, man hätte es nicht für möglich gehalten.

Das Schneetreiben hatte sich in einen Schneesturm verwandelt. Nicht eine Spur von Licht da draußen, nur weißer Dunst.

Aber auch im Zimmer war es nicht gerade hell. Der

Kristallleuchter warf lediglich einen unförmigen Lichtfleck auf den Fußboden.

Wenn man zu lange darauf starrte, konnte man schnell auf dumme Gedanken kommen. Sowohl der Mann als auch die Frau wandten den Blick ab. Es sah zu sehr nach einem Blutfleck aus. Bis auf das Ticken der Standuhr und ihre Atemzüge war es vollkommen still.

Die Frau saß in einem Sessel, die Beine zusammen gepresst, die Hände im Schoß. Reglos wie ein Zinnsoldat. Die angespannten Gesichtszüge ließen sie zehn Jahre älter aussehen. Sie trug eine Art Uniform. Knielanger Rock, helle Schürze, das Haar zu einem Zopf geflochten.

Wäre ihr Gesichtsausdruck nicht so finster (oder erschrocken?) gewesen, hätte man sie als schön bezeichnen können.

Sie hieß Helene und war seit über fünf Jahren Hausdame in der Villa an der Passer. Schon mindestens doppelt so lange kaute sie nicht mehr an den Fingernägeln.

Dies war eine der ersten Lektionen in der Hauswirtschaftsschule in Brixen gewesen, in der sie ihre Ausbildung gemacht hatte.

Die Hände einer Hausdame, hatte der Lehrer erklärt, seien ihre Visitenkarte. Sie hatten stets sauber und gepflegt zu sein.

Am Anfang war ihr der Verzicht aufs Nägelkauen fast so schwer gefallen wie anderen Leuten der aufs Rauchen, aber allmählich hatte sie sich daran gewöhnt. Jahrelang wäre sie nicht im Traum auf die Idee gekommen, sich wieder ihrem alten Laster hinzugeben. Bis das mit den Schreien angefangen hatte.

Was war das für ein Mensch, der solche Schreie aussto-ßen konnte?

Es hatte nicht lange gedauert, bis sie rückfällig wurde. Sie knabberte und nagte, und wenn ihre Zähne ans Fleisch stießen, ließ Helene die Hände ärgerlich zurück in den Schoß fallen, wo sie stattdessen ihre Schürze kneteten.

Nach einer Weile fing alles von vorne an.

Hände. Mund. Nägel. Zähne. Ein kurzer Schmerz.

Schürze.

Und dann wieder von vorne.

Helene hatte nur einen einzigen Blick mit dem Mann gewechselt, der am großen, ungenutzten Kamin lehnte. Der Blick sagte mehr als alle Worte.

Der Mann hieß Moritz. Er war knapp über dreißig, die Ringe unter seinen Augen sahen aus wie Veilchen. Unter der dunklen Anzugjacke trug er ein Holster mit einer Automatikpistole.

Normalerweise stand ihm der Anzug ausgezeichnet. Er hatte ein Vermögen dafür ausgegeben, aber es hatte sich gelohnt. Das sagte er sich jeden Morgen vor dem Spiegel, wenn er sich die Krawatte umband oder seiner Brillantinefrisur den letzten Schliff gab, und auch die Blicke der Frauen auf der Straße bezeugten es.

An diesem dunklen Morgen hingegen kam sich Moritz, Anzug hin oder her, wie eine Vogelscheuche vor. Unbeholfen, linkisch und mit weichen Knien. Denn als sein Blick sich mit dem von Helene kreuzte, las Moritz etwas darin, das ihn zutiefst erschreckte. Er hatte diesen Blick schon häufig gesehen, seit er zu Herrn Wegeners Entourage gehörte.

Es war der Blick eines Opfers.

Und das war nicht gut.

Das war nicht gut, weil Moritz ein einfacher Mann war, der die Dinge mit einem Münzwurf für sich entschied. Opfer oder Henker?

Mit seinen auf einen Meter neunzig verteilten neunzig Kilo und seinem natürlichen Hang zur Gewalt hatte Moritz noch nie die Angst eines Opfers verspürt. Bis zu dem Moment, als er sich in Helenes Augen gespiegelt sah und sich gefragt hatte, was das für ein Mensch sein musste, der solche Schreie ausstieß. Und wie lange er das noch tun würde, bis er komplett durchdrehte. Und auch: Was wird aus uns?

Aus dem Grund hatte er aufgehört, die Hausdame anzusehen. Oder die Schatten auf dem Fußboden.

Viel zu viele Fragen. Moritz hasste Fragen. Denn Fragen konnte man nicht das Nasenbein brechen. Fragen konnte man keine Kugel ins Herz schießen (und zur Sicherheit noch eine in den Kopf), um sie für immer zum Schweigen zu bringen.

Ruhe.

Das war es, was Moritz sich wünschte.

Die Schreie Schreie sein lassen und für ein paar Minuten verschwinden. Lange genug, um die dummen Gedanken zu verscheuchen. Eine Zigarette im Garten. Oder ein Glas Brandy.

Aber Befehl war Befehl. Für jemanden wie Moritz waren Befehle etwas Gutes und Richtiges. Sie radierten die Fragezeichen aus. Sie markierten die Grenze zwischen dem, was man tun durfte, und dem, was verboten war.

Befehle zogen eine gerade Linie, ganz einfach, und er war ein einfacher Mann. Außerdem machten sie alles Verbotene viel aufregender.

Und genau deshalb war er, um ehrlich zu sein, in Schwierigkeiten geraten.

Also blieb Moritz regungslos und in seinen dunklen Anzug gezwängt neben dem kalten Kamin stehen. Um den Schreien zu lauschen und das Gewicht der Automatikpistole zu spüren, das ihn nach unten zog. Hin zu dem unförmigen Fleck auf dem Fußboden.

Helene indessen hatte eine komplexere Sicht auf die Welt. Für sie gab es nicht nur Schwarz oder Weiß. Gehorsam und Ungehorsam, Opfer und Henker. Für sie gab es ein ganzes Meer an Grautönen, auf dem man segeln konnte. Es gehörte nicht viel dazu, einen Befehl in einen Ratschlag zu verwandeln, und Ratschläge waren keine Fußangeln, sie boten immer einen Ausweg. Ihre Pflichten zum Beispiel bezogen sich auf die Villa.

Nicht auf ihren Arbeitgeber.

Villa und Arbeitgeber waren zwei verschiedene Dinge.

Das war eine Möglichkeit für einen Ausweg.

Als sie genug von den Schreien hatte, stand Helene abrupt auf und verließ den Raum.

Geräuschlos wie ein Geist.

4.

Morgendämmerung.

Er sah sie nicht, aber er spürte sie. Das war bei ihm einfach so, er verließ sich immer auf sein Bauchgefühl. Vor den Fenstern, die auf den Garten hinausgingen, waren die Rollläden heruntergelassen. Nur eine Lampe mit zerbrochenem Schirm erleuchtete das verwüstete Zimmer. Offene Schranktüren, herausgezogene Schubladen, zerrissene Decken und Kleidungsstücke, Unmengen an Papieren, Schmuck, Gemälde, Bücher (außer einem) auf dem Fußboden, unschuldige Opfer seines Furors.

Mitten im Schlafzimmer mit den Stuckelementen und den goldgesäumten Vorhängen saß Herr Wegener auf dem zerwühlten Bett und begriff, dass er mit dem Schreien aufhören und klar denken musste, weil sonst alles, was er in seinem Leben erreicht hatte, sich als sinnlos erwiesen hätte.

Seine Selbstbeherrschung war all die Jahre sein größter Stolz gewesen. Dank seiner stählernen Nerven und seines kühlen Kopfs hatte er sich etwas erschaffen, das er insgeheim »sein Reich« nannte. Ein Reich von einer Bedeutung, dass die Leute eines Tages – so der Plan – nicht mehr nur den Hut vor ihm ziehen, sondern bei seinem Anblick *auf die Knie* fallen würden.

An diesem eiskalten Morgen war es mit seiner Selbstbeherrschung jedoch vorbei.

Herr Wegener wollte einfach nicht glauben, was seine eisernen Nerven und sein kühler Kopf ihm weismachen wollten. Und dafür gab es nur eine Erklärung: Marlene.

Unmöglich. Marlene würde ihn niemals verraten. Marlene war seine Ehefrau. Marlene war die Frau, die er liebte. Vor allem: Marlene war eine *Frau*, und es war noch nie vorgekommen, dass eine Frau einen Mann wie ihn dermaßen aufs Kreuz gelegt hatte. Oder vielleicht doch, vielleicht gab es irgendwo auf der Welt Frauen, die den Mut hatten, so viel zu wagen, aber Herr Wegener war sicher, dass Marlene nicht zu dieser Kategorie gehörte. Nicht einmal im Traum.

Eiserne Nerven und Kühler Kopf waren freilich anderer Meinung, wie sie ihm wiederholt zu verstehen gaben.

Sie war es, sie war es, sie, sie, sie.

Marlene.

Stählerne Nerven und Kühler Kopf hatten Beweise. Zum Beispiel gab es keine Einbruchspuren in der Villa. Weder an den Türen noch an den Fenstern. Er hatte es eigenhändig überprüft. Keinerlei Spuren von Gewalt. Niemand hatte das Haus ohne Befugnis betreten oder verlassen.

Also: Wer den Diebstahl begangen hatte, kannte sich aus. Besaß einen Schlüssel. Und kannte Tagesabläufe und Gewohnheiten seiner Bewohner.

Noch ein Beweis zulasten der Angeklagten: Tag und Uhrzeit des Diebstahls.

Die Nacht von Freitag auf Samstag. In der Herr Wegener den Lancia Fulvia HF nahm und zusammen mit Georg, seiner rechten Hand, Meran verließ, um zu einer Kneipe nach Eppan zu fahren, wo er sich *jeden Freitagabend* mit seinen Männern traf.

Sie redeten über neue Absatzmärkte, neue Strategien. Über Probleme, die es zu lösen galt. Ihm wurden der neueste Klatsch und Tratsch, die neuesten Gerüchte zugetragen. Brühwarm. Manchmal stellte man ihm auch neue Leute vor, damit er sie begutachten und entscheiden konnte, was er mit ihnen anstellen wollte.

»Willst du eine gut bezahlte Arbeit, Junge?«

»Hast du Eier in der Hose?«

»Dann rede mal mit Herrn Wegener.«

»Er kann dir bestimmt helfen.«

Früher, am Anfang seiner Karriere, hatte Herr Wegener es sogar als erregend empfunden, diesen Männern die Hand zu geben, zu sehen, wie sie sich in seiner Anwesenheit aufplusterten oder wie einfach es war, ihnen mit einem einzigen Wort oder einer hochgezogenen Augenbraue das Rückgrat zu brechen.

Inzwischen war er seiner Lakaien überdrüssig. Inzwischen widerten sie ihn an.

Aber diese Farce gehörte zu seinen Pflichten. Seine Männer waren größtenteils primitive Leute. Bullig und schlecht rasiert. Mit Jackett und Krawatte sahen sie aus wie Bauern, die sich für den Kirchgang fein gemacht hatten. Viele von ihnen waren auch Bauern oder waren es früher einmal gewesen. Sie sprachen einen Dialekt, von dem er Zahnschmerzen bekam, fraßen mit offenem Mund und konnten grölend ganze Bierfässer leeren und literweise Schnaps trinken. Und er mit ihnen.

Er musste es tun.

Er musste diesen harten, ordinären *Dialokt* sprechen, er musste sie alle unter den Tisch trinken, nur dann glaubten diese von Natur aus misstrauischen Männer, dass Herr Wegener trotz Jackett und Krawatte, trotz Lancia Fulvia und Leibwächter an der Tür, trotz Zeitungsberichten mit Foto einer war, dem sie vertrauen konnten.

Einer von uns.

So kam Herr Wegener jeden Freitag gegen vier Uhr morgens in übelster Laune nach Hause, mit dickem Kopf und nach billigen Zigaretten und Alkohol stinkend. Ein Gestank, den nicht mal eine heiße Dusche abspülen konnte. Ein Gestank, den er Marlene nicht zumuten wollte, weshalb er diese *einzige* Nacht in der Woche in einem der Gästezimmer und nicht an der Seite seiner Ehefrau schlief. Und tatsächlich: Hätte er an diesem verfluchten Freitag nicht noch die schwarze Kladde aus dem Tresor holen müssen, um sich ein paar neue Namen zu notieren, hätte er Marlenes Verschwinden erst am nächsten Morgen bemerkt.

Somit: keine Einbruchspuren.

Somit: Freitagnacht.

Zwei Indizien genügten nicht? Stählerne Nerven und Kühler Kopf waren bereit, ihm weitere zu präsentieren.

Nehmen wir die Saphire.

Der Dieb (oder die Diebe) hatte(n) fast zwanzig Millionen Lire Bargeld und eine ebenso hohe Summe in ausländischer Währung im Tresor gelassen. Er (oder sie) hatte(n) nur die Saphire gestohlen. Sonst nichts. Doch niemand wusste von den Saphiren. Außer Georg und Marlene.

Georg hatte die ganze Nacht über ihn gewacht, genauso wie er jetzt draußen vor der Tür wartete, eine Zigarette rauchte und nach möglichen Spuren von Einbrechern suchte. Georg stand unter seiner Kontrolle. Herr Wegener wusste, mit wem er Umgang hatte und was er ihm erzählte.

Er konnte Georg von der Liste der Verdächtigen streichen. Wer blieb dann noch übrig?

Marlene natürlich.

Nein, das stimmte nicht, wandte Herr Wegener ein. Es wussten noch mehr davon.

Schwaches Argument.

Klar, auch das Konsortium wusste von den Saphiren. Aber die Männer vom Konsortium hatten kein Motiv für den Diebstahl, denn ausgerechnet ihnen musste Herr Wegener den Samtbeutel übergeben. Warum sollte man sich die Mühe machen, etwas zu stehlen, das einem schon gehörte? Das wäre doch absurd gewesen. Dachte er vielleicht, das Konsortium bestünde aus einem Haufen Vollidioten?

Nein, dachte er natürlich nicht.

Blieb nur Marlene.

Marlene, Marlene, *Marlene*.

Wollte er es immer noch nicht glauben? Gut. Die Indizienkette war noch nicht komplett. Es gab noch mehr Hinweise.

Das Auto.

Der graue Fiat 130 war verschwunden. Herr Wegener hatte Marlene das Auto geschenkt, nachdem er sie überredet hatte, den Führerschein zu machen, denn die Ehefrau eines Capo musste auf der Höhe der Zeit sein, sich nach der letzten Mode kleiden und auch im Besitz eines Führerscheins sein. Außerdem, *mein Gott!*, sie lebten in den Siebzigerjahren, nicht in der Steinzeit.

Der Fiat 130 war weg.

Warum hätte man ihn klauen sollen?

Schließlich ...

Und jetzt der schwerwiegendste Beweis von allen. Der ihn wahnsinnig werden ließ.

Das Buch fehlte. *Ihr* Buch. Die Märchen der Brüder Grimm. Der einzige Gegenstand, den Marlene aus ihrem Elternhaus mit zu ihm genommen hatte. Eine ältere Ausgabe mit abgenutztem Einband und ohne Titelaufdruck. Marlene hatte es immer bei sich. Es sei ihr Glücksbringer, sagte sie. Es vertreibe ihre Albträume. Genau aus dem Grund habe sie es auf dem Nachttisch liegen.

Wo war nur das verdammte Buch?

Herr Wegener hatte das ganze Schlafzimmer auf den Kopf gestellt und überall danach gesucht. Er hatte sogar das Bett abgezogen, um es zu finden. Denn wenn er das Buch fand, fiel jeder Verdacht von Marlene ab, und Herr Wegener würde wissen, was zu tun wäre. Er würde wissen, welchen Befehl er wem erteilen musste. Er würde jedes einzelne Arschloch auf seiner Gehaltsliste aus dem Bett werfen. Eine ordentliche Verbrecherjagd, bis sie seine Saphire wiedergefunden hätten, und dann würde er genussvoll diesen Hurensohn auseinandernehmen, der es gewagt hatte, sein Spielchen mit ihm zu treiben.

Das Buch war verschwunden. Zusammen mit dem Fiat 130 und den Saphiren.

Und mit Marlene.

Sie war nicht da.

Niemand hatte sie gesehen.

Aber ...

Aber Marlene hätte niemals ...

In seinem Kopf prallten Logik und Gefühl aufeinander.

Das Blut überschwemmte sein Gehirn, und Herr Wegener verspürte das dringende Bedürfnis, so lange zu schreien, bis seine Stimmbänder rissen, einen Drang, der nicht zu kontrollieren war. Also schrie er.

Er wütete gegen Marlene. Gegen den offen stehenden Tresor. Vor allem gegen sich selbst.

Und während er schrie, fragte sich nicht nur Moritz, der neben dem ungenutzten Kamin stand, sondern auch Helene, die in der Küche Zuflucht gesucht hatte, und Georg, der wieder ins Haus gekommen war, um sich aufzuwärmen und den Schnee von sich abzuklopfen, was das für ein Mensch war, der solche Schreie ausstoßen konnte.

Die Zahlenkombination des Tresors führte direkt zur Antwort.

5.

Die Zahlenkombination.

Eins, Drei, Zwei. Zweimal die Vier. Als wollte man sagen: 13. Februar 1944. Im Jahr 1944 war Wegener zwölf und noch nicht Herr Wegener. Niemand mit Verstand hätte diesen Pimpf, der nur aus Haut und Knochen bestand, mit »Herr« angesprochen.

Um genau zu sein, gab es zu dem Zeitpunkt noch nicht mal das *e* in seinem Nachnamen. Damals hieß er Robert *Wegner*, so wie Paul *Wegner*, sein Vater.

Paul Wegner (ohne *e*) hatte sich freiwillig zur Wehrmacht einziehen lassen und noch nicht einmal Zeit gehabt, seiner Frau und seinem Sohn einen Brief zu schreiben, da hatte der Krieg ihn schon verschlungen.

Eine Granate war hinter der deutschen Linie eingeschlagen, und Paul hatte sich instinktiv auf sie gestürzt, um seiner Einheit das Leben zu retten.

Der Standartenführer der Sankt-Leonhards-Kaserne in Passeier hatte es dem mageren Pimpf und der am Boden zerstörten Mutter erzählt.

Er war ein gut aussehender Mann, der Standartenführer. Mit einem ebenmäßigen Gesicht und klugen blauen Augen. Er trug eine elegante Uniform, die Angst und Respekt einflößte. Schwarz mit zwei silbernen Blitzen am Kragenspiegel. Seine Stiefel, auf Hochglanz gewienert und wunderschön, gingen bis zum Knie.

Während der Ehrenkommandant salutierte, übergab der SS-Mann Roberts Mutter einen Brief und eine frisch gebügelte Flagge. Und ihm eine Schachtel mit einem Hakenkreuz darauf.

Der Junge trug keine Schuhe an den Füßen, sondern Lumpen, die mit einer Kordel befestigt waren. Er schämte sich dafür, aber er kannte es nicht anders. Sie waren eben arm, daran konnte man nichts ändern. In der Schachtel befand sich ein Eisernes Kreuz.

Der Junge las den Brief vor, denn seine Mutter war Analphabetin. In dem Brief war der Name des Vaters falsch geschrieben. Mit einem *e* zu viel. Der Junge hatte sich die Rückseite des Eisernen Kreuzes angeschaut. Auch dort: »Weg-e-ner« statt »Wegner«.

Weder er noch die Mutter machten den Standartenführer auf den Fehler aufmerksam.

Die Mutter war zu beschäftigt mit Tränenvergießen, und der Junge dachte an die letzten Worte, die sein Vater zu ihm gesagt hatte: »Du kannst neun Mal das Richtige tun und wirst doch nur Leid erfahren. Erst beim zehnten Mal wirst du verstehen, warum du es getan hast. Und du wirst froh darüber sein.«

Er hasste ihn für diese Worte, und der Hass, das hatte er gelernt, war eine besonders ausgeprägte Form von Selbstbeherrschung.

Daher zitterte die Stimme des barfüßigen Jungen auch nicht, als er die Lobeshymne auf seinen Vater vor den Fremden verlas, und aus Hass weinte er auch nicht, als der Standartenführer ihm die Hand gab.

»Du bist der Sohn eines Helden«, sagte der SS-Mann, »darauf kannst du stolz sein.«

Nein, sein Vater war kein Held, er war ein Idiot. Ein *toter* Idiot. Was konnte es Dümmeres geben?

Doch das behielt er für sich und nickte, dankte und umklammerte das Eiserne Kreuz so fest, dass die Metallkanten in seine Haut schnitten, bis diese blutete. Nur seine Mutter bemerkte es, aber sie sagte nichts.

Seine Mutter sagte nie etwas. Sie konnte nur weinen und beten. Beten und weinen. Nichts anderes. Und er? Er hielt das Eiserne Kreuz fest in der Hand. Und starrte auf die Stiefel des Standartenführers.

Die waren bestimmt schön warm.

Dank des Eisernen Kreuzes ließen die Wachposten ihn am Nachmittag des 13. Februar 1944 passieren, und nur wegen des Eisernen Kreuzes bat der SS-Offizier ihn, Platz zu nehmen, und hielt ihm ein Stück Schokolade hin.

»Das ist belgische Schokolade«, erklärte er, »die beste der Welt.«

Er sprach ein wunderschönes melodiöses Deutsch. Nicht den gutturalen *Dialokt*, den Robert mit seinen Freunden und der Familie sprach. Es klang in seinen Ohren süß wie Honig. Dem Jungen wäre es am liebsten gewesen, der Standartenführer hätte nie mehr aufgehört zu sprechen. Stattdessen blieb es bei diesem Angebot und einem misstrauischen Gesichtsausdruck, als er nicht reagierte.

Die Schokolade schwebte über dem Schreibtisch, zwischen ihnen beiden.

»Nein, danke.«

Der Standartenführer war überrascht.

»Magst du keine Schokolade, *liebes Kind*?«

Kind.

Er war kein Kind.

Nicht mehr.

Hass gesellte sich zu Hass.

Und der Hass gab ihm die Kraft, zu antworten und dem Offizier direkt in die Augen zu schauen, wie es erwachsene Männer tun.

»Ich mag Schokolade, natürlich, aber ich habe schon genug«, erwiderte er und zog einen dunklen schweren Riegel hervor, der doppelt, nein, dreimal so groß war wie der, den der SS-Offizier ihm angeboten hatte. »Der schwarze Mann hat sie mir gegeben«, ergänzte er nach kurzem Schweigen.

»Der schwarze Mann?«, lachte der Standartenführer. »Den schwarzen Mann gibt es nicht.«

»Doch.«

Ein einziges Wort.

Das Wort eines Mannes.

Der Junge zeigte dem Offizier die Aufschrift auf der Rückseite des Schokoriegels. In riesigen Lettern stand dort: »Made in U.S.A.«

Der Standartenführer riss die Augen auf.

Der Standartenführer flatterte mit den Lidern.

Der Standartenführer *lächelte.*

»Du bist ein gutes Kind.«

6.

Genau so: *ein gutes Kind.*

Sein Vater hatte ihm nichts hinterlassen, abgesehen von den nackten Füßen und den Bergen.

»Die Berge«, hatte er gesagt, »geben dir Wasser, Essen und Weisheit. Alles, was man zum Leben braucht. Und die Berge sind das Einzige, was du nicht mit Geld kaufen kannst. Sie sind für alle da.«

Noch so eine Idiotie, auf die Todesstrafe steht. Versuch mal, die Berge nach einem Paar Stiefel zu fragen, die so warm sind wie die des Standartenführers, und du wirst sehen, was passiert.

Nichts. Nichts passiert.

Und doch verbrachte der Junge seine Tage in den Bergen, zwischen Büschen, Tannen, Eschen und auf geheimen Pfaden.

Je nach Jahreszeit sammelte er Beeren, Pilze, Kastanien

oder Nüsse, baute Vogelfallen oder räuberte Nester aus. Hin und wieder gelang es ihm, ein Eichhörnchen zu fangen.

Die Mutter verbot ihm, das Jagdgewehr seines Vaters zu benutzen, sonst hätte er auch Hasen, Damwild oder sogar Hirsche erlegt. Aber seine Mutter hasste Waffen, und so mussten sie beide von den Almosen leben, die das Reich ihnen zugestand, und von der kargen Ernte der Felder, die sein Vater bis zur Erschöpfung von morgens bis abends beackert hatte, bevor er losgezogen war, um ein Held zu werden.

Idiot.

Auf einem dieser geheimen Pfade, am frühen Morgen des 13. Februar 1944, das Eiserne Kreuz in der Tasche (nicht mal er selbst wusste, warum er es immer mit sich herumtrug), war der Junge dem schwarzen Mann begegnet. Er tauchte aus dem Nichts auf, ganz plötzlich.

Ein Rascheln im Unterholz, und da stand er.

Der schwarze Mann zielte mit dem Maschinengewehr auf ihn. Seine Tarnuniform war schlammbespritzt, sein Gesicht mit der breiten Nase und der kohlrabenschwarzen Haut so dunkel, wie der Junge es noch nie gesehen hatte. Er hatte nicht gewusst, dass es Menschen mit einer solchen Hautfarbe gibt, und brach in Gelächter aus.

Sein Lachen hielt den amerikanischen Fallschirmspringer davon ab, den Abzug zu betätigen und ihn mit einer Salve niederzumähen.

Der schwarze Mann senkte die Waffe und stieß einen Pfiff aus, dann fing auch er an zu lachen. Drei weitere Männer traten aus dem Gebüsch. Den Helm des einen

Soldaten, eines kleinwüchsigen Schnauzbartträgers mit Hasenzähnen, zierte eine Flagge mit Sternen und Streifen.

Amerikaner.

Oder besser: der Feind.

Der Lehrer in der Schule – falls Robert dort ausnahmsweise mal hinging – wiederholte es in einem fort. Feinde, überall Feinde. Allen voran die Juden. Und die Amerikaner. Auch die Amerikaner waren halbe Juden. Aber Juden und Amerikaner waren nicht die einzigen Feinde. Die Liste der Bösen war lang. Sein Vater zum Beispiel war gestorben, als er versucht hatte, den anderen großen Gegner des Reichs zu besiegen, die Bolschewisten.

Und dann war da noch das Problem mit den Italienern.

Seit die Trikolore durch die Hakenkreuzfahne ersetzt worden war, ungefähr ein Jahr zuvor, war auch der Lehrer mit dem schwarzen Hemd nicht mehr da, der ihm immer verboten hatte, Deutsch zu reden. Der neue Lehrer ermutigte sie nicht nur dazu, ihre Muttersprache zu verwenden, sondern hatte die Liste der Feinde um den »italienischen Verräter« ergänzt.

Italiener seien böse, unzuverlässig und verlogen.

Und er?

War er Deutscher, wie sein Lehrer behauptete, oder war er Italiener, wie es dessen Vorgänger mit dem schwarzen Hemd behauptet hatte?

Was für ein Durcheinander.

Jedenfalls hatte keiner der beiden Lehrer ihm jemals gesagt, dass die Amerikaner oder zumindest einige von ihnen so eine lustige Hautfarbe hatten. Oder vielleicht hatte Robert genau diese eine Schulstunde verpasst. Die

Schule ist deine geringste Sorge, wenn du einen leeren Bauch und eisige Füße hast.

Die vier Amerikaner sprachen miteinander, während der Junge sie beobachtete. Er wusste genau: Sie beratschlagten über sein Schicksal. Eine Kugel in die Stirn und eine Grabstelle unter den Brombeersträuchern? Vielleicht war das ja das Schicksal der Wegners. Wie der Vater, so der Sohn.

Aber Robert hatte vergessen, dass er kein Wegner mehr war.

Der Name auf dem Eisernen Kreuz lautete Weg-e-ner, und dieser zusätzliche Vokal hatte seinem armseligen Nachnamen offenbar Glück eingehaucht, denn die vier Amerikaner beschlossen, ihn am Leben zu lassen.

Der eine Soldat zog ein Büchlein aus seinem Rucksack hervor. Nachdem er eine Weile darin geblättert hatte, fing er an, auf Deutsch zu radebrechen.

Ob es Deutsche in der Gegend gebe?

Robert zeigte mit dem Daumen auf seine Brust.

»Ich bin Deutscher. Und Italiener. Aber vor allem Deutscher.«

Die Männer schüttelten den Kopf. Nein, böse Deutsche, mit Waffen.

»Ra-ta-ta-ta«, rief der schwarze Mann und zielte mit dem Finger auf die Baumstämme.

Robert lachte.

Der schwarze Mann war wirklich nett.

»Hier sind keine Soldaten. Hier nicht.«

Sie hatten eine Karte dabei, aber der Junge hatte nie Karten lesen gelernt. Er wusste nur deshalb, wo er sich befand, weil sein Vater ihm alle geheimen Pfade im Wald und in den Bergen gezeigt hatte. Aber er wäre nie in der Lage gewesen, sie auf einer Karte zu orten.

Alle diese Linien, alle diese seltsamen Namen.

»Nein.«

Die vier zuckten mit den Schultern, als hätten sie nichts anderes erwartet.

Ob er einen sicheren Ort kannte, fragten sie ihn. Zum Schlafen.

Die Handflächen hatten sie gegeneinander gepresst und an die Wange gelegt.

»Ronf … ronf …«

Was für ein Spaßvogel der schwarze Mann doch war. Vielleicht waren auch die Juden so lustige Gesellen, aber Robert war noch nie einem begegnet. Die SS hatte die Türen zu ihren Wohnungen eingetreten und die Bewohner zum Bahnhof getrieben, wo sie in Güterwaggons verfrachtet wurden, wie Vieh. Das hatte ihm sein Vater eines Abends erzählt. Ehrliche Leute, die von einem auf den anderen Tag verschwunden waren.

Wirklich?

Es heißt, sie würden in Lager gebracht, wo sie …

Pssst, der Junge bekommt sonst noch Albträume.

»Klar kenne ich einen sicheren Ort.«

Sie verstanden ihn nicht.

Der Junge kannte nur ein einziges englisches Wort und freute sich, es endlich mal benutzen zu können.

»Yes.«

Mit den Maschinengewehren im Anschlag, in geduckter Haltung marschierten sie im Gänsemarsch hinter ihm her. Vier amerikanische Fallschirmspringer, die in die feindlichen Linien eingedrungen waren, aber irrtümlich ihr Ziel um etliche Meilen verfehlt hatten, und ein Junge ohne Schuhe, der versuchte, die eisige Kälte des Februarschnees unter seinen nackten Sohlen zu ignorieren.

In weniger als einer Stunde Fußmarsch Entfernung hatte sich sein Vater einen Bretterverschlag gebaut, gut geschützt von den weit ausladenden Ästen einer Tanne, kaum mehr als eine Hundehütte, aber doch mit Feuerstelle, einer verschließbaren Tür und ein paar warmen Decken.

Ein Unterschlupf.

Als sie dort ankamen, schlugen die vier Amerikaner ihm dankbar auf die Schulter und strichen ihm über den Kopf (sie wollten ihm die Haare wuscheln, aber unter der Wollmütze war Robert kahl geschoren, aus Angst vor Läusen), und der schwarze Mann schenkte ihm eine Art Ziegelstein aus Schokolade.

So viel Schokolade auf einmal hatte er noch nie in seinem Leben gesehen.

»Made in U.S.A.«

»Du bist ein guter Junge«, sagte der schwarze Mann, nachdem er im Wörterbuch seines Kameraden nachgeschlagen hatte.

Dann lächelte er und fiel ins Englische zurück.

»A good boy.«

7.

Eins. Drei. Zwei. Zweimal die Vier.

Und schon war ein Trupp zusammengestellt, der dem mageren Pimpf bis zu dem Unterstand folgte. Ein paar Schüsse aus der Dienstwaffe. Dann war der schwarze Mann tot.

Die Augen verdreht, der Mund weit offen, das Kraushaar blutgetränkt.

Der Standartenführer steckte die Pistole zurück ins Holster und musterte Robert, der dem Gemetzel ungerührt zugesehen hatte.

»Schokolode ist was für Kinder. Du bist kein Kind mehr.«

Eine Handbewegung, und einer der Soldaten begann dem toten Amerikaner mit den Kaninchenzähnen die Stiefel auszuziehen.

»Du bist stark wie Siegfried und schlau wie« – der Standartenführer legte den Zeigefinger ans Kinn und den Kopf zur Seite, als wartete er auf eine Eingebung –, »wie ein ... *Gnom*? Nein.« Verärgert schüttelte er den Kopf. »Nicht wie ein Gnom. Wie heißen denn diese ...«

»Herr Standartenführer?«

Der Soldat reichte ihm die Stiefel.

Der Standartenführer befühlte die Sohle. Sie war biegsam und robust zugleich.

Er übergab die Stiefel dem Jungen.

Ein Geschenk.

13. Februar 1944: Der Junge nahm das Geschenk an.

Es kostete ihn keine Überwindung.

»Die nutzen dir mehr als ein Stück Schokolade, glaubst du nicht, mein kleiner ...« Ihm kam die Erleuchtung. Der Standartenführer lächelte, entzückt über seinen Scharfsinn. »... mein kleiner *Kobold*?«

Genau so: *Kobold.*

Wie im Märchen, hatte Marlene gesagt, als Herr Wegener ihr (verliebt? Ja, verliebt) die Geschichte erzählt hatte. *Kobold.* Wie diese grausamen winzigen Kreaturen, die unter der Erde oder in Erzadern lebten. Mit ihren tiefblauen Augen, die das Licht in geballten Hass und Schrecken verwandeln konnten.

Marlene wusste vom Standartenführer, sie wusste von dem Kobold. Aber sie wusste nichts von dem Geschenk des Standartenführers.

Die Stiefel.

Warm.

So warm, dass Robert die Tränen kaum zurückhalten konnte.

»Wer ist Siegfried?«

»Das weißt du nicht?«

Robert schüttelte den Kopf.

Der Standartenführer brachte ihn an die frische Luft. Die Nacht war hereingebrochen, und es war kalt, aber der Junge hatte warme Füße. Der SS-Mann zog seine Armbanduhr aus und zeigte ihm die Gravur auf der Unterseite.

Ein Ritter mit einer Lanze in der Hand.

»Das ist Siegfried. Ein echter Arier. Der größte aller Helden. Er ist auf den Berg gestiegen und hat den Drachen getötet.«

»Es gibt keine Drachen.«

Der Standartenführer lächelte.

»Nicht mehr. Aber früher? Wer weiß das schon. Den schwarzen Mann gab es, und du hast ihn mir gezeigt. Er hat das gleiche Ende wie der Drache genommen. Und die Kobolde? Ich dachte immer, sie wären ein Mythos, aber jetzt habe ich hier einen vor mir stehen.«

Er tippte ihm mit dem Zeigefinger an die Stirn, lächelte und kehrte zurück in die Hütte, um seinen Männern Befehle zu erteilen.

Der Spitzname blieb.

»Gewährsmann Kobold« stand in den Meldungen des Standartenführers. Nicht Robert Weg-e-ner, sondern immer »Gewährsmann Kobold«. Denn ein Robert Wegener konnte aufgespürt und getötet werden.

Aber ein Kobold?

Einen Kobold konnte man nicht töten.

Es war eine großartige Entdeckung, die der SS-Offizier da gemacht hatte. Kobold besaß Talent. Er war tüchtig. Er kannte die verstecktesten Pfade und Furten. Er war ein magerer Pimpf mit seltsamen Stiefeln an den Füßen, und niemand beachtete ihn. So bekam er vieles mit und behielt es im Kopf. Der eine verkaufte Brot auf dem Schwarzmarkt, der andere versuchte, seiner Einberufung zu entgehen, der Dritte versteckte Waffen oder hörte verbotene Radiosender.

Kurz vor Weihnachten 1944 wechselte Kobold die Seiten. Die Amerikaner, die Engländer und die Partisanen hatten die Linien durchbrochen, und das Reich stand kurz vor der Kapitulation.

1945 war der Krieg zu Ende, aber der Hunger hielt an.

Kobold begriff, dass der Krieg für diejenigen, die barfüßig geboren werden, niemals endet. Also machte er weiter.

Menschen auf der Flucht brachte er nach Süden, Waren nach Norden.

Nach einer Weile gab es keine Menschen mehr auf der Flucht, aber immer noch Hunger. Kobold war kräftiger geworden, er lief inzwischen nicht mehr barfuß herum, trug eine Pistole unter der Jacke, hatte zu essen, ohne sich zu verschulden, aber er machte sich keine Illusionen.

Der Krieg ging weiter.

Der Krieg um ein neues Wort: »Respekt«.

Kobold wollte, dass die Leute vor ihm den Hut zogen, wie sie es früher beim Standartenführer gemacht hatten. Er wollte, dass Männer wie sein Vater die Straßenseite wechselten und ihre Kinder zur Vorsicht ermahnten. Er hasste diese Männer. Sie waren keine Helden.

Sie waren Versager, Feiglinge.

Mit einem Wort: »Idioten«.

Kobold begriff bald, dass er Unterstützung brauchte, aber er wusste, dass erwachsene Männer sich nicht von einem Heranwachsenden herumkommandieren ließen. Also engagierte er barfüßige Pimpfe, in deren Augen die Flamme des Hungers loderte. Er brachte ihnen Disziplin, Gehorsam und Beharrlichkeit bei.

Keine Grausamkeit, denn die hatten diese bartlosen Knaben schon seit Langem intus.

Es funktionierte. Und es funktionierte gut.

Die Geschäfte liefen rasch immer besser, und Kobold beschloss, dass tauglichere Transportmittel als kräftige Schultern oder Fahrräder hermussten. Er kaufte einen kleinen Lieferwagen, dann einige Lkw. Erst waren es fünf, dann sechs, dann zehn. Nie waren es genug.

Kobold wollte mehr.

Er verstand, dass er sich Wissen aneignen musste, wenn er sein Unternehmen vergrößern wollte. Er paukte Mathematik, Wirtschaft. Aber nicht nur. Er entdeckte, dass er gerne las. Und zwar vor allem Geschichtsbücher und Biografien über große Persönlichkeiten. Sie faszinierten ihn ungemein.

Er las viel.

Er lernte viel.

Mehr oder weniger in dem Jahr, in dem seine künftige Ehefrau zur Welt kam, 1952, wurde Kobold, der damals erst neunzehn war, sich in gewissen Kreisen aber bereits einen Namen gemacht hatte, von einem Buchhalter auf der Suche nach schnellem Geld angesprochen.

Der Moment sei günstig, erklärte ihm der Mann ohne Umschweife. Italien müsse wieder auf die Beine kommen, und der Staat drücke gern ein Auge zu, wenn jemand Geld in Umlauf brachte. Deshalb lasse er die Leute machen. Aber bald seien die schönen Tage vorbei, und der Staat würde sich zurückverwandeln in den verfluchten Kettenhund, der er nun einmal sei.

Und dann würde die Töle zubeißen.

Um das zu vermeiden, müsse man lernen, sie zu streicheln. Und hier komme er ins Spiel, sagte er. Gegen eine kleine Provision würde er für ihn Briefkastenfirmen gründen (für die er als anständiger Bürger Steuern zahlen müsse, was Kobold zutiefst amüsierte), Strohmänner engagieren und dafür sorgen, dass seine Bücher ein Musterbeispiel an Redlichkeit und Ordnung seien. Kobold gefiel der Vorschlag des Buchhalters.

Sein Geschäft prosperierte.

Als die Welle des Terrorismus über das Land schwappte, nahmen die Auftragsangebote ein nie gekanntes Ausmaß an, aber Kobold schlug sie alle aus. Kein Sprengstoff. Keine Waffen. Er hatte gelernt, dass der Kettenhund auf jedem Gebiet zu zähmen war, außer auf einem.

Auf dem der Gewalt. Hier achtete der Staat eifersüchtig auf sein Machtmonopol.

Es war kein Problem, jemanden verschwinden zu lassen, indem man ihn in die Passer oder die Etsch warf. Auch Schlägereien oder Messerstechereien im Dunkeln waren kein Problem. Sogar Brandstiftung bei der Konkurrenz und gelegentlich eine kleine Schießerei wurden toleriert. Aber Terrorismus?

Das war zu viel.

Vor allem lehnte Kobold ab, Menschen über die Grenze zu schmuggeln. Das war etwas, das er schon seit ewigen Zeiten nicht mehr tat, seit Jahrzehnten nicht mehr. Den wahren Grund dafür hatte Kobold nie jemandem erzählt. Nicht mal Marlene. Es gab Geheimnisse, die es zu hüten galt. Im Interesse aller.

September 1945.

Der letzte heimliche Grenzgänger, dem zu helfen Kobold sich bereit erklärt hatte, war der Standartenführer. Ausgemergelt und mit Zottelbart. Nicht wiederzuerkennen ohne seine Uniform. Nur noch ein Schatten des Mannes, der ihm die belgische Schokolade angeboten hatte. Die beste der Welt.

»Kobold«, hatte er mit zitternder Stimme gesagt, »du musst mich hier rausbringen.«

Der Grund lag auf der Hand. Die Zeitungen waren voll von Fotos, die zeigten, wie Juden, Amerikaner, Engländer und Russen mit ehemaligen SS-Mitgliedern verfuhren.

Kobold hatte den Standartenführer bis zu den Wäldern des Ultentals geführt und ihn glauben gemacht, dass er dort einige »Patrioten« treffen würde, die ihn nach Genua bringen und dann nach Argentinien einschiffen würden, wo er sich ein neues Leben aufbauen oder davon träumen konnte, das verlorene Reich wiederzuerwecken.

Eine Lüge.

Als sie im Wald angekommen waren, zog Kobold seine Pistole hervor, zwang den Standartenführer auf die Knie, heftete ihm das Eiserne Kreuz seines Vaters an die Brust und schoss ihm in den Kopf.

Er drehte die Leiche mit dem Fuß um, streifte ihr die goldene Uhr ab und befestigte sie an seinem Handgelenk. Noch vor dem Morgengrauen kehrte er nach Meran zurück und zwang seine Mutter, den gemeinsamen Familiennamen von Wegner auf Wegener umschreiben zu lassen.

Die goldene Uhr trug er noch immer.

Sie ging nie auch nur eine Sekunde nach.

8.

In der Stube. Ein Mann auf einem Stuhl.

Den breitkrempigen schwarzen Hut neben sich auf der Holzbank. Das Gesicht von Falten gezeichnet. Das dünne graue Haar kurz geschnitten. Hin und wieder seufzte er und rieb sich den Nacken.

Auf dem Tisch lag eine alte Leinendecke mit ausgefranstem Saum. Vorsichtig, denn Verschwendung war eine Sünde, kippte er den Inhalt eines Holzkästchens auf das Tischtuch. Ein Wasserfall aus Samenkörnern, klein und schwarz.

Eines nach dem anderen schob er mit dem Daumen auf einen Suppenlöffel, kniff die Augen zusammen, begutachtete es im Schein der Öllampe und ließ es in ein Baumwollsäckchen von der Größe eines Zigarettenpäckchens gleiten.

Über dem Feuer köchelte ein Topf vor sich hin.

Der Mann hieß Simon Keller, und sein Vater, Voter Luis, war ein Kräutermandl gewesen. Viele verdankten Voter Luis ihr Leben. In ganz Südtirol gab es kein Kraut, keine Beere, keine Wurzel, die Voter Luis nicht gekannt hätte.

Voter Luis war Vater, Kräutermandl, aber vor allem ein Mann des Glaubens gewesen. Er wusste, dass das Leben wie die warme Luft eines Föhns war, eine Illusion, und hatte dafür gesorgt, dass seine Worte nicht mit ihm starben.

Voter Luis konnte lesen und schreiben. Er hatte viel gelesen und viel geschrieben. Seine Notizen waren der wertvollste Schatz, den Simon Keller besaß. Nach dem Erbhof natürlich.

Simon Keller hatte von ihm die Macht der Kräuter, die Geheimnisse der Berge und die Weisheit der alten Völker gelernt, die in den Bergen gelebt hatten.

Sie waren ein Rätsel, die alten Völker.

Warum hatten sie beschlossen, in diesem öden Landstrich zu leben, hoch über dem Tal, dem Wald, festgeklammert an karge, schroffe Bergwiesen und so nah am Himmel, dass sie zu erblinden drohten?

Und wann waren sie dort hingeraten?

»Als die Sintflut kam«, sagte Voter Luis, »und die Wassermassen stiegen, kletterten die alten Völker immer weiter die Berge hinauf, um Seinem Zorn zu entfliehen.«

Voter Luis kannte alle Antworten.

Er war ein Mann des Glaubens.

Simon Keller wusste nicht, wie lange die Sintflut her war, genauso wenig, wie er wusste, wer die alten Völker wirklich waren, aber dank Voter Luis wusste er, dass es Kräuter zum Einschlafen gab, um Blutungen zu stoppen, gegen Zahnweh und zur Schmerzlinderung. Die kleinen schwarzen Samen, die aussahen wie Flöhe, zählten zur letzteren Kategorie. Ein echtes Phänomen. Schlafmohnsamen, aus denen Opium gewonnen wurde. Zur Schmerzlinderung.

Unglaublich, dass in diesen kaum mit dem bloßen Auge zu erkennenden Körnchen eine solche Kraft steckte. Voter Luis sagte immer: »Die Welt ist voller Rätsel und Wunder.«

Simon Keller war, wie sein Vater und der Vater seines Vaters, ein Baur.

Ein Baur war ein Landwirt, aber auch ein Kräutermandl,

Jäger, Waldarbeiter, Koch, Schreiner, Züchter, Arzt und manchmal sogar Priester. *Vor allem* musste er ein Priester sein. Ohne Glauben starb man dort oben an der Einsamkeit und Stille. Der Glaube füllte die weiße Leere der endlosen Winter mit seinen Antworten.

Der Baur war der Herr der Berge.

Und am Fuß der Berge hatte Simon Keller die junge Frau aufgelesen. Reiner Zufall. Oder vielleicht auch Schicksal. Normalerweise bewegte Simon Keller sich nicht so weit vom Hof fort. Es gab keinen Grund dazu. Aber am Himmel hatte sich der erste Schneesturm des Jahres angekündigt und ihn gezwungen, ins Tal hinunterzugehen und die Fangeisen einzusammeln, die er brauchte, um im Winter frisches Fleisch zu haben. Er hatte den ganzen Nachmittag bis in den Abend hinein damit zugebracht, bis er erschöpft und unterkühlt beschloss, nach Hause zurückzukehren.

Neben der Fahrbahn hatte er sie entdeckt. Vollkommen reglos, in einem schrottreifen Mercedes. Nichts mehr zu machen, hatte er gedacht. In der Gegend kam es durchaus vor, erst recht im Winter, dass man auf Tote stieß. Meist waren sie erfroren. Schmuggler, Wilddiebe. Reisende. Simon Keller verweigerte diesen armen Teufeln niemals einen letzten Segen und ein Abschiedsgebet. Genau aus dem Grund war er die Böschung hinuntergeklettert. Überrascht hatte er festgestellt, dass die junge Frau noch lebte. Er hatte seine Fangeisen fallen lassen, um ihr zu helfen.

Er hatte sie aus dem Auto gezerrt, fest abgerubbelt, um ihren Kreislauf wieder in Schwung zu bringen, sie über seine Schulter geworfen und zu seinem Hof getragen. Dort prüfte er mithilfe einer brennenden Kerze die Reaktion ihrer Pupillen, reinigte ihre Wunden, nähte den tiefsten Schnitt, den an ihrer Stirn, und verband dann ihren Kopf mit vorher abgekochten Leinenstreifen.

Er gab ihr auch von seinem Trank gegen die Schmerzen.

Wenn die junge Frau aufwachte, würde sie ihm jede Menge Fragen stellen (Wo bin ich? Wer bist du? Was ist passiert?), und das beunruhigte ihn. Voter Luis hatte großartige Ansprachen gehalten. Er war wortgewaltig gewesen. Er selbst, Simon Keller, hingegen nicht. Voter Luis wusste, wie man die Herzen der Menschen entflammte. Er selbst näherte sich ihnen nur, wenn er musste, um die wenigen Dinge, die er herstellte, zu verkaufen und das zu kaufen, was er selbst nicht herstellen konnte. Er hoffte, dass er die junge Frau zumindest beruhigen konnte.

Hier war sie in Sicherheit.

Es gab genug zu essen, genug Holz für die Stube, genug Opium gegen die Schmerzen.

Genug Bibeln, um zu meditieren.

Nachdem er das Säckchen abgewogen hatte, schüttete Simon Keller den restlichen Schlafmohn zurück in das Holzkästchen, faltete das Tischtuch viermal und legte es in die Schublade mit dem angelaufenen Messinggriff. Das Kästchen stellte er auf die Konsole.

Er holte einen Keramikbecher aus der Kredenz (angeschlagen und mit Rissen in der Glasur, aber der schönste, den er hatte), pustete einmal hinein und stellte ihn auf den Tisch. Er beugte sich vor zum Kamin, nahm einen Stofflumpen, um sich nicht zu verbrennen, packte den Topf an seinem Griff und schüttete das kochende Wasser in den Becher. Dann gab er die Schlafmohnsamen aus dem Säckchen hinein, und sein Blick verlor sich in den wechselnden Farben des Tranks.

Auf dem Erbhof gab es keine Uhren. Die Sonne allein bestimmte den Rhythmus des Tages. Simon Keller hatte schon in frühester Kindheit gelernt, sich in Geduld zu üben. »Die Zeit«, sagte Voter Luis immer, »gehört den Sternen, nicht den Menschen. Was bist du im Vergleich zu den Sternen, mein Sohn? Sie haben schon geleuchtet, als Terach Abraham zeugte, und sie werden auch dann noch leuchten, wenn du längst in Vergessenheit geraten bist. Die Zeit gehört den Sternen, die Menschen werden von ihr nur erdrückt. Es ist eine Sünde, die Sünde des Hochmuts, nicht warten zu können.«

Simon Keller wartete, bis der Trank fertig war.

Das Öl für die Lampe war teuer, deshalb machte der Baur sie aus. Er konnte sich in völliger Dunkelheit im Haus bewegen, ohne irgendwo anzustoßen. Es war sein Zuhause, er war dort zur Welt gekommen.

Im Dorf gab es Stimmen, die behaupteten, früher oder später bekämen auch die Bauernhöfe oben auf der Alm Strom, doch er glaubte nicht daran. Und für einen Stromgenerator, wie andere ihn hatten, fehlte ihm das Geld. Generator und Diesel kosteten viel Geld. Außerdem, warum sollte man die Nacht zum Tage machen, wenn die Nacht zum Schlafen gedacht war?

Er ging hoch ins obere Stockwerk. Er stellte den Becher auf den Nachttisch neben einen Kerzenstummel und zündete diesen mit einem Schwefelholz an. Im Kerzenschein studierte er die Gesichtszüge der jungen Frau. Sie hatte

Schmerzen, und Simon Keller hatte Mitleid mit ihr. Doch Schmerzen, das hatte ihn Voter Luis gelehrt, waren ein gutes Zeichen. Das bedeutete, dass das Herz noch schlug.

Vorsichtig hob Simon Keller den Oberkörper der jungen Frau an und brachte sie in eine sitzende Haltung. Er stopfte ihr ein Kissen hinter Rücken und Kopf, den er zusätzlich mit der linken Hand stützte. Mit der rechten flößte er ihr die heiße Flüssigkeit ein. Er achtete darauf, dass ihr Schluckreflex funktionierte. Ein Schluck nach dem anderen. Allmählich entspannte sich das Gesicht des Mädchens. Simon Keller freute sich.

Als sie den Becher leer getrunken hatte, bettete er ihren Kopf auf das Kissen, breitete die Decke über ihr aus und betrachtete ihr Gesicht.

Was für ein ungewöhnlicher Leberfleck.

»Die Welt ist ein Zeichen Seiner Existenz, und er sendet Zeichen aus, damit die Gläubigen sie entdecken. Die Welt ist voller Zeichen, voller Rätsel und Wunder.«

Er stand auf und vergewisserte sich, dass das Fenster gut geschlossen war. In die Ritzen des Rahmens hatte der Baur getrocknetes Moos gestopft. Doch der Wind, stellte er fest, pfiff trotzdem herein. Ein eisiger Hauch. Draußen wütete noch immer der Schneesturm.

In Simon Kellers Geist war nichts als Stille.

9.

Er wartete.

Der Parkplatz des Gebrauchtwagenhändlers war leer, er war ganz allein. Lediglich zwei Krähen drehten ihre düsteren Kreise über den aufeinandergestapelten Schrottautos.

Der Mann mit dem Spitzbart rauchte eine MS nach der anderen. Er zündete sie an, nahm ein paar Züge und warf sie weit fort, obwohl er sie nicht mal zur Hälfte aufgeraucht hatte. Ungeachtet des Schnees und des Windes stand er da und zitterte vor Kälte, rauchte und lächelte.

Er war glücklich.

Die Kunstflüge der Krähen passten zu seiner Stimmung.

Er wartete.

Der Mann mit dem Spitzbart wurde von einem ständig wiederkehrenden Albtraum gequält. Er träumte ihn nicht jede Nacht, sonst wäre er verrückt geworden, aber oft genug, um sicher zu sein, dass dieser Traum ihn bis an sein Lebensende begleiten würde.

In dem Albtraum war er wieder Kind und hatte etwas ausgefressen. Es spielte keine Rolle, was genau er getan hatte. Es war in jedem Traum etwas anderes. Er hatte etwas ausgefressen und sich im Kleiderschrank seiner Eltern versteckt, um ihrem Zorn zu entgehen. Als sich die Schranktür schloss, stellte er zu seinem Entsetzen fest, dass er nackt war. Splitterfasernackt. Nackt und gefangen, denn inzwischen füllte sich das Schlafzimmer mit Stimmen, Schritten und Worten.

Je lauter die Worte wurden und je mehr seine Angst ihm auf die Blase drückte, umso verzweifelter versuchte er in der Finsternis nach etwas zu greifen, mit dem er seine Blöße bedecken konnte. Schließlich stießen seine Hände auf etwas Weiches, Warmes. Eine Decke. Sofort schlüpfte er darunter. Er spürte, wie die Luft immer knapper, die Hitze immer größer und das Blasendrücken immer schmerzvoller wurde. Mit der Hitze und dem Lärmpegel im Schlafzimmer wuchs die Gewissheit, dass gleich jemand die Schranktür öffnen und ihm die Decke wegreißen würde, genau in dem Moment, da er nicht mehr würde an sich halten können. Die Menschenmenge würde ihn sehen. Nackt wie ein Wurm. Vollgepisst.

Er biss die Zähne zusammen.

Kaute auf seinen Lippen.

Er hielt durch.

Als der Drang zu urinieren unerträglich wurde, tat der Mann mit dem Spitzbart alles, um wach zu werden. Sein Unterbewusstsein signalisierte ihm, dass er einen Albtraum hatte und neben seiner Frau schlafend im Bett lag. Aber sosehr er es auch versuchte, er wurde nicht wach. Er konnte nur zitternd daliegen, seinen Drang unter Kontrolle halten und hoffen, dass der Albtraum wenigstens dieses eine Mal anders ausging als sonst.

Es passierte nie.

Die Blase gab nach.

Der Schrank ging auf.

Die Decke wurde weggezogen.

Die Menschenmenge zeigte mit dem Finger auf ihn, verspottete ihn, lachte ihn aus, voller Abscheu.

Das letzte Bild in seinem Albtraum, bevor er sich schweißgebadet und mit rasendem Herzen dabei ertappte, wie er in das Kopfkissen biss, um seine Frau nicht mit seinen Schreien aufzuwecken, war das Gesicht des Mannes, der ihn vor allen anderen entblößt hatte. Das Gesicht von Herrn Wegener.

Es brauchte keinen Psychiater, um den Albtraum zu deuten. Denn er erzählte das ganze Leben von Capitano Giacomo Carbone.

Als Junge hatte auch er nur aus Haut und Knochen bestanden, mit tief liegenden Augen und rastlosem Blick. Mit siebzehn rauchte er deutsche Zigaretten und hatte fürchterliche Angst, eingezogen zu werden. Er war ein helles Kerlchen und hatte einen Weg gefunden, den Deutschen zu helfen, ohne an die Front zu müssen, wo Bleikugeln und Schrapnell auf ihn warteten. Den gleichen Weg wie Kobold.

Spionieren. Denunzieren. Kollaborieren.

Im Gegensatz zu Kobold bestand Carbone jedoch darauf, eine Sturmmaske zu tragen. Der Standartenführer verachtete ihn dafür. Er nannte ihn einen Feigling. Seine Feigheit sollte ihm freilich während der Repressalien nach Kriegsende das Leben retten.

Carbone erinnerte sich gut an diese Zeit. Monate, die er versteckt bei einem entfernten Verwandten verbracht hatte, eingesperrt in einer Dachkammer, eine Zigarette nach der anderen rauchend und in der ständigen Erwartung, dass ihn jemand entdeckte und ihm eine Kugel in die Brust jagte. Doch das war nicht passiert.

Als er erfuhr, dass man die Leiche des Standartenführers in den Wäldern des Ultentals gefunden hatte, fühlte er sich wie neu geboren. Das Geheimnis von Carbone, dem

Feigling mit der Sturmmaske, war zusammen mit dem SS-Mann gestorben. Er hingegen hatte überlebt, und die Welt lächelte ihm zu.

Er zeigte sich wieder in der Öffentlichkeit.

Er legte ein Examen ab und heuerte bei den Carabinieri an. Die Offiziersprüfung bestand er auf Anhieb. Und weil er Deutsch sprach, schickten ihn seine Vorgesetzten nach Südtirol, nach Bozen. Dort lernte er ein hübsches Mädchen kennen, das Isabella hieß und nichts von seiner Vergangenheit als Kollaborateur wusste. Um Eindruck bei ihr zu schinden, ließ Carbone sich einen Spitzbart wachsen. Er stürzte sich in seine neue Aufgabe und stieg auf der Karriereleiter empor. Von Bozen wurde er nach Brixen versetzt, dann an den Brenner und schließlich nach Meran. Am Ufer der Passer hielt er um Isabellas Hand an, und gemeinsam machten sie sich an die Hochzeitsvorbereitungen. Zwei Tage vor dem Ereignis klopfte Kobold an seine Tür.

Kobold wusste Bescheid.

So etwas nannte man Pech.

Kobold hatte ihn ein einziges Mal ohne Sturmmaske gesehen, beim Gebirgs-Armeekorps in Bozen, aber das reichte. Kobold hatte ein hervorragendes Gedächtnis, und als guter Jäger war er erst aus der Deckung gekommen, als Carbone wirklich viel zu verlieren hatte. Er sagte nur wenige Worte:

»Du bist jetzt mein Hund.«

Und er legte ihn an die Leine.

In derselben Nacht träumte Carbone zum ersten Mal den Albtraum mit der Decke und dem Kleiderschrank.

Der Hund von jemandem wie Herrn Wegener zu sein hatte durchaus seine positiven Seiten, denn Herr Wegener wusste, wann er die Leine kurz halten, aber auch, wann er ihn belohnen musste.

Schmiergelder, Eintrittskarten für Veranstaltungen, die Isabella unbedingt besuchen wollte, Sonderkonditionen bei Auto- und Elektrohändlern.

Im Gegenzug verlangte Herr Wegener von ihm, dass er Insiderwissen mit ihm teilte, vertrauliche Dokumente zwischen den Seiten einer Zeitung versteckte oder bei Lkw-Transporten durchs Passertal in die Schweiz eines oder auch beide Augen zudrückte.

Carbone träumte weiterhin denselben Albtraum. Jahrzehntelang. Mindestens einmal in der Woche. Immer denselben. Der Kleiderschrank, die Decke, die Menschenmenge, die auf ihn zeigte.

Die Schande.

Herr Wegener hatte ihn dazu verdammt, nicht zu vergessen. Dafür hasste Carbone ihn.

An diesem Tag jedoch fühlte sich Giacomo Carbone, der inzwischen Capitano war, vollkommen unbeschwert. Endlich wusste er, wie er seinen Albtraum für immer loswerden konnte. Er rauchte nicht Kette, weil er nervös war, sondern weil er kaum erwarten konnte, zum letzten Mal an der Leine zu rucken.

Die Krähen flogen davon.

Es schneite immer noch.

Carbone hatte sein Päckchen MS fast aufgeraucht, als Herr Wegener erschien.

Sein Gesicht sah aus, als hätte er eine schlaflose Nacht

hinter sich. Seine Augen waren rot unterlaufen. Es gab keine Begrüßung. Der Capitano machte ihm ein Zeichen, ihm zu folgen. Er führte ihn in eine Halle.

Unter einer Plane befand sich ein grauer Fiat 130.

»Ist er das?«

Es kam keine Antwort. Herrn Wegeners Gesichtsausdruck sagte ihm alles.

Carbone lächelte.

»Wusstest du nicht, dass Frauen wie Hündinnen sind? Man muss sie an die Leine legen.«

Er hatte sich die Bemerkung zurechtgelegt, während er gewartet hatte.

Herr Wegener reagierte nicht. Besser so. Carbone hatte keine Lust auf eine Schlägerei. Die Versuchung, seine Pistole rauszuholen und auf diesen Hurensohn zu schießen, wäre zu groß gewesen. Warum sollte er einen Zentimeter vor dem Ziel alles aufs Spiel setzen?

Freiheit.

Wie schön dieses Wort klang.

»Es war nicht schwierig, den Wagen zu finden. Modell, Farbe, Autonummer ... Die Beschreibung der Frau – deiner Frau – war hilfreich, aber nicht notwendig.«

»Wer?«

»Der Besitzer von dem Laden hier.«

»Er ...«

Carbone schüttelte den Kopf.

»Sobald er erfahren hat, wem das Auto gehört, hat er sich vor lauter Angst in die Hosen gemacht. Armer Teufel.«

»Und?«

»Er ist von sich aus zu mir gekommen. Ich musste ihn nicht mal einbestellen.«

Der Gebrauchtwarenhändler hatte mit schweißbedeckter Stirn vor ihm gesessen, seinen Hut in den Händen geknetet und ihm sogar ein Bündel Geldscheine überreicht. Das Geld habe Frau Wegener ihm für den Autotausch gegeben, hatte er erklärt. Der Fiat 130 gegen einen Mercedes. Die Scheine lagen wohlverwahrt in einer Schublade von Carbones Schreibtisch. Der Capitano hatte nicht die Absicht, sie ihrem rechtmäßigen Besitzer zurückzugeben. Eine Art Trinkgeld, könnte man sagen.

»Wie?«

»Was, wie?«

»Wie ist Marlene auf ihn gestoßen?«

»Man kann nicht die Frau des Konditors sein, ohne die Naschkatzen im Dorf zu kennen.«

Herr Wegener trat einen Schritt auf ihn zu.

»Dein Ton ...«

Der Capitano ignorierte die Drohung.

»Mercedes W114. Tolles Auto. Solide. Cremefarben. Auf dem Blatt hier steht die Autonummer. Ich habe die Beschreibung schon an meine Leute durchgegeben. Der Motor läuft wie am Schnürchen, damit kann man große Strecken zurücklegen.«

»Hat er gesagt, in welche Richtung sie gefahren ist?«

Carbone sah ihm in die Augen. Er freute sich an der Verlegenheit, Angst und Wut, die er darin las, und schoss seinen letzten Pfeil ab.

»Hältst du deine Frau etwa für blöd?«

Herr Wegener drehte sich um und ging.

Der Capitano zündete sich eine MS an und rauchte sie bis zum Filter. Genussvoll. Er verließ das Gelände des Gebrauchtwarenhändlers und setzte sich in das Auto, das mit laufendem Motor am Straßenrand auf ihn wartete.

Er lächelte.

Eine letzte Sache gab es noch für ihn zu erledigen, bevor er wieder ein freier Mann sein würde.

Einen Anruf.

10.

Ein kurzes Telefonat.

Der Capitano wusste, wie man sich kurzfasste. Das gehörte zum Handwerkszeug eines guten Polizisten. Er unterließ jede Form von Interpretation oder persönlicher Bemerkung. Nur die nackten Tatsachen.

Er brauchte weniger als drei Minuten.

Als das Gespräch beendet war, bestellte Carbone seine Mitarbeiter ein und gab ihnen einen Schnaps aus. Es war mitten am Vormittag, und sie befanden sich alle im Dienst, doch so ein kleiner Verstoß gegen die Vorschriften schadete nicht.

Seine Männer kniffen nicht. Es kam selten genug vor, dass sie Capitano Carbone in einer solchen Stimmung erlebten. Außerdem war bei dem Schnee sowieso nicht viel zu tun, außer Däumchen drehen und liegen gebliebenen Papierkram erledigen. Und wer erledigte schon gerne Papierkram?

Ein Schnaps war die bessere Wahl.

»Auf das Konsortium!«, brachte der Capitano einen Toast aus.

Er registrierte die verwunderten Blicke der Anwesenden durchaus. Keiner von ihnen hatte auch nur die geringste Ahnung, was das Konsortium war.

Carbone konnte es ihnen nicht verübeln. Nur wenige Leute wussten vom Konsortium, und diese wenigen waren so schlau, den Mund zu halten. Nur einige ganz wenige waren so dumm zu glauben, sie könnten Geschäfte mit dem Konsortium machen. So dumm wie Herr Wegener.

Armer, armer Kobold.

Er füllte erneut die Gläser.

11.

Das Zimmer Nr. 12.

Herr Wegener konnte es einfach nicht vergessen. Er musste daran denken, während er Georg, Moritz und Helene zum zweiten Mal verhörte (nein, kein auffälliges Verhalten seitens Marlene, keine ungewöhnlichen Begegnungen, nichts und wieder nichts, abgesehen vom Üblichen). Er musste daran denken, während er an seine Untergebenen und an alle, die irgendwie in seiner Schuld standen, per Telefon Befehle erteilte.

Das Zimmer Nr. 12.

Das Zimmer Nr. 12 beim Gebirgs-Armeekorps.

Er musste daran denken, während er in seinem Lancia

Fulvia HF mit Georg am Steuer zum Gebrauchtwarenhändler fuhr, um mit Carbone zu sprechen. Er konnte auch nach diesem Gespräch an nichts anderes als an das Zimmer Nr. 12 denken (der Ton, den der Capitano ihm gegenüber anschlug, gefiel ihm überhaupt nicht), und er musste daran denken, als er neue Anordnungen und neue Informationen ausgegeben und die Namen derer notiert hatten, die am anderen Ende der Leitung ihre Genugtuung nicht verhehlen konnten.

Der große Capo von der eigenen Frau über den Tisch gezogen. Was für ein Witz.

Lacht ihr nur, lacht ihr nur.

Herr Wegener dachte auch jetzt daran, als er die Schwelle eines Geschäfts an einer der elegantesten Straßen Merans überschritt. »Frau Holle« hieß der Laden. Er gehörte ihm. Oder vielmehr: Er war sein Hochzeitsgeschenk für Marlene gewesen. »Frau Holle«, wie in dem Märchen der Brüder Grimm. Den Namen hatte sie ausgesucht. Herr Wegener fand ihn nicht gerade geeignet für eine Schneiderei, die sich auf Abend- und Brautmoden spezialisiert hatte, aber Marlene gefiel er, und da es sich um ein Geschenk handelte, hatte Wegener auch nicht weiter insistiert.

Der Name jedenfalls hatte die Kundschaft nicht abgeschreckt.

Im Gegenteil.

Die Geschäfte liefen wie geschmiert. Trotz Krise, die den Benzinpreis jeden Tag weiter ansteigen ließ, trotz autofreier Sonntage und der ständig wachsenden Arbeitslosenzahl musste man sich, wenn man ein Brautkleid von

»Frau Holle« haben wollte, auf eine lange Warteliste setzen lassen und dann ordentlich Geld auf den Tisch legen. Als Herr Wegener zum ersten Mal die Rechnungsbücher der Schneiderei sah, hatte er seinen Augen kaum zu trauen gewagt.

Tatsächlich hatte, zumindest anfangs, der tiefere Sinn dieses Geschenks darin gelegen, seiner Gefährtin zu einer Karriere zu verhelfen, zu einem Lebensziel, damit sie nicht zu einer dieser Xanthippen wurde, die von ihren reichen Ehemännern von einer Party zur nächsten geschleift und immer anfälliger für die Verführungsversuche von irgendwelchen Gigolos wurden.

Auf jeden Fall war Herr Wegener, obwohl sich die Schneiderei zu einer äußerst lohnenswerten Investition entwickelt hatte, nie gern zu »Frau Holle« gegangen. Denn dort würde er Gabriel in die Arme laufen. Er hasste ihn. Gabriel Kerschbaumer war schlimmer als jede Migräne.

Mit seinem affektierten Gehabe und arroganten Gesichtsausdruck bewirkte der Schneider, dass Herr Wegener sich vorkam wie der letzte Idiot. Vermutlich lag Herr Wegener mit der Tunte richtig, auch wenn ihm die Faszination nicht entgangen war, die Gabriel auf Kundinnen ausübte. Trotz seiner Glatze. Ja, vielleicht sogar wegen ihr. Die Damen fanden, er sehe aus wie Yul Brynner, wie eine vornehmere, ältere Version von ihm.

Immerhin, hatte er sich gesagt, würde eine Tunte seiner Frau nicht den Hof machen.

Marlene war eine Schönheit. Eine echte Schönheit. Mit ihren tiefblauen Augen und dem rabenschwarzen Haar zog sie bei Empfängen oder auch nur bei ihren Spaziergängen an der Passer zahlreiche Blicke auf sich, was Herrn Wegener durchaus nicht entging.

Seine Empfindungen angesichts dieser Blicke waren zwiespältig. Auf der einen Seite gefiel es ihm. Der Neid der anderen machte ihn stark. Marlene war wie ein Schmuckstück, der lebende Beweis für seine Großartigkeit. Schöne Frauen suchten sich mächtige reiche Männer. Ihre Schönheit war wie eine Ohrfeige für die Versager und armen Schlucker.

Und für die Idioten.

Aber auf der anderen Seite war auch Herr Wegener nur ein Mann, und wie alle Männer war er nicht frei von Eifersucht.

Dennoch hatte er bis zu diesem Tag nie die Möglichkeit in Erwägung gezogen, dass Marlene sich von einem anderen Mann angezogen fühlen könnte. Nicht nur weil er sicher war, dass sie ihn wirklich liebte, sondern weil er eben Herr Wegener war und nicht irgendjemand. Niemand, der halbwegs klar im Kopf war, hätte seiner Frau den Hof gemacht.

Aber …

Da war der gegen einen Mercedes eingetauschte Fiat 130. Der aufgebrochene Tresor. Die fehlenden Saphire. Das Buch der Brüder Grimm. Ein ausgeklügelter Plan von jemandem, der wusste, dass er nicht mehr zurückkehren würde und alles Notwendige mitnehmen musste, um sich ein neues Leben aufzubauen.

Und es gab eigentlich nur einen einzigen Grund, warum sich eine Frau ein neues Leben aufbauen wollte – richtig?

Konzentrier dich. Du brauchst Beweise. Das, was du dir da

gerade zusammenreimst, sind reine Fantasiegeschichten. Einbildung. Schlimmer noch: Angst. Angst hilft dir nicht weiter. Denk an das Zimmer Nr. 12. Denk an den Hass. Denk an Gabriel. Widerliche Tunte. Du hasst ihn doch, oder? Hass hilft.

Nutze ihn.

Er stieß die Tür auf.

Da war er. Gabriel, die Ärmel hochgekrempelt, eine Stecknadel zwischen den Lippen.

Etliche Male hatte er erwogen, ihm zu kündigen, aber mit seinen bald siebzig Jahren war Gabriel Kerschbaumer – tadellose Haltung, winzige Brille auf der Nasenspitze – vermutlich der beste Schneider von ganz Südtirol. Mehr noch: Wenn er ambitionierter gewesen wäre (Gabriel betrachtete sich als *Künstler*, und Künstler hatten so ordinäre Dinge wie Geld nicht nötig), hätte er mit den besten Modedesignern von Paris konkurrieren und immense Reichtümer anhäufen können. Noch ein Grund, warum Herr Wegener sich von ihm fernhielt. Aber heute nicht. Heute brauchte er ihn.

Als Gabriel Herrn Wegener über die Schwelle von »Frau Holle« treten sah, kam er ihm rasch entgegen. Herr Wegener packte ihn am Ellbogen und führte ihn ins Hinterzimmer.

Mit einer brüsken Handbewegung verscheuchte er die fünf Hilfsschneiderinnen, die dabei waren, Perlen auf einen Schleier zu sticken, der so hauchdünn war wie ein Spinnennetz, aber unendlich viel teurer.

»Wir müssen reden.«

»Zu Ihren Diensten, Herr Wegener.«

»Wo ist Marlene?«

»Sie hat sich heute noch nicht blicken lassen. Eine Grippe vielleicht?«

Herr Wegener schüttelte den Kopf.

»*Ich* stelle hier die Fragen.«

»Verzeihung.«

Diese nasale Stimme. Diese affektierte Sprache.

Herr Wegener massierte sich die Schläfen.

»Hat sie sich irgendwie ungewöhnlich verhalten?«

»Marlene?«

Herr Wegener packte ihn am Kragen.

»Kommen Sie mir nicht mit *der* Nummer, Gabriel. Nicht mir. Nicht heute.«

Der Schneider musterte ihn von oben bis unten. Herr Wegener hielt ihn fest im Griff.

»Marlene ist eine Künstlerin. Künstler haben den Kopf in den Wolken.«

Schon wieder dieses Geschwätz.

Als Herr Wegener Marlene den Laden schenkte, hatte er sie in der Rolle der »Hausherrin« gesehen. Die anspruchsvollsten Kundinnen umgarnen, ihnen einen Kaffee oder ein Glas eisgekühlten Sekt anbieten. Mit ihnen darüber lästern, wer mit wem ins Bett ging (apropos: Mit wem ging Marlene ins Bett?), und sich mit ihnen für einen langweiligen Theaterabend verabreden.

Er hatte ihn ganz sicher nicht gekauft, um zuzusehen, wie seine Frau sich in eine dieser kleinen Schneiderinnen verwandelte, die Reißaus nahmen, sobald er das Zimmer betrat. Doch genauso war es gekommen.

Marlene hatte begonnen zu *nähen*.

Auf seine Kritik hatte sie entgegnet, dass ihr diese Arbeit

gefalle, dass sie glücklich sei, wenn sie im Hinterzimmer des Ladens Mieder und Schleppen aneinanderheften durfte, und dass sie nicht die geringste Absicht habe, damit aufzuhören. Damit war die Diskussion beendet gewesen. Doch Herr Wegener konnte sich des Verdachts nicht erwehren, dass Gabriel seiner Frau den Floh ins Ohr gesetzt hatte, eine Künstlerin zu sein. Wahrscheinlich nur, um sich über ihn lustig zu machen.

Als er den hochgewachsenen Siebzigjährigen mit der Yul-Brynner-Glatze direkt darauf ansprach, hatte dieser nur gemeint, Marlene habe Talent. Von einer »Gabe« hatte er gefaselt. Die alte Tunte hatte ihm sogar weismachen wollen, dass sich die Kreationen seiner Frau in Gold aufwiegen ließen oder zumindest fast.

Mittlerweile war sie die gefragteste Schneiderin des ganzen Ladens. Nach Gabriel natürlich.

»Blutet ein Künstler wie andere Menschen auch?«

»Stellen Sie präzise Fragen, Herr Wegener, und ich werde versuchen, sie angemessen zu beantworten.«

»Hat Marlene angedeutet, dass sie verreisen will? Dass sie in den Urlaub fährt oder so was?«

»Nein.«

»Hat sie sich« – eine kurze Pause, in der Herr Wegeners Augen auf den ungerührten Blick von Gabriel trafen –, »sagen wir, hat sie sich mehr als sonst wie eine *Künstlerin* aufgeführt?«

»Vielleicht war sie ein wenig zerstreut. Das ja. Sehen Sie dieses Kleid da? Sie hat zweimal den Spitzensaum nachnähen müssen. Schon seltsam für jemanden, der so geschickt ist wie Marlene.«

Herr Wegener zeigte auf die Schneiderpuppe, auf der das Kleid drapiert war.

»Das nennen Sie *Kunst*?«

»Sie würden es ›Ware‹ nennen, Herr Wegener. Ich nenne es ›Kunst‹.«

Herr Wegener griff nach einer Schere und schnitt das Kleid in Stücke.

»Jetzt ist es auch für mich Kunst.«

»Dieses Kleid muss in drei Tagen fertig sein. Die Tradition verlangt, dass die Braut zu spät zur Trauung kommt. Das Kleid hingegen muss pünktlich übergeben werden. Und das ist keine Tradition, sondern so funktioniert der Markt. Wir riskieren unseren guten Namen.«

Dieser Hurensohn war aber auch durch nichts aus der Ruhe zu bringen.

Herr Wegener setzte ihm die Spitze der Schere an die Kehle.

»Ich sage es zum letzten Mal: Haben Sie etwas Auffälliges an Marlene bemerkt? Hat sie ... jemanden getroffen? Hat sie sich irgendwie ungewöhnlich benommen oder ...«

»Warum fragen Sie mich das?«, brachte Gabriel hervor. Er schien sich mehr an Herrn Wegeners Tonfall als an der Schere zu stören. »Haben Sie sie etwa nicht bespitzeln lassen?«

Herr Wegener erstarrte.

Er ließ die Schere sinken.

»Woher wissen Sie das?«

»Das wussten alle. Marlene hat es uns erzählt. Eine der Angestellten, Clara, hat irgendwann mal einen Mann bemerkt, der Ihrer Frau gefolgt ist. Eine Visage, die ihr nicht geheuer sei, hat sie zu mir gesagt, und ich habe sofort mit Marlene darüber gesprochen. Sie meinte, wir sollten uns keine Sorgen machen, dieser Mann sei einer von Ihren ... Mitarbeitern. Ihre genauen Worte lauteten« – Gabriel schnalzte mit der Zunge –, »›Mein Mann macht sich Sorgen um mich. Akte geschlossen.‹«

»Akte geschlossen«. Er hatte Marlene nie diesen Ausdruck verwenden hören. Von wem hatte sie ihn?

Akte geschlossen.

So kam es, dass Herr Wegener wieder anfing, an das Zimmer Nr. 12 zu denken.

Außer sich vor Zorn.

12.

Die Sache mit Zimmer Nr. 12 war ganz simpel.

Man betrat es grün und blau geschlagen und verließ es tot.

Zumindest dann, wenn man ein Dieb war oder ein anderes Verbrechen begangen hatte. Oder auch nur im Verdachtsfall.

Als Kobold jedoch betrat man es verängstigt und verließ es gestärkt.

Jedes Mal ein bisschen stärker als zuvor.

Denn Kobold lernte schnell. Das betonte der Standartenführer immer wieder. Der Pimpf aus Haut und Knochen besaß eine schnelle Auffassungsgabe und Nerven wie Drahtseile.

Reinrassig arisch.

Einmal hatte der Standartenführer sogar sein Bedauern geäußert, dass nicht Kobold sein Sohn war, sondern dieser Nichtsnutz in Frankfurt, der sich hinter seinem Schreibtisch verschanzte, statt an der Front Ruhm und Ehre zu ernten. Kobold war glücklich darüber gewesen. Geschmeichelt.

Angeregt von Kobolds Talenten, hatte der Standartenführer begonnen, ihm zwischen zwei Missionen Unterricht zu erteilen. Am meisten hasste Kobold den theoretischen Unterricht. Stundenlange Lektüre von »Mein Kampf«, von Büchern, die über geheime Ritterorden schwadronierten, endloses Gefasel von überlegenen und unterlegenen Rassen. Kobold lernte alles auswendig, um es dann wie ein gelehriger Papagei in Habachtstellung vorzutragen, was ihm viel Lob und ein falsches Lächeln einbrachte.

Kobold war überhaupt nicht überzeugt von dem, was er da pflichtgemäß von sich gab. Von wegen Juden und Arier! Die Welt teilte sich in zwei Kategorien auf: Die einen besaßen Schuhe, die anderen liefen barfuß herum. Natürlich hätte er solche ketzerischen Gedanken niemals laut ausgesprochen, denn der Standartenführer hätte ihm nur noch mehr von diesem Mist eingebläut, statt zu dem Unterricht überzugehen, den er mochte. Oder vielleicht hätte er ihn auch erschießen lassen.

Was er mochte, war der praktische Unterricht. Er war nicht so langweilig und viel nützlicher.

Die neuesten Methoden des Partisanenkampfes aus dem Handbuch der Waffen-SS. Einsickern und Absetzen. Tarnen. Karten- und Kompasslesen. Verhören.

Und dann war da noch das Zimmer Nr. 12 des Gebirgs-Armeekorps in Bozen. Jenes düstere Gebäude, das von manchen auch »Protzpalast« genannt wurde.

Hier zeigte der Standartenführer ihm, wie man Fingernägel ausriss, Gelenke auskugelte, effektiv und kräftesparend auf Fußsohlen eindrosch. Im Zimmer Nr. 12 lernte Kobold, keine Angst vor Schmerzen zu haben.

Schmerzen waren gar nicht das Schlimmste, was einem passieren konnte. Das Schlimmste war das *Warten* auf die Schmerzen.

Aus diesem Grund hatte Herr Wegener Moritz so lange allein gelassen. Eingesperrt in den Geräteschuppen der Villa an der Passer. In der eisigen Kälte, während die Schatten immer länger wurden, um sich schließlich im Dunkel der Nacht aufzulösen, und während eine innere Stimme danach schrie, dass endlich Schluss sein sollte.

Moritz hatte eine Aufgabe. Eine wichtige Aufgabe: Marlene beschatten. Sie verfolgen. Herrn Wegener jede Abweichung vom normalen Verhalten, jede Begegnung mit Dritten, ob zufällig oder nicht, mitteilen. Ihm berichten, welche Kunden nur Stielaugen und welche ihr offene Avancen machten.

Heimlich.

Für den Fall, dass Marlene ihn bemerkte, hatte Moritz unverzüglich Mitteilung zu machen. Er hätte dann eine Standpauke und vielleicht ein paar gebrochene Rippen einkassiert.

Mehr nicht.

Nun aber war alles anders.

13.

Er war fix und fertig vor Angst.

Moritz saß auf dem Fußboden im Schuppen, den Kopf zwischen den Knien. Er hob den Blick, als Herr Wegener eintrat, und stotterte:

»Ich ... ich habe einen Fehler gemacht. Ich ...«

»Nur einen?«, höhnte Herr Wegener.

»Viele«, korrigierte Moritz sich, »viele Fehler, *zu* viele Fehler, Herr Wegener. Verzeihen Sie, ich weiß nicht, wie ich das erklären soll, ich ...«

Herr Wegener zog die Automatikpistole aus dem Gürtel.

»Wenn du noch einmal das Wort ›verzeihen‹ sagst, jage ich dir eine Kugel in den Kopf. Marlene hat dich gesehen. Hast du das gewusst?«

Sinnlos, zu lügen.

»Ja.«

»Seit wann?«

»Seit ein paar Tagen.«

»Sicher?«

»Vielleicht seit einer Woche.«

»Und du hast mir nichts davon gesagt?«

»Ich wollte erst ganz sicher sein, Herr Wegener. Ich wollte nicht, dass ...«

»... dass ich auf komische Ideen komme?«

»Ich weiß von nichts, Herr Wegener. Wegen dem Diebstahl. Es war sicher kein böser Wille. Ihre Frau ... Ich bin genauso überrascht wie Sie.«

»Auch du glaubst also, es war Marlene?«

Moritz schluckte ein paarmal.

Herr Wegener lief im Schuppen auf und ab.

Drei Schritte vor, drei Schritte zurück.

»Es war also kein böser Wille?«

»Reine Langeweile. Für Ihre Frau war ja ein Tag wie der andere. Sie ging zur Arbeit, dann um eins zur Mittagspause, und um zwei war sie schon wieder im Geschäft. Um sechs hat sie Feierabend gemacht und ist nach Hause gegangen. Sie hat höchstens mal einen Kaffee getrunken, zusammen mit Herrn Kerschbaumer und der einen oder anderen Kollegin, in dem Café neben der Schneiderei. Hin und zurück nahm sie immer denselben Weg.«

»Sie hat sich sonst mit niemandem getroffen?«

»Das hätte ich Ihnen gesagt.«

»Du hättest es mir berichtet.«

»Selbstverständlich, Herr Wegener.«

Herr Wegener blieb stehen. Er ging mit seinem Gesicht ganz nah an das von Moritz und brüllte plötzlich los:

»Und aus welchem Grund, verdammte Scheiße, sollte ich dir *glauben*?«

»Ich gebe Ihnen mein Wort, ich ...«

Herr Wegener packte ihn am Schopf, zwang ihn auf alle viere und knallte seinen Kopf mit der Stirn gegen den Betonboden. Einmal, zweimal, dreimal, bis Blut spritzte.

Herr Wegener lockerte seinen Griff. Moritz fuhr sich mit den Händen an die Stirn und verdrehte die Augen.

»Tut's weh?«

»Ich habe es verdient.«

Herr Wegener entsicherte seine Pistole und zielte auf ihn.

Moritz hob die Hände.

»Bitte ...«

»Und warum hast du nicht aufgepasst?«

Der Mann reagierte schnell.

Zu schnell.

»Es gibt keine ...«

Herr Wegener drückte ab.

Die Kugel traf Moritz am Knöchel. Georg schaute kurz zur Tür herein und verschwand wieder.

Moritz schrie auf. Herr Wegener hielt ihm die Mündung der Pistole an die Schläfe.

»Mein Lehrmeister hat behauptet, Schießen sei keine gute Methode, um an Informationen zu kommen. Eine Schusswunde würde das rationale Denken beeinträchtigen und Kooperation verhindern. Ich sehe das anders. Ich glaube, eine Kugel kann Wunder bewirken. Möchtest du wissen, wie aus einer Kugel ein Wunder wird?«

»Ja«, stöhnte Moritz. Sein Gesicht war nass von Blut, Schweiß und Tränen. »Ja, Herr Wegener. Bitte, zeigen Sie es mir.«

»Sag mir die Wahrheit, das reicht mir erst mal. Georg wird dich zu einem Arzt bringen, und danach nimmst du dir ein paar Wochen frei. Bei deiner Rückkehr reichen wir uns die Hände. Wahrscheinlich wirst du dein Leben lang hinken, aber besser lahm als tot. Und wenn das kein Wunder ist, was verflucht noch mal dann?«

»Helene.«

»Die Hausdame?«

»Wir ...«

Natürlich. Gewiss.

Die Hausdame war eine schöne Frau. Mit ein bisschen Schminke wäre sie wahrscheinlich mehr als nur schön gewesen. Herr Wegener wusste genau, wie alles gelaufen war. Man arbeitete Seite an Seite und lernte sich immer besser kennen. Ein Blickwechsel. Hände, die einander berührten.

Ein gestohlener Kuss.

Dann wurde das Spiel gewagter.

Der Mensch will immer mehr. Er selbst war das beste Beispiel dafür. Der Gelegenheitsfick ist irgendwann nicht mehr aufregend genug. Langeweile breitet sich aus, Widerwille. Was liegt da näher, als die Begierde durch ein heimliches Stelldichein während der Dienstzeit, beim Beschatten, wieder anzustacheln.

Herr Wegener wusste genau, wie so etwas lief.

Er hörte kaum, wie er schoss.

14.

Er traf Helene in der Küche an, dort, wo sie hingehörte. Sie saß vor dem Ofen und blätterte in einem Groschenroman.

Als sie ihn eintreten sah, sprang sie auf, den Zeigefinger als Lesezeichen zwischen den Seiten.

Sie war blass und angespannt, zwang sich aber zu lächeln. Herr Wegener reagierte nicht auf ihren Gruß. Er ging wortlos auf sie zu.

Als Helene die Pistole bemerkte, die Herr Wegener an

der Hüfte trug, versuchte sie zu fliehen. Vergeblich. Herr Wegener packte sie an ihrem blonden Zopf und stieß sie zu Boden. Helene prallte so hart auf, dass sie keine Luft mehr bekam.

Herr Wegener trat nach dem Groschenroman, der über den Boden davonschlitterte, packte sie noch mal an dem mittlerweile losen Zopf und zwang sie, vor ihm niederzuknien.

Er hielt ihr die Automatik an die Stirn.

»Georg ist dabei, deinen Liebhaber den Forellen in der Passer zum Fraß vorzuwerfen. Weißt du, was das bedeutet?«

Sie wusste es.

»Er wollte das. Ich hatte schon seit einer Weile keine Lust mehr. Er war so einfallslos. Es hat nie lange gedauert.«

Helene zog die Nase hoch und sah ihn mit kalten Augen an. »Er war nicht gerade eine Kanone im Bett.«

Herr Wegener lächelte. Er schätzte Kälte bei Frauen. Eine Rarität.

»Hat er dir jemals was über Marlene erzählt?«

»Nein.«

»Und du, hast du jemals was mitbekommen?«

Helene biss sich auf die Lippen.

»Georg ist bald fertig. Er wird gleich wieder hier sein«, ermutigte Herr Wegener sie.

»Es war nur so ein Gefühl.«

Dieser Blick.

Helene überlegte. Sie wusste etwas. Aber wenn sie nicht aufpasste, würde sie ebenfalls als Fischfutter enden. Die

Hausdame wog ab, ob sie den Mund aufmachen sollte oder nicht.

Es gab nur eine Methode, um jemanden zum Reden zu bringen, wusste Herr Wegener, nämlich: Schweigen zu bewahren. In Zimmer Nr. 12 hatte er das gelernt. Herr Wegener schwieg.

Helene senkte den Kopf.

»Sie hatte einen anderen.«

Die Hand, in der er die Automatik hielt, zitterte.

Die Stimme von Herrn Wegener nicht.

»Kennst du ihn?«

Helene schüttelte den Kopf.

»Ist ja nur eine Vermutung.«

Herr Wegener schlug ihr mit dem Kolben der Pistole ins Gesicht.

Schluchzend fiel die Frau zur Seite.

»Ich habe ihr Zimmer geputzt, Herr Wegener. Vor drei Wochen. Marlene war am Telefon. Ich glaube nicht, dass sie mich bemerkt hat ...« – sie spuckte eine Mischung aus Blut und Speichel aus und sprach schnell weiter –, »... ich bin sicher, dass sie mich weder gesehen noch gehört hat. Sie sprach ganz leise.«

»Was hat sie gesagt?«

»Ich habe nur einen Namen gehört.«

»Welchen?«

Helene starrte ihn an.

»Danach werden Sie mich sowieso umbringen.«

»Der Name.«

»Klaus.«

Herr Wegener ließ seine Waffe sinken und steckte sie

zurück in seinen Gürtel. Er wandte sich ab und nahm eine Flasche aus dem großen Kühlschrank.

Wodka. Am liebsten trank er ihn auf Eis.

»Ich kenne keinen Klaus.«

»Genau das sollen Sie ja auch nicht, Herr Wegener.«

Das war schlagfertig gewesen. Herr Wegener goss etwas Wodka in zwei Zinnbecher.

»Steh auf und trink!«

Helene gehorchte. Ihr Gesicht war blutverschmiert. Unter dem Ohrläppchen klaffte eine Wunde.

»Das muss genäht werden«, murmelte Herr Wegener.

»Es tut nicht sehr weh.«

Die Frau trank von ihrem Wodka.

»Du hast sie also am Telefon gehört. Du hast sie einen Namen sagen hören. Klaus. Wieso bist du dir so sicher, dass es der Name ihres« – er zögerte kaum merklich – »Liebhabers war?«

Helene trank den Rest aus dem Becher auf ex.

»Als sie den Namen sagte, hat sie gelächelt.«

»Und was soll das heißen?«

»Es gibt ein Lächeln für den Briefträger, ein Lächeln für den Fremden im Autobus. Dann gibt es ein Lächeln, das etwas sagen will wie: ›Hallo, mein Lieber, wie geht es dir heute?‹ Und eben *dieses* Lächeln. Jede Frau kennt es.«

Herr Wegener nickte.

»So wie verliebte Mädchen lächeln?«

»Jawohl, Herr Wegener.«

Helene wollte noch etwas hinzufügen, als Georg in die Küche kam. Sein Blick fiel auf Helenes blutiges Gesicht, auf die Wodkaflasche, dann auf Herrn Wegener.

Herr Wegener ignorierte ihn.

Helene begann zu zittern.

»Kannst du mir das Lächeln zeigen, bitte? *Dieses* Lächeln? Ich möchte es verstehen«, sagte Herr Wegener zu der Hausdame.

»Sie hat so gelächelt – so.«

Es war ein schönes Lächeln. Hatte Marlene ihn jemals so angelächelt? Er konnte sich nicht erinnern.

»Mach weiter. Das ist hübsch. Nicht aufhören.«

Helene machte weiter.

Herr Wegener nahm eins der Messer aus dem Messerblock neben der Spüle und bohrte es der Frau in die Rippen. Helene hörte auf zu lächeln. Sie versuchte sich zu wehren, schlug um sich, traf ihn mit der Faust. Herr Wegener stach erneut zu, diesmal heftiger. Dann drehte er die Klinge um.

Helene hörte auf, um sich zu schlagen.

Ein Röcheln, dann atmete sie nicht mehr.

Herr Wegener verließ die Küche.

Georg blieb. Er holte schwarze Müllsäcke und Bleichmittel unter der Spüle hervor. Die Küche war das einzige Zimmer im ganzen Haus ohne Teppich. Zum Glück. Blutflecken aus einem Teppich zu entfernen war eine Heidenarbeit. Am Ende warf man ihn dann doch meistens weg.

15.

Sie machte sofort die Augen wieder zu.

Es ging nicht anders.

Übelkeit. Ein süßlicher Geschmack im Mund. Ein Hämmern im Schädel und ein Pfeifen in den Ohren. Nur der Geruchssinn funktionierte noch.

Ruß, verbranntes Holz. Kälte. Kälte hat einen ganz bestimmten Geruch. Ähnlich wie Ozon, der Geruch von Blitzen, aber stechender und metallischer, wie geronnenes Blut.

Sie kannte diese Gerüche. Sie kannte die harten Stellen in der Matratze, die sich in ihren Rücken bohrten, und die Beschaffenheit der Decken, die über ihr lagen. Sie bedeuteten Armut.

Ruß. Kälte. Armut. Für einen Moment wurde Marlene von Erinnerungen überwältigt.

Die Kühe im Stall, der Gestank von Mist, der fade Maisbrei morgens und abends. Die schweren Schuhe des Vaters, die neben dem Ofen standen. Das Gesicht der Mutter.

Beim Gedanken an das Gesicht ihrer Mutter öffnete sie die Augen. Ihre Mutter *(verrücktverrücktverrückt)* war schon lange tot, sie wollte nicht an sie denken.

Nie mehr.

Aber auch mit offenen Augen war es fast unmöglich, zwischen Realität und Erinnerung zu unterscheiden. Das Zimmer, in dem Marlene aufgewacht war, sah genauso aus wie das, in dem sie ihre ersten Lebensjahre verbracht hatte. Die Wände aus Zirbenholz, das schmale Fenster, der polierte Schrank, die rauchgeschwängerte Luft. Sogar der wackelige Stuhl, über dem ihre Jacke hing, ähnelte dem, auf dem sie als Kind ihre Kleider abgelegt hatte.

Als das Déjà-vu vorüber war, kamen die Schmerzen. Sie hob die Hände an den Kopf und ertastete einen Verband. Vorsichtig drückte sie darauf und stöhnte.

Sie erinnerte sich.

Der Mercedes, der ins Schleudern geraten war, die Baumstämme, so überdeutlich, dass sie schon fast künstlich wirkten, der Aufprall. Das Blut auf dem Lenkrad. Und ein grobkörniges Bild.

Ein Mann mit einem schwarzen Hut, der sich über sie beugte und sie hochhob, um sie über der Schulter zu tragen. Blaue Augen, klar wie Kristall.

Er stapfte durch den Schnee und sang leise vor sich hin.

Sie erinnerte sich nicht an den Text des Liedes, nur an den Klang.

Sanft.

Die Schmerzen ließen nach.

Marlene schaute sich weiter um. Auf der Kommode stand eine Kerze, aber da war nichts, um sie anzuzünden.

Ein Streifen Licht drang durch die geschlossenen Fensterläden. Die Rahmen waren mit Moos abgedichtet. Ein uralter Trick gegen Zugluft. Sie atmete aus, und ihr Atem verwandelte sich in eine Wolke.

Nicht immer sind die ältesten Tricks die besten. Ein klarer Gedanke, endlich.

Nur Mut.

Sich aufzusetzen und die Füße auf den Boden zu stellen war eine Qual. Sich zu bücken und die Schuhe anzuziehen die reinste Pein. Als sie aufgestanden war, wurde ihr dermaßen schwindelig, dass sie nur mit äußerster Willensanstrengung nicht umkippte.

Sie hatte sich noch nie so schwach gefühlt.

Mit unsicheren Schritten bewegte sie sich auf den Stuhl zu und tastete ihre Daunenjacke ab. Der Samtbeutel mit den Saphiren war noch da, sicher verwahrt in der Innentasche. Glück gehabt. Die Edelsteine waren das Einzige, auf das sie bauen konnte. Marlene wusste nicht, wo sie sich befand, sie wusste nicht, wer sie hierher gebracht hatte, und sie hatte jedes Zeitgefühl verloren. Ihre Armbanduhr war stehen geblieben, und es war unmöglich, durch die Ritzen der Fensterläden die Tageszeit zu erraten.

Zu viel Schnee.

Sie musste unbedingt herausfinden, wie viel Uhr es war.

Aber erst mal musste sie hier raus.

Sie öffnete die Tür.

»Ist da jemand?«

Keine Antwort.

Sie machte ein paar zaudernde Schritte in die Dunkelheit.

»Ist jemand zu Hause?«, rief sie etwas lauter.

Wieder keine Antwort.

Sie sah eine Treppe und warmes Licht, das von unten heraufschien.

Schon wieder dieses Gefühl von Déjà-vu. Keine Erinnerung und kein Traum. Aber es gab eine einfache Erklärung. Eine Heugabel, sagte sie sich, ist auch am Nordpol eine Heugabel.

Eine Heugabel besteht aus einem Griff zum Festhalten und aus mehreren Zinken zum Aufspießen. Ein Erbhof besteht aus einem Heuschober, einem Brunnen, einem Außenklo, einem Gitterrost fürs Schwarzbrot, einer Räucherkammer für den Speck (»Man braucht drei Dinge, um Speck zu machen«, sagte ihr Vater immer: »Salz, Rauch und saubere Luft«), einem Stall für die Tiere, einem Keller, um Wein und Öl zu lagern, und der Stube, dem wichtigsten Zimmer.

Ein Erbhof war auch am Nordpol ein Erbhof.

Sie begann, die knarrenden Treppenstufen hinunterzusteigen, die Hand immer am Geländer. Am Ende der Treppe befand sich die Stube, die genauso aussah, wie sie es erwartet hatte.

Ein Tisch mit Eckbank und ein paar wackeligen Stühlen. Eine robuste Tür aus Lärchenholz, die unter dem Treppenabgang kaum auffiel und wahrscheinlich zum Keller mit dem Öl und dem Wein führte. Noch mal Zirbenholz, als Kontrast zu der Wandverkleidung aus Kiefernholz. Ein rauchgeschwärzter Topf, der leise blubbernd über dem Feuer hing.

Kennst du einen, kennst du alle.

Oder fast.

Die Unordnung und der Schmutz in der Stube lieferten ihr den Beweis, dass sie nicht träumte. Und dass es sich nicht um eine Erinnerung handelte. Selbst an ihren schlimmsten Tagen hätte Mama so viel Dreck niemals zugelassen. Als Mama den Verstand verlor, tat sie nichts anderes mehr als putzen, putzen und noch mal putzen.

Sie konzentrierte sich auf die ausgestopften Tiere, die überall herumstanden. Auf dem Kaminsims, auf den Regalen, auf den Schränken. Es waren keine gewöhnlichen

Jagdtrophäen. Sie hatten einen ganz bestimmten Namen. *Wolpertinger.* Marlene hatte schon davon gehört, aber noch nie einen mit eigenen Augen gesehen. Es waren mindestens zwanzig.

Ein Wolpertinger war eine Art Scherzartikel. Ein ausgestopftes Tier, das in der freien Natur gar nicht existierte, sondern aus willkürlich zusammengestellten Körperteilen bestand, mit dem einzigen Ziel, den Betrachter zu verblüffen und ein paar Lacher zu ernten.

Die in der Stube versammelten Exponate waren in der Tat außergewöhnlich.

Ein Fuchs mit den Flügeln einer Alpendohle und dem buschigen, glänzenden Schwanz eines Eichhörnchens. Ein Auerhahn mit dem Kopf eines Steinmarders und den winzigen Flügeln eines Zaunkönigs. Ein Wolfskopf mit Fledermausflügeln statt Ohren. Er musste schon ziemlich alt sein, rechnete Marlene nach. In Südtirol waren Wölfe und Bären seit fast einem Jahrhundert ausgestorben.

Sie trat näher und berührte die Schnauze. Wegen der Wärme in der Stube wirkte es fast so, als würde der Wolf atmen.

Sie streichelte ihn weiter, während ihre Augen nach einer Wanduhr suchten. In jeder Stube gab es eine Wanduhr. Eine Wanduhr und einen Kalender.

Kennst du eine, kennst du alle.

Aber sie konnte keine entdecken.

Auch das war anders hier.

Verdammt.

Sie musste unbedingt herausfinden, wie viel Uhr es war. Das Zeitfenster, das sie sich für ihre Flucht gesetzt hatte, war eng. Außerdem würde sie anhand der Uhrzeit erahnen können, was Herr Wegener gerade tat, wen er schon »verhört« und welche Informationen er bereits hatte.

Den Gebrauchtwagenhändler?

Moritz?

Oder *schlimmer*?

Aber dafür brauchte sie eine Uhr, und in dieser Stube befanden sich jede Menge Wolpertinger sowie etwa einhundert handgeschnitzte Tierfiguren – eine Ziege, ein Adler, ein Stier, ein Wolf, Murmeltiere in verschiedenen Posen, ein ganzer Wurf lächelnder Säue und Ferkel und ein großer Steinbock mit einem kaputten Horn, der auf einem Stapel Brennholz in der Ecke lag –, aber keine einzige Uhr.

Sie nahm die Hand von der Wolfsschnauze und trat zum Fenster, einem nur kleinen Rechteck, um Wärmeverlust zu vermeiden. Eiskristalle bedeckten die Scheibe, sodass man draußen unmöglich etwas erkennen konnte. Bestimmt schneite es.

Schlechte Neuigkeiten. Das hieß, dass sie hier festsaß. Und warten musste. Während Herr Wegener alle Zeit der Welt hatte, um ihre Spur aufzunehmen, Informationen zusammenzutragen und ...

Bei dem Gedanken, dass Klaus in Gefahr sein könnte, wurde sie fast ohnmächtig.

»O verdammt«, flüsterte sie, während ihr die Tränen der Verzweiflung in die Augen stiegen. »Verdammt, verdammt, *ver...*«

Das Quietschen der Türklinke ließ sie zusammenzucken. Ein großer, schwarz gekleideter Mann kam zur Tür herein. Der Wind fegte einen Schwall Eisregen mit ihm in die Stube.

Der Mann schien erstaunt, sie dort stehen zu sehen. Er hielt zwei schwere Metalleimer in den Händen.

Marlene erriet sofort, warum er trotz Schneesturm nach draußen gegangen war. Der Gestank war unverkennbar. Er hatte die Schweine gefüttert.

Marlene lächelte ihm zu.

Der Mann antwortete mit einem Nicken. Er stapfte mit den Füßen auf, zweimal links und zweimal rechts, um den Schnee von seinen Stiefeln abzuklopfen. Er trat näher, stellte die Eimer neben der Tür ab und zog seinen schweren Mantel aus, den er an einen Haken neben eine Flinte hängte. Ihr Vater hatte ein ähnliches Gewehr benutzt. Zum Wildern, aber Hunger war Hunger. Ein Rehbock konnte eine dreiköpfige Familie eine ganze Woche lang ernähren. Auch zwei, wenn man sparsam haushaltete.

Der Mann musterte sie aus stechenden blauen Augen.

Ein Baur. Um die sechzig. Allerdings war es immer heikel, das Alter eines Baurn abschätzen zu wollen. Die schwere Arbeit, der Wind, die Eiseskälte im Winter und die Gluthitze im Sommer ließen das Gesicht hart werden und gefurcht wie Baumrinde. Der Baur war hochgewachsen und schien gut bei Kräften. Auch das war normal. Nur selten zeigte ein Baur Anzeichen von Schwäche. Genau wie bei den Bäumen, denen sie so ähnelten, war ihr Dasein karg und kam ihr Tod plötzlich. Ein Baur konnte sich kein Dahinsiechen erlauben.

Der Mann schloss die Tür und begann zu sprechen.

16.

»Ich dachte, du stehst nicht vor morgen auf«, sagte er überrascht. »Aber das freut mich. Du bist aus hartem Holz geschnitzt – für eine aus der Stadt.«

Die Markenkleidung. Der Nagellack.

Der Mercedes.

Eine aus der Stadt.

Marlene widersprach nicht. Auch wenn sie sich die letzten vier Jahre vorgemacht hatte, eine aus der Stadt zu sein, stimmte es einfach nicht. Eine aus der Stadt konnte Jeans tragen und trotzdem toll aussehen. Sie konnte Auto fahren, weil das einfach dazugehörte. Die Bauerntrampel aus den Bergen (sie stanken nach Kuhmist) verbrachten Stunden vor dem Kleiderschrank, um wenigstens ein bisschen weniger nach Trampel auszusehen. Und wenn sie sich hinters Steuer setzten, kamen sie sich wie bei einer Mutprobe vor. Aber das alles konnte der Baur nicht wissen. Genauso wenig, wie er wissen konnte, dass Marlene Nagellack und Markenkleidung verabscheute, weil sie ihr das Gefühl gaben, eine *(Hure, eine widerliche Hure)* Lügnerin zu sein. Nein, trotz Nagellack, Markenkleidung und Mercedes würde Marlene niemals eine aus der Stadt sein.

Und aus hartem Holz geschnitzt? Nicht eine Minute in ihren zweiundzwanzig Lebensjahren.

Alles andere als das.

Dennoch lächelte die junge Frau, dankbar für diesen Vergleich, denn sie wusste, dass es in der Sprache der Baurn ein Kompliment war. Vielleicht das größte. Eine aus der Stadt hätte dabei an einen Bauerntrampel mit stämmigen

Beinen und einem bräsigen Gesichtsausdruck gedacht. Einer aus der Stadt wäre es lieber gewesen, »schön« oder »faszinierend« oder, noch besser, »sexy« zu sein. Vielleicht wäre sie sogar gekränkt gewesen. Aber der Mann an der Tür war kein gewöhnlicher Mann. Er war ein Baur.

Deswegen lächelte sie.

Marlene wusste, dass aus dem Mund eines Baurn »aus hartem Holz geschnitzt« (»Was muss eine tüchtige Bäuerin können, Papa?« – »Nähen, hungern und die Zähne zusammenbeißen.«) eine Bedeutung annahm, bei der Attribute wie »sexy«, »faszinierend« und »schön« verblassten.

»Ich danke Ihnen für Ihre freundlichen Worte«, sagte sie und neigte leicht den Kopf. Es erschien ihr angemessen, ihn zu siezen, wie man es bei jemandem tat, der mehr Falten hatte als man selbst. »Und ich werde für immer in Ihrer Schuld stehen, denn Sie haben mir das Leben gerettet. Ich heiße Marlene. Marlene Taufer.«

Taufer, ihr Mädchenname. Ihr Lächeln vertiefte sich, als sie ihn aussprach.

Der Mann ergriff ihre Hand mit seinen beiden Händen. Sie waren hart und rau wie Granit, aber sein Händedruck war sanft, fast als hätte er Angst, ihr wehzutun. Eine Achtsamkeit, die nur eine aus den Bergen zu würdigen wusste.

»Ich heiße Simon Keller«, erwiderte der Baur. »Du musst dich nicht bei mir bedanken. Du solltest lieber Voter Luis danken. Er hat mir alles beigebracht, was ich weiß. Ich habe dir Schlafmohn gegeben, weil du Schmerzen hattest, aber nur, weil Voter Luis mir vor Jahren erklärt hat, wie man damit umgeht. Ich habe deine Wunde genäht, und auch das habe ich von ihm gelernt.«

Er zeigte auf Marlenes Kopfverband und fuhr fort: »Es gibt keinen Spiegel auf dem Hof, in dem du dich ansehen könntest, aber ich glaube nicht, dass da eine Narbe bleibt. Deine Haut ist wie von einem Kind. In ein paar Jahren wird man nichts mehr sehen.«

Narben?

Marlene erbleichte und fasste instinktiv an den Verband.

Was wird Klaus denken, wenn er mein Gesicht geflickt sieht wie das von Frankenstein? Wird er Albträume bekommen oder mich trotzdem weiter lieben?

Und wenn ...

Hör auf damit!

»Die Narben sind egal. Hauptsache, ich lebe. Das ist das Wichtigste, Simon Keller.« Marlene ließ die Hand sinken. Obwohl sie die Antwort schon kannte, fragte sie leise: »Voter Luis ist nicht mehr unter uns, habe ich das richtig verstanden?«

»So ist es.«

»Dann werde ich ihm im Gebet danken.«

Simon Keller schien angenehm überrascht.

»Voter Luis war ein sehr gläubiger Mann. Er wird sich freuen.«

Das höfliche Abtasten hatte nun ein Ende. Für einen Moment starrten sie einander an. Zwei Fremde, die das Schicksal zusammengeführt hatte Der Baur unterbrach das peinliche Schweigen.

Er räusperte sich, nahm einen Stuhl und stellte ihn vor den Kamin. Auf sein Zeichen hin setzte Marlene sich, aber erst nachdem Simon Keller auf der Eckbank Platz genommen hatte. Das gehörte zu den ungeschriebenen Gesetzen auf einem Erbhof. Auch wenn er »bitte« sagte, gab der Baur Befehle und bat nicht um einen Gefallen. Der Baur stimmte das Gebet vor dem Essen an, schnitt den Speck oder goss den Gästen Wein ein. Der Baur nahm in seinem Haus als Erster Platz.

Haus?

Ein Erbhof bedeutete Plackerei und ewige Verdammnis. Eine jahrhundertealte Tradition von Durchhaltevermögen und Zähigkeit. Ein Fluchtort vor Unwettern. Eine sichere Bastion vor dem eisigen Tod. Ein Erbhof war eine selbstgenügsame Welt, die von uralten Mechanismen bestimmt wurde.

Nur einer aus der Stadt fiel es ein, ihn »Haus« zu nennen.

»Gibt es keine Bäuerin, bei der ich mich bedanken kann?«

»Nur ein Mann hält es aus, in so einem Durcheinander zu leben, meinst du nicht?«, scherzte Simon Keller. »Ich habe eigentlich nie ans Heiraten gedacht, weil schon in meiner Jugend keine Frau mehr Bäuerin werden wollte, genauso wenig wie heute noch einer Baur. Die Zeiten ändern sich, und wie immer haben die Frauen alles schneller begriffen als wir Männer. Aber für mich ist das in Ordnung. Ich habe alles, was ich brauche.«

»Macht Ihnen die Einsamkeit nicht zu schaffen? Man muss stark sein, um sie zu ertragen.«

Die Sprache der Bergbewohner: ein Kompliment hinter einer Frage verstecken.

Simon Keller warf sich unmerklich in die Brust.

»Das ist der Hof meines Vaters und des Vaters meines Vaters ... Er ist seit Generationen in Familienbesitz. In einem Balken im Schweinestall ist das Datum ›1333‹ eingeritzt, aber Voter Luis meinte, der Hof sei viel älter. Er ist immer wieder zerstört worden, aber jedes Mal haben die Kellers ihn ein Stück solider wieder aufgebaut. Der Erbhof bietet den Kellers schon seit Ewigkeiten Schutz, hat Voter Luis immer gesagt, und die Kellers kümmern sich schon seit Ewigkeiten um seinen Erhalt.«

»Das klingt weise«, sagte Marlene.

Der Mann fuhr sich mit der Hand über die kurzen grauen Haare am Hinterkopf.

»Voter Luis war ein sehr weiser Mann. Und er war ...« – er stand auf, als wäre ihm etwas Wichtiges eingefallen – »... in jeder Hinsicht besser als ich, nicht nur mit Worten, sondern er hatte auch bessere Manieren.«

Er trat zu der Kredenz und öffnete sie.

Marlene stand ebenfalls auf.

Simon Keller signalisierte ihr, sich wieder zu setzen.

»Du bist aus hartem Holz geschnitzt, aber du musst essen. Essen und wieder zu Kräften kommen.«

Marlene versuchte zu protestieren.

»Meine Mutter hat immer Wert darauf gelegt, dass ich mich anständig benehme. Bitte, lassen Sie mich helfen.«

Simon Keller legte Teller und Löffel zur Seite und drückte Marlene sanft zurück auf ihren Stuhl.

»Was würde deine Mutter mehr freuen: wenn sie dich beim Essen sähe oder wenn sie sähe, wie du einen alten Brummbären wie mich bedienst?«

Marlene lächelte.

Simon Keller erwies ihr eine große Ehre. Ein Baur bediente nicht am Tisch. Das taten die Frauen des Hauses. Und auch, was er für sie gekocht hatte, war eine Respektbezeugung: Leberknödel. Klein und dunkel schwammen sie in einer fettigen Brühe. Leberknödel wurden serviert, wenn hoher Besuch kam. Der Pfarrer, der Bürgermeister. Der Lehrer. Normalerweise waren die Mahlzeiten auf einem Erbhof eintönig. Polenta, Kraut. Schwarzbrot. Speck.

Ein bisschen Käse.

Marlene erwartete, dass Simon Keller die Speise segnen würde, aber der Baur nahm sofort seinen Löffel und begann zu essen. Marlene tat es ihm nach. Die Suppe war heiß und schmeckte trotz ihres wenig appetitlichen Anblicks köstlich.

Sie musste nicht um Nachschlag bitten. Der Baur füllte ihren Teller auch ungefragt ein zweites Mal. Marlene aß ihn komplett leer.

Sie redeten erst wieder, nachdem der Baur seine weiße Meerschaumpfeife mit der ungewöhnlichen Form gestopft hatte. Jetzt, da ihr Hunger gestillt war, fiel Marlene wieder ein, was sie vor dem Essen so beschäftigt hatte.

»Können Sie mir sagen, wie spät es ist?«

»Gegen fünf bringe ich den Jungs immer ihr Futter, danach esse ich selbst«, rechnete der Baur ihr vor. »Heute waren wir allerdings etwas später dran. Also müsste es jetzt ungefähr sechs sein.«

Marlene machte große Augen.

»Jungs?«

»Jungs und Mädchen«, korrigierte Simon Keller sich. Er

lachte und zog an seiner Pfeife. »Meine Schweine. Früher gab's hier auch Kühe, aber jetzt sind nur noch die Jungs da. Die Schweine. Ich nenne sie so Intelligente Tiere, die Schweine. Und sehr pingelig: Sie wollen immer um dieselbe Uhrzeit fressen. Ich versuche pünktlich zu sein, sonst machen sie die ganze Nacht Krach.« Simon Keller schaute den Rauchkringeln nach, die sich in der Stube ausbreiteten. »Also, ja, ich würde sagen, es ist sechs Uhr abends. Sechs Uhr abends am Tage des Herrn.«

Marlene fühlte ihre Knie weich werden.

»Am Tage des ...«

»Sonntag.«

»Ich habe ...«

»Du hast zwei ganze Tage durchgeschlafen.«

Zwei ganze Tage.

17.

Eins.

Zwei.

Drei.

Beim dritten Klingeln ging der Capitano an den Apparat. Herr Wegener konnte im Hintergrund undeutlich die Stimme des Nachrichtensprechers hören, dazu die abendlichen Geräusche eines Familienhaushalts. Isabella spülte Geschirr. Er konnte sogar die Melodie heraushören, die sie summte.

Keine Begrüßung, kein Name. Er kam direkt zur Sache.

»Ich brauche eine Liste mit allen Telefonaten, die von der Villa aus geführt wurden«, sagte er.

»Ich kann es nicht leiden, wenn man mich zu Hause stört.«

»Und ich kann deinen Ton nicht leiden ... Eine Liste von den letzten drei Monaten. Oder sagen wir besser: vom letzten halben Jahr.«

Der Capitano brach in Gelächter aus.

»Du machst wohl Witze!«

»Und ich will sie sofort.«

»Solche Bestellungen kannst du vielleicht bei deinem Gemüsehändler aufgeben. Aber nicht bei mir.«

»Dein Ton gefällt mir immer noch nicht.«

Ein Rumpeln. Der Telefonhörer wurde auf einer harten Oberfläche abgelegt. Schritte. Eine Tür fiel ins Schloss. Das Geschirrklappern hatte aufgehört.

Auch Isabellas Summen.

Der Capitano war wieder am Apparat.

»Für so was braucht man die Unterschrift vom Staatsanwalt. Das ist ein riesiger Aufwand. Vom Risiko ganz zu schweigen. Dich kennt hier jeder, und falls jemand Wind davon kriegt, muss ich Antworten auf Fragen geben, die ich nicht beantworten kann.«

»Du sollst es ja nicht offiziell machen.«

»Mancher Staatsanwalt würde zwei Jahre seines Lebens dafür geben, diese Liste in die Finger zu kriegen. Hast du daran mal gedacht? Was ist, wenn sie mich erwischen und die Liste bei einem von denen landet?«

»Du bist kein Staatsanwalt. Staatsanwälte sind Entscheidungsträger. Du entscheidest einen Scheiß. Du musst einfach nur schlauer sein als sie. Wir sitzen im selben Boot, Carbone. Wenn ich untergehe ...«

»Das überschreitet meine Kompetenzen.«

»Ich habe hier einen Namen: Klaus. Ich will wissen, wer das ist.«

»Ich soll ...«

»Ich habe dir gesagt«, unterbrach ihn Herr Wegener, »du sollst es nicht offiziell machen.«

Er beendete das Gespräch und rieb sich nervös das Kinn.

Allein beim Gedanken an Essen wurde ihm übel, trotzdem befahl er Georg per Haustelefon, ihm ein belegtes Brot und etwas Süßes zu trinken zu bringen. Kalten Pfirsichtee. Mit viel Zucker. Er musste Energie tanken.

»Und einen Kaffee, bitte.«

Er musste wach bleiben. Wachsam. Seine Männer konnten jeden Moment anrufen, und er musste bereit sein. Auch wenn sich bisher niemand gemeldet hatte.

Gestern nicht.

Heute nicht.

Er ballte die Fäuste in den Hosentaschen und ging im Zimmer auf und ab, versuchte, einen klaren Kopf zu bekommen. Geduld, das hatte ihm der Standartenführer beigebracht, war die stärkste Waffe. Er wollte versuchen, diesen Rat zu beherzigen.

Georg klopfte an die Tür und stellte ein paar Schinkenbrote, eine Kanne Pfirsichtee und eine Tasse Kaffee auf den Schreibtisch. Sofort verschwand er wieder und zog die Tür hinter sich zu.

Herr Wegener breitete eine Übersichtskarte von Südtirol

auf seinem Schreibtisch aus und studierte sie zum x-ten Mal. Er hatte schon den ganzen Tag über dieser Landkarte zugebracht, sich das Hirn zermartert und unzählige Theorien aufgestellt. Jedes Mal war er zur selben Lösung gelangt. Marlene blieben nicht viele Möglichkeiten.

Instinkt und Vernunft sagten ihm, dass sie nach Norden aufgebrochen sein musste, nicht nach Süden.

Marlene sprach nicht gut Italienisch, in Österreich oder in der Schweiz würde ihr Akzent dagegen nicht weiter auffallen. Österreich oder die Schweiz. Herr Wegener tippte auf Letzteres, wobei die Logik eher auf Ersteres hinwies.

Die Grenze zur Schweiz war besser bewacht als die nach Österreich. Mehr Zollbeamte, mehr Polizisten. Marlene hatte keine Verbindungen, die ihr eine Einreise ohne Kontrolle erlaubt hätten.

Oder *doch*?

Die Zweifel zerfraßen ihn.

Gab es neben ihr noch weitere Verräter? Einen Verräter, der seiner Organisation angehörte? Oder vielleicht jemanden von außerhalb? Vielleicht gehörte dieser Klaus zur Konkurrenz. Von Neumarkt bis zum Brenner, vom Reschenpass bis zum Pustertal gab es aber eigentlich keine Organisation, die mit seiner mithalten konnte und es gewagt hätte, ihn zu provozieren. Abgesehen von *ihnen*.

Aber *sie*, das war eine andere Liga.

Nein, Südtirol war sein Reich.

Es gab nur ein paar streunende Hunde und hier da einen Trupp von Angebern, die Herr Wegener jedoch tolerierte. Heißsporne ohne größere Bedeutung.

Oder hatte er sie unterschätzt?

War Klaus vielleicht einer von diesen hirnlosen Muskelmännern?

Und wie hatte er Marlene kennengelernt? Wo? Wann?

Wie hatte er sie verführen können?

Was hatte er ihr versprochen, was er, Herr Wegener, ihr nicht kaufen konnte?

Liebte sie ihn?

Herr Wegener hasste diese Fragerei fast so sehr wie das Warten, aber noch mehr hasste er es, wenn jemand ihn aus seinen Gedanken riss. Daher stieß er, als Georg, ohne anzuklopfen, sein Arbeitszimmer betrat, auch einen heftigen Fluch aus.

»Wir bekommen Besuch, Herr Wegener«, kündigte Georg an. Er war völlig außer Atem. »Sie sind gerade zur Einfahrt rein.«

»Und warum hast du sie nicht gestoppt?«

»Herr Wegener ...«

Georg schien besorgt.

Herr Wegener trat zum Fenster und schob den Vorhang zur Seite.

Zwei Autos hatten vor der Treppe zur Villa geparkt. Zwei schwarze Mercedes, neuestes Modell. Er kannte die vier Männer nicht, die aus den beiden Wagen stiegen, zwei aus jedem, aber er kannte den Typ Mann. Leibwächter. Durchtrainierte Körper, kontrollierte Bewegungen. Profis.

Er kannte auch den Mann, der, auf einen eleganten Spazierstock gestützt, aus dem vorderen Wagen ausstieg. Silberne Haarpracht, eleganter anthrazitfarbener Mantel. Dieser Mann hob den Blick zu ihm und deutete einen Gruß an.

Herr Wegener wusste, wer er war, wer ihn geschickt hatte und was er wollte. Das Einzige, was er nicht wusste – und das machte ihn rasend –, war, wie sie es so schnell erfahren hatten.

Sie.

Das Konsortium.

18.

Gerede. Getuschel.

An jedem Arbeitsplatz wird gern über andere hergezogen. Die Unterwelt war ein Arbeitsplatz wie jeder andere, und auch Kriminelle liebten es, Gerüchte zu verbreiten und zu lästern. Nur ging es hier um andere Themen. Sie tratschten über die Hure im Bett des Kardinals oder über den Arzt, dem bei der Nachtschicht ständig die Leute wegstarben, über das Verhörzimmer im Gefängnis von Bozen oder über den Staatsanwalt, der die Schandtaten seines missratenen Sohnes unterschlug.

Und sie tuschelten über das Konsortium.

Sie tuschelten darüber, und sie hielten Abstand.

Es hieß, das Konsortium sei der lange Arm der CIA oder ein Überbleibsel der Stillen Hilfe für Kriegsgefangene und Internierte, die sich in eine kriminelle Vereinigung verwandelt hatte. Angeblich waren ganze Vorstandsetagen von Banken involviert, Regierungsmitglieder, hochkarätige Politiker.

Und warum nicht gleich Außerirdische, hatte Herr

Wegener spöttisch gefragt, als er das Gerücht zum ersten Mal hörte.

Freilich, der Standartenführer hatte auch nicht an den schwarzen Mann geglaubt, und der schwarze Mann hatte dessen Reich nach und nach mit viel Getöse in Schutt und Asche gelegt. Besser also, man gab etwas auf die Gerüchteküche.

Aus dem Grund hatte er angefangen, Nachforschungen anzustellen. Vor allem, weil es so schien, als würde das Konsortium Südtirol, *seinen* kleinen Teil der Welt, als Freizone betrachten, in der man, ohne um Erlaubnis zu fragen, nach Herzenslust wildern konnte.

Unerträglich.

Herr Wegener hatte drei Jahre gebraucht, um dem Rätsel auf die Spur zu kommen, und was er dann entdeckte, hatte ihm die Sprache verschlagen. Das Konsortium existierte, und es war keine kriminelle Vereinigung, wie Herr Wegener bis dahin geglaubt hatte. Das Konsortium war ein lebendiges, ungezähmtes *Wesen*.

Er war entzückt.

Es gab ihn also wirklich, den Drachen, und er wollte ihn reiten, aber was war ein Mann von seinem Kaliber schon für die vom Konsortium, selbst wenn nur die Hälfte von dem stimmte, was er entdeckt hatte? Ein Insekt. Das man zerquetschen konnte, ohne einen weiteren Gedanken daran zu verlieren.

Trotz der Villa, der in den Dolomiten verstreuten Besitztümer, der schönen Ehefrau, der treuen Gefolgsmänner, der Waffen und Tresore voller Geldscheine in drei verschiedenen Banken in drei verschiedenen Ländern war

Herr Wegener in den Augen des Konsortiums nur eines: ein *Nichts*.

Das, was durchaus mächtigere und vielleicht auch vorsichtigere Männer hätte aufgeben lassen, war für Herrn Wegener Ansporn. Die Vision, den Drachen zu reiten und an den wirklich wichtigen Tischen zu sitzen, ließ Herrn Wegener nicht mehr los. Er begann sich den Kopf zu zerbrechen, wie er den großen Sprung schaffen könnte.

Er musste sich bemerkbar machen, entschied er schließlich.

Er durfte nicht wie ein x-beliebiger Bettler auftreten, der eine milde Gabe erschnorren wollte. Das Konsortium sollte an *seine* Tür klopfen. Und dafür musste er sie an einer empfindlichen Stelle treffen.

Nur wenn es vorher zustach, und zwar heftig, würde das Insekt entkommen.

Die Gelegenheit bot sich, als Herr Wegener nach langem Lauern, Umwerben und Drohen von einem Sattelschlepper erfuhr, einem Riesenlaster, der mit Waren von unglaublichem Wert beladen war und, nur von zwei Männern begleitet, durch sein Territorium fuhr. Niemand hätte jemals gewagt, gegen diesen Tresor auf Rädern vorzugehen. Der Lkw, seine Fahrer und seine Ladung gehörten dem Konsortium. Nur ein Verrückter wäre auf die Idee gekommen, ihn zu kapern.

Ein Verrückter oder Herr Wegener.

Er stellte einen kleinen Stoßtrupp zusammen, der aus seinen pfiffigsten Schergen bestand. Außer ihm gab es noch drei weitere mit Revolver und MG bewaffnete Männer. Er täuschte eine Umleitung wegen Bauarbeiten vor, die den Lkw auf eine kaum befahrene Straße führte. Hier sollte der Überfall stattfinden. Die Waffen im Anschlag, die Gesichter mit Tüchern vermummt, wie im Wilden Westen. Es fiel kein Schuss. Die beiden Fahrer waren keine Anfänger. Sie wussten, was zu tun war. Sie hoben die Hände, stiegen aus der Führerkabine aus und befolgten die Befehle der Angreifer, ohne auch nur einen Tropfen Schweiß zu vergießen.

Warum sollten sie Panik schieben? Schließlich waren nicht sie die lebendigen Leichname.

Während der Lkw mit zwei von seinen Männern hinter einer Kurve verschwand und Georg in einem Citroën bei laufendem Motor auf ihn wartete, nahm Herr Wegener sein Tuch ab und zeigte den Fahrern im Schein einer Straßenlaterne sein Gesicht.

»Wisst ihr, wer ich bin?«

»Ja.«

»Dann sagt meinen Namen.«

»Wegener.«

»*Herr* Wegener, du Arschloch.«

»Herr Wegener.«

»Richtet euren Chefs aus, dass ich ihnen ein Geschäft vorschlagen will.«

Die beiden Männer vom Konsortium lachten amüsiert. Schaut euch den an: ein Toter auf Beinen!

Tatsächlich hatte Herr Wegener voll ins Schwarze getroffen. Die gesichtslosen Männer beim Konsortium zeigten sich angetan von seiner Kühnheit. Statt einen Auftragskiller an seine Tür klopfen zu lassen, schickten sie einen silberhaarigen Gentleman. Einen Anwalt.

Der Anwalt hatte nicht ein einziges Wort gesagt, das vor Gericht gegen ihn hätte verwendet werden können. Zugleich war er sehr deutlich. Er stellte seine Mandanten als Geschäftsleute dar, die ungern Zeit verloren, aber Unternehmergeist zu schätzen wussten. Unternehmergeist halte die Wirtschaft am Laufen, erklärte er, und für manche Leute seien die Geschäfte eben das Wichtigste. Seine, Herrn Wegeners, Aktion, die vielleicht etwas übertrieben, etwas zu theatralisch gewesen sei, habe man als Indiz für *großen* Unternehmergeist gewertet, weshalb man ihm die Gelegenheit geben wolle, zu zeigen, aus welchem Holz er geschnitzt war.

Sei das nicht genau der Sinn und Zweck dieser John-Wayne-Scharade gewesen?

»Ich hasse John Wayne«, hatte Herr Wegener erwidert. »Aber sagen Sie mir, was ich tun soll.«

»Abgesehen davon, dass Sie das Leihgut zurückgeben?«

»Vollgetankt, samt Ölwechsel und den Worten aufrichtigen Bedauerns.«

Der Anwalt hatte gelächelt.

»Warten Sie auf Anweisungen. Aber ich warne Sie: Es wird lange dauern, und es wird nicht angenehm sein. Sie müssen absolute Ergebenheit zeigen. Wehe Ihnen, wenn Sie meine Mandanten enttäuschen, Herr Wegener. Wehe Ihnen.«

19.

»Nein, danke.«

Auf der Stirn des Baurn zeichneten sich sorgenvolle Falten ab.

»Es wird wehtun. Wenn die Wirkung nachlässt. Später.«

»Ich werde es schon ertragen. Es wäre bloß Verschwendung«, beruhigte ihn die junge Frau. »Ich muss nur schlafen. Sonst geht's mir gut.«

Simon Keller zögerte. Er wirkte nicht sehr überzeugt.

»Ich habe genug davon.«

»Es geht mir gut. Wirklich.«

Der Baur stellte die Tasse mit dem Schlafmohnaufguss zurück auf die Konsole und begleitete sie ins Obergeschoss. Wortlos schaute er zu, wie sie sich die knarrenden Stufen hinaufquälte.

»Warte«, sagte er, als sie oben angekommen waren.

Er lief die Treppe wieder hinunter.

Marlene hörte, wie er durch die Stube ging, eine Tür (zum Keller) öffnete und zurückkehrte – ausgerüstet mit Hammer, Nägeln, ein paar Latten, einem mit Herzen bestickten alten Laken, einem Eimer und einem Behälter mit Branntkalk gegen üble Gerüche.

Innerhalb weniger Minuten und ohne ein Wort zu sagen, hatte er ihr eine eigene Toilette in einer Zimmerecke gegenüber dem Fenster gebaut. Er prüfte, ob die Nägel alle griffen, hängte das Laken auf und nickte zufrieden.

»Frauen«, erklärte er mit rotem Kopf, »mögen es nicht, wenn man ihnen ... bei gewissen Verrichtungen zusehen kann. Und das Außenklo ist zu kalt für eine aus der Stadt. Viel zu kalt.«

Marlene unterdrückte ein Lächeln, weil er so verlegen war, und dankte ihm überschwänglich.

Simon Keller wandte sich zum Gehen und war schon fast zur Tür hinaus, als er innehielt.

»Morgen«, sagte er mit einem Hüsteln und ohne sich zu ihr umzudrehen, »morgen gehe ich vermutlich zum Jagen in den Wald. Zwei, drei Stunden, vielleicht länger. Aber zwei bestimmt.«

Marlene schaute zum Fenster hinaus.

Es war dunkel und stürmisch.

»Bei dem Schnee?«

Der Baur räusperte sich ein weiteres Mal.

»Es wird eine Weile dauern, bis das Unwetter vorbei ist. Du wirst ein paar Tage hierbleiben müssen, und Frauen mögen es nicht, wenn sie sich nicht waschen können. Morgen mache ich Wasser heiß für den Waschzuber. Und dann gehe ich auf die Jagd, damit du ... Man weiß nie, was einem so vor die Flinte läuft, selbst bei diesem Wetter. Du brauchst frisches Fleisch.«

Er wandte sich unbeholfen um.

»Die Seife mache ich selbst. Sie duftet nach Gewürznelken, das mochte meine Mutter am liebsten. Magst du den Duft?«

»Ich liebe ihn«, versicherte sie, gerührt von so viel Fürsorglichkeit.

Erleichtert wünschte ihr der Baur eine gute Nacht und zog vorsichtig die Tür hinter sich zu.

Marlene wartete ein paar Minuten und benutzte dann

ihr privates WC. Vollständig angezogen kroch sie unter die Bettdecke. Sie war fast eingeschlafen, als die Schmerzen wieder einsetzten. Ohne Schlafmohn tat es wirklich weh.

Marlene verfluchte sich selbst, dass sie das Angebot von Simon Keller abgelehnt hatte.

Nicht nur die Kopfwunde, auch die Prellungen am ganzen Körper machten sich bemerkbar, und Marlene wälzte sich auf der schmalen Matratze hin und her, um die Schmerzen besser ertragen zu können. Die Schmerzen und die Gedanken.

Ihr Plan war eigentlich simpel gewesen: Die Saphire stehlen, einen Teil davon gegen gefälschte Papiere eintauschen, um unter einer anderen Identität ein neues Leben mit Klaus anfangen zu können, und den anderen Teil in Geld. In Dollar, wenn möglich. Dollar waren fast überall als Zahlungsmittel anerkannt. In ein Flugzeug steigen und in eine andere Ecke der Welt flüchten, weit weg (egal wohin, Hauptsache, es war warm; sie hatte sich geschworen, nie mehr Kälte ertragen zu müssen), um dann, sobald sie in Sicherheit war, unter großen Vorsichtsmaßnahmen Herrn Wegener die restlichen Saphire zukommen zu lassen.

Ihm die restlichen Saphire zukommen zu lassen, wenigstens siebzig Prozent, erschien ihr in zweifacher Hinsicht sinnvoll. Erstens: Sie würde eine falsche Fährte für die Schergen ihres Mannes legen. Zweitens: Sie würde ihn zum Aufgeben bringen.

Zumindest könnte sie es versuchen.

Auch wenn sie am Erfolg zweifelte.

Es gab noch einen dritten Grund, der für Marlene der wichtigste war. Die Saphire waren ihre letzte Verbindung zu Herrn Wegener. Eine Verbindung, die sie so bald wie möglich lösen wollte.

Bei null anfangen hieß vergessen.

Herrn Wegener vergessen.

Alles vergessen.

Ein neues Leben mit Klaus, nur das zählte. An einem warmen Ort. Wo es einen Strand gab. Das Meer. Und Palmen. Sie liebte Palmen. Die Palmwedel, die im Wind schaukelten. Ja, davon träumte sie. Ein neues Leben an einem warmen Ort, dachte sie und kuschelte sich in ihre Decke, bevor sie erschöpft einschlief.

Trotz ihrer Erschöpfung träumte Marlene. Nicht von leeren Stränden unter Palmen. Nicht von Klaus und ihrer Zukunft. Entgegen ihrer Befürchtung träumte sie nicht einmal von ihrem Unfall.

Marlene träumte von kleinen Geschöpfen mit blauen Augen.

Bösartigen und grausamen Geschöpfen.

Marlene träumte von Kobolden.

20.

Klein.

Bösartig.

Grausam.

Kobolde hatten blaue Augen, die in der Dunkelheit

funkelten. Die Dunkelheit war das Einzige, was sie liebten. Die Dunkelheit und das Erdreich, in dem sie schliefen. Doch manchmal wurden sie in ihren tiefen Höhlen im Bauch der Erde durch Licht aufgeschreckt.

Nicht Helden wie Siegfried, der Drachentöter, brachten Licht dorthin und auch nicht freundliche schöne Prinzen aus den Märchen, die Mama (als sie noch eine Mama war) ihr vor dem Einschlafen immer erzählt hatte.

Diejenigen, welche die Kobolde in ihrer Ruhe störten, ihre ärgsten Feinde, waren die Wichtel. Ausgezehrt vor Hunger, Erschöpfung und Krankheit. Kleine eingefallene Wesen, die sich durch enge Bergwerksschächte quälten, an Orten, deren Namen zum Träumen einluden.

Thailand.

Birma.

Kaschmir.

Diese Wichtel waren eigentlich keine Wichtel, sondern Kinder. Sie waren Sklaven, auch wenn das denjenigen, die sie mit einer Spitzhacke in der Hand und einem Kanten Brot in der Tasche in die Minen schickten, egal war. Sie interessierten sich nur für die funkelnden blauen Steine, nicht für die Wichtel, die sie an die Erdoberfläche brachten.

Saphire.

Kobolde.

Die Kobolde hatten eine lange Reise unternommen, um zu Herrn Wegeners Villa an der Passer zu gelangen. Von Birma nach Hongkong, von Hongkong nach Israel, von Israel nach Meran.

Reisen machte sie *wütend*.

Zu viel Licht.

Die Kobolde hassten das Licht mindestens genauso, wie sie die Rache liebten. Rache an Schuldigen und Unschuldigen. Rache in abertausend Varianten. Deshalb hinterließ die Reise, zu der man sie gezwungen hatte, eine lange Blutspur.

Die Blutspur begann bei einem Bergwerk, dessen Aufseher nichts lieber taten, als Mücken zu zerquetschen und Kinder mit dem Gewehrschaft zu schlagen. Und zwar am allerliebsten die langsamsten Kinder, die erschöpftesten oder einfach nur die Kinder, die ihnen zufällig in die Quere kamen.

Eines von ihnen, der Wichtel, der den Felsen ausgehöhlt und die Kobolde ans Licht gebracht hatte, starb mit weit aufgerissenen Augen in einem Schacht ohne Sauerstoff, zwei Tage nachdem er seinem Gefängniswärter die Edelsteine ausgehändigt hatte, einem dürren Kerl, der sich einen Monat später so betrank, dass er (von Wichteln träumend, die auf seiner Kehle tanzten) an seinem eigenen Erbrochenen erstickte.

Der Schmuggler mit den faulen Zähnen, der die Saphire kurz hinter der Grenze einem zwielichtigen Chinesen in einem Miles-Davis-T-Shirt übergab, schaffte es nicht mehr rechtzeitig in das Dorf, wo er die Hälfte seines Verdienstes in Drogen und Huren investieren wollte, weil er in einen Hinterhalt geriet. Die Banditen durchsuchten ihn und nahmen ihm das Bündel Dollarscheine weg, sie verprügelten ihn, zwangen ihn auf die Knie und schossen ihm mit einer Kalaschnikow in den Hinterkopf, es hörte sich an, als lachten die Kobolde aus der Ferne.

Der Chinese transportierte die kostbaren Steine in einem Geländewagen kilometerweit durch den Dschungel, um zwei Wochen später, frisch rasiert und ohne Miles-Davis-T-Shirt, einen Frachter Richtung Hongkong zu besteigen. Dort angekommen, hängte er sich sofort ans Telefon. Er informierte den Zuständigen, und eine Stunde später klopfte eine schlanke Blondine an seine Tür, nahm den Beutel mit den Saphiren entgegen und flog mit einer Boeing 707 nach Israel.

Die Blondine wusste nichts von der Rohrbombe, die den Chinesen tötete. Sein einziges Glück hatte darin bestanden, Geld zu scheffeln und im Dämmerlicht *»Kind of Blue«* zu hören.

Genauso wenig erfuhr sie von dem Edelsteinschleifer aus Tel Aviv, der, nachdem er die von ihr in einem Night Club entgegengenommenen Rohsteine geschliffen und nach Genua geschickt hatte, vor lauter Frust wegen seines armseligen Schuldnerlebens Unmengen an Whisky und Tranquilizer schluckte, einen konfusen Brief schrieb (eine wilde Mischung aus Rechtfertigungen seinen Lieben gegenüber und Fantasien von blauäugigen Kreaturen, die sein Gehirn zerfraßen) und sich die Pulsadern aufschnitt, um in der Badewanne zu verbluten.

Die Blondine erfuhr nichts davon, weil sie eine Woche später unweit des australischen Korallenriffs, während sie beim Schwimmen überlegte, ob sie danach lieber einen Manhattan oder etwas weniger Alkoholisches trinken sollte, die Bekanntschaft eines ganz besonderen Wesens machte: *Hapalochlaena lunulata* war eine Krakenart mit einem wunderschönen blau geringelten Körper, dessen Leuchtkraft eine frappierende Ähnlichkeit mit dem funkelnden Blau der Koboldaugen aufwies.

Fasziniert schwamm die Blondine näher, woraufhin das erschreckte Tier zum Angriff überging und sie in den Oberschenkel biss. Das Gift hat es in Toxikologenkreisen zu weltweiter Berühmtheit gebracht: Tetrodotoxin, ein Nervengift, das zu Lähmungserscheinungen des gesamten Muskelapparats führt.

In der Zwischenzeit hatten die Kobolde den Hafen von Genua erreicht. War ihr Rachedurst vielleicht gestillt? Schön wär's gewesen. Der Mann, der sie im Auftrag von Herrn Wegener in Empfang nahm und im Austausch gegen die Saphire einen schweren Geldkoffer aushändigte, trug einen Anzug, der ihm fantastisch stand. Ein einfacher Mann namens Moritz.

Ersticken. Blei. TNT. Reue. Gift. Zorn. Die Rache der Kobolde.

In abertausend Varianten.

Zu ihrem Rachefeldzug gehörten auch die Fragen, die sich wie Messer in Herrn Wegeners Kopf bohrten, als er, nach außen hin die Ruhe selbst, doch innerlich von Panik ergriffen, den silberhaarigen Anwalt in seinem Arbeitszimmer in der Villa an der Passer zum Platznehmen aufforderte und ihm seinen besten Brandy offerierte.

Welcher seiner Männer hatte dem Konsortium diesen Tipp gegeben?

Oder war es mehr als nur einer gewesen?

Wie viele hatten ihn verraten? Wie viele waren ihm treu geblieben?

Und die schlimmste von allen.

War er jetzt allein? Nicht mehr barfuß, kein Kind mehr, nicht mehr gezwungen, bei Eis und Schnee den Pfaden seines Vaters zu folgen, aber wieder allein?

Seine einzige Gewissheit bestand aus dem höhnischen Grinsen des offen stehenden Tresors. Nein, korrigierte er sich, während der Anwalt ihm nahelegte, sein höfliches Getue sein zu lassen und *alles* zu erzählen: Das stimmte nicht. Es gab noch eine andere Gewissheit.

Sein Leben hing von dieser Begegnung ab.

21.

In der Villa.

Im Arbeitszimmer.

Der Silberhaarige hörte ihm zu und nippte mit einem abwesenden, fast freundlichen Ausdruck auf dem hageren Gesicht an seinem Brandy.

Herr Wegener versuchte erst gar nicht, ihn anzulügen. Wenn der Anwalt sich bei ihm gemeldet hatte, hieß das: Das Konsortium wusste Bescheid. Sinnlos, die Wahrheit zu verschleiern.

Herr Wegener erzählte ihm von den Zusammenkünften freitagabends. Er beschrieb seine Rückkehr nach Hause und dass er Marlene stören musste, um ein paar Namen in seine schwarze Kladde zu schreiben. Er erzählte, wie überrascht er war, keine tief schlafende Ehefrau anzutreffen, schilderte das Detail, das ihn sofort stutzig gemacht hatte: das schief hängende Bild vor dem Wandtresor.

Er beschrieb, wie er fieberhaft den Zahlencode eingegeben hatte. Den geplünderten Tresor. Den verschwundenen Samtbeutel. Er erzählte von den Indizien, die er zusammengetragen hatte, und von den nachfolgenden Recherchen. Den Telefonaten. Den Befehlen. Der Gewissheit, dass Marlene ihn verraten hatte.

Der Warterei.

»Wir suchen nach ihr. Alle meine Männer sind in Alarmbereitschaft, ohne Ausnahme«, beendete er seinen Bericht. »Wir werden sie finden. Das verspreche ich Ihnen.«

Der Anwalt beugte sich vor und bedachte ihn mit einem freundlichen Blick.

»Sie sind ein Idiot«, sagte er und verpasste ihm mit der flachen Hand eine schallende Ohrfeige. »Zwischen Ihnen und der Kugel, die für Sie bestimmt ist, stehe nur noch ich, Wegener.«

»Ich habe alles unter Kontrolle.«

Der Anwalt lachte ihm mitten ins Gesicht.

»Wissen Sie eigentlich, wie gravierend dieser Vorfall ist? Ist Ihnen wenigstens klar, was da gestohlen wurde?«

»Ja«, erwiderte Herr Wegener, dessen Wange wie Feuer brannte.

Ja, wie Feuer.

Er hatte vorgehabt, sein Vermögen in Edelsteine umzutauschen. In Saphire, um genau zu sein. Blau wie der Himmel, in den er aufsteigen wollte.

Um sich eine große Menge Saphire auf dem Schwarzmarkt zu beschaffen, brauchte es Freunde und Mittelsmänner mit Mut, mit Vorurteilslosigkeit und Initiativbereitschaft. Hier ging es zunächst um eine banale finanzielle

Transaktion, um den Erwerb von Aktien, damit man hinterher im Verwaltungsrat saß.

Das Konsortium hatte andere Ziele.

Ländereien konnten geplündert werden. Geld gestohlen und vervielfacht. Männer wie Herr Wegener hingegen waren eine Seltenheit. Und das Herz solcher Männer galt es zu erobern.

Mit Sklaven konnte das Konsortium nichts anfangen.

Das Konsortium brauchte Leute, deren Ehrgeiz nicht mal vor dem Sternenhimmel haltmachte. Daher erwarteten die Strippenzieher vom Konsortium, genau wie früher die Feudalherren, von ihrem Aspiranten eine Art Pfand. Das waren die Saphire. Ein Zeichen der Unterwerfung und ein Freiheitsversprechen.

Und vor allem: der Beweis für einen eigenen Willen. Das, was den Sklaven vom Herrn unterscheidet.

Oder die Lebenden von den Toten.

»Man hat mir Fragen gestellt, auf die ich eine Antwort geben musste«, sagte der Anwalt.

»Was für Fragen?«

»Über Ihren Willen. Ich habe meine Hand für Sie ins Feuer gelegt. Mich weit aus dem Fenster gelehnt. Das hätte ich nicht tun müssen, aber ich habe es getan. Ich habe gesagt, dass der Herr Wegener, den ich kenne, stark, kühn und skrupellos ist und alles in seiner Macht Stehende tun wird, um sich die Saphire zurückzuholen. Und noch mehr.«

»Es war ...«

Der Anwalt unterbrach ihn.

»Ich bin noch nicht fertig.«

»Entschuldigen Sie.«

»Ich habe garantiert, dass die Wurzel des Übels ausgerissen wird. So bald wie möglich.«

Herr Wegener drückte sein Kreuz durch.

»Marlene ist so gut wie tot. Ich werde sie mit meinen eigenen Händen töten. Darauf können Sie sich verlassen.«

»Wann?«

»Sobald meine Männer sie gefunden haben.«

»Was macht Sie so sicher, dass das gelingt?«

»Ich gebe Ihnen mein Wort.«

Der Anwalt raufte sich die Haare.

Er schaute ihm direkt in die Augen.

Sein Gesicht wurde fahl.

»Wann kapieren Sie endlich, dass Ihr Wort nichts wert ist?«, brüllte er los. »Sie selbst sind ein *Nichts*, solange diese Geschichte nicht aus der Welt ist. Sie sind nicht mal mehr ein menschliches Wesen.«

Der Anwalt zeigte mit dem Finger auf Herrn Wegener.

»Sie sind ein Ding. Ein Objekt. Sie gehören dem Konsortium. Ist das klar?«

»Ja«, erwiderte Herr Wegener mit kaum verhohlener Wut.

»Sind Sie sicher?«

»Ja.«

»Wem gehört dieses Haus?«

Herr Wegener spiegelte sich in den klaren Augen des Anwalts wider.

»Dem Konsortium.«

»Auf wen hören Ihre Männer?«

»Auf das Konsortium.«

»Bei wem dürfen Sie sich bedanken, dass Sie noch immer atmen?«

»Ich hab's verstanden«, knurrte Herr Wegener und schlug mit der Hand auf die Armlehne seines Sessels.

»Antworten Sie, verdammt!«, schrie der Anwalt und warf sein Glas zu Boden. »Sie Idiot haben mit Ihrer Frau über die Saphire gesprochen! Wie ein x-beliebiger Anfänger. Sie *Idiot* haben sich von einer billigen Hure beklauen lassen und bilden sich immer noch ein ... Noch einmal, was sind Sie, Herr Wegener?«

Herr Wegener bedachte ihn mit einem langen Blick. Er hatte das Gefühl, seine Venen würden vor lauter Wut gleich zerplatzen.

Es gab nur eine einzige Antwort.

»Eine Marionette. Des Konsortiums.«

»Also, wem verdanken Sie, dass Sie noch atmen?«

»Dem Konsortium.«

»Dem Konsortium, genau.«

Der Anwalt nahm eine Visitenkarte aus seiner Brieftasche und legte sie auf den Mahagonitisch zwischen Herrn Wegener und sich. Es standen weder Name noch Adresse darauf.

Nur eine Telefonnummer.

Die Stimme des Silberhaarigen war wieder ruhig und sanft geworden, als er weitersprach.

Für einen Moment war Herr Wegener darüber erschrocken.

»Es handelt sich um einen Anrufbeantworter. Hinterlassen Sie eine Nachricht. Schlagen Sie einen Termin vor. An einem sicheren Ort Ihrer Wahl. Begeben Sie sich dorthin und warten Sie. Die Person, die den Anrufbeantworter abhört, kann entweder schon dort sein oder Sie noch stundenlang warten lassen. Auch tagelang. Und seien Sie vorsichtig. Sie halten still und warten.«

Herr Wegener drehte die Visitenkarte zwischen den Händen.

»Wer ist diese Person?«

Der Anwalt stand auf und knöpfte sein elegantes Jackett zu.

»Man nennt ihn den ›Mann des Vertrauens‹.«

»Dieser Mann ...«

»Das ist kein Mann. Das ist eine Waffe«, präzisierte der Anwalt mit finsterem Blick. Er schaute auf die Uhr und verzog missbilligend das Gesicht. Dann fügte er hinzu: »Es ist Ihre letzte Chance, dem Konsortium zu zeigen, wie stark Ihr Wille ist.«

»Handelt es sich um einen Auftragskiller?«

Der Anwalt reichte ihm die Hand.

22.

War es Tag?

War es Nacht?

Der Schneesturm wollte sich einfach nicht legen. Marlene wachte schlagartig auf, der Kopf tat ihr weh, und die Übelkeit zwang sie, ein paar Minuten tief ein- und auszuatmen, bevor sie aufstehen konnte. Es dauerte eine Ewigkeit, bis sie die Treppe hinunter in die Stube geschafft hatte.

Simon Keller war schon seit einer ganzen Weile auf den Beinen, er rauchte Pfeife und starrte in die lodernden Flammen des Kamins.

Marlene begrüßte ihn mit einem Lächeln und brachte ihn dazu, sitzen zu bleiben, während sie sich erklären ließ, wo sie Kaffeekanne und -pulver fand, Zucker, Tassen und Löffel. Zucker gebe es keinen, hatte der Baur leicht verschämt gesagt, und die Tassen waren angeschlagen, aber Marlene kochte trotzdem einen starken, guten Kaffee.

»Ich kaufe ihn im Dorf«, sagte Simon Keller. »Zusammen mit den Bananen, der Munition fürs Jagdgewehr und der Medizin für die Jungs.«

»Bananen?«, fragte Marlene.

»Ich liebe Bananen«, lachte der Baur.

»Und ich liebe Ihre Wolpertinger, Simon Keller. Sie sind großartig. Sie könnten sie verkaufen und das Geld in Unmengen von Bananen investieren.« Sie sammelte die Kaffeetassen ein und deutete auf die ausgestopften Tiere. »Ich bin mir sicher, die Leute würden sie Ihnen aus den Händen reißen.«

»Machen sie dir keine Angst?«

»Warum sollten sie? Ich finde sie lustig.«

Einer gefiel ihr besonders, der ihr am Vorabend gar nicht weiter aufgefallen war. Ein Murmeltier, aus dessen Hinterteil die Flügel einer großen Fledermaus ragten. Das Murmeltier war nach vorne geneigt, als wollte es einen Purzelbaum schlagen, und hatte etwas so Kindlich-Ausgelassenes an sich, dass sie wie eine Verrückte lachen musste.

»Auch Elisabeth fand sie lustig. Ich habe sie für sie

gemacht. Voter Luis meinte, ich sei ein besserer Bastler als er. Kennst du die Geschichte von den Wolpertingern?«

Marlene stellte die Tassen in die Spüle und drehte sich erstaunt um.

»Elisabeth?«

»Meine Schwester. Sie ist gestorben, als sie noch klein war.«

»Wie dumm von mir, ich hätte nicht ...«

Simon Keller machte eine abwehrende Handbewegung.

»Mach dir keine Gedanken. Ich habe Elisabeth sehr geliebt, sie war ein süßes kleines Mädchen. Und klug. Aber das ist alles schon Jahre her.«

Die junge Frau biss sich auf die Lippen.

»Ich war zu neugierig, ich hätte nicht ...«

»Also, willst du noch immer wissen, warum die Baurn sich die Zeit nahmen, Wolpertinger zu basteln?«

»Klar will ich das noch immer wissen.«

»Die Geschichte ist wirklich lustig«, begann Simon Keller und stopfte seine Meerschaumpfeife.

Er zündete sie an.

Und fing an zu erzählen.

»Vor vielen Jahren war Südtirol noch ein bedeutendes Jagdgebiet. Es gab viel mehr Wälder als heute. Die Adeligen aus Bayern liebten die Berge und die Wälder, aber vor allem liebten sie das gute Bier und die Tatsache, dass ihre Frauen das Reisen verabscheuten.«

Simon Keller stieß eine Rauchwolke aus.

»Stell dir diese Grafen oder Herzöge vor, wie sie mit ihren prächtigen Kutschen, ihren Flinten und sonstigem Gepäck hier auftauchten. Sie schossen auf Hirsche, schossen auf Bären und tranken Bier. Nach einer Weile jedoch fingen sie an, sich zu langweilen. Das Bier war ausgetrunken, und sie hatten auf alles Jagd gemacht, was es zu jagen gab. Also sagten sie sich: Warum reisen wir so viele Kilometer, wenn wir hier doch nur die gleichen Tiere jagen, die wir auch in den Wäldern um unsere Schlösser jagen könnten?«

»Wegen der Ehefrauen.«

Simon Keller schlug mit der flachen Hand auf den Tisch.

»Natürlich. Aber sie hätten auch die Frauen von ihren Schlössern wegschicken und dort all das tun können, was sie hier taten. Meinst du nicht?«

»Ich denke schon.«

»Ein Bauer hat ihre Gespräche mitbekommen und sofort begriffen, was für eine Katastrophe es für Südtirol bedeutet hätte, wenn die bayerischen Fürsten nicht mehr gekommen wären. Sie brachten viel Geld ins Land, sie waren reich. Also wartete er auf einen Moment, wo sie mit Bier abgefüllt waren, und erzählte ihnen von einer schrecklichen Kreatur, die die Berge unsicher machte.«

»Der Wolpertinger!«, rief Marlene vergnügt.

»Eine höchst seltene Kreatur, die nur an Vollmondnächten aus ihrer Höhle kriechen würde. Und das auch nur, wenn die Vollmondnacht auf den Teufelstag fiel.«

Marlene legte die Stirn in Falten.

»Und welcher ist der Teufelstag?«

»Der Freitag.«

»Aber ...«

»Gewiss, nicht einmal die reichen bayerischen Herren

glaubten so recht an diese Geschichte. Und so zog der Bauer, der sehr viel gewitzter war als sie, eins von diesen Exemplaren hervor ...« – Simon Keller zeigte auf das Murmeltier –, »... und bot an, ihr Führer zu sein. Er schleifte sie durch die Berge, bis sie am Rand der Erschöpfung waren, und rief dann: ›Da ist er! Schießt! Schießt!‹ Aber keine Chance, sie haben nie einen vor die Flinte gekriegt. Eine echte Herausforderung also, und bald redeten alle davon. Es kamen immer mehr von den Herren aus Bayern. Und weil sie sich vor den Daheimgebliebenen keine Blöße geben wollten ...«

»... haben sie angefangen, heimlich Wolpertinger zu kaufen.«

»Um sie als Trophäen auf ihre Schlösser zu bringen. Wodurch die Bauern und Jäger sich weiterhin eine goldene Nase verdienen konnten.«

Marlene klatschte in die Hände.

»Sie haben gesagt, dass Voter Luis die Gabe der Worte besaß, aber Sie, Simon Keller, sind ihm ein mehr als würdiger Sohn. Ich habe schon seit Jahren keine Geschichte mehr gehört, die so gut erzählt war.«

Simon Keller wehrte bescheiden ab.

»Nur ein kleiner Schwank zum Zeitvertreib ... Aber apropos Zeit: Ich muss den Jungs ihr Fressen bringen und dann das Badewasser aufsetzen.«

Der Baur machte seine Pfeife aus und erhob sich.

»Ich kann Ihnen helfen, wenn Sie möchten.«

Kopfschüttelnd sah Simon Keller sie an.

»Das ist keine Arbeit für eine aus der Stadt.«

»Aber ich bin nicht aus der Stadt«, sagte Marlene. »Ich

bin auf einem Erbhof geboren und dort aufgewachsen. Er lag zwar viel weiter unten im Tal, aber ich weiß, wie man eine Kuh melkt, Butter macht und einem Huhn den Hals umdreht. Und ich weiß auch, wie sehr Schweine stinken können.«

Simon Keller verzog keine Miene.

Mit seinen stechenden Augen sah er sie an.

»Du hast die Hände von einer aus der Stadt.«

»Es ist schon eine Weile her, damals war ich noch ein Mädchen. Dann hat das Schicksal mich woandershin geführt. Aber ich erinnere mich gut an alles, was mein Vater und meine Mutter mir beigebracht haben.«

»Entschuldige meine Direktheit, aber in meinen Augen bist du immer noch ein Mädchen. Ein Mädchen, das wieder zu Kräften kommen muss.«

Dieses Mal gab Marlene nicht nach.

»Der Erbhof hat mich vieles gelehrt, Simon Keller. Vor allem hat er mich gelehrt, dankbar zu sein. Bitte, lassen Sie mich Ihnen helfen.«

Und auf diese Weise lernte Marlene die Jungs kennen.

23.

Das war kein normaler Wind.

Der Wehen war der Wind, der Schnee brachte, ihn in Eis verwandelte und wie eine schneidende Waffe einsetzte. Nicht von ungefähr war es dasselbe Wort wie für die Schmerzen einer Gebärenden.

Marlene und Simon Keller gingen nach draußen und stiegen eine klapprige Holztreppe hinunter. Der Schnee lag meterhoch, das Gelände war abschüssig, wie die junge Frau bemerkte, und baumlos.

Sie gingen dicht an der Hauswand entlang, im Gänsemarsch, so schnell und so gebückt wie möglich, um sich vor der Wucht des Schneesturms zu schützen. Einmal halb um das Gebäude herum, ein kurzes Innehalten, damit der Baur die niedrige Holztür von Eis befreien konnte, und sie hatten ihr Ziel erreicht.

Marlene rümpfte die Nase.

Was für ein *Gestank.*

Es ist ein Stall, sagte sie sich. Hier kann's ja wohl kaum nach Lavendel riechen.

Auch ihre Eltern hatten Schweine besessen, doch irgendwann brachten sie zu wenig ein. Aus dem ehemaligen Schweinestall wurde ein Hühnerstall, doch obwohl sie ihn immer wieder mit Branntkalk desinfizierten, wurden sie den Gestank nicht los.

»Warte. Du tust dir sonst noch weh«, warnte Simon Keller und stieg eine steile Treppe hinunter, bis er in der Dunkelheit nicht mehr zu sehen war.

Im selben Moment, als das Grunzen der Schweine und ein ekelhaft süßlicher Gestank zu ihr nach oben drangen, drang auch Licht zu ihr, und sie hörte den Baur'n nach ihr rufen.

»Komm, die Jungs wollen dich kennenlernen!«

Neun Stufen.

Auf dem Hof von Simon Keller fehlten nicht nur die Uhren, sondern auch der Schweinestall war anders.

Es lag nicht an den Wänden, die nicht gekalkt waren, sondern aus grob gehauenen Steinblöcken bestanden, es lag nicht an der Tiefe des Stalls und nicht einmal an den Deckenbalken, die so dick und dunkel waren, dass auch sie aus dem Fels herausgeschlagen schienen.

Nein, es lag an den ungewöhnlichen Ausmaßen – dieser Schweinestall war *riesig*.

»Schau mal«, sagte Simon Keller und hielt die Öllampe hoch über seinen Kopf.

Er zeigte auf die Inschrift, von der er erzählt hatte.

1333.

»Siehst du? Ich habe nicht übertrieben: Dieser Hof ist uralt.«

Marlene schaute sich verloren um.

»Ich habe noch nie einen so großen Stall gesehen.«

Der Baur schenkte ihr ein breites Lächeln.

»Du hast auch noch nie so schöne Schweine gesehen, meine Liebe.«

Nachdem ihre Augen sich an den matten Schein der Öllampe gewöhnt hatten, stellte Marlene fest, dass der Raum aus drei Teilen bestand. Hinter ihr die Treppe mit den neun Stufen, die nach draußen führten, und ein paar achtlos an die Wand gestellte Futtersäcke. Rechts und links von ihr Bretterverschläge, hinter denen ein paar Schweine im Stroh wühlten. Und vor ihr ein Metallgitter, das vom strohbedeckten Steinboden bis zur Decke reichte und eine Art Käfig darstellte.

In das Gitter war eine Tür eingelassen, die mit einem schweren Schloss gesichert war. Der Käfig selbst lag in völliger Dunkelheit.

Kennst du einen, kennst du alle, stimmt's?

Marlene schüttelte den Kopf.

Pustekuchen.

»Ich möchte dir die Jungs vorstellen«, sagte Simon Keller, während er den Inhalt eines Eimers in den Trog auf der linken Seite schüttete. »Das sind die Eber. Siehst du sie? Ich muss erst ihnen zu fressen geben und dann den Säuen, sonst fangen sie an zu quieken. Und wie sie quieken! Kommt schon, Jungs, sagt unserem Gast Guten Tag, benehmt euch anständig.«

Die drei Eber, deren Augen fast hinter den Speckwülsten verschwanden, würdigten ihn keines Blickes. Marlene trat vor, um sie besser betrachten zu können. Sie sahen merkwürdig aus. Wie die Säue in dem anderen Verschlag waren sie gefleckt. Große schwarze Flecken durchbrachen das Rosa ihrer Haut. Auch das war für sie neu.

Schweine mit Flecken?

»Sind sie krank?«, fragte sie den Baurn.

»Ein normales Hausschwein kann in dieser Höhe nicht überleben. Die Leute früher züchteten dunkle Schweine, die kräftiger waren und nicht so schnell an Kälte starben«, erklärte Simon Keller, »aber sie brachten nicht genug Fleisch. Das war für die Baurn ein echtes Problem. Also gingen sie dazu über, die Rassen zu kreuzen. Daher kommen die Flecken. Komm ruhig näher, sie sind nicht gefährlich. Ich habe die Ehre, dir Franz und den Doktor vorzustellen; der Schüchternste von ihnen ist Kurt.«

Marlene machte große Augen.

»Den Doktor?«

»Aber sicher doch.« Simon Keller zeigte auf die beiden

dunklen Ringe um die Augen des Ebers. »Siehst du, das ist seine Brille. Der Doktor ist ein etwas unangenehmer Charakter. Er denkt immer, er weiß alles besser. Kurt und Franz hingegen sind Schmuggler. Guck dir Kurts Beine an – sie sind schwarz bis zum Knie, siehst du? Das sind seine Cowboystiefel. Lach nicht, er ist schüchtern, aber auch sehr eitel, du kränkst ihn sonst. Auf jeden Fall sind Franz und er Kumpanen. Gesetzesbrecher alle beide.«

Simon Keller stellte den leeren Eimer auf dem Boden ab und lächelte.

»Zigarettenschmuggel. Glaubst du mir etwa nicht?«

Er zog seine Tabakdose hervor, nahm mit den Fingerspitzen ein paar Krümel und warf sie in den Koben. Grunzend stürzten sich die beiden Schweine darauf.

»Sie lieben Tabak.«

Marlene musste lachen. Hier unten im Stall war Simon Keller ein ganz anderer Mensch. Weniger ernst. Glücklicher. Als würde er sich unter Tieren wohler fühlen als unter Menschen. Seine Augen leuchteten wie die eines Kindes an Weihnachten.

»Das hier«, sagte Simon Keller und trat auf den rechten Verschlag zu, »sind die Mädels. Echte Bergmädchen und sehr viel besser erzogen als ihre Freunde gegenüber.«

Er kippte den Eimer in den Trog, und tatsächlich näherten sich die Säue sehr viel gemächlicher dem Futter, wenn auch nicht auf leisen Pfoten.

Marlene entschied sich, das Spiel mitzuspielen.

»Haben die jungen Damen auch Namen?«

»Das ist Maria, wie die Mutter unseres Herrn Christus. Und die mit dem schwarzen Auge ist Birgit, sie kabbelt sich gerne mal.« Simon Keller machte eine Boxbewegung in die Luft. »Aber sie ist eine echte Lady – siehst du, wie gepflegt ihre Hufe sind? Diese junge Dame hier heißt Helene, sie ist etwas etepetete. Dort hinten ist Gertrud. Als Ferkel war sie wirklich lustig, ist immer im Gehege auf und ab gerannt und hat sich im Stroh gewälzt. Jetzt ist sie eine alte Dame; sie ist schon acht, obwohl Säue im Durchschnitt nur sieben Jahre alt werden. Siehst du, wie zutraulich sie ist?«

Gertrud schien wenig beeindruckt von seinen Worten. Sie hatte die Schnauze im Trog versenkt und schlabberte Simon Kellers Brei in sich hinein. Sie wirkte eher konzentriert als zutraulich.

»Aber versuch mal, sie ins Freie zu bringen – ich sag's dir! Einmal ist sie mir abgehauen. Schnell wie ein Wiesel ist sie die Treppe hochgerannt, und weg war sie! Verschwunden, irgendwo in den Bergen. Ich dachte schon, ich sehe sie nie wieder. In einem Wald hätte sie vielleicht was zu fressen gefunden, wer weiß. Aber hier in den Bergen? Da gibt es nur Felsen und Gletscher. Doch drei Tage später, wer steht da in bester Verfassung bei mir auf der Matte?«

»Gertrud, die kleine Ausreißerin.«

»Genau!«, rief Simon Keller. »Gertrud, die kleine Ausreißerin. Sie ist die Älteste von allen hier. Ich hätte sie schon vor ein paar Jahren in Speck und Salami verwandeln sollen, aber irgendwie habe ich es nicht übers Herz gebracht. So als würde man dem verlorenen Sohn die Kehle durchschneiden. Nicht wirklich was für einen guten ...«

Ein Läuten.

Ganz leise.

Plötzlich verhielten sich die Schweine allesamt ruhig.

Simon Keller ließ das Ende des Satzes offen und drehte sich zu dem Gitterkäfig um.

Zum Dunkel.

Erneut erklang das Läuten. Ein freundliches Bimmeln.

»Wer ist das?«, flüsterte Marlene.

Wer.

»Oh, das ...«, entgegnete Simon Keller. »Das ist meine kleine Lissy.«

24.

Simon Keller knöpfte seinen Mantel auf, den er trotz der erstickenden Hitze im Schweinestall bis dahin geschlossen gehalten hatte. Unter dem Mantel trug der Baur eine Umhängetasche aus Stoff. Eine Jagdtasche. Er öffnete den Verschluss und holte eine große Plastiktüte hervor. Sie war prall gefüllt und wog bestimmt ein paar Kilo.

Er gab sie Marlene zum Halten.

»Sie ist verwöhnt, die kleine Lissy«, erklärte der Baur. »Eine echte Prinzessin. Sie mag nicht das, was die anderen essen.«

Aus einem der Regale nahm Simon Keller einen Trog. Verwundert riss Marlene die Augen auf. Das Gefäß war nicht aus Edelstahl. Es war aus Silber.

Der Baur polierte den Trog mit einem Lappen, damit er im Schein der Öllampe noch mehr glänzte.

Er nahm ihr die Plastiktüte aus der Hand und gab den Inhalt hinein. Ein unansehnlicher Brei. Mit einem Holzlöffel rührte er den Fraß so lange um, bis eine ebenmäßige Masse daraus wurde, ein labbriges Mus, das Marlene vage an einen etwas zu flüssig geratenen Polenta-Teig erinnerte.

Schließlich wusch er sich die Hände in der Schweinetränke, trocknete sie an seinem Mantel ab und klopfte sich auf den Oberschenkel. Erst jetzt begann Marlene wieder zu sprechen.

»Lissy?«, fragte sie.

Instinktiv hatte sie die Stimme gesenkt.

»Wie die Prinzessin vom *Kaiser*«, erwiderte der Baur fröhlich.

»Sissi?«

»Lissy«, korrigierte Simon Keller. Er ging mit dem Trog auf den Gitterkäfig zu. »Bei uns heißt es ›Lissy‹, nicht ›Sissi‹.«

Marlene hatte nie darüber nachgedacht, nicht mal als sie den Film mit Romy Schneider gesehen hatte. Aber der Baur hatte recht, bei ihnen in Südtirol hatte der Dialekt »Sissi« in »Lissy« verwandelt.

»Lissy«, wiederholte Marlene.

Simon Keller stellte den Trog auf dem Boden ab und holte aus seiner Umhängetasche einen Handschuh aus Metallgewebe, wie ihn Schlachter zum Schutz vor Verletzungen tragen.

Er streifte ihn über.

Er öffnete und schloss die Faust.

Zufrieden knöpfte er sich den obersten Knopf seines

Hemdes auf, sein einziges helles Kleidungsstück, und zog sich eine Kette mit einem Schlüssel über den Kopf.

Er steckte den Schlüssel in das Schloss der kleinen Tür und öffnete sie.

Die Tür ging mit einem solchen Quietschen auf *(Knusper, knusper, knäuschen, wer knuspert an meinem Häuschen?)*, dass Marlene eine Gänsehaut bekam.

Simon Keller stellte den Futtertrog in den Käfig und schloss die Tür wieder ab.

Der Schlüssel verschwand unter dem Hemd, der Handschuh in der Umhängetasche und die Umhängetasche unter dem Mantel.

Aber er war noch nicht fertig.

Aus seiner Westentasche – ein Gentleman hätte dort seine Taschenuhr verwahrt – holte der Baur ein Glöckchen und schüttelte es sacht. Der Klang war identisch mit dem Läuten, das ihr Gespräch unterbrochen hatte.

»Süße Lissy, kleine Lissy«, begann der Baur zu murmeln.

Marlene schnappte nach Luft. Die Dunkelheit schlug über ihr zusammen wie Wasser. Sie wich nach hinten zurück, bis sie an den Koben der Eber stieß, die keinen Mucks von sich gaben.

Reglos standen sie da, die Schnauzen gegen das Gitter gepresst.

»Süße Lissy ...«

Die Öllampe war zu schwach, um die Dunkelheit zu erhellen. Die Kellermauern wirkten in dem unsteten Dämmerlicht wie Zeltwände, die vom Wind bewegt wurden.

»... kleine Lissy.«

Der Gestank wurde unerträglich. Marlene hatte den Eindruck, in der Falle zu sitzen. Sie musste hier raus. Sie brauchte Luft.

»Süße ...«

Sie wollte, dass Simon Keller aufhörte, diese Worte zu sagen und mit dem Glöckchen zu läuten.

»... Lissy.«

Ihr wurde schwindelig.

Sie lehnte sich mit ihrem ganzen Gewicht gegen den Verschlag, um nicht umzukippen.

Der Baur registrierte ihren Zustand. Er stellte das Läuten ein und schaute sie beunruhigt an.

Die Wände schwankten nicht mehr. Die Dunkelheit zog sich zurück.

»Geht es dir nicht gut?«

Marlene schluckte ein paarmal.

»Ich ... ich fürchte, ich bin noch nicht ganz auf der Höhe.«

Simon Keller wandte sich ihr zu.

»Ich wollte dir Lissy vorstellen, aber dann machen wir das ein andermal. Sie ist scheu, meine kleine Prinzessin. Sie mag keine Fremden. Gehen wir. Wenn wir nicht gehen, fängt sie nie an zu fressen.«

Marlene drehte sich um, sah Simon Keller mit den Eimern in der Hand.

In diesem Moment ging die Fantasie mit ihr durch. Wieder gewann die Märchenwelt die Oberhand über die Realität.

Sie hörte das Läuten. Ganz sacht. Freundlich. In der Dunkelheit, unten im Stall. Hinter dem Gitter.

Simon Keller machte die Lampe aus. Das verhallende Zischen des Dochts wurde zu dem leeren weißen Raum zwischen einem *Tick* und einem *Tack*, und Marlenes Fantasie verwandelte die Realität. Es dauerte eine Sekunde, vielleicht zwei. Plötzlich sah die junge Frau, wie sich in der Dunkelheit etwas bewegte.

Tick ...

Ein flüchtiges Bild aus den Augenwinkeln, während die Dunkelheit sich über den Schweinestall legte. Es war genau wie bei dem Unfall: Mit einem Mal sah Marlene alles viel schärfer und nahm jedes kleinste Detail wahr.

Lissy.

Schwarz in der Schwärze. Die Schnauze mehr als einen Meter über dem Boden. Mindestens acht Zentner schwer. Mit mächtigen Flanken, die wie ein Blasebalg vibrierten. Ein schneeweißer Haarflaum zwischen den Ohren. Zwei bleiche Hautwülste um die gebogenen, speichelglänzenden Hauer. Unter dem Rüssel eine Reihe spitzer Zähne.

Und dieser Blick.

Intelligent.

Als würde Lissy begreifen. In sie hineinsehen.

Ihre Lügengeschichte durchschauen.

Ihre Seele entblößen.

... Tack.

Die Dunkelheit.

Sie hastete die Stufen hinauf, bis sie zur Tür kam, die sie weit aufstieß.

Die Kälte. Der Sturm.

Die Wirklichkeit.

Die hastige Rückkehr im eisigen Wind, die Treppe mit

dem wackeligen Geländer, die feuchtwarme Stube, Simon Keller, der gut gelaunt plauderte, während er einen Topf Wasser nach dem anderen über dem Feuer erhitzte, um die Zinkwanne im Badezimmer zu füllen.

Ein wenig verlängerter Kaffee, um sich von innen aufzuwärmen.

Der Baur, der sich verabschiedete.

Die Seife mit dem Duft von Gewürznelken.

25.

Auf dem Golgatha das Kreuz. Auf dem Sinai die Zehn Gebote. Auf dem Morija kein Tropfen Blut von Isaak.

Der Mount Greylock zeigte Herman Melville den Weißen Wal. Der Ararat stoppte Noahs Arche. Der Himalaja brachte Buddha hervor.

Der Meru ist das Zentrum der Welt, und über ihm wacht der Polarstern. Auf dem Gipfel des Kailash, Zentrum des Universums und dunkel und eisig wie Pluto, tanzt Shiva, der Schreckliche.

An einem Berg ohne Namen traf Marlene auf Lissy.

26.

Erst viel später kam sie darauf.

Ein paar Stunden, nachdem Simon Keller, mit Rucksack und Flinte ausgerüstet, einer Handvoll Patronen in der Tasche und einem Fleischermesser am Gürtel, im Schneesturm verschwunden war.

Marlene kam darauf, während sie in dem duftenden lauwarmen Badewasser lag und versuchte, ihre schmerzenden Muskeln zu lösen und *nicht* an Herrn Wegener zu denken. Oder an Klaus.

Oder an Lissy.

Mit dem Ergebnis, dass sie nichts anderes tat, als sich den Zorn ihres Ehemannes vorzustellen, an Klaus zu denken und sich zu fragen, warum die schwarze Sau hinter dem Gitter ihr eine solche Angst eingejagt hatte.

Kleine Lissy. Süße Lissy.

Klein?

Das Tier, das Simon Keller hinter das Furcht einflößende Gitter gesperrt hatte, war das größte Schwein, das Marlene je gesehen hatte. Von den Hauern ganz zu schweigen.

Hin und wieder kam es vor, dass ein Ferkel mit einem stärkeren Gebiss als üblich geboren wurde. Ihr Vater hatte ihr erklärt, dass es nur eine Laune der Natur sei, weiter nichts. Als würden diese Schweine sich daran erinnern, was sie einmal waren, bevor der Mensch sie domestizierte. Normalerweise waren allerdings nur ein oder zwei Zähne etwas gebogener und spitzer als die anderen. Kein Vergleich mit den Riesenhauern der *süßen* Lissy.

Diese Wildschweinhauer konnten selbst den vortrefflichsten Jäger aufschlitzen.

Erst in diesem Moment kam sie darauf.

Lissy.

Sissi.

Beides Koseformen von Elisabeth.

Marlene hielt die Hand vor den Mund. Ihre Augen weiteten sich, ihr Blick wurde leer. Simon Keller hatte der Sau den Namen seiner toten Schwester gegeben.

Im ersten Moment wollte sie in Gelächter ausbrechen.

Sie tat es nicht.

Das war das Traurigste, was sie je gehört hatte.

27.

Aufs Wort.

Er war den Anordnungen des Anwalts aufs Wort gefolgt. Er hatte auf den Anrufbeantworter gesprochen und eine Nachricht mit dem Treffpunkt hinterlassen. Der Laden seiner Ehefrau.

Am übernächsten Tag.

»Sie treffen mich dort ab acht Uhr morgens an.«

Er hatte eine schlaflose Nacht verbracht.

Und am nächsten Tag war er hingefahren.

Er ließ sich von Georg im Lancia Fulvia HF hinbringen. Dann schickte er ihn weg und wartete. »Frau Holle« war menschenleer. Gabriel und den kleinen Schneiderinnen hatte er telefonisch Anweisung gegeben, sich einen Tag freizunehmen. Der Meister hatte protestiert. Herr Wegener hatte den Hörer auf die Gabel geknallt.

Im Laden schaltete er den Heizofen im Hinterzimmer ein und setzte sich mit verschränkten Armen in einen Sessel, mit Blick zum Schaufenster.

Niemand war auf der Straße, das Schneetreiben hatte sich noch immer nicht gelegt. Seit wann wütete dieser verdammte Sturm eigentlich? Seit drei Tagen? Vier? *Vier*. Die ersten Flocken waren in der Nacht des Diebstahls gefallen.

Vier Tage.

Eine Ewigkeit.

Marlene konnte überall sein.

Bei diesem Gedanken fühlte er sich wie ein Tier im Käfig. Keiner von seinen Männern hatte sie gesehen. Weder sie noch den Mercedes. Die Telefonlisten, die ihm helfen sollten, die Identität von Klaus zu klären, ließen auf sich warten. Carbone reagierte nicht auf seine Anrufe.

Schlimmer noch.

Seine Männer wurden ungeduldig. Die Krise hatte ihr Auftragsvolumen verdoppelt, aber ohne ihn ging nichts weiter. Sie brauchten Anordnungen und Befehle. Mit jeder Stunde, in der sie nach Marlene suchten, warfen sie haufenweise Geld zum Fenster hinaus. Sie begriffen es einfach nicht.

Sie …

Er ballte die Fäuste.

Machtlosigkeit. Ein Gefühl, das Herrn Wegener an die endlosen Wanderungen auf den geheimen Pfaden erinnerte, das Eiserne Kreuz fest in der Hand.

Irgendwie verging der Morgen.

Herr Wegener rührte sich nicht vom Fleck. Saß neben dem Elektro-Ofen, der auf Hochtouren lief. Ihm war kalt, vor allem an den Füßen. Sie waren eisig, und es gelang ihm nicht, sie aufzuwärmen.

Auch die Mittagszeit ging herum.

Herr Wegener stand nur ein einziges Mal auf, um seine Blase zu entleeren und Wasser aus dem Hahn im Bad zu trinken. Er hatte keinen Hunger. Er wurde das Kältegefühl nicht los.

Der Nachmittag ging zu Ende.

Über Meran lag Stille. Die einzigen Geräusche kamen von den Schneepflügen, die die weißen Massen eindämmten. Ohne Unterlass fielen sie vom Himmel.

Man hatte ihm gesagt, er solle sich in Geduld üben.

Herr Wegener übte sich in Geduld.

Als die Dämmerung hereinbrach, verging endlich das Kältegefühl, und sein Kopf wurde klar. Seine Gedanken waren zielgerichtet und präzise. Gedanken an den Tod. An Marlenes Tod. An Klaus' Tod. An den Tod aller Männer, die ihn verraten, die ihn ausgelacht hatten, weil er sich von einer Frau zum Narren halten ließ. Carbone würde der Erste sein. Garantiert hatte er das Konsortium informiert. Herr Wegener hätte die Hand dafür ins Feuer gelegt. Und Georg? War der ihm wirklich treu? Er wusste es nicht. Der Blick, mit dem er sich am Morgen von ihm verabschiedet hatte, hatte ihm zu denken gegeben. Ein Blick, der ihm nicht geheuer war.

Ein mitleidiger Blick. Oder ein misstrauischer? In beiden Fällen würde er dafür bezahlen.

Alle würden sie dafür bezahlen.

Seine Rache würde fürchterlich sein. Er würde sie und ihre Familien töten.

Er stellte sich Berge von Leichen vor, Pyramiden aus Armen und Beinen und er oben auf der Spitze, wo er sich vor Lachen über die verstümmelten Körper ausschütten würde. Unerbittlich, wie nur er es sein konnte.

Und der Anwalt?

Auch er musste dran glauben.

Er würde sich etwas ausdenken, das keinen Verdacht erregte. Vielleicht einen Unfall. Oder eine Zyankalikapsel, wie bei den SS-Offizieren, die immer eine in der Tasche hatten, um sich die Demütigung der Kapitulation zu ersparen. Rachegelüste halfen gegen Frustration.

Die Zeit verging.

In seiner Fantasie wuchs der Leichenberg.

Er wusch sich die Hände und trank noch ein wenig Wasser. Er kehrte an seinen Platz zurück und starrte weiter auf die Tür.

Er fiel in einen Dämmerschlaf.

Er träumte, dass er sich im Ultental befand. Der Standartenführer kniete vor ihm, das Eiserne Kreuz seines Vaters an die Brust geheftet, die Hände erhoben.

Es war ein Traum und keine Erinnerung, denn in Wirklichkeit hatte der Standartenführer ihn angefleht, ihn am Leben zu lassen. In seinem Traum hingegen machte der SS-Mann sich über ihn lustig.

»Bist du dir sicher bei dem, was du da tust, Kobold?«

Herr Wegener hatte den Abzugshahn betätigt.

Dreimal.

Bumm, bumm, bumm.

Beinah wäre er vor Schreck vom Sessel gefallen.
Drei weitere Schüsse.
Ein Schatten in der Nacht, jenseits des Schaufensters.
Der Schatten klopfte noch einmal.

28.

Er hatte ihn sich anders vorgestellt.

Die Killer, die er kannte, sahen brutal aus. Es waren Raubtiere, die nach Mord und Totschlag rochen. Das wussten sie und nutzten es aus.

Der Mann des Vertrauens war gut aussehend. Wie ein Hollywood-Star. Der Mann des Vertrauens, dachte Herr Wegener, sah aus wie Warren Beatty in »Bonnie and Clyde«. Seine Augen erinnerten ihn an das Kruzifix in der kleinen Kirche, in die ihn seine Mutter immer zum Beten mitgenommen hatte. Ein reiner Blick. Ein wenig gequält, eine Ahnung von Leid. Nein, kein Leid.

Mitleid.

Der Mann des Vertrauens hatte mitleidige Augen.

Sie gingen ins Hinterzimmer, ohne ein Wort zu wechseln. Der Mann des Vertrauens war sehr elegant gekleidet. Jackett und Krawatte, darüber ein knielanger Wollmantel. Hut und Ledertasche, wie sie Ärzte hatten. Er zog seine Handschuhe aus und rieb sich vor dem Heizofen die Hände.

Herr Wegener räusperte sich.

»Ich habe Sie herbestellt, weil ...«

Der Mann des Vertrauens machte ihm ein Zeichen zu warten.

Er zog seinen Mantel aus, faltete ihn und legte ihn auf einen der Zuschneidetische. Er löste den Verschluss der Arzttasche, öffnete sie, nahm einen Löffel heraus, der in eine blütenweiße Serviette gewickelt war, und reichte ihn Herrn Wegener.

Dann hob er vorsichtig eine Terrine aus der Tasche, deren Deckel mit einem Stück Tesafilm festgeklebt war. Mit den Fingernägeln löste er den Tesafilm und stellte die Terrine auf Herrn Wegeners Knien ab.

Sie war noch warm.

Der Mann des Vertrauens nahm den Deckel ab und legte ihn auf einen Arbeitstisch. Dann setzte er sich.

»Den ganzen Tag haben Sie warten müssen. Ohne zu essen. Bitte«, sagte er lächelnd, »essen Sie!«

Herr Wegener schaute erst ihn an, dann die Terrine.

Eine Suppe.

Der Duft war verführerisch.

»Und Sie?«, fragte Herr Wegener überrascht. »Wollen Sie mir nicht Gesellschaft leisten?«

»Ich übernehme das Reden. Und – was halten Sie davon?«

Herr Wegener tauchte den Löffel in die Suppe.

Sie war exquisit.

»Sehr gut. Wirklich sehr gut.«

»Möchten Sie noch etwas Salz?«

»Sie ist gut so.«

»Sicher? Nur keine falsche Bescheidenheit.«

»Sie ist großartig. Kein Salz, danke.«

Herr Wegener nahm einen weiteren Löffel.

Der Mann des Vertrauens lehnte sich in seinem Stuhl zurück und schlug die Beine übereinander.

»Zunächst würde ich gerne ein paar Details mit Ihnen klären. Einverstanden?«

Er hielt inne, als wartete er auf ein Zeichen seines Gegenübers.

Herr Wegener nickte. Dann sagte er:

»Natürlich. Ganz wie Sie wünschen.«

»Vielleicht muss ich etwas ausholen. Ich bitte um Verständnis. Wichtig ist, dass absolute Klarheit zwischen uns herrscht.«

Wieder nickte Herr Wegener.

Der Mann des Vertrauens fuhr fort.

»Die Telefonnummer, bei der Sie angerufen haben, existiert nicht. Meine Auftraggeber existieren nicht. Ich selbst existiere nicht. Sogar Sie existieren nicht. Möchten Sie einen Schluck Wasser? Haben Sie ein Glas?«

»Dahinten.«

Der Mann des Vertrauens stand auf, füllte das Glas mit Wasser aus dem Badezimmerhahn und kehrte zurück.

»Sie möchten einen Vertrag mit mir machen. Über mein Honorar sprechen wir, wenn wir uns handelseinig geworden sind. In jedem Fall werden Sie dafür aufkommen und nicht meine Auftraggeber – ich nehme an, Sie wissen, warum. Ich fordere weder einen Vorschuss noch irgendwelche Vergünstigungen. Die Arbeit kann Stunden oder Jahre dauern, das ändert nichts an der Vergütung.«

»Und wenn Sie scheitern?«, fragte Herr Wegener und

wischte sich den Mund mit der Serviette ab. Er hatte die Terrine fast vollständig geleert.

»Das ist noch nie vorgekommen.«

Herr Wegener nickte.

»Diskretion«, fuhr der Mann des Vertrauens fort, »ist natürlich garantiert. Sowohl von meiner als auch von Ihrer Seite. Um das Ziel zu erreichen, muss ich Ihnen ein paar Fragen stellen, manche sind etwas intim, aber Sie haben mein Gesicht nie gesehen, und ich habe Ihr Gesicht nie gesehen.«

»Ich führe also im Augenblick ein Selbstgespräch.«

Der Mann des Vertrauens lächelte höflich.

»Mir wurde bereits gesagt, dass Sie einen feinen Humor besitzen. Eine Eigenschaft, die ich sehr schätze. Vor allem in solchen Angelegenheiten. Das beweist einen kühlen Kopf und stählerne Nerven. Sehr gut, sehr gut.«

»Was hat man Ihnen noch über mich erzählt?«

»Dass Sie«, erwiderte der Mann des Vertrauens und wurde auf einmal ernst, »eine Entscheidung treffen müssen.«

»Ich habe schon ...«

Der Mann des Vertrauens brachte ihn mit einem Seufzer zum Schweigen.

»Ich möchte noch deutlicher werden. Haben Sie schon mal geschossen?«

»Natürlich.«

»Dann wissen Sie ja, wie das ist, wenn man einmal den Abzugshahn betätigt hat: Dann folgt die Kugel einer Wurfparabel, und es gibt keine Umkehr mehr. Kennen Sie die Bedeutung des Begriffs? Ich bin diese Wurfparabel. Die

Entscheidung, die Sie treffen müssen, ist eine unumkehrbare Entscheidung. Ich möchte, dass Sie die volle Dimension dessen begreifen, was Sie tun werden. Verzeihen Sie meine Offenheit: Haben Sie jemals getötet?«

»Ja.«

»Wie viele Menschen?«

»Ein paar«, erwiderte Herr Wegener unwillig.

»Erzählen Sie mir vom ersten Mal.«

Herr Wegener starrte ihn an. Der Mann des Vertrauens lächelte.

»Darf ich Sie an meine Worte zum Thema Diskretion erinnern?«

Herr Wegener blieb weiterhin vage.

»Ich habe einen Standartenführer der SS erschossen.«

Der Mann des Vertrauens sah ihn aufmerksam mit seinem mitleidsvollen Christusblick an.

Das Lächeln verschwand.

Er schüttelte den Kopf.

Er wirkte mit einem Mal traurig.

»Nein, wir sind noch nicht so weit. Noch lange nicht. Sie haben mir nicht richtig zugehört.«

Er nahm ihm die Terrine weg und stellte sie zur Seite. Das Gleiche tat er mit dem Löffel und der Serviette. Er rückte seinen Stuhl näher und beugte sich vor. Er stützte sich mit den Ellbogen auf die Knie und streckte ihm die Hände hin, die Handflächen nach oben.

»Bitte.«

Herr Wegener gehorchte.

Ihre Gesichter waren nur einen halben Meter voneinander entfernt.

Auge in Auge.

Hand in Hand.

»Sagen Sie mir die Wahrheit.«

»Das ist die Wahrheit«, erwiderte Herr Wegener. »Ich habe ihn 1945 erschossen, in den Wäldern des Ultentals. Ich habe ihn auf die Knie gezwungen und ihm in den Hinterkopf geschossen. Eine Exekution.«

Der Mann des Vertrauens drückte die Hände von Herrn Wegener. Eine brüderliche Geste.

»Herr Wegener, ich möchte Ihnen begreiflich machen, dass wir beide hier gerade eine Beziehung eingehen. Ein sehr viel engeres Verhältnis als eine Ehe oder eine Freundschaft. Verstehen Sie? Wir beide sprechen darüber, einen Mord zu begehen. Das bedeutet, wir gehen eine Beziehung ein. Eine Beziehung jenseits von Gut und Böse. Und wissen Sie, was sich hinter diesem Konzept von Gut und Böse verbirgt? Die Wahrheit, nichts als die Wahrheit. Können Sie mir folgen?«

»Ja«, flüsterte Herr Wegener.

Er hatte einen Kloß im Hals.

Das Atelier war verschwunden.

Die Welt war verschwunden.

Es gab nur noch den Mann des Vertrauens und seine Worte.

Und die Berührung ihrer ineinander verschränkten Hände. Fast wie bei einem Gebet.

Ihr beider Flüstern.

»Ich möchte, dass Sie scharf nachdenken. Das ist wichtig. Wann haben Sie zum ersten Mal getötet?«

Auge in Auge.

Im gleichen Rhythmus atmend.

Herr Wegener schluckte.

»Am 13. Februar 1944.«

»Wer war es?«

Herr Wegener fühlte einen Stich in der Brust.

Einen salzigen Geschmack im Mund.

»Ein Mann ...«

Die Sekunden vergingen. Langsam.

Der salzige Geschmack breitete sich in seiner Mundhöhle aus.

»Ein Mann, der mir Schokolade geschenkt hat, statt mich zu erschießen.«

Und plötzlich, ohne dass er irgendetwas dagegen hätte tun können, brach Herr Wegener in Tränen aus. Bittere Tränen. Der Mann des Vertrauens umarmte ihn fest. Wie ein Freund. Wie ein Bruder. Wie ein Heiliger, der einem Sünder vergibt.

»Er war ein gütiger Mann, ein ...«

»Schon gut«, sagte der Mann des Vertrauens und wiegte ihn leicht. »Alles ist gut. Das ist Vergangenheit. Alles ist gut. Ich bin hier bei dir. Und wir sind ein Stück vorangekommen. Wir sind über den Berg.«

»Er hätte ...«, schluchzte Herr Wegener, »er hätte ...«

»Das ist nicht mehr wichtig. Spürst du die Macht der Wahrheit? Spürst du sie jetzt?«

»Er ... Ich habe ihn getötet. Ich habe einen Menschen getötet, der gütig war, einen ...«

Der Mann des Vertrauens zog sich zurück.

Er nahm wieder seine Hände und betrachtete ihn mit einem unendlich sanften Blick.

»Jetzt«, murmelte er, »*jetzt* bist du so weit, dass du mir den Namen sagen kannst. Den Namen am anderen Ende der Wurfparabel. Wenn du noch willst. Willst du?«

Herr Wegener dachte an Marlene. An Marlene in ihrer Dienstkleidung als Kellnerin, an das erste Mal, als er sie sah. An Marlene im Brautkleid, umgeben von Licht.

Er dachte an Marlene, die ihm zärtlich über das Gesicht strich. Er dachte an Marlene, wenn er in sie eindrang, die Lippen feucht, voller Hingabe, wunderschön.

An Marlene, die an ihrem Daumen knabberte, während sie im Buch der Brüder Grimm blätterte.

Er dachte an sie und hätte beinah geantwortet, dass er es sich anders überlegt habe. Dass er es nicht schaffen würde, den Abzugshahn zu betätigen. Dass es nicht richtig sei, von ihm zu verlangen, auf den einzigen Menschen zu verzichten, den er je geliebt hatte. Dass es eine andere Möglichkeit der Wiedergutmachung geben müsse. Aber genau in dem Moment, als seine Lippen dieses »Nein« zu formulieren begannen, dachte er an Marlene, wie sie den Tresor öffnete.

An Marlene, die lächelnd einen Namen flüsterte, der nicht seiner war.

An Marlene, die ihn verriet.

An das Konsortium.

An die nackten Füße.

An das Eiserne Kreuz seines Vaters.

Und er traf seine Entscheidung.

»Ich will.«

29.

Voter Luis war ein angesehener Mann.

Wie sein Vater und der Vater seines Vaters kannte Voter Luis die Heilige Schrift und die Weisheit der alten Völker. Deswegen hörten die Leute ihm zu.

Sie hörten ihm lieber zu als dem Pfarrer. Voter Luis kannte die alltägliche Not in den Bergen und das Heulen des Wehen, während der Pfarrer sich an ein Evangelium klammerte, das diese harten und müden Männer nicht verstanden.

Das Evangelium sprach von Datteln und von der Wüste. Von Kamelen und Fischern. Wie hätten sie dort eine Antwort auf ihre Fragen zu Gletschern und Wäldern finden sollen?

Voter Luis ging nur selten hinunter ins Dorf. Er liebte die Einsamkeit der Berge. Dort habe er alles, was er wolle und was er müsse, sagte er. Um mit einem Lächeln hinzuzufügen: »Hier weggehen? Warum? Der Preis für die Flucht ist immer die Wüste. So steht es in der Bibel. Moses hat es uns gelehrt.« Voter Luis war ein weiser Mann.

Simon Keller, sein Erstgeborener, kam am 11. Januar 1911 auf die Welt.

Der kleine Simon verehrte seinen Vater. Voter Luis war groß wie eine Esche und ebenso stark. Er lachte oft und kannte die Namen aller Pflanzen und Tiere.

Nahm Voter Luis ihn mit ins Dorf, um Tabak, Kaffee oder andere Dinge zu kaufen, die er selbst nicht herstellen konnte, platzte der kleine Simon fast vor Stolz, wenn er sah, wie die anderen Leute seinen Vater respektierten und grüßten. Voter Luis blieb gern stehen und hielt ein Schwätzchen mit ihnen.

Er gab Ratschläge, empfahl Hausmittel zur Behandlung von kranken Kühen oder Neugeborenen mit verstopfter Nase. Oft legten die anderen Baurn kilometerweite Strecken zurück, um an die Tür seines Hofs zu klopfen und ihn um Hilfe zu bitten. Voter Luis verweigerte sie niemandem.

Ein guter Mensch.

Bevor sie ins Tal hinuntergingen, zog die Mutter dem kleinen Simon Keller einen feschen dunklen Anzug an, mit Weste, einem Hemdkragen so weiß wie Schnee und einer Samtschleife, die ihn zwar am Kinn kitzelte, ihm aber das Gefühl gab, ein Großer zu sein.

Ein würdiger Sohn von Voter Luis.

Mutti verabschiedete ihn mit einem Kuss und einem Klaps und ermahnte ihn, sich anständig zu benehmen. Zu nicken, wenn man einem Herrn begegnete, vor einer Dame den Hut zu ziehen. Nur zu reden, wenn man gefragt wurde. Sich bei den Kruzifixen am Wegesrand zu bekreuzigen. In der Umhängetasche, die sie ihm genäht hatte, Voter Luis' Bibel zu tragen. Sie war schwer, aber das war das Wichtigste von allem.

Mit der Bibel in der Umhängetasche, deren Gewicht seine linke Schulter nach unten zog, wurde Simon Keller zu einem Riesen.

Voter Luis besaß unzählige Bibeln. Alle mit der Hand geschrieben. Manche von eigener Hand, andere noch von den Ahnen. Das war Tradition in der Familie.

Die Bibeln wurden unterhalb der Stube aufbewahrt, im

Keller. Dem kleinen Simon war der Zutritt verboten, und er brannte darauf, die Sammlung zu sehen, aber jedes Mal erklärte ihm die Mutti, die Kellerstufen seien zu steil für ein Kind und dort unten hausten zu viele Insekten, die ihn stechen und mit schlimmen Krankheiten infizieren konnten. Und Voter Luis erklärte ihm jedes Mal, dass auch er eines Tages in den Keller gehen und sich die Bibelsammlung anschauen dürfe (»sich an der Weisheit der verblichenen Voter laben und sie bewahren«, lauteten seine Worte), aber erst müsse er so groß und stark werden wie der Vater.

Bis dahin sei der Zutritt zum Keller ihm verwehrt.

Bis dahin müsse er warten. Alles zu seiner Zeit.

So stehe es geschrieben.

Die Bibel abzuschreiben half dabei, die Weisheit im Herzen zu mehren. Wie wenn man Samen säte und geduldig auf die Früchte wartete.

Das Wort Gottes zu ehren bedeutete nicht nur, es abzuschreiben (sonst wäre es nichts weiter als eine Übung im Schönschreiben gewesen), sondern auch, darüber zu meditieren und die aufkeimenden Gedanken zu notieren, um sie künftigen Generationen mitzuteilen.

Jeder Voter hatte eigene Überlegungen hinzugefügt, Verse verändert oder, basierend auf persönlichen Erwägungen und Erfahrungen, ganze Passagen umgeschrieben. Auf diese Weise waren die Bibeln der Kellers voller Sprüche, Gedankengänge und Anmerkungen, die sie in Umfang und Gewicht wachsen ließen. Manche Ausgaben wie die, die Voter Luis abends nach dem Essen hochkonzentriert und mit der erloschenen Pfeife zwischen den Zähnen studierte, bestanden aus mehreren Bänden.

Simon konnte es kaum erwarten, von Voter Luis seine erste Bibel zu bekommen. Schon sah er sich am Tisch in der Stube sitzen, vor sich ein Tintenfass, Schulter an Schulter mit seinem Vater, genauso wie er es Voter Luis früher mit Großvater Josef hatte tun sehen (tatsächlich trog ihn hier seine Erinnerung, weil der Großvater schon als junger Mann gestorben war).

Auch Voter Josef war ein weiser Mann gewesen. Ein Mann des Glaubens. Wie konnte es anders sein.

Es kam der Tag, kurz nachdem das Ende des Krieges verkündet worden war und die Menschen aus den Bergen erfuhren, dass sie nicht mehr Untertanen des Kaisers in Wien, sondern des Königs in Turin waren, an dem Elisabeth geboren wurde, seine Schwester. Simon war acht Jahre alt, es war Ende März, und die Tage wurden schon länger und heller.

Als die Wehen bei der Mutti einsetzten, hatte Voter Luis ihn zur Seite genommen, ihm seine erste Bibel überreicht (mit strahlend weißen Seiten) und ihm gesagt, es sei an der Zeit, dass er sich als würdiger Nachfahre der Kellers erwies.

Simon hörte seine Mutter stöhnen und wehklagen, eine Nacht lang und einen ganzen Tag.

Weder Voter Luis' Kräuter noch seine Bemühungen, ihre Schmerzen auf andere Weise zu lindern, schlugen an. Es war eine schwierige Geburt. Als die Schreie und das Weinen versiegt waren, präsentierte sein Vater ihm das Neugeborene. Ein hübsches rosiges Etwas. Mit der hellen Haut und dem dichten dunklen Haar der Mutti. Winzig in Voter Luis' Händen.

Simon hatte noch nie etwas so Schönes gesehen.

Genauso wenig hatte er Voter Luis jemals so besorgt gesehen.

»Sie sieht aus wie eine Prinzessin«, hatte Simon mit großen Augen gesagt.

»Du hast recht, sie ist so hübsch wie eine Prinzessin. Wir werden sie Elisabeth nennen. Elisabeth Keller.«

Dann zeigte er ihm zwei Glöckchen. Beide waren mit einem Band versehen. Das eine knotete Voter Luis um Simons Handgelenk, das andere um den Knöchel des Neugeborenen.

»Sie ist deine Schwester. Du musst dich immer um sie kümmern«, sagte er. »Wirst du das tun?«

Simon fühlte seine Brust anschwellen vor Stolz. Er hob die Hand mit dem Glöckchen, sodass es läutete.

Das kleine Mädchen bewegte seine Arme und Beine. Auch sein Glöckchen läutete. Und er fühlte sich stark und stolz wie eine Esche.

Er streichelte Elisabeths Stirn und begann leise zu singen.

30.

»Kleine Lissy, süße Lissy«, murmelte Simon Keller und zog den Schlüssel hervor. »Kleine Lissy, süße Lissy ...«

Er öffnete die Gittertür und stellte den Trog in den Käfig.

Und da war sie, die süße, kleine Lissy, pechschwarz von

Kopf bis Fuß, abgesehen vom Haarflaum und den Streifen unter den Augen, in ihrer Lieblingsecke, ein auf der Seite liegender Koloss im Stroh.

Im Schein der Öllampe funkelten ihre Augen wie Messerklingen.

»Süße Lissy, kleine Lissy, gute Lissy ...«

Lissy richtete sich auf und kam auf ihn zu.

Das Glöckchen läutete.

Simon Keller lachte.

»Hast du Hunger, süße Lissy?«

Lissy trat noch einen Schritt näher. Im Abstand von einem Meter blieb sie stehen und wackelte mit ihrem Ringelschwänzchen.

Der Baur schob ihr den Trog hin, sodass sie hineinschauen konnte.

Lissy senkte den Kopf, ihre rotztriefenden Nüstern bebten, ein Speichelfaden hing ihr aus dem Maul, die Hauer glänzten im Lampenschein. Sie rührte sich nicht vom Fleck.

»Friss, Lissy, kleine Lissy ...«

Doch statt den Rüssel in den Trog zu tauchen, zitterte Lissy weiterhin wie Espenlaub. Weder der Geruch von Futter noch der Hunger konnten sie umstimmen.

Simon Keller musterte die Sau erstaunt.

»Was ist denn los, süße Lissy?«

Und Lissy hatte Hunger. Das konnte man sehen.

Der Baur erkannte es nicht nur am Speichel, der auf den Boden tropfte, sondern auch an dem Zittern ihrer Beine und Ohren. Dennoch löste Lissy nicht den Blick von ihm. Sie war hungrig, und ihr Fressen stand direkt vor ihr, aber sie rührte sich nicht vom Fleck. Sie starrte ihn an, weiter nichts. Simon Keller hatte noch nie ein Tier gesehen, dass so lange dem Fresstrieb widerstand. Vor allem Lissy nicht. Denn Lissy hatte immer Hunger.

Und trotzdem fraß sie nicht.

Warum?

Simon Keller klopfte gegen den Trog.

Lissy wedelte noch immer mit ihrem Ringelschwänzchen, das Geräusch irritierte sie, aber sie starrte ihn weiter bloß an.

Simon Keller zog sich zurück. Er schloss die Tür hinter sich.

Er nahm das Glöckchen aus seiner Westentasche und läutete.

Einmal. Zweimal.

Dreimal.

Erst jetzt begann Lissy zu fressen.

Simon Keller lächelte.

Er machte das Licht aus, verließ den Schweinestall und blickte ehrfürchtig zu den Berggipfeln im Osten.

Was für ein Wunder so eine Morgendämmerung doch war. Er wartete, bis die ersten Sonnenstrahlen sich auf sein Gesicht legten, und schloss dann gedankenverloren die Augen.

Die Minuten verstrichen, das Licht und die Wärme lösten seine verkrampften Muskeln. Er dachte an die junge Frau in dem kaputten Mercedes und an Lissy.

Lissy war die Siebtgeborene. Eine wichtige Zahl. In sechs Tagen hatte der Herr die Welt und alle Kreaturen erschaffen. Am siebten Tage hatte er geruht. Dann, als die

Welt noch jung war, hatte er sie mit Wasser geflutet, und die alten Völker waren hoch hinauf in die Berge gestiegen. Was für einen Mut sie gehabt hatten, den Hof in dieser Höhe zu erbauen. Und welch eine Weisheit sie dabei gezeigt hatten. Seit Jahrhunderten hatte der Erbhof die Kellers niemals im Stich gelassen. Denn die Kellers ...

Der Baur riss die Augen auf.

Er verfluchte sich und kehrte in die Stube zurück.

31.

Es hatte aufgehört zu schneien. Der Himmel war klar. Marlene war froh, als sie ihn am Morgen so sah. Die Welt war noch da, sie war nicht verschwunden. Und doch war sie besorgt. Denn in der Tat: Die Welt war noch da.

Und mit ihr die Saphire und die Kobolde. Tja, die Kobolde. Nun wusste sie, warum sie vor dem geöffneten Tresor an sie gedacht hatte. Kobolde. *Kobold*, wie ...

Herr Wegener.

Herr Wegener und sein unersättlicher Machthunger. Vor dem sie geflüchtet war.

Und ...

Sie war mehrere Tage der drängendsten aller Fragen aus dem Weg gegangen.

Was tun?

Simon Keller hatte ihr versprochen, sie ins Dorf zu bringen. Dort sei eine Bushaltestelle, hatte er ihr erklärt. Ob sie genug Geld für eine Fahrkarte habe, um nach Hause zurückzukehren. »Natürlich, danke. Sie müssen sich keine Sorgen um mich machen, alles wird gut.«

Ein Bus.

Aber wohin sollte sie fahren?

Marlene fand keine Antwort auf diese Frage, und so räumte sie die Stube auf. Die Unordnung störte sie. Außerdem hatte sie ein schlechtes Gewissen, weil sie sich (wenn auch nur kurz) über die Einsamkeit des Baurn lustig gemacht hatte. Sie fühlte sich in seiner Schuld.

Sie wischte Staub und schrubbte den Boden mit einem Eifer, der sie erschreckt hätte, wenn sie sich hätte zusehen können. Von der gleichen nervösen Energie getrieben wie ihre Mama, als sie keine Mama mehr war.

Doch Marlene war sich dessen nicht bewusst.

Als sie die Arbeit beendet hatte und Simon Kellers schweren Schritt auf der Treppe hörte, setzte sie einen Kaffee auf. Der Baur trat ein und hängte seinen Mantel an die Garderobe, direkt neben die Flinte.

Marlene genügte ein Blick, und sie wusste, dass etwas nicht stimmte. Der Baur wirkte verstört. Sie fragte nicht nach dem Grund. Sie wartete, bis der Kaffee fertig war und goss ihn in die angeschlagenen Tassen.

Der Baur trank seinen Kaffee mit abwesender Miene und dankte ihr, wie er es immer tat, doch seine Worte waren nicht so herzlich wie sonst. Sein Blick schweifte unruhig durch die Stube.

Marlene ertrug sein Schweigen nicht länger.

»Alles in Ordnung, Simon Keller?«

»Ja, alles in Ordnung«, sagte er.

Dann dachte er kurz nach und schüttelte den Kopf.

»Um ehrlich zu sein, nein. Es gibt noch etwas Dringendes zu erledigen, bevor wir uns auf den Weg machen. Auf dem Hofdach liegt zu viel Schnee, der muss weggeschaufelt werden. Das Gebäude ist zwar solide, aber man muss sich um den Hof kümmern, sonst … Und das dauert. Eine Stunde, zwei. Zu lange.« Simon Keller massierte sich das Kinn. »Ich kann dir zeigen, wie du runter ins Dorf kommst, aber der Weg ist lang und gefährlich. Sechs Stunden Fußmarsch. Auch sieben, bei dem Schnee.«

Marlene versuchte ihn zu beruhigen.

»Dann gehen wir eben morgen.«

Simon Keller schüttelte heftig den Kopf.

»Nein, nein. Zu Hause wartet man auf dich. Deine Familie wird sich Sorgen machen. Es wäre nicht richtig, sie länger im Ungewissen zu lassen …«

»Es wäre nicht richtig, wenn Sie Ihre Pflichten vernachlässigen würden, um mir zu helfen. Auf den einen Tag kommt es nicht an.«

Vorausgesetzt, Herr Wegener hatte noch nichts herausgefunden. Vorausgesetzt, seine Männer waren nicht schon auf dem Weg zum Erbhof, um sie alle beide umzubringen. Marlene machte sich keine Illusionen: Die Schergen von Herrn Wegener würden kein Erbarmen mit dem Baurn haben. Sie würden ihn töten und den Hof in Brand stecken.

Sie kannte Herrn Wegener, sie hatte erlebt, wozu er imstande war.

Erst in diesem Moment begriff Marlene, dass sie den Mann in Gefahr brachte, der ihr das Leben gerettet hatte.

»Der Erbhof bietet den Kellers schon seit Ewigkeiten

Schutz«, sagte sie mit einem gezwungenen Lächeln, »und die Kellers kümmern sich …«

»… schon seit Ewigkeiten um seinen Erhalt«, beendete der Baur tonlos ihren Satz.

»Also gibt's da nichts zu diskutieren. Geben Sie mir eine Minute, um die Schürze aus- und die Jacke anzuziehen.«

Der Baur starrte sie verständnislos an.

»Ich werde Ihnen helfen«, sagte sie.

Simon Keller erhob sich.

»Das ist zu gefährlich. Das geht nicht.«

Er wartete ihre Antwort nicht ab, nahm seinen Mantel vom Haken und trat hinaus.

Er lehnte die Leiter gegen die Hauswand, vergewisserte sich, dass sie in dem Schnee Halt fand, und kletterte flink wie ein Wiesel aufs Dach.

Mit der Schaufel über der Schulter verschaffte er sich gerade einen Überblick, als ihn eine Stimme direkt hinter ihm zusammenfahren ließ.

Marlene.

Mit ihrer Steppjacke und einer Wollmütze auf dem Kopf, die der Baur in einem Schrank gefunden hatte. Sie schwang einen Reisigbesen in der Hand.

»Mein Vater hat immer so einen benutzt. Keine Schaufel.«

»Du bist vielleicht ein Dickkopf.«

Marlene antwortete nicht.

Doch sie konnte den Blick nicht von dem Bergpanorama lösen. Die letzten Tage hatte sie nichts anderes gesehen als die vier Wände des Erbhofs, und der Schneesturm hatte ihr jede Sicht nach draußen verwehrt. Doch heute war der Horizont wieder zu sehen, und sie streckte die Hand aus, als könnte sie nach den Gipfeln greifen, und sog die klare Luft ein wie Balsam.

»Es ist wunderschön hier.«

Simon Keller folgte ihrem Blick mit den Augen.

»Du hast mich nie gefragt, wo wir hier sind«, sagte er.

Es war eine Feststellung. Keine Frage.

Marlene zuckte mit den Schultern.

»In Sicherheit.«

Simon Keller lächelte. Seine schlechte Laune schien langsam zu verfliegen.

»Schöne Worte.«

»Nicht so schön wie dieser Ort hier.«

»War der Hof deiner Eltern so viel anders?«

»Er lag viel weiter unten im Tal, im Vinschgau, auf der weniger sonnigen Seite. Von meinem Zimmer aus sah ich direkt auf den Wald. Als Kind habe ich nur Bäume gemalt. Bäume und Hühner. Zu meinen Aufgaben gehörte, sie zu füttern. Aber nicht zu viel, sonst hätten wir kein Korn mehr für uns gehabt und hätten sie töten müssen. Wir waren sehr arm.«

Simon Keller rammte die Schaufel in den Schnee und kramte seine Pfeife hervor.

Umständlich stopfte er sie und zündete sie an.

»Einmal«, sagte er, »habe ich eine Viper gesehen, die im Mondlicht getanzt hat. Es sah aus, als würde sie singen. Als ich einmal einer weißen Krähe gefolgt bin, habe ich den Totenschädel eines Steinbocks mit drei Hörnern und drei Augen gefunden. Aber einen reichen Baurn habe ich noch nie getroffen.«

Marlene lachte.

»Sie sind sehr weise, Simon Keller.«

Der Baur paffte, eine Tabakwolke stieg auf.

Er lächelte verschmitzt.

»Wenn ich so weise wäre wie Voter Luis, hätte ich dich an einen Stuhl gebunden und dich gezwungen, in der Stube zu bleiben.«

»Hat Voter Luis Ihnen nicht beigebracht, dass Frauen ganz schön stur sein können?«

Simon Keller lachte kurz.

»Voter Luis hat das für eine ausgemachte Tatsache gehalten. Frauen sind stur und neugierig, da bist du keine Ausnahme. Du stellst keine Fragen, aber ich antworte dir trotzdem.«

Er zeigte ihr die Berge, die man vom Dach des Erbhofs aus sehen konnte, erst die nahe gelegenen, dann die weiter entfernten. Er kannte sämtliche Namen und sprach sie zärtlich aus, wenn sie Erinnerungen in ihm weckten, aber auch respektvoll, wenn sie ihm in ihrer Schroffheit und Wuchtigkeit Angst einflößt.

Die meisten Namen sagten Marlene nichts, sie hatte sie nie zuvor gehört. Aber einige von ihnen (Rabenkopf, Valvelspitze, Weißkugel und Saldurspitze) ließen sie wieder an die Landkarte auf ihrem Beifahrersitz denken.

Und plötzlich begriff sie, was ihr Fehler gewesen war.

Sie war in ein abgeschlossenes Nebental gefahren, an dessen Ende eine riesige Alpenwand aus Gletschern und ewigem Schnee war, sie trennte Italien von Österreich. Ein tödlicher Fehler, aber sie hatte Glück gehabt. Wäre nur dieser Mann mit dem harten und zugleich melancholischen

Gesicht nicht gewesen, der seine Schweine »Jungs« nannte, weil sie seine einzige Gesellschaft waren. Dieser Mann, der für sie Leberknödelsuppe gekocht und ein eigenes Badezimmer improvisiert hatte.

Dieser Mann, dessen Leben Marlene durch ihre bloße Anwesenheit in Gefahr brachte.

Während Simon Keller fortfuhr, die Namen der Berge aufzuzählen und mit dem Pfeifenstiel auf sie zu zeigen, trat Marlene auf ihn zu und gab ihm einen flüchtigen Kuss auf die Wange.

»Danke, Simon Keller. Von ganzem Herzen danke.«

Simon Keller starrte sie an und drehte dann den Kopf zur Seite.

Er hatte feuchte Augen und wollte nicht, dass sie es bemerkte.

»Ich habe dir nie Fragen gestellt«, sagte der Baur nach einer Weile. »Fragen zu stellen bedeutet, Antworten zu erhalten, und Voter Luis hat immer gesagt, dass Antworten wehtun könnten wie Schlangenbisse. Deshalb ist das jetzt auch keine Frage, auf die du eine Antwort geben musst, einverstanden? Es ist nur etwas, das ich sagen muss.«

»Fragen Sie, was Sie wollen. Ich stehe in Ihrer Schuld.«

»Steckst du in Schwierigkeiten?«

Marlene senkte den Blick.

»Ich ...«

Simon Keller drehte sich zu ihr um, und da geschah es. Vielleicht lag es an der Sonne. Vielleicht an ihrer beider Gewicht. Vielleicht war es ein Zufall.

Oder Schicksal.

Die Schneedecke auf dem Hofdach kam ins Rutschen.

Verschob sich um einen Zentimeter. Ein kompaktes Eisbrett von mindestens einem Meter Länge.

Simon Keller war bemüht, nicht das Gleichgewicht zu verlieren.

Das Eisbrett verrutschte um weitere fünf Zentimeter.

Marlene stieß einen Schrei aus. Instinktiv wich sie nach hinten aus und fiel beinahe hin.

Das Eisbrett brach auseinander.

Marlene sah die Überraschung und Angst in den Augen des Baurn. Sie hörte das Knacken von Eis.

Ein lautes, schreckliches Geräusch.

Der Baur streckte die Hand nach ihr aus und stammelte ein paar Worte, vielleicht ein Fluch oder eine Bitte um Hilfe, und Marlene versuchte verzweifelt, seine Hand zu ergreifen.

Es gelang ihr nicht.

Eins.

Zwei.

Simon Keller stürzte in die Tiefe.

32.

Nur drei Tage.

Am dritten Tag nach der Niederkunft bekam Mutti hohes Fieber. Am vierten Tag war sie so weiß wie das Laken unter ihr. Sie hatte nicht mal mehr die Kraft, Elisabeth zu stillen. Voter Luis musste der Kleinen abgekochte Kuhmilch zu trinken geben.

Am fünften Tag beschloss Voter Luis, weil das Fieber nicht nachließ und Mutti delirierte (»Die Schweine reden mit mir, Luis, sie wollen das Kind, bring sie zum Schweigen, ich bitte dich, bitte …«), ins Dorf hinunterzugehen und einen Arzt zu rufen.

Aber es war kein normales Fieber.

Es war Kindbettfieber.

Die Kräuter von Voter Luis halfen genauso wenig wie sein Beten und auch, dass er am Ende verzweifelt bei Gewitter hinunter ins Dorf lief, während die Pfade sich in schlammige Sturzbäche verwandelten, half nichts mehr. Als er in Begleitung des Arztes zurückkam, stellte der nur noch den Tod der armen Frau fest. Tod im Kindbett, in einer Zeit und einer Gegend, da ein solcher Tod – traurig, aber wahr – keine Ausnahme darstellte.

Wenn es eine befahrbare Straße statt des primitiven Bergpfads gegeben hätte, wenn der Hof nicht so weit oben auf der Alm gelegen hätte, dann *vielleicht* …

Als Voter Luis ihm sagte, dass seine Mutter gestorben sei, umarmte er ihn fest. Dann stapelten sie gemeinsam Holzscheite vor dem Erbhof auf, über die Voter Luis Kräuter, Schwefel und andere Mineralien streute, und später in der Nacht zündete er sie an.

Solche Flammen, wie sie aus diesem Feuer züngelten, hatte Simon Keller noch nie gesehen: Sie waren blau.

»Wie der Himmel, in den Mutti aufgestiegen ist«, erklärte Voter Luis, der sich hingekniet hatte, um ihm in die Augen sehen zu können. »Seit Jahrhunderten«, sagte er, »zünden die Kellers ein Feuer an, um die Seele der Verstorbenen zu verabschieden.« So hätten sie es auch gemacht, als Opa

Josef gestorben sei, nur dass Simon sich daran nicht erinnern könne, weil er noch ein kleines Kind gewesen sei und in seinem Bettchen gelegen und geschlafen habe.

»Dieses blaue Feuer«, endete Voter Luis und zeigte ihm die Sterne, »ist ein Abschiedsgruß, den man bis hinauf ins Paradies sehen kann.«

Beim Gedanken an das Gesicht der Mutti, die von dort oben auf ihn herunterschaute, musste Simon Keller weinen. Behutsam brachte Voter Luis ihm bei, dass dies seine letzten Kindertränen seien. Er sei doch jetzt ein Mann (hatte er nicht schon damit begonnen, seine eigene Bibel abzuschreiben?), und Männer hätten ihre Gefühle zu verbergen. »Nur Elisabeth darf weinen«, hatte er hinzugefügt. Sie sei noch klein und dürfe ungestraft weinen.

Schließlich forderte er ihn auf, mit ihm gemeinsam zu beten.

Seit diesem Tag hatte es noch einige weitere gute Tage gegeben. Hin und wieder hatte er Voter Luis' Lachen von einer Seite des Tals zur anderen widerhallen hören.

Simon erinnerte sich an diese Heiterkeitsausbrüche so genau, weil sie die Ausnahme waren. Voter Luis' Verhalten hatte sich verändert. Ihm gegenüber und mit der Zeit auch gegenüber seiner kleinen Tochter.

Als Elisabeth ihre ersten Worte zu brabbeln und in der Stube herumzutrippeln begann, schloss Voter Luis sich immer häufiger in das »verbotene Zimmer« ein, wie Simon den Keller des Erbhofs nannte. Zusammen mit dem Wein, dem Öl und den Bibeln der früheren Baurn. Und dort verharrte er stundenlang in völliger Einsamkeit.

Daher fiel Simon die Aufgabe zu, Elisabeth großzuziehen.

Sie war ein hübsches Kind, lebhaft und aufgeweckt, nannte ihn »Siml« und lächelte immerzu. Simon spielte gerne mit ihr. Er hatte Spaß daran, ihr Märchen zu erzählen, Puppen aus Stofflumpen zu basteln und Holztiere zu schnitzen. Er hatte gelernt, Wolpertinger aus den toten Tieren herzustellen, die Voter Luis bei der Jagd erlegt hatte, und war überglücklich, wenn die kleine Elisabeth beim Anblick einer neuen Kreation vor Begeisterung in die Hände klatschte. Elisabeth schaute ihn mit dem gleichen Blick an wie Simon damals – die Samtschleife kitzelte ihn unter dem Kinn – Voter Luis angeschaut hatte, während dieser mit den Leuten im Dorf sprach, Ratschläge erteilte und Komplimente erhielt.

Die Zeit verging.

Voter Luis wurde immer in sich gekehrter, Elisabeth immer strahlender und Mutti immer ähnlicher (die gleichen rabenschwarzen Haare, die gleichen Grübchen) und Simon Keller immer größer und linkischer wie alle Heranwachsenden.

Als er dreizehn und Elisabeth fünf Jahre alt war, hatte Voter Luis einen Unfall, der ihrer aller Leben veränderte.

Es war die Zeit des Heumachens, aber sosehr er sich auch anstrengte, Simon vermochte seinem Vater kaum Arbeit abzunehmen. Nicht mit der schweren Sense und nicht auf den steilen Almhängen vor dem Erbhof, der genau in der Mitte zwischen den felsigen Berggipfeln und dem Wald in Richtung Tal lag. Auf Voter Luis' Schultern lastete der Großteil dieser elenden Plackerei.

Vielleicht war es Erschöpfung, vielleicht die Trauer über den Verlust der Frau, vielleicht auch eine aufgeschreckte

Wespe, jedenfalls rutschte Voter Luis beim Sensen die Klinge aus. Ein Aufschrei, und er stürzte zu Boden. Simon kam herbeigerannt und sah das Bein des Vaters, das unterhalb der Wade abgetrennt war. Das Blut, das aus dem Stumpf strömte, erinnerte ihn an das große Schlachten im November, wenn sie den Schweinen die Kehle durchtrennten.

Irgendwie gelang es Voter Luis, mit seinem Gürtel den Blutfluss zu stoppen. Er befahl seinem Sohn, Hilfe aus dem Tal zu holen. Simon hatte Glück und musste nicht ganz bis hinunter ins Dorf. Auf halber Strecke traf er den Arzt, der von einem Hof auf der anderen Talseite zurückkehrte. Voter Luis starb nicht. Wenn er gestorben wäre, hätten sich die Dinge für Siml und Lissy ganz anders entwickelt.

33.

Das Eisbrett bebte.

Es bebte und rutschte langsam nach unten. Marlene spürte, wie sie mit in die Tiefe gezogen wurde. Mit den Armen rudern und schreien war alles, was sie tun konnte.

Sie sah die Dachkante auf sich zukommen. Sie erwog, sich auf eine Seite zu werfen und zu hoffen.

Doch sie tat es nicht.

Keine zwanzig Zentimeter vor dem Abgrund hörte das Eisbrett auf zu rutschen, einfach so, genau wie es begonnen hatte. Marlene schwankte und breitete die Arme aus.

Sie wagte nicht zu atmen und zwang sich, die Augen offen zu halten.

Das Eis hielt stand.

Mit zögernden Schritten tastete sie sich vorwärts. Als sie bei der Leiter angekommen war, blieb sie ängstlich stehen.

»Simon Keller?«, rief sie.

Nichts.

Marlene drehte sich um und kletterte die Leiter hinunter, den Blick beharrlich nach vorn gerichtet, bis sie wieder festen Boden unter den Füßen spürte. Die Knie wurden ihr weich, und sie fiel rücklings in den Schnee. Nur langsam wagte sie, sich umzuschauen.

Simon Keller lag reglos ein paar Meter von ihr entfernt, das eine Bein unnatürlich abgewinkelt, den Kopf zur Seite gestreckt. Überall auf dem weißen Schnee war Blut, das in der Kälte dampfte.

Der Hut des Baurn war ein Stück zur Seite gerollt. Eine Schneewehe hatte ihn aufgehalten. Wer weiß, wo er sonst gelandet wäre. Marlene konnte an nichts anderes als an diesen Hut denken. Es war wichtig, den Kopf warm zu halten. Das hatte man ihm schon als Kind eingeschärft. Sonst bekam man eine Erkältung oder eine Lungenentzündung. Oder vielleicht ...

Oder vielleicht, sagte in aller Härte eine innere Stimme, die Marlene ganz fremd war, *bist du jetzt vollkommen verrückt geworden. Was liegst du da wie festgefroren rum? Steh auf, beweg dich!*

Sie tat es nicht. Sie zitterte zu sehr.

Sie rief Simon Kellers Namen.

Der am Boden liegende Körper reagierte nicht. Er rührte sich nicht einmal. Das Blut dampfte noch immer.

Er ist tot, dachte Marlene.

Er ist tot.

Sie stand auf und ging mit unsicheren Schritten zu ihm, rief wieder seinen Namen. Der Baur antwortete nicht.

Marlene beugte sich über ihn.

Er atmete. Er bewegte die Lippen und murmelte unverständliche Worte. Er lebte.

Marlene wollte ihn aufrichten, aber als ihre Hände den Mantel berührten, dessen Schöße wie Fledermausflügel auf dem Boden ausgebreitet waren, hielt sie inne.

Vielleicht war der Baur am Kopf verletzt. Vielleicht hatte er sich den Hals gebrochen. Wenn sie ihn falsch anfasste, würde sie ihn womöglich für immer zum Querschnittsgelähmten machen.

Oder vielleicht würde sie ihn umbringen.

Sie war keine Ärztin. Und sie war klein und zierlich. Viel zierlicher als Simon Keller.

Also ...

Sie musste ins Dorf hinunter. Um Hilfe rufen, zurückkehren und ...

Und ihn tot vorfinden, sagte diese beharrliche innere Stimme. *Du kannst ihn nicht hier draußen lassen. Er wird sonst erfrieren. Bist du verrückt geworden, oder was? Bring ihn rein. Ins Warme. Dann kannst du ja immer noch entscheiden, was nun zu tun ist.*

Marlene packte ihn unter den Achseln. Der Baur stöhnte qualvoll.

Doch Marlene ließ nicht locker. Sie murmelte eine

Entschuldigung und zog ihn zur Treppe. Der Eingang zur Stube erschien ihr so weit weg wie der Mond.

Und genauso unerreichbar.

»Gott ...«

Dieser Mann hat dich stundenlang auf seinem Rücken über Stock und Stein getragen. Er hat dir das Leben gerettet. Er hat dir sein Essen angeboten, sein Haus und seinen Schutz. Du hast ihn in Gefahr gebracht. Also hör jetzt auf zu jammern.

Marlene stützte Simon Keller mit dem Oberkörper gegen die Hauswand. Sie versuchte, ihren keuchenden Atem zu beruhigen, riss sich die Wollmütze vom Kopf und wischte sich den Schweiß vom Gesicht, ohne zu merken, dass sie sich mit dem Blut des Baurn beschmierte. Sie ging in die Hocke und umfasste seinen Oberkörper. Schließlich nahm sie einen Arm des Baurn und legte ihn sich über die Schulter.

Und dann zog sie.

Sie spürte das Gewicht seines Körpers im Rücken, aber befahl sich, die Schmerzen zu ignorieren. Sie befahl sich durchzuhalten. Sie zog und zog, mit all ihrer Kraft.

Der Baur war schwer. Alleine würde sie es nie schaffen.

»Sie müssen mir helfen, Simon Keller«, bat sie ihn verzweifelt. »Los, versuchen Sie es!«

Der Mann streckte die Hand aus und packte das Geländer.

»Genau so, gut. Weiter so!«

Eine Stufe.

Zwei.

Die Tür.

In der Stube war es warm.

Keuchend legte Marlene den Baurn auf dem Fußboden ab und blickte sich um. Ihn ins Obergeschoss zu bringen und ins Bett zu legen war ausgeschlossen. Aber sie konnte ihn auch nicht auf dem Fußboden liegen lassen.

Sie lief die Treppe hoch, in Simons Schlafzimmer, und nahm die Decken vom Bett, dann holte sie die Laken aus ihrem Zimmer. Immer zwei Stufen auf einmal nehmend, rannte sie wieder nach unten. Vor dem Kamin bereitete sie eine Art Lager und bettete Simon Keller mit letzter Kraft darauf.

Und jetzt?

Die Wunden säubern.

Sie verbinden.

Sie legte Holz im Kamin nach und kochte Wasser ab. Sie schlug den Mantelkragen des Baurn zurück, damit er besser Luft bekam, und schaute sich seine Wunde am Kopf an. Ein klaffender Riss von der Schläfe bis zum Kiefer. Die Ränder waren glatt, als wäre die Haut von einem Skalpell durchtrennt worden. Man konnte zusehen, wie sie anschwoll.

Sie riss ein Laken in Streifen und legte die Streifen ins kochende Wasser. Dann zählte bis zweihundert und holte sie mit einer Gabel heraus. Sie zählte noch einmal bis zweihundert und betastete die Streifen prüfend. Sie waren warm, aber nicht mehr kochend heiß.

Vorsichtig wischte sie das Blut vom Gesicht des Baurn. Simon Keller hatte ihr erzählt, dass er Seife benutzt hatte, um ihre Wunde an der Stirn zu säubern, und die Wunde hatte sich nicht entzündet. Es schien also zu funktionieren. Besser als nichts.

Sie säuberte die Wunde. Der Baur zuckte bei jeder Berührung zusammen.

Er öffnete die Augen, sein Blick war glasig.

»Können Sie mich hören?«, fragte Marlene.

Der Mann nickte.

»Was ist passiert?«

»Sie sind vom Dach gefallen.«

Simon Keller versuchte, sich aufzurichten. Marlene drückte ihn wieder zu Boden.

»Bleiben Sie liegen. Ihr Bein ...«

»Ich muss es mir anschauen.«

Marlene half ihm, sich aufzusetzen. Dann schlug sie die Decken zurück.

Simon Keller schüttelte den Kopf. Er hatte wieder einen wachen Blick.

»Ich brauche eine Schere. Sie ist in der Kredenz. In der zweiten Schublade.«

»Wofür brauchen Sie eine Schere?«

»Du musst meine Hose aufschneiden. Ich will mir das Knie anschauen. Da stimmt was nicht.«

Marlene gehorchte.

Geschickt schnitt sie die Hose auf und legte das Bein des Baurn frei. Es war sehnig und muskulös. Das Knie sah schrecklich aus. Dick angeschwollen, blau angelaufen und um etwa dreißig Grad verdreht.

Simon Keller beugte sich so weit wie möglich nach vorn.

»Kannst du mich halten? Ich muss es abtasten.«

Marlene stützte ihm den Rücken, während der Baur die Zähne zusammenbiss und mit schmerzverzerrtem Gesicht die Schwellung abtastete.

»Gebrochen ist es nicht. Aber das Bein ... Es muss gerade gezogen und das Kniegelenk muss eingerenkt werden. Das musst du machen.«

Marlene wurde blass.

»Sie brauchen einen Arzt, Simon Keller. Ich kann das nicht, ich kann das wirklich nicht. Ich würde nur ... Sie bleiben hier, im Warmen. Sagen Sie mir den Weg, und ich ...«

Simon Keller blickte sie an.

»Willst du mir helfen?«

»Ich laufe so schnell wie der Blitz und ...«

»... und verirrst dich im Wald. Oder du fällst in einen Graben oder gerätst in eine Lawine. Du bist nicht vor Sonnenuntergang im Dorf und müsstest nachts bei der Kälte zurücklaufen ... Nein. Willst du mir helfen, Marlene?«

Es war das erste Mal, dass er sie beim Vornamen nannte.

»Sagen Sie mir, was ich tun muss.«

Simon Keller erklärte es ihr, und Marlene wurde schwindelig.

»Es wird wehtun.«

»Besser mir als dir«, sagte Simon Keller mit einem gezwungenen Lächeln.

Marlene legte ihm die eine Hand auf den Oberschenkel und die andere an die Wade.

»Näher aneinander, du musst das mit einem Ruck machen. Feste! Drehen und einrenken.«

Marlene legte ihre Hände um das Knie. Es war heiß und pulsierte.

»Ziehen, drehen und einrenken. Du schaffst das.«

»Ich ...«

»Zieh!«, keuchte Simon Keller.

Marlene schloss die Augen und zählte bis drei.

Bei drei ließ sie los.

»Ich kann das nicht. Die Schmerzen ...«

»An die Schmerzen denken wir später.«

Marlenes Augen leuchteten auf.

»Ich könnte einen Aufguss machen. Sagen Sie mir, wo ich den Schlafmohn finde. Wenn sie keine Schmerzen haben, wird es einfacher sein, wir könnten ...«

»Und wenn ich einschlafe? Wüsstest du, was du dann machen musst? Erst müssen wir das Knie einrenken und es danach ruhigstellen. Eine Schiene bauen, um es zu fixieren. Wüsstest du, wie das geht, ohne meine Anleitung?«

Marlene schüttelte den Kopf. Sie hatte Tränen in den Augen.

»Bitte, ich kann das nicht für Sie tun. Ich will Ihnen nicht wehtun.«

Simon Keller strich ihr übers Gesicht. Für einen Moment spürte Marlene die Finger des Baurn auf ihrem Leberfleck.

»Bist du eine aus der Stadt oder eine aus den Bergen?«

Marlene packte zu.

Simon Keller schrie.

»Der Schlafmohn!«, rief Marlene, als sie sein rotes, schmerzverzerrtes Gesicht sah, in dem die Adern hervortraten. »Bitte, der Schlafmohn ...«

Simon Keller überredete sie weiterzumachen. Die Operation war noch nicht beendet.

Marlene gelang es, das Knie mithilfe einer dicken Kordel, Draht und Holz zu schienen. Irgendwie schaffte sie es, sich zu beherrschen und nicht die Nerven zu verlieren.

Simon Keller hingegen schrie, obwohl er sich zusammenriss, so gut er konnte.

Schließlich zeigte der Baur auf die Konsole.

»Einen halben Esslöffel.«

»In kochendem Wasser auflösen?«

Simon Keller antwortete ihr mit einem Lächeln, das Gesicht schweißnass.

»Wenn man ihn kaut, wirkt er schneller.«

34.

Einen halben Esslöffel. Pro Tag.

Das war die Dosis, die Voter Luis genommen hatte, um seine Schmerzen zu lindern. Mit seinem Stumpf spürte er den Jahreszeitenwechsel, Feuchtigkeit und herannahenden Regen.

Aber Voter Luis nahm den Schlafmohn nicht wegen seines Stumpfs.

Die Schmerzen, die ihn den Sohn antreiben ließen, ihm doch endlich die *verfluachtn Monbluam* zu bringen, rührten von dem fehlenden Bein her. Das fehlende Körperglied quälte ihn dermaßen, dass seine Gebete sich in Schreie verwandelten. Manchmal waren die Qualen sogar so heftig, dass Simon ihm einen Aufguss mit einer dreimal höheren Dosis zubereiten musste.

Nach einigen Wochen bat Voter Luis nur noch um die

Samenkörner. Er kaute sie und wurde ruhig. Mit Tränen in den Augen bedankte er sich bei seinem Sohn und schlief ein. Oder aber er rezitierte ganze Passagen aus der Bibel und dem Evangelium. Den Blick ins Leere gerichtet, umnebelt, sprach er schnell und ausdruckslos.

Voter Luis begann zu trinken. Wenn er betrunken war, verfluchte und verprügelte er seinen Sohn. Der war bei allem immer zu langsam und zu schwach und schaffte es nie, dieser lästigen Plaudertasche von Tochter das Maul zu stopfen.

Eines Tages nahm er ihnen beiden die Glöckchen ab und warf sie fort. Dieses Gebimmel mache ihn wahnsinnig, brüllte er.

Siml holte sie zurück und versteckte sie. Sie wurden sein heimlicher Schatz. Er läutete sie, wenn er Angst hatte. Er läutete sie, wenn Voter Luis betrunken war. Wenn der Vorrat an Schnaps und Wein zur Neige ging. Wenn Voter Luis trank, wurde er zum Monster, war er nicht mehr wiederzuerkennen.

Siml begann, den Zorn des Vaters fast genauso zu fürchten wie die im hohen Gras lauernden Giftschlangen.

Voter Luis hatte fast die ganze Arbeit auf den schmalen Schultern des Jungen abgeladen. Doch damit auf dem Hof alles blühte und gedeihte, brauchte es einen Voter, keinen bartlosen Knaben. Trotz aller Bemühungen Simls begannen die Kellers Hunger zu leiden.

Die Tage zogen ins Land, einer war wie der andere.

Die Schmerzen. Die Schreie. Die Tritte.

Das Opium.

Das Unglück nahm kein Ende. Es war, als hätte sich

nach dem Tod von Simons und Elisabeths Mutter ein Fluch auf den Hof der Kellers gelegt.

Die Hühner wurden von Bussarden geraubt. Die Kühe starben eine nach der anderen an einer rätselhaften Krankheit. Der Heuschober wurde vom Blitz getroffen und ging in Flammen auf, und beinah hätte es auch das Haus erwischt. Voter Luis baute den Schuppen nicht wieder auf.

»Reine Zeitverschwendung«, erklärte er. »Wir werden keine Kühe mehr haben, nur noch Schweine. Denn das Schwein«, erklärte er grinsend, »ist das heiligste aller Tiere. Das Schwein war der Lehm, mit dem Gott den Menschen erschuf.« Er lachte dröhnend. »Glaubst du mir etwa nicht, mein Sohn? Schau es dir gut an und bewundere Sein Meisterwerk. Als Gott die Welt erschuf, nahm er das Schwein, segnete es und veränderte es. Statt Horn für die Klauen nahm er Eiben- und Tannenholz. Eibenholz, weil es hart ist, denn er wusste, dass der Mensch viel unterwegs sein würde und gut laufen können müsste. Und zartes Tannenholz, um ihn mit Geschicklichkeit auszustatten, aber nicht mit zu viel Kraft, denn der Mensch sollte nicht aufhören, Werkzeug und Geräte für seine Arbeit herzustellen. Zu viel Kraft hätte den Menschen bloß hochmütig werden lassen, während die Anstrengung ihn bescheiden machte. Der Mensch sollte auch sprechen und beten können, daher quetschte Er den Schweinerüssel so zusammen, bis der Mensch mit seinen Lippen Buchstaben formen und diese zu Seiner Lobpreisung zu Worten zusammensetzen konnte. Dann nahm er Flusskiesel, damit der Mensch nie vergessen würde, dass alles Leben aus dem

Wasser kommt, und veränderte mit ihrer Hilfe die Form der Ohren. Schließlich riss er dem Adler die Flügel aus und steckte sie in den Kopf des Schweins, sodass der Mensch zu denken vermochte. Aber trotz seiner unendlichen Weisheit vergaß Er, dem Menschen den Hunger des Schweins zu nehmen. Und so nützten diesem auch die Adlerflügel nichts. Seine Gedanken können nicht fliegen, den der Hunger ist wie ein Felsklotz, der ihn am Boden hält.

Der Mensch ist Sein Wolpertinger. Gottes verfluchter Aprilscherz.«

Nicht mal einen Monat nach dieser furchterregenden Rede tötete Voter Luis Elisabeth.

35.

Elisabeth.

Die süße kleine Elisabeth, die, bevor sie in seinen Armen starb, noch ein paar unzusammenhängende Worte stammelte, welche Simon nie mehr vergaß. Mit angstgeweiteten Augen, weil sie nicht verstand, was mit ihr geschah, nicht begriff, warum man ihr Schmerzen zugefügt hatte. Die nach einer Antwort suchte, die auch Simon nicht wusste.

Und Siml, der sie hilflos in den Armen wiegte und in das immer bleicher werdende Gesichtchen mit dem Blutstropfen an der Wange schaute. Und den stummen Vorwurf hörte: Warum hast du mich nicht gerettet, Siml?

Warum unternimmst du nichts gegen meine Schmerzen? Warum kannst du, der du groß und stark bist wie eine Esche, nichts anderes tun, als mich in den Armen zu wiegen und sinnlose Worte zu murmeln?

Warum?

Warum, Siml?

»Alles wird gut, Lissy. Alles wird gut, kleine Lissy. Süße Lissy. Alles wird gut.«

Er wusste nicht, ob die Sonne jemals wieder scheinen würde.

Er wusste nicht, was dieses ganze Blut sollte.

Er wusste nur, dass er log.

36.

»Alles wird gut, alles wird gut«, murmelte Simon Keller, und Marlene fragte sich, woher dieser Mann, der trotz des Schlafmohns wie ein Hund litt, die Kraft nahm, sie zu trösten, mit sanften Worten und einem Kinderlächeln, das aus seinem harten, wettergegerbten Gesicht derart herausstach, dass es ihr fast wie eine Halluzination vorkam.

»Alles wird gut, alles wird gut.«

»Ja, alles wird gut. Schlafen Sie, bitte, schlafen Sie.«

Der Baur streckte eine Hand aus und strich ihr über den Leberfleck. Eine Liebkosung wie die von Mama, wenn sie das Buch der Brüder Grimm zuklappte und ihr eine gute Nacht wünschte.

Marlene nahm die Hand des Baurn.

»Verzeihen Sie, Simon Keller, verzeihen Sie.«

Der Baur hörte sie nicht. Endlich war er eingeschlafen.

Plötzlich löste sich die Spannung, die sich in den Tagen des Schneesturms in ihr aufgestaut hatte, die Angst der vergangenen Wochen, als sie den Diebstahl der Saphire ausheckte, ihre Sorge um alle, die ihretwegen leiden mussten (oder schon gelitten hatten) – Klaus, Herr Wegener, Gabriel und wer auch immer –, und Marlene brach in Tränen aus.

Ihr Leben war nichts anderes als ein Haufen Lügen. Lügen, nichts als Lügen.

Alle hatten sie angelogen.

Vor allem hatte sie sich selbst angelogen.

Und diesen Mann, der ihr, trotz seiner Schmerzen und obwohl sie eine Fremde war, nicht nur das Leben gerettet hatte, sondern sie jetzt obendrein noch tröstete. Diesen Mann, der mit einem Kinderlächeln auf den vor Kälte aufgesprungenen Lippen eingeschlafen war. Diesen guten Mann.

Den einzigen, wurde ihr bewusst, den sie je kennengelernt hatte.

37.

Ein verführerischer Duft.

Im Treppenhaus. Um diese Uhrzeit?

Vielleicht war es die Nachbarin, Frau Gruber. Sie war in letzter Zeit ein wenig zerstreut. Das Alter. Ein wirklich deprimierender Gedanke. Sie waren gleich alt. Sie Witwe, er Junggeselle. Sonntags lud Frau Gruber ihn immer zum Essen ein und flirtete ein wenig mit ihm. Vielleicht war sie sogar verliebt. Warum auch nicht?

Sie waren alt, aber noch nicht *so* alt.

Arme Frau Gruber.

In all den Jahren hatte sie immer noch nicht verstanden, dass sie weder mit ihren Köstlichkeiten noch mit ihren sehnsuchtsvollen Blicken bei ihm landen konnte. Eine Typfrage, sagte sich Gabriel immer wieder. Es gab zwei Typen von Männern. Den einen, der die Frauen liebte, und den anderen, der gezwungen war, im Verborgenen zu leben.

Doch bei den Köstlichkeiten von Frau Gruber sagte er nie Nein. Sie war eine hervorragende Köchin.

Kaum war die Tür ins Schloss gefallen, hatte Gabriel sie schon vergessen. Er war müde, todmüde. Er brauchte dringend eine Dusche. Und ein Glas Sherry. Vielleicht auch in umgekehrter Reihenfolge.

Als er merkte, dass er das Licht in der Küche angelassen hatte, schimpfte er sich einen Tattergreis.

Aber es war nicht das Alter, das ihm gefährlich wurde.

Es war etwas Schlimmeres.

Ein Eindringling.

Ein elegant gekleideter Eindringling, der sich eine Schürze um den Bauch gebunden hatte. Ein Mann (gut aussehend wie ein Hollywood-Star, dachte Gabriel), der kochte.

In seiner Küche, auf seinem Herd, mit seinen Töpfen.

Er spürte, wie ihm der Atem stockte.

Auf dem Küchentisch lag eine Pistole. Auf dem Mündungslauf steckte ein Schalldämpfer.

»Guten Abend, Gabriel. Vielleicht haben Sie schon zu Abend gegessen, aber bitte tun Sie mir den Gefallen: Probieren Sie, und sagen Sie mir, wie es Ihnen schmeckt.«

Gabriel blieb wie angewurzelt stehen, den Blick auf die Pistole geheftet.

Der Fremde bemerkte das.

»Sie brauchen keine Angst zu haben. Wir sind schließlich zivilisierte Leute, sie wird nicht zum Einsatz kommen.«

Gabriel begann zu zittern.

Nicht wegen der Pistole.

Sondern wegen der Stimme, die so melodiös war. So sanft. Der Mann mit dem Aussehen eines Hollywood-Stars war zum Fürchten.

»Wer sind Sie? Was machen Sie in meiner Küche?«, piepste er.

Nicht einmal ein Kind hätte er damit einschüchtern können. So ist das, wenn man alt wird, schoss es Gabriel durch den Kopf.

»Bitte, setzen Sie sich. Ich werde Ihnen alles erklären.«

Gabriel wäre am liebsten weggelaufen.

Der Fremde konnte Gedanken lesen.

»Tun Sie es nicht«, sagte er lächelnd. Gabriel setzte sich.

»Man nennt mich den ›Mann des Vertrauens‹«, begann der Eindringling. »Ich habe einen Auftrag zu erledigen. Nichts, das Sie beunruhigen müsste.« Er stellte den Topf auf den Tisch und hob den Deckel. »Spaghetti. Ein bisschen Almbutter und vierzig Monate alter Parmesan. Ein einfaches Gericht. Ich hoffe, Sie verzeihen mir, dass ich eine von Ihren Weinflaschen geöffnet habe.«

Er goss Wein in die Gläser und setzte sich ihm gegenüber.

»Bitte, lassen Sie es sich schmecken.«

Das Alter. Das Alter war der Grund, oder zumindest glaubte Gabriel, dass er der Aufforderung deshalb folgte.

Das Alter machte schwach, zerbrechlich. Jede Handlung kostete Kraft, jeder Gedanke verwies ihn auf die Hinfälligkeit dieses Körpers, den er inzwischen nicht mehr als den seinen ansah.

Das Fleisch ist schwach.

Und das Essen war köstlich.

»*Brichst du mit mir Brot, teil ich deine Not.* Das ist mein Motto, um Ihr Vertrauen zu erringen, Gabriel.«

»Warum?«

»Menschen, die einander vertrauen und brüderlich zugetan sind, brauchen so etwas nicht« – der Fremde zeigte auf die Pistole –, »um aufrichtig miteinander zu sein. Wir beide werden ein kurzes und, wie ich hoffe, fruchtbares Gespräch führen. Von Mensch zu Mensch. Ich möchte wissen, ob Sie die Absicht haben zu lügen.«

»Ich weiß noch nicht mal ...«

Der Mann des Vertrauens goss sich den Rest Wein ein, der noch in der Flasche war.

»Es ist eine Schande, guten Wein verderben zu lassen. Und für mich wäre es eine Schande, wenn ich Ihnen Schmerzen zufügen müsste. Auch weil ich von meinem Platz aus mein Ziel kaum verfehlen könnte. Ich würde nicht ins Herz oder in den Kopf schießen, sondern in den Magen. Es heißt, das sei besonders schmerzhaft. Abgesehen davon, dass es nach einem Essen wie diesem für einen Chirurgen ziemlich schwierig werden dürfte, alles wieder an Ort und Stelle zu bringen. Haben Sie Angst?«

Gabriel zuckte zusammen.

»Das müssen Sie nicht. Für viele Menschen ist das Schneiderhandwerk keine Kunst. Andererseits glauben viele Menschen auch, dass Monet nur ein auf Nymphen fixierter Verrückter war. Also, Sie sind ein Künstler, und ich liebe die Kunst. Ich werde Ihnen nicht wehtun. Sofern ich nicht dazu gezwungen bin. Wollen Sie mich zwingen, Ihnen wehzutun, oder bevorzugen Sie ein vernünftiges Gespräch?«

»Ich ...«, stammelte Gabriel. »Ich bevorzuge ... ein vernünftiges Gespräch.«

»Heißt das, Sie vertrauen mir?«

»Teilweise.«

»Eine ehrliche Antwort. Dafür danke ich Ihnen. Mein Beruf ist, Menschen aufzuspüren. Ich möchte auch in dieser Sache aufrichtig zu Ihnen sein: Ich spüre sie auf, um sie zu töten.«

Gabriel wurde blass.

»Wollen Sie ...«

»Nein, nicht Sie. Auch wenn ich denke, dass Sie aus unserem Gespräch mit einer kleinen Wunde hervorgehen werden. Keine körperliche, verstehen Sie mich nicht falsch. Machen Sie jetzt nicht schlapp, Gabriel, ich bitte Sie. Möchten Sie einen Schluck Wasser?«

Gabriel nickte.

Der Mann des Vertrauens schenkte ihm etwas Wasser ein.

»Marlene Taufer, verheiratete Wegener. Kennen Sie sie?«

»Ist sie diejenige, die Sie ...«

»Mein ganzes Leben lang habe ich nie Groll gegen einen Menschen gehegt. Ich bin eine Waffe, Gabriel. So wie Sie eine Nähnadel sind. Ich habe nichts gegen Ihre junge Freundin. Und trotzdem werde ich sie töten.«

Erregt sprang Gabriel auf.

»Ich habe schon diesem Hurensohn von Wegener gesagt, dass ich nicht den blassen Schimmer habe, wo sie ...«

»Darum geht es mir nicht. Ich weiß, dass Sie nicht den blassen Schimmer haben, wo besagte Dame sich aufhält oder in welche Richtung sie sich bewegt haben könnte. Setzen Sie sich, bitte.«

»Verlassen Sie sofort meine Wohnung!«, schrie Gabriel außer sich vor Zorn.

Der Mann des Vertrauens sah ihm direkt in die Augen.

»Setzen. Sie. Sich. Bitte.«

Gabriel gehorchte.

»Was wollen Sie?«

»Informationen. Ich möchte Marlene kennenlernen, sie mit Ihren Augen sehen. Sie verstehen. Sie sind mehr als ein Kollege für Marlene, nicht wahr? Darf ich das Wort ›Mentor‹ benutzen?«

»Ich könnte niemals ...«

Aus der Arzttasche zwischen seinen Füßen zog der Mann des Vertrauens eine Eisenzange.

Er legte sie auf den Tisch.

Er nahm die Hand des Schneiders, presste sie flach auf die Tischplatte.

Mit dem Zeigefinger seiner freien Hand zählte er die Fingerglieder des Schneiders.

»Zwölf. Und der Daumen. Künstlerhände sind etwas sehr Wertvolles, finden Sie nicht? Sie haben mich missverstanden. Das tut mir leid, und dafür möchte ich mich entschuldigen. Lassen Sie mich klare Worte finden: Das, was ich Ihnen vorschlage, von Mann zu Mann, ist ein Tauschgeschäft. Ich möchte Ihre Hände oder – was dem lieben Gott gar nicht gefallen wird – Ihr Leben gegen ein paar Informationen tauschen. Ich habe Sie bisher nicht angelogen, und ich werde Sie auch künftig nicht anlügen. Die Informationen, die Sie mir liefern werden, brauche ich, um Marlene zu finden und zu töten. Sie werden dadurch Beihilfe zum Mord leisten. Ich glaube kaum, dass Sie die Polizei anrufen werden, wenn ich gegangen bin, ich kann Ihnen nur davon abraten, aber falls Sie es doch tun, bin ich sicher, dass keine Anklage gegen Sie erhoben wird: Die Informationen sind Ihnen unter Androhung von Folter und Tod abgepresst worden. Trotzdem ...«

Der Mann des Vertrauens lockerte seinen Griff und lehnte sich wieder zurück.

»Wir haben zusammen gegessen und Wein getrunken, deshalb kann ich Ihnen versichern, dass Sie sich schuldig fühlen werden, zwar nicht vor dem Gesetz, aber vor Ihrem Gewissen. Das ist die Wunde, von der ich sprach. Bei dem Tauschgeschäft, das ich Ihnen vorschlagen möchte, geht es also nicht um Informationen versus Menschenleben, sondern um Informationen versus Gewissen.«

Der Mann des Vertrauens sagte: »Gewissen«.

Gabriel aber verstand: »Seele«.

38.

Die ganze Nacht.

Sie saß zusammengekauert in einem Sessel, eine Wolldecke über den Schultern, und wachte über Simon Kellers Schlaf. Sie versuchte, in den Furchen seines Gesichts zu lesen, und befürchtete, die Brust könnte sich nicht mehr heben und senken.

Die ganze Nacht lang wachte sie und dachte nach.

Lauschte dem Wind. Lauschte der Stille, die sich im Morgengrauen in eine zarte Melodie verwandelte.

Die ersten Sonnenstrahlen. Das Tröpfeln des schmelzenden Schnees. Das Holz, das atmete und knarrte.

Marlene hörte mit dem Nachdenken selbst dann nicht auf, als Simon Keller keuchend und stöhnend erwachte und sie ihm einen neuen Kopfverband anlegte.

Während sie unter dem leidenden Blick des Baurn den Schlafmohntrunk zubereitete, dachte sie weiter nach. Auch während sie seinen Anweisungen folgte, wie, was und in welcher Menge sie den Schweinen zu fressen geben sollte. Auch während sie Lissys Brei zubereitete.

Separat, denn Lissy war wählerisch.

Und sie hatte Hunger. Immerzu.

Sie dachte nach, während sie das Futter im Schein der Öllampe in den Trog gab, während sie frisches Wasser nachfüllte und während Kurt und der Doktor sich um die Schale einer angefaulten Kartoffel zankten. Sie dachte nach, während sie den Metzgerhandschuh anzog und mechanisch die Gittertür öffnete, obwohl Simon Keller ihr gesagt hatte, sie solle bei der Sau vorsichtig sein.

Sehr vorsichtig, Marlene.

»Hast du verstanden?«

»Natürlich, Lissy ist eine ganz Wilde.«

»Nein«, hatte der Baur ihr widersprochen. »Sie ist nicht wild. Lissy hat Hunger. Das ist etwas anderes. Wirst du vorsichtig sein?«

»Machen Sie sich keine Sorgen.«

Aber Lissy hatte sich die ganze Zeit in eine dunkle Ecke verkrochen. Vielleicht hatte sie Angst vor ihr. Marlene konnte nur den weißen Haarflaum und die weißen Streifen unter den Augen sehen.

Sie rief sie nicht. Sie hatte anderes im Sinn.

Sie dachte lange nach und kam zu einer Entscheidung, nachdem Simon Keller wieder eingenickt war. Sie betrachtete das Profil der Berge jenseits der Fensterscheibe, ihr Spiegelbild vor der steinernen, schweigenden Kulisse.

Beim Anblick der Berge empfand sie etwas, das sie seit Jahren schon nicht mehr empfunden hatte. Frieden.

Sie hatte eine Entscheidung getroffen und empfand ein Gefühl von Schwerelosigkeit, Erleichterung. Sie würde die Wahrheit sagen. So unangenehm es auch war. Würde das Risiko auf sich nehmen, Simon Keller zeigen, wer sie wirklich war.

Aber nicht sofort.

Zuerst einmal musste der Baur sich erholen. Zu Kräften kommen. Es wäre unfair gewesen, jetzt auch noch diese Last auf seine gebeugten Schultern zu laden. Sie würde abwarten, bis er gesund war, und ihm dann die ganze Wahrheit sagen.

Erst dann würde sie über den nächsten Schritt nachdenken. Über das Was und Wohin. Marlene hob den Blick zum Himmel.

Nicht eine Wolke.

Der Erbhof war schön. Sie verstand, warum Simon Keller so stolz auf ihn war.

Sie war keine Keller, und doch fühlte sie sich in diesen vier Wänden geborgen.

Es war ein Ort des Friedens.

39.

Mond im Widder.

Oder Jupiter im Stier. Vielleicht Wassermann im Alpha Centauri. Isabella, seine Frau, war eine begeisterte Hobbyastrologin. Für sie stand das Schicksal der Menschheit in den Sternen geschrieben. Sie hatte eine echte, eigene Wissenschaft aus diesem Schwachsinn entwickelt.

Manchmal setzte sie zu nicht enden wollenden Erklärungen über die astrologischen Zusammenhänge mit Ereignissen in ihrem Leben an. Sie war Sternzeichen Fisch (mit Aszendent Skorpion) und er Widder (mit Aszendent Jungfrau), und sie hatten sich kennengelernt, als Saturn in der Kernschattenspitze des Planeten Weiß-der-Geier stand.

»Wie soll ich dir das erklären?«, pflegte sie zu sagen.

Carbone begriff es nicht, und es war ihm auch vollkommen egal. Und doch hörte er ihr immer zu. Er liebte sie und dachte, dass dieser Spleen sich früher oder später wieder legen würde. Auf jeden Fall gab es Schlimmeres. Außerdem, dachte Carbone, wenn er sich ihr gegenüber nicht zuvorkommend und aufmerksam zeigte, bestand die Gefahr, dass Schütze in Opposition zu was auch immer sie in die Arme eines anderen treiben würde. Vielleicht eines Stiers.

Isabella war trotz ihrer fünfzig Jahre noch immer eine attraktive Frau. Also hielt der Capitano einfach den Mund, nickte und gab nur gewohnheitsmäßig ein erstauntes »Ah!« von sich.

An diesem Tag hätte Carbone Isabella gern angerufen, um zu fragen, was sein Horoskop ihr verriet.

»Widder: Die Sterne schenken Ihnen die wunderbare Möglichkeit, auf die Köpfe ihrer Feinde zu pinkeln. Achten Sie nur darauf, dass Ihr Vögelchen sich nicht verkühlt.«

Der Capitano feixte zufrieden.

Vielleicht war er nie zuvor in seinem Leben so glücklich gewesen. Er hatte die Anruflisten von Herrn Wegener vor sich liegen. Er hatte sie von einem Typen aus dem Dunstkreis des Geheimdiensts, den er in den Jahren der sogenannten Bleiernen Zeit kennengelernt hatte. Einem, mit dem man diskret Gefälligkeiten austauschen konnte.

Seiner Meinung nach gehörte es zu seinen Pflichten, diese Art von Freundschaften zu kultivieren. Es war ihm egal, ob diese Freunde Blut an den Händen kleben hatten. Manchmal durfte man nicht zimperlich sein.

»Wer den Frieden will« – dieses Sprichwort hatte der Capitano im Lateinunterricht gelernt –, »bereite sich auf den Krieg vor.«

Hin und wieder, dachte er und strich über den Stapel

Papier auf seinem Schreibtisch, musste man einen Krieg anzetteln. Nicht um einen Feind zu zerstören (natürlich auch aus diesem Grund), sondern vor allem, um mögliche Feinde zu erschrecken. Wie sagten die Franzosen noch: *pour encourager les autres.*

Natürlich musste man den Krieg gewinnen. Und zwar mit einem einzigen Hieb. Mit einem Hammerschlag.

Der Capitano stand auf, öffnete die Minibar, mit der er sein Büro ausgestattet hatte, und goss sich einen Schnaps ein.

»Auf den Blitzkrieg!«, sprach er einen Toast aus, bevor ihm bewusst wurde, dass die Urheber dieses Spruches sich schließlich in einem Krieg ohne Ende wiedergefunden hatten. Pech für sie.

Er hatte eine Waffe, die das Ende schlagartig herbeiführen würde.

Einen Hammer.

Die Anruflisten.

Die Staatsanwälte würden Jahre ihres Lebens dafür geben, sie zu besitzen, hatte er Herrn Wegener gegenüber behauptet und bei sich gedacht, dass er ganz schön dick aufgetragen hatte.

Aber das stimmte nicht.

Diese Anruflisten, bei denen jeder Staatsanwalt sich in den Arsch biss, weil sie wegen ihrer Herkunft vor Gericht als Beweismittel nicht zugelassen würden, glichen einem Sprengsatz.

Namen.

Kontakte.

Schwarz auf weiß, unterstrichen und sauber notiert.

Ehrbare Geschäftsmänner.

Finanzbeamte.

Politiker.

Bedeutende Persönlichkeiten.

Lauter Leute, mit denen Herr Wegener zusammengearbeitet hatte und denen Capitano Carbone die Pistole auf die Brust setzen konnte. Ihn erwartete eine großartige, leuchtende Zukunft.

Gewiss, er würde mit Bedacht vorgehen müssen.

Diese Leute waren in der Lage, jeden Schlag mit einem Gegenschlag zu parieren, und eine Telefonnummer in einer Anrufliste der SIP hieß noch gar nichts. Es handelte sich schließlich nicht um Mitschnitte, sondern nur um Zahlen.

Carbone kannte den Inhalt der Gespräche nicht, er wusste nur, dass Herr Wegener mit diesen Leuten in Verbindung gestanden hatte. Aber er hatte schon Ermittlungen erfolgreich zu Ende gebracht, bei denen er sehr viel weniger Material zur Verfügung hatte. Er würde unangreifbare Dossiers anlegen müssen und dabei im Verborgenen agieren und keinen Verdacht erregen. Er würde handfeste Beweise finden müssen, konkrete, nicht zu widerlegende Indizien, die er als Druckmittel einsetzen konnte, eine Arbeit, die viel Schweiß erforderte und einige Risiken in sich barg. Aber dieser Stapel angegilbter Papiere, der auf seinem Schreibtisch lag, war Gold wert.

Im Grunde ging es ihm um eine einzige Telefonnummer, rot umrandet und mit mehreren Ausrufezeichen versehen, die jedoch nicht Herr Wegener gewählt hatte. Da war er absolut sicher: kein einziges Mal.

Keine Intuition, sondern nur eine logische Schlussfolgerung.

Warum?

Weil sonst nicht passiert wäre, was passiert war.

Ganz einfach.

Welches Sternzeichen hatte Herr Wegener?

Capitano Carbone setzte sich an den Schreibtisch. Er ließ sich ein paar Minuten Zeit, um seine Atmung zu beruhigen. Er wollte nicht hektisch und aufgeregt wirken. Herr Wegener hätte ... Was?, fragte er sich lächelnd.

Nichts.

Er konnte ihm nichts antun.

Nicht mehr.

Nicht nach dem, was er ihm sagen würde.

Bye bye, Kobold.

Hier ist dein Horoskop, dachte er, während er die Telefonnummer von Herrn Wegener wählte: »Eine gute Nachricht für euch Freunde des Sternzeichens ›Hurensohn‹: Ihr seid alle tot!«

Beim vierten Klingeln ging Herr Wegener an den Apparat.

»Wer ist da?«

Der Mann mit dem Spitzbart holte mit dem Hammer aus.

»Carbone«, erwiderte der Capitano.

»Was gibt's?«

Carbone sagte nichts.

Er schlug zu.

»Ich weiß, wer Klaus ist.«

40.

Gettoni.

Er hatte immer eine Handvoll Telefonmünzen dabei.

Der Mann des Vertrauens warf sie nacheinander in den Schlitz des Münztelefons. Stück für Stück. Er lauschte dem Nachhall der Münzen in den Tiefen des Metallgehäuses.

Er wählte die Nummer des Anrufbeantworters und hörte das Knacken der Zentrale. Er stellte sich das Signal vor, das durch Millionen von Kabelkilometern irgendwo unter der Erde raste.

Die Nachricht war einfach.

Untermalt von Schreien und Schluchzern.

Von Wut und Verzweiflung.

»Klaus ist mein Sohn. Marlene ist schwanger. Wir müssen uns sehen. Alles stoppen. Alles.«

Er löschte sie.

Hängte den Hörer ein. Schaute sich um. Niemand. Er holte ein Seidentuch aus der Tasche, wischte den Hörer damit ab und legte ihn sachte zurück auf die Gabel.

Er faltete das Seidentuch zusammen.

Sein Gesicht zeigte keine Regung. Nur eine Spur Neugier, wie immer, wenn er mit Tränen konfrontiert wurde. Tränen waren für ihn ein Rätsel.

Das Geschrei und Flehen von Herrn Wegener hatte ihn jedenfalls nicht berührt.

»Unwiderruflich« hatte eine klare Bedeutung.

41.

Pfeife und Tabak.

Ein Kissen hinter dem Rücken und eins unter dem Knie, das auf einem Stuhl ruhte.

Hellwach.

»*GeldGeldGeld*«, begann Marlene zu erzählen.

Simon Keller hob die Augenbrauen.

Marlene deutete ein entschuldigendes Lächeln an.

»In den Wänden des Erbhofs, wo ich geboren bin, waren Mäuse. Die ganze Nacht hörte ich sie piepsen. ›*GeldGeldGeld*‹, sagten sie.«

Marlene schob sich eine Haarsträhne aus der Stirn. An diesem Morgen hatte sie vorsichtig ihren Kopfverband gelöst. Sie hatte ihr Spiegelbild auf dem Grund eines Kochtopfs betrachtet. Die Narbe war rot und dick, aber nicht entzündet. Sie hatte beschlossen, Luft an sie heranzulassen. So hässlich war sie nun auch wieder nicht. Und besser, sie gewöhnte sich daran.

Klaus ...

Sie biss sich auf die Lippen.

Der Moment der Wahrheit war gekommen: die Geschichte von Marlene und der diebischen Elster.

Von den Mäusen in den Wänden. Von Wegener. Von Klaus.

Von den Kobolden.

Sie hatte die ganze Nacht damit zugebracht, nach den richtigen Worten zu suchen, um ihre Geschichte so zu erzählen, dass sie in den Ohren des Baurn einen Sinn ergab.

Nun jedoch, während er ihr zuhörte und seine Pfeife paffte, vermischten sich die Ereignisse, Daten und Stimmen zu einem Kuddelmuddel ohne Anfang und Ende. Sie entschuldigte sich.

»Ich weiß nicht, wie ich sonst anfangen soll. Die Mäuse, das waren meine Mutter und mein Vater. Onkel Fritz, der Bruder von Mama, war die Katze. Und ich« – kurze Pause –, »ich war die diebische Elster.«

Marlene seufzte.

Es war schwierig.

Die junge Frau legte das Buch der Brüder Grimm auf den Tisch in der Stube.

»Das hat mir Mama geschenkt. Jeden Abend hat sie mir eine Geschichte daraus vorgelesen. Mein Lieblingsmärchen war ›Frau Holle‹. Kennen Sie es, Simon Keller?«

Der Mann nickte.

»Die alte Frau, die es schneien lässt. Natürlich.«

»Die Taufers hatten Schulden, die Felder brachten kaum Ernte ein, die Kühe gaben nur wenig Milch. Papa wollte sich Geld von der Bank leihen, aber die Banken gaben ihm nichts, also war er gezwungen, Onkel Fritz anzubetteln, und Onkel Fritz kam jeden Tag hoch zum Erbhof und übte Druck aus, Druck und wieder Druck. Er wollte, dass Mama und Papa den Hof verkauften. An ihn natürlich. Die Schulden waren nicht sehr hoch, aber auch wenige Schulden sind schlimm genug, wenn die Taschen leer sind. Onkel Fritz war ein geiziger ...«

Sie unterbrach sich.

»... Hurensohn«, beendete der Baur mit einem Nicken den Satz für sie.

Marlene hörte ihn nicht. Sie war zurückgekehrt. In eine andere Zeit, auf einen anderen Erbhof.

»Mama und Papa taten alles, um ihre Schulden zu bezahlen, aber sie hatten nie genug Geld. Nachts hörte ich sie flüstern ... *GeldGeldGeld.*«

»Die Mäuse in den Wänden.«

Marlene suchte mit den Augen den bunten Einband von »Grimms Märchen«.

»Es war die einzige Möglichkeit, nicht verrückt zu werden. Ich hatte Angst vor diesen Stimmen. Die Mäuse hingegen ...«

»Wie bei Aschenputtel.«

»Ich war nicht Aschenputtel. Meine Eltern haben mich geliebt. Auch wenn ich ganz langsam ...« Marlene fuhr sich mit der Zunge über die Lippen, die sich hart und trocken anfühlten, während sie nach den richtigen Worten suchte. »Auch wenn ich ganz langsam verschwand. Für sie war ich ein Geist geworden. Mama und Papa machten mir Mittag- und Abendessen, sie fragten nach der Schule, Mama erzählte mir Märchen, und Papa versuchte, mich mit seinen Geschichten zum Lachen zu bringen, aber ...«

»Sie waren nicht mehr sie selbst.«

Marlene starrte dem Baurn ins Gesicht.

Simon Keller verstand sie.

Ja, er verstand alles.

Plötzlich sprudelten die Worte nur so aus ihr heraus. Sie konnte nicht anders, sie musste über alles reden.

»Ich fing an zu stehlen. Ich weiß nicht, warum ich es tat. Ich wurde zur diebischen Elster. In meinem Kopf war alles klar. Es erschien mir geradezu logisch: Marlene wurde zur diebischen Elster, so wie Mama und Papa zu den Mäusen in der Wand geworden waren. Ich wusste nichts mit dem anzufangen, was ich stahl. Es waren Kleinigkeiten. In der Schule, aber auch auf dem Heimweg, in den Geschäften im Dorf. Das Wertvollste, was ich gestohlen habe, war eine Kette. Ich habe sie meiner Lehrerin gestohlen. Das war seltsam. Die Lehrerin gefiel mir, sie mochte mich, meinte, ich sei intelligent und fleißig. Aber trotzdem habe ich ihr die Kette gestohlen. Natürlich kam es heraus.«

»Hat sie es deinen Eltern erzählt?«

Schlimmer.

Die Lehrerin erzählte es Onkel Fritz, der im Dorf bekannter war als die Eltern von Marlene. Onkel Fritz mit seinem Bierbauch, den mächtigen Unterarmen und den abgebrochenen Zähnen. Er flüchtete sich in tausend Entschuldigungen und redete von der Schwester (der es nicht gut ging, o nein) und dem Schwager (einem Hallodri).

Onkel Fritz ging hoch zum Erbhof. Marlene, ein Tuch um die rabenschwarzen Haare geschlungen, mistete gerade den Kuhstall aus. Sie hörte ihn nicht kommen.

Sie spürte nur seine Hände, die sie hochhoben.

Und roch den Dung, als Onkel Fritz sie in den Misthaufen drückte.

»Das hast du dir verdient, du dummes kleines Luder! Wo ist sie?«

Onkel Fritz zitterte. Vor Wut, aber nicht nur.

Er schien zutiefst zufrieden.

»Wo hast du sie versteckt?«

Marlene wischte sich angeekelt das Gesicht ab.

»Was?«

»Die Kette. Wo ist sie?«

Marlene errötete.

»Nicht der Mama sagen, sie wird sonst wütend. Bitte, sag es ihr nicht, Onkel Fritz, sie wird sonst schrecklich wütend, bitte, Onkel Fritz, sag es nicht Mama und Papa, sie ... ich bitte dich, nicht ...«

Wieder landete sie mit dem Gesicht im Misthaufen.

Onkel Fritz stand hoch aufgerichtet über ihr. Er war groß, er war dick. Und er hatte dieses Funkeln in den Augen, das sie wahnsinnig werden ließ vor Angst. Es war schmutzig. Nicht zu deuten. Fürchterlich.

Marlene zog die Kette aus der Kitteltasche.

Onkel Fritz riss sie ihr aus der Hand.

»Was hattest du mit der Kette vor? Sie verkaufen? Sie sonntags anziehen? Was wolltest du damit? Dich hübsch machen?«

»Ich ... Nein ...«

Onkel Fritz packte sie beim Nacken und tauchte ihr Gesicht erneut in den Misthaufen.

»Du bist nichts weiter als ein dreckiger Bauerntrampel. Du bist als dreckiger Bauerntrampel geboren und wirst als dreckiger Bauerntrampel sterben.«

Marlene schluchzte.

Warum kam Papa ihr nicht zu Hilfe?

Wo war Mama?

»Und jetzt bedank dich bei mir.«

»Onkel Fritz ...«

Der Mann packte sie brutal bei den Schultern.

»Bedank dich bei mir. Ich habe dir gezeigt, wo dein Platz auf dieser Welt ist. Sag: ›Danke, Onkel Fritz‹.«

Reglos im Mist, wie eine Puppe mit gebrochenen Gliedmaßen.

Die Beine geöffnet, den Rock hochgeschoben.

Onkel Fritz, keuchend, riesig, über ihr. Mit diesem Blick.

»Danke, Onkel Fritz«, murmelte sie.

Onkel Fritz behielt das Geheimnis nicht für sich. Er sprach mit Mama und Papa, während sie mit gesenktem Kopf in einer Ecke neben dem Ofen stand und all die »Mein Gott!« und »Das ist ja nicht die Möglichkeit!« und »Was für eine Schande!« ihrer Eltern mit anhörte.

Sie schimpften nicht mit ihr. Kein Wort des Vorwurfs. Sie wurde nur noch unsichtbarer.

Dann wurde Mama krank. Sie verbrachte den halben Tag im Bett, einen Arm über den Augen. Beinah ohne zu atmen. Die andere Hälfte des Tages verbrachte sie mit Putzen. Sie wischte Staub, fegte den Boden, kratzte Dreck ab, seifte Teppiche ein, immer wieder.

Es war alles schmutzig. Alles schmutzig.

Alles schmutzig.

So sagte sie.

Mama wurde eingeliefert. Marlene erinnerte sich an ihre Augen, ausdruckslos, ins Leere gerichtet, während Papa und Onkel Fritz sie in den Krankenwagen schoben. Wo brachten sie sie hin?

»Ins Irrenhaus«, sagte Onkel Fritz. »Und du bist schuld. Merk dir das, du elender dreckiger Bauerntrampel.«

Dann flüsterte er weiter in Papas Ohr. Immer dieselbe Leier. *GeldGeldGeld* ...

Papa gab nach. Der Erbhof wurde verkauft. Onkel Fritz fand eine Arbeit für ihn in einer Schreinerei, in Lana.

Marlene zog aus. Mit sechzehn Jahren begann sie, als Kellnerin in einem Hotel zu arbeiten.

Papa nahm sie nicht mit, wenn er Mama besuchen ging. Ausgeschlossen. Er sagte, Mama sei nicht mehr so schlimm krank. Sie sei auf dem Weg der Besserung, bald komme sie nach Hause. Aber er sagte es mit diesem Piepsen in der Stimme, das Marlene noch immer in ihren Träumen quälte. Aus *»GeldGeldGeld«* war *»verrücktverrücktverrückt«* geworden.

Im Hotel stellte Marlene fest, dass sie auf die männlichen Gäste Eindruck machte. Es war keine schöne Entdeckung. Sie musste immer an den Gesichtsausdruck von Onkel Fritz denken. Die Blicke. Die Berührungen. Die Anzüglichkeiten. Die betrunkenen Typen, die ihr Geld anboten, um mit ihr allein zu sein. Sie hatte ihren Körper nie als etwas Begehrenswertes angesehen. Und doch war unübersehbar, dass sie den Männern gefiel.

Das öffnete ihr die Augen.

Plötzlich begriff sie, warum manche der Mädchen, die im Hotel arbeiteten, sich bestimmte Kleidungs- und Schmuckstücke leisten konnten. Eine der Kellnerinnen, Brigitte, zeigte ihr, wie man sich schminkt, wie sie ihren Porzellanteint betonen und ihr Gesicht in einen Blickfang für die »Arschlöcher« verwandeln konnte. Arschlöcher, das waren die Hotelgäste. Arschlöcher mit Geld.

GeldGeldGeld.

Die Mäuse gab es nicht mehr. Papa brach immer gleich nach dem Abendessen erschöpft zusammen, und Mama kehrte nie mehr nach Hause zurück. Aber ihr Piepsen verfolgte Marlene Tag und Nacht, Nacht und Tag.

Brigitte hatte ihr geraten, schlau zu sein.

Die diebische Elster war schlau, aber ...

Sie blieb eisern.

Gewiss, sie befolgte durchaus Brigittes Tipps, um mehr Trinkgeld zu bekommen. Ein Lächeln mehr, der Rock eine Handbreit kürzer, als erlaubt war, aber mehr nicht. So hätten sie alle angefangen, erklärte Brigitte ihr eines Abends und zeigte ihr den Brillantring, den einer ihrer »Verehrer« ihr geschenkt hatte.

Ein Lächeln und der kurze Rock, der Rest kam von alleine.

»Aber wenn du einen Rat hören willst, meine Schöne, dann sieh zu, dass du dich bald entscheidest. Früher oder später wird deine Haut nicht mehr so glatt sein und dein Busen der Schwerkraft nachgeben. Ganz zu schweigen von dem hier.« Brigitte gab ihr einen Klaps auf den Hintern. »Ein bisschen was zum Anfassen mögen die Männer, sonst wissen sie nicht, wo sie ihre Pranken lassen sollen, aber zu viel des Guten ist ihnen auch nicht recht. Wenn du jemals zu Geld kommen willst, dann fang jetzt damit an.«

Nein, hatte Marlene sich gesagt, sie nicht. Sie nicht.

Nicht für *GeldGeldGeld.*

Es zu tun hätte bedeutet, *verrücktverrücktverrückt* zu werden.

Niemals, hatte sie sich geschworen.

Am nächsten Tag lernte sie Herrn Wegener kennen.

Er war zwanzig Jahre älter als sie. Er war selbstsicher, sah gut aus. War elegant gekleidet. Und hatte sie das ganze Abendessen lang angestarrt.

Er machte ihr den Hof. Sie schlug seine Einladungen

alle aus, und gar nicht unbedingt aus Berechnung: Wie konnte es sein, dass ein so reicher Mann sich für einen dreckigen Bauerntrampel interessierte? Nettigkeiten. Komplimente. Blumensträuße. Der erste Kuss.

»Es wird nicht lange dauern«, hatte Brigitte prophezeit. »Hol so viel Geld aus ihm raus wie möglich, bevor er die Nase von dir voll hat – vertrau mir.«

Doch Herr Wegener hatte die Nase so schnell nicht voll von ihr.

Er hielt um ihre Hand an.

»Ich bin ins Krankenhaus gegangen. Mama war klein und runzelig geworden wie eine Trockenpflaume. Ich habe ihr von der Heirat erzählt. Gesagt, dass ich glücklich bin. Wissen Sie, was sie entgegnet hat?«

Simon Keller schüttelte den Kopf.

»Sie guckte auf mein neues Kleid, meine lackierten Fingernägel. Meine schicke Frisur. Und hat ausgespuckt. ›Du, Hure!‹, hat sie zu mir gesagt, ›du widerliche Hure!‹ Ich bin in Tränen ausgebrochen.«

Simon Keller wollte ihr über die Hand streicheln, doch sie zog sie weg.

Die Wahrheit.

Die ganze Wahrheit.

»Ich habe auch bei der Hochzeit geweint. Alle Bräute weinen, nicht wahr? Sie sind glücklich, sie sind gerührt. Wissen Sie, warum *ich* geweint habe? Weil mein Vater mich zum Altar geführt hat. Er sah aus wie« – Marlene blinzelte, ihr Gesicht wurde hart – »ein dreckiger Mistbauer. Ich habe mich für ihn geschämt. Für seinen Anzug. Seine Hände. Seine Falten. Für den Geruch nach Armut, den er ausdünstete. Ich habe auch Onkel Fritz zu meiner Hochzeit eingeladen. Das hätte ich nicht tun müssen. Er hatte meinen Eltern den Erbhof genommen, meine Mutter in den Wahnsinn getrieben, und er hat ...«

Marlene hob die Schultern.

»Ich wollte, dass er litt. Ich wollte ihm zeigen, dass der Champagner, die Kleider, das Geld, das mein Mann besaß, nun auch mir als seiner Ehefrau gehörten. Ich war reich. Und er war nicht mehr als ein dreckiger Mistbauer. Und würde es für alle Zeit bleiben. Während ich ...«

Sie war reich.

Ein neues Leben.

Neue Regeln.

Neue Gerüchte.

Marlene war ein kluges Mädchen. Schon immer gewesen. Schon als Herr Wegener ihr den Hof machte, wusste sie, dass er kein normaler Geschäftsmann war, wie er ihr weismachen wollte. Das sagten ihr Brigittes Blicke. Das sagten ihr die Gestalten, mit denen sich ihr künftiger Ehemann traf. Die Willfährigkeit, mit der die anderen ihm begegneten. Herr Wegener war ein Krimineller.

Er gestand es ihr eines Abends beim Essen, ein paar Wochen nach der Hochzeit.

Er erzählte ihr vom Krieg. Von seiner Kindheit in den Wäldern. Er erklärte ihr sein Reich. Breitete seine Zukunftspläne vor ihr aus. Sprach von seinem Aufstieg im Konsortium.

Er sagte ihr, dass sie nichts befürchten müsse, dass er sie liebe und beschützen würde.

Er nahm ihre Hände und fragte, ob sie ihm verzeihen

könne, dass er sie im Unklaren gelassen hatte. Sie liebte ihn, und natürlich *(GeldGeldGeld)* verzeihe sie ihm.

So war sie *(verrücktverrücktverrückt)* seine Komplizin geworden. Bis ...

Marlene legte sich die Hände auf den Bauch.

»Bis ich von Klaus erfahren habe. Unserem Sohn.«

Simon Keller riss erstaunt die Augen auf.

»Bist du schwanger?«

»Als ich es gemerkt habe, wusste ich, dass ... dass ich weggehen muss. Fliehen. Ich wollte nicht, dass Klaus ein zweiter Herr Wegener wird.«

Marlene zog den Samtbeutel aus der Tasche.

»Ich habe das hier gestohlen. Ich bin geflohen. Aber dann ...«

»Aber dann hast du den Unfall gehabt. Und jetzt bist du hier.«

Marlene nickte.

Ihre Tränen waren versiegt. Sie wusste nichts mehr zu sagen.

Ihr war schwindelig.

»Das ist die Wahrheit, Simon Keller. Sie haben einer Diebin und Lügnerin das Leben gerettet.«

Der Baur legte die Pfeife auf den Tisch.

Er umfasste ihre Hände.

»Und du hast mir gerade ein Geschenk gemacht. Ein großes Geschenk.«

Er berührte den Leberfleck auf ihrer Wange.

Er gestattete sich, an ein Wort zu denken, mit dem er lange geliebäugelt hatte.

Befreiung.

Marlene schüttete den Inhalt des Samtbeutels auf die zerschrammte Tischplatte.

Die Saphire.

Simon Keller betrachtete sie schweigend.

»Steine, die funkeln, sind viel wert. Sie machen die Menschen verrückt.« Der Baur zählte fünf Saphire ab und legte sie zur Seite. »Das ist genug, damit du dir eine Zukunft aufbauen kannst. Die anderen«, sagte er und tat sie in den Beutel zurück, »werden wir ihrem rechtmäßigen Eigentümer zurückgeben.«

»Mein Mann ist gefährlich. Er ist ein Mörder, ein ...«

»Ich werde mich darum kümmern, dass er es sich anders überlegt. Niemand ist so grausam, dass er einem anderen keine zweite Chance gibt.«

»Nein, das dürfen Sie nicht. Sie ...«

»Du musst mir einen Gefallen tun, vorher. Voter Luis hat gesagt, man ist erwachsen, wenn man die Kleider seines Vaters trägt. Die Kleider, die du hier an mir siehst, sind seine Kleider. Seine Hose, sein Hemd. Ich möchte, dass du neue Kleider für mich anfertigst. Du bist Schneiderin, hast du gesagt, nicht wahr? Ich habe Stoff. Er ist zwar schon alt, aber noch gut, soweit ich das beurteilen kann. Kannst du mir diesen Gefallen tun?«

»Ich ...«

»Kannst du?«

Marlene nickte.

»Aber der Hut ... Ich weiß nicht, wie ...«

Simon Keller lächelte.

»Also wird es bei dem von Voter Luis bleiben. Er passt mir. Und er gefällt mir. Ein schöner, robuster Hut. Und außerdem ist es richtig, dass ich ein Erinnerungsstück behalte.«

»An Ihren Vater?«

Simon Keller sah sie lange an, bevor er antwortete.

»An den Mann, den ich getötet habe.«

42.

Verzweifelt.

Mehr als verzweifelt.

Herr Wegener erteilte Befehle. Brüllte. Telefonierte. Erteilte weitere Befehle. Aber niemand hatte den Mann des Vertrauens jemals gesehen.

Warren Beatty? *Wer?*

Der Schauspieler?

War der Capo betrunken?

Er ist verrückt geworden. Wegen einer Frau. Seiner Frau.

Ist das nicht immer so?

Herr Wegener setzte ein Kopfgeld in Millionenhöhe auf den Mann des Vertrauens aus. Millionen Lire für denjenigen, der ihn in Kontakt mit ihm brachte.

Niemand rührte sich.

Capitano Carbone tröstete ihn.

Der Anwalt reagierte nicht auf seine Anrufe.

Herr Wegener war so weit, dass er auf die Knie ging und betete.

Nimm mein Leben, Herr. Nimm mein Leben, nicht das von meinem Sohn. Klaus. Mein. Sohn. Herr. Ich bitte dich.

Das Kruzifix blieb ungerührt.

Also griff Herr Wegener wieder zum Telefonhörer. Wütend. Keine Nachforschungen, keine Versprechen mehr. Befehle. Befehle, die seine Männer auf Anhieb begriffen.

Rache.

Vergeltung.

Tod.

43.

In der Stube.

Das Licht war schummerig, aber Marlene war eine gute Schneiderin.

Eine Künstlerin, sagte Gabriel immer. Marlene hatte nie daran geglaubt, doch es schmeichelte ihr sehr, dass dieser Mann mit seiner eleganten Art und seinem unbestreitbaren Talent sie so bezeichnete.

Die besten Stunden ihrer Ehe mit Herrn Wegener hatte sie im Zuschneideraum von »Frau Holle« verbracht. Wenn sie mit den anderen Schneiderinnen schwatzte und sich von Gabriel die Kniffe des Schneiderhandwerks zeigen ließ. Wenn sie die Stoffe aus dem Angebot der Großhändler befühlte und die schönsten aussuchte. Wenn sie ihre Ideen mit den Vorstellungen der künftigen Bräute zusammenbrachte und die traumhaftesten Kreationen daraus entstanden.

Herr Wegener hatte sie nie verstanden, aber wenn sie mit gebeugtem Rücken an ihrem Arbeitstisch saß, die

Stirn in Falten gelegt, die Augen tränend vor Müdigkeit, hatte Marlene sich vollkommen frei gefühlt, waren alle Probleme vergessen.

Die Stube eines Erbhofs war jedoch kein Atelier für reiche Snobs. Die Kleider eines Baurn mussten keinen künstlerischen Ansprüchen genügen, ermahnte sie sich. Sie mussten solide sein. Die Nähte mussten halten, der Stoff so zugeschnitten sein, dass er die Bewegungsfreiheit nicht einschränkte, die Knöpfe mit doppeltem Faden gesichert werden.

Trotz allem war das Ergebnis von einer gewissen Eleganz.

Marlene stach sich in den Finger.

Sie führte ihn zum Mund.

Simon Kellers Stoff war alt, aber von hervorragender Qualität. Er hatte den Stoffballen aus dem Keller geholt. Marlene durfte ihn nicht begleiten und ihm auch nicht helfen, ihn in die Stube zu bugsieren. Wer weiß, wo er sich den Stoff einst besorgt hatte. Wer weiß, wann er ihn sich besorgt hatte.

Vielleicht war er noch von der Mutti.

Eine Bäuerin war immer auch Schneiderin. Es war eine Rolle von vielen.

Simon Keller hatte ihr von seiner Mutter erzählt, die im Kindbett gestorben war. Von dem Wahnsinn von Voter Luis, der sich von einem Mann des Glaubens in ein Ungeheuer verwandelt hatte, von der Angst vor seinem Schweigen und von der Angst vor seinem Gebrüll. Ein Monster, das die kleine Tochter umgebracht hatte.

Elisabeth. Die kleine Lissy.

Er hatte ihr erzählt, wie er bis zum Morgengrauen bei

ihr gewacht, sie in den Armen gehalten hatte, als sie schon längst tot war.

Kleine Lissy.

Süße Lissy.

Die erloschene Pfeife zwischen den Lippen und den Blick in die Ferne gerichtet, hatte er ihr erzählt, wie er eines Tages das Schlafzimmer des Vaters betreten hatte, um seine strenge dunkle Kleidung anzulegen.

Und um das zu tun, was getan werden musste.

»Ich habe seine Kleider angezogen. Diese Kleider hier, die ich am Leib trage. Und ich habe ihm im Schlaf die Kehle durchtrennt. Ich hätte ihn leiden lassen müssen. Ihm Angst und Schrecken einjagen, wie er es mit der kleinen Lissy getan hatte. Aber das wäre eine Form von Rache gewesen, und Rache ist etwas Unwürdiges für einen Mann des Glaubens. Die Barmherzigkeit ist seiner würdig. Ich war barmherzig. Immerhin war er noch mein Vater, und bevor er den Verstand verlor, war er ein großartiger Mensch, der uns allen ein Beispiel gab.«

Marlene hatte die knotigen Hände von Simon Keller betrachtet, die gefaltet auf dem Tisch lagen. Die aufgeschürften Knöchel, die Narben, die Flecken auf der kälteverbrannten Haut.

Mörderhände.

»Mache ich dir Angst, Marlene?«

Marlene hatte nicht geantwortet.

Nicht sofort.

Sie hatte die Hände betrachtet und daran gedacht, was für eine Qual es gewesen sein musste, beim Leichnam der kleinen Schwester Totenwache zu halten. Sie dachte an die Jahre der Angst, des Grauens und der absoluten Einsamkeit, die ihm endlos erschienen sein mussten.

Nein.

Das waren keine Mörderhände. Nicht die von Simon Keller.

»Es war kein Mord. Es war Gerechtigkeit.«

Genauso hatte sie es gesagt.

44.

Nur die Flamme.

Die Kerzenflamme. Wenn man in ihr flackerndes Licht sah, entdeckte man Rätsel und Wunder. Männer und Frauen, die sich hinter der Fassade eines Hotels in Qualen wanden.

Das Heulen des Windes draußen war wie das Echo ihrer Schreie.

Allein in der Hütte inmitten der schneebedeckten Weinreben, saß Herr Wegener und lächelte. Ein schönes Geräusch. So schön wie der ätzende Benzingestank, der ihm in die Nase stieg.

Vier Kanister à zwanzig Liter, die neben der Tür bereitstanden, so berauschend wie der beste Champagner aus seinem Keller. Herr Wegener konnte Georg sehen, der vor der Tür Wache schob. Er wartete mit ihm.

Drinnen, bei Kerzenschein, suhlte sich Herr Wegener in seinem Hass und dachte nach.

»Man kann nicht die Frau des Konditors sein, ohne die

Naschkatzen im Dorf zu kennen.« Carbones Worte. Er hasste ihn, diesen Hurenschn.

Er hasste alles.

Er hasste alle. Nicht mehr lange, und dieser Hass würde sich in ein Massaker verwandeln. Denn Carbone hatte recht, er war der Konditor. Die Naschkatzen im Dorf hatten keine Geheimnisse vor ihm. Sie alle standen in seiner Kladde.

Namen, Nachnamen, Adressen.

Treffpunkte.

Das Hotel. Ein Projektil markierte den Standort auf der Landkarte, die vor ihm ausgebreitet auf dem Tisch lag. Die Kerzenflamme umschmeichelte das Kupfer mit ihren höllischen Blitzen.

Hohlspitzgeschosse. Der Tod, konzentriert in wenigen Gramm.

Der Plan in Herrn Wegeners Kopf war perfekt. Das Motiv eindeutig. Rache. Dort zuschlagen, wo es unmöglich unbemerkt bleiben würde. Die Muskeln spielen lassen. Die Aufmerksamkeit des Konsortiums erregen.

Sie dazu zwingen, den Mann des Vertrauens zu holen.

Auf der Landkarte stand »Grand Hotel Steinhof« geschrieben. Für Herrn Wegener stand da: *Kasino. Illegal. Eigentum des Konsortiums. Nützlich, um Geld zu scheffeln, unter anderem.*

Das Konsortium wusste mit Geld nichts anzufangen. Wie viel konnte man mit einer geheimen Spielhalle verdienen, selbst wenn sie dieses Niveau hatte? Kinderkram für eine Organisation, deren Einnahmen nicht wenige schwarzafrikanische Bananenrepubliken vor Neid hätten erblassen lassen. Der Zweck des Kasinos war ein anderer, das Ziel ein langfristiges.

Im Kasino spielte man nicht Watten oder Briscola. Hier wurden keine billigen Zigaretten oder abgestandener Trester angeboten. Hier spielte man Blackjack und Poker.

Das war eine andere Welt.

Man kam über eine gut beleuchtete Meraner Straße dorthin und fand sich zwischen den funkelnden Lichtern von Las Vegas wieder. Hinter der Fassade des »Grand Hotel« gab es Roulette und wunderschöne Mädchen, blond und mit langen Beinen. Aus dem Norden und aus Osteuropa. Kokain auf Silbertabletts.

Niemand fluchte, niemand stieß Beleidigungen aus. Die Gäste akzeptierten ihre Niederlage mit einem Lächeln und einem Toast auf den Croupier. Ein Ort mit Klasse für Menschen mit Klasse.

Warum sich über schlechte Spielkarten oder die launischen Hüpfer der Roulettekugel beschweren? Man gehörte zu den Siegern, sonst wäre man nicht dort.

Man kam nicht dank eines dicken Trinkgelds ins Kasino. Man erhielt eine formale Einladung. Auf Büttenpapier und mit silbergeprägter Schrift.

»Hochverehrter ...«

Ein Ort für die Elite. Die Sicherheit war hundertprozentig gewährt, denn der Sinn des Kasinos, das sich zwei Schritte von der Pferderennbahn entfernt befand, ein Stockwerk unter dem Foyer eines der besten Hotels der Stadt, bestand darin, Leute miteinander bekannt zu machen. Händeschütteln, Geschäftsabschlüsse, Freundschaften.

Die Macht des Konsortiums bestand im Händeschütteln. Das Geld war eine Folge daraus.

»Hochverehrter ...«, wiederholte Herr Wegener mit lauter Stimme. Die Kerzenflamme spiegelte sich in seinen Augen.

Er hatte an alles gedacht. Zwei Autos, um den Verkehr zu blockieren. Ein Manöver, das »Gefahr im Verzug« signalisieren sollte. Es würde eine Riesenshow werden, nicht bloß eine simple Racheaktion.

Er würde dem Konsortium zeigen, dass auf seinem Territorium er, Herr Wegener, derjenige war, der die Puppen tanzen ließ.

Sieben Männer. Er hatte sie sorgfältig ausgewählt. Die härtesten unter seinen Gefolgsleuten, Veteranen in Sachen Hinterhalt und Entführung. Die Waffen schussbereit auf dem Tisch. Schwarz, glänzend, gut geschmiert. Skorpion-Maschinenpistolen, tschechisches Fabrikat. Waffennummern rausgeschliffen, Magazine gefüllt. Auf Dauerfeuer eingestellt. Eine Schachtel mit Amphetaminen neben die halbautomatische Pistole, in Griffweite. Weiße Kapseln, um seinen Jungs richtig einzuheizen. Dasselbe Aufputschmittel, das auch die Piloten von Jagdbombern immer benutzten. Soldaten im Dschungel. Blutdürstige Bestien sollten sie sein.

Erste Phase: ankommen und die Türsteher wegputzen. Männer mit Schulterholstern, die diskret und professionell den Eingang bewachten. Gute Schützen und exzellente Beobachter.

Wie oft hatte Herr Wegener diesen Männern mit Marlene im Abendkleid am Arm zugelächelt? Und wie oft hatte er in diesem Saal aus Samt und funkelndem Gold ein Spiel gewonnen oder verloren?

Ihr Pech.

Zweite Phase: eindringen. Sieben maskierte Männer, einer mit bloßem Gesicht. Er selbst. Die Show brauchte einen Regisseur und einen Star. Er würde beide Rollen übernehmen. Und dann: Massaker. Das Kasino mit einem Bleiregen überziehen. Männer im Smoking. Langbeinige Prostituierte. Kellner und Croupiers. Sie alle sollten sterben.

Alle.

Dritte Phase: die Benzinkanister, die über den Spieltischen, den Sofas, den Zierpflanzen, hinter dem Tresen geleert würden. Und dann ein Streichholz, um das Inferno losbrechen zu lassen. Im Flackern des Kerzenlichts sah er die sich in Qualen windenden Körper.

Im Heulen des Windes hörte er die Schreie.

Es klopfte zweimal an der Tür.

Georg.

»Herr Wegener ...«

Die beiden Wörter reichten aus.

Herr Wegener verstand.

45.

Herr Wegener befahl Georg, draußen auf ihn zu warten. Im Auto, bei laufendem Motor. Der Mann nickte und verschwand.

Mit einer wütenden Handbewegung fegte er die Landkarte vom Tisch. Das Hohlspitzgeschoss schlug gegen die Wand. Die Amphetaminkapseln flogen in alle Richtungen über den Fußboden.

Herr Wegener hielt sich die Hände an die Ohren. Der Wind. Er sang nicht mehr von Rache und Vergeltung. Er erzählte ihm eine ganz andere Geschichte.

Herr Wegener wusste, wie manche Dinge abliefen, er konnte es sich vorstellen. Da kommt jemand auf dich zu und gibt dir ein Bier aus, fragt dich, wie es so läuft. Und dann raunt er dir einen Tipp zu.

Scheiß auf Herrn Wegener.

Scheiß auf seine Frau.

Mach dich aus dem Staub, solange dir noch die Zeit dazu bleibt.

Herr Wegener presste sich die Fäuste gegen die Augen.

Er konnte nicht aufhören, sich das vorzustellen.

Seine Männer. Die sieben wegen ihrer Grausamkeit und Entschlusskraft Auserwählten. Das Konsortium hatte nur einmal pusten müssen, damit sie die Beine in die Hand nahmen und ihn im Stich ließen. Wehrlos.

Was bedeutete das? Er wusste es genau, aber er konnte es nicht zugeben.

Und er konnte nicht aufhören, sich alles vorzustellen.

Eine schmeichelnde Stimme am Telefon.

»Du bist ein kluger Mann. Du hast Familie. Du hast Freunde. Willst du wirklich alles verlieren?

Und wofür?

Für einen wie Herrn Wegener?

Wusstest du nicht, dass Herr Wegener am Ende ist?«

Und wenn du dann den Hörer zurück auf die Gabel legst, stellst du fest, dass das Leben schön ist, du merkst, wie süß die Luft riecht, die du einatmest. Du stellst fest, wie dich das Verlangen überkommt, mit deiner Frau zu schlafen, deine Kinder zu umarmen, mit den Freunden aus Kindertagen herumzualbern. Du stellst fest, dass Herr Wegener dir am Arsch vorbeigeht. Das ist sein Leben. Seine Rache, seine Niederlage.

Das also hatte das Konsortium getan. Die Waffen, das Benzin, das Aufputschmittel – alles umsonst. Es würde keinen Überfall geben. Kein Hotel in Flammen.

Keine Toten.

Herr Wegener schluckte ein paarmal. Er hatte ganz vergessen, wie Demütigung schmeckte.

Er stand auf.

Die Knie wurden ihm weich.

Er musste sich wieder setzen.

46.

Simon Keller hatte von Lissy und von Voter Luis erzählt, aber was er verschwiegen hatte, wog mehr als seine Worte. Denn obwohl die Geschichte von Lissy, Siml und Voter Luis so einfach war wie ein in den Schnee gezeichneter Kreis, war der Kreis doch die Form der Rätsel und Wunder.

Und Simon Keller hatte sowohl über das eine wie über das andere geschwiegen.

47.

In der Stube.

Die beiden Kinder schlürften langsam und konzentriert ihre Suppe. Wie immer war es zu wenig und schmeckte nach nichts. Salz und Öl waren schon länger ausgegangen, und der Gemüsegarten des Erbhofs brachte nur noch fade Kartoffeln und bittere Kräuter hervor.

Mit einem Mal stand Voter Luis, der sein Essen nicht angerührt und sie die ganze Zeit mit verschränkten Armen beobachtet hatte, gestützt auf seinen Krückstock auf, nahm eine Tasche, in der sich ein scharf riechendes Pulver befand, und warf eine Handvoll davon ins Feuer. Die Flammen verfärbten sich bläulich, was Elisabeth mit Staunen und Siml mit Besorgnis erfüllte.

Voter Luis stellte die Tasche ab, ergriff sein Jagdmesser und murmelte mit gesenktem Kopf wie zu sich selbst: »Und so dich dein Auge ärgert, reiß es aus und wirf's von dir. Es ist dir besser, dass du einäugig zum Leben eingehest, denn dass du zwei Augen habest und wirst in das höllische Feuer geworfen.«

Es dauerte nur einen Moment, dann hatte Siml begriffen. Er verstand, dass für Voter Luis die Trauer um seine Frau ein unerträgliches Höllenfeuer geworden war. Ein Mann des Glaubens hätte sich an dem Gedanken erfreuen können, seine über alles Geliebte neben dem Herrgott im Himmel sitzen zu sehen, doch Voter Luis verzehrte sich vor Schmerz.

Endlich verstand Siml, warum Voter Luis seiner Tochter nie ins Gesicht sehen konnte. Warum er nicht mit ihr spielte und sie für Nichtigkeiten bestrafte. Warum sie in seinen Augen ein unnützer Esser war.

Durch ihre Geburt hatte sie die Mutti getötet und Voter Luis in eine Spirale der Verzweiflung getrieben, aus der ihn weder der Schlafmohn noch der Alkohol, noch die Heilige Schrift befreien konnten.

Zu spät verstand Siml: Lissy war das Auge, das es auszureißen galt.

Voter Luis hob den Dolch und stach auf seine Tochter ein. Ein einziger Hieb, mitten in die Brust. Er zog die Klinge heraus, bekreuzigte sich und ging hinauf in sein Zimmer. Er ließ den weinenden Siml allein, der seine sterbende Schwester zu beruhigen versuchte, indem er sie in den Armen wiegte.

Die kleine Lissy, die weder die Schmerzen noch die Todesangst begriff. Lissy mit einem Blutstropfen auf dem verhärmten Gesichtchen. Mit letzter Kraft zeigte sie auf ihren Teller mit der Suppe und murmelte leise, während ihre Seele schon auf dem Weg ins Paradies war: »Ich bin noch nicht fertig, Siml. Ich habe Hunger. Bewahr sie für mich auf. Ich habe Hunger, so einen fürchterlichen Hunger ...«

Dann, wenige Augenblicke bevor sie ihn für immer verlassen sollte, durchbohrte sie ihn mit einem schrecklichen Blick, als wollte sie fragen: »Warum? Warum, Siml? Warum hast du mich nicht gerettet?«

Süße Lissy. Kleine Lissy.

Alles wird gut. Alles ...

Am nächsten Tag begrub Voter Luis den Leichnam und verbrannte die Kleider des Mädchens zusammen mit ihren Spielsachen. Ein kläglicher Scheiterhaufen vor dem Erbhof. Traurige Flammen, die diesmal nicht blau waren.

Danach ging das Leben weiter, als hätte es Elisabeth nie gegeben, und Voter Luis kehrte zu seinen alten Gewohnheiten zurück. Er trank zu viel, hielt sich im Keller auf und kaute Schlafmohnsamen.

Von Lissy übrig blieb nur die Erinnerung. Und die zwei Glöckchen, die unter Simls Matratze versteckt waren.

Siml plagten furchtbare Gewissensbisse. Wegen Lissys Tod. Weil er wusste, dass er sich ohne sie nie mehr so groß und stark wie eine Esche fühlen würde.

Weil er seinem Vater nicht Einhalt geboten hatte.

Er schrieb weiter die Bibel ab, natürlich, denn das war seine Pflicht. Er schrieb und schrieb, doch die Bibel gab ihm nicht den Trost, den er sich erhofft hatte. Und als er seine erste Bibel fertig abgeschrieben hatte, packte Voter Luis ihn am Arm und schloss ihn im Keller ein.

»Es ist an der Zeit, dass du das Werk deiner Ahnen kennenlernst.«

In der Dunkelheit, zum ersten Mal umgeben von den Bibeln der früheren Voter, diesen gewichtigen Bänden, die ihm ihre schrecklichen Weisheiten zuflüsterten und ihn mit Angst erfüllten, spürte Simon Keller, wie seine Blase nachgab und seine Hose feucht wurde.

Für zwei Nächte ließ Voter Luis ihn dort, ohne Nahrung, ohne Wasser. Betend, zitternd, delirierend. An Lissys Gesicht und ihre letzten Worte denkend, immer wieder, bis Simon Keller, in seiner fürchterlichen Angst und geschwächt von Hunger und Durst, eine brutale Erkenntnis durchfuhr. »Eine Eingebung«, hätte Voter Luis es wohl genannt. Und die Finsternis der Verzweiflung verschlang ihn.

Als Voter Luis am Morgen des dritten Tages die Tür öffnete, um ihn zu befreien, nahm Siml es kaum wahr. Denn es gab Schlimmeres, als sich schuldig zu fühlen, weil er Lissy nicht gerettet hatte. Die Heilige Schrift ließ keinerlei Zweifel zu: Die Schuld der Väter würde auf die Söhne zurückfallen.

In den Augen des Herrn war er derjenige, der die süße kleine Lissy getötet hatte.

48.

Die Tage vergingen. Die Wochen. Die Monate.

Die Jahre.

Alle gleich. Die schwere Arbeit auf dem Feld, die plötzliche Wut von Voter Luis. Die Lehren der Bibel, das Gefühl von Schuld. Lissys Blut, das an seinen Händen klebte. Die Entbehrungen, die Einsamkeit, die Jagd.

Die schlaflosen Nächte.

Die Angst vor der Verdammnis.

Endlich, eines Morgens, wurde ein Ferkel geboren. Es war klein, fröhlich. Aber nicht wie die anderen, etwas Besonderes.

Mit einem schwarzen Fleck unter dem linken Auge, wie der Blutstropfen an der Wange von Elisabeth. Von dem Simon Keller jede Nacht träumte.

Simon Keller beugte den von Voter Luis' Peitschenhieben schmerzenden Rücken und umarmte die kleine Sau, wiegte sie und summte ihr etwas vor.

Süße Lissy.

Kleine Lissy.

In diesem Moment hörte er die Stimme. Sie war in seinem Kopf. Und zugleich überall.

Simon Keller nickte die ganze Zeit, während die Stimme zu ihm sprach. Er streichelte das Ferkel ein letztes Mal, kehrte ins Haus zurück, stieg die Treppe zur Kammer seines Vaters hoch. Und während Voter Luis seinen Rausch ausschlief, zog er sich seine Kleider an.

Hier bin ich, dachte er, während er den schwarzen Hut über seiner Stirn zurechtrückte.

Und mit seinem Messer trennte er Voter Luis die Kehle durch.

Dann zog Simon Keller den Leichnam ins Freie, begrub ihn neben dem der Mutter, weil Voter Luis, bevor er verrückt wurde, ein guter Vater und ein Mann des Glaubens gewesen war, brachte die blauen Flammen zum Lodern und betete für ihn.

Danach kehrte er ins Haus zurück, holte die beiden Glöckchen und nahm sie mit in den Schweinestall. Er band eins um den Hals des Ferkels mit dem Fleck unter dem Auge und behielt das andere in der Hand. Er verbrachte die Nacht dort, neben der Sau.

Kleine Lissy, süße Lissy.

Er schlief.

Ohne Albträume.

Am nächsten Morgen jedoch wachte Simon Keller voller Angst auf.

Die Kleider von Voter Luis zu tragen machte ihn noch nicht zu einem echten Voter. Würde er allein auf der Alm leben können? Und wenn sie ihn nach seinem Vater fragten? Was sollte er antworten? Sollte er die Flucht ergreifen? Den Erbhof verlassen? Bei der Vorstellung wurde ihm übel. Er hatte keine Ahnung, wie die Welt dort draußen war.

Manchmal zweifelte er sogar daran, dass es außer den Bergen überhaupt noch etwas gab.

Ängstlich fragte er die Stimme um Rat, doch die Stimme blieb stumm.

Simon Keller ergriff nicht die Flucht. Und niemand kam hoch zum Erbhof, um nach Voter Luis zu fragen. Als er es endlich wagte, nach unten ins Tal zu gehen und im Dorf den Tod des Vaters bekannt zu geben, sprachen die Leute ihm ihr Beileid aus, aber mehr auch nicht. Irgendwie lebte er weiter.

Er war kein Voter, aber er war ein Keller, und er wusste, wie man Heu machte, Kartoffeln zog, einen Hirsch erlegte, Fleisch trocknete und verhinderte, dass die Großhändler ihn über den Tisch zogen, wenn er ihnen seine Waren verkaufte.

Was er nicht aus erster Hand von Voter Luis gelernt hatte, entnahm er dessen Aufzeichnungen, und das, was Voter Luis nicht aufgeschrieben hatte, fand er in den Bibeln der früheren Voter. Auf diese Weise wurde er zu einem tüchtigen Kräutermandl.

Einmal am Tag füllte er den Trog der kleinen Sau mit Fressen auf, das war für ihn der einzige glückliche Moment. Lissy hatte Hunger, und er stillte ihn. Ein perfekter Kreis (aber ohne Rätsel und Wunder), aus dem der Baur ein wenig Befriedigung ziehen konnte.

Das Ferkel mit dem schwarzen Fleck entwickelte sich zu einer prächtigen Sau. Simon Keller paarte sie mit den Ebern, die er auf den Märkten im Tal kaufte. Doch jedes Mal gingen ihre Jungen im Laufe weniger Wochen ein. Simon Keller war untröstlich, aber keiner der Ratschläge, die er für solche Fälle in den Aufzeichnungen der früheren Voter fand, schien bei der Sau zu wirken.

Lissy alterte lange vor ihrer Zeit, und Simon Keller dachte, dass vielleicht mit ihrem Blut etwas nicht stimmte. Wieder machte sich Unruhe in ihm breit. Was würde ohne Lissy aus ihm werden?

Der Baur zitterte beim Gedanken an ihren Tod.

Am siebten Geburtstag der inzwischen halb erblindeten Lissy zielte Simon Keller mit seiner Flinte gerade auf einen Fuchsbau, als sich die Stimme plötzlich wieder bemerkbar machte.

Seit dem Tod des Vaters war sie stumm geblieben, und der Baur hatte schon angefangen zu glauben, dass es sie nie gegeben hatte. Doch genau sieben Jahren nach dem Tod von Voter Luis kehrte die Stimme zurück.

Sie nannte ihm eine Stelle im Wald, schwer erreichbar und dicht bewachsen, wo der kleine Siml einst zum ersten Mal in seinem Leben geschossen hatte. Dieser Ort sei von Bedeutung, sagte die Stimme in seinem Kopf. Er solle die Sau dorthin bringen, sie freilassen und nach Hause gehen, ohne sich umzudrehen. Die Sau würde von selbst zurückkehren. Trächtig. Ihr Geschlecht würde weiterleben. Eine neue Lissy würde geboren.

Er würde nicht allein bleiben.

Nie mehr.

Es klang nach einem Versprechen.

Die Bibeln der früheren Voter waren sich in vielen Punkten uneinig, aber alle verlangten Gehorsam, also gehorchte Simon Keller als Mann des Glaubens der Stimme. Er legte Lissy einen Strick um den Hals und zerrte sie mit sich in den Wald. Er ließ sie frei. Und ging mit sorgenvollem Herzen heim.

Und auch wenn es völlig irrwitzig war, denn Voter Luis hatte gesagt, es gebe keine Wildschweine in der näheren Umgebung (aber hatte er das wirklich gesagt? Manchmal war Simon schon völlig durcheinander ...), entdeckte er, dass die Stimme nicht gelogen hatte.

Sein Glaube wurde belohnt.

Die Sau kehrte zurück.

Mit schlammverkrusteten Hufen, zerschrammt, die Hauer abgebrochen, als hätte sie mit einem Rudel Wölfe gekämpft – aber trächtig. Drei Monate, drei Wochen und drei Tage später, wie bei Schweinen üblich, brachte Lissy ein weibliches Ferkel auf die Welt. Eine zweite Lissy. Mit mehr Flecken. Größer. Hungriger. Intelligenter. Weil, das erklärte ihm die Stimme, sie mehr Ähnlichkeit mit ihrem Vater als ihrer Mutter hatte.

Als die alte Lissy starb, zündete Simon Keller ihr zu Ehren ein Feuer mit blauen Flammen an und las einen Abschnitt aus seiner Bibel vor: »Eine Generation geht, eine andere kommt, aber Lissy bleibt immer sie selbst.«

Seit diesem Tag war die Stimme immer bei ihm. Sie ermahnte ihn, nicht den Verstand zu verlieren, wenn die

Angst ihn zu überwältigen drohte, und sie brachte ihn zum Lachen, wenn es nötig war. Sie diktierte ihm neue Versionen der Heiligen Schrift, die ihn in ihrer Klugheit inspirierten. Sie empfahl ihm, wie er schneller die Winter hinter sich bringen konnte: indem er nämlich Tierfiguren aus Holz schnitzte oder immer originellere Wolpertinger bastelte.

Eines Tages, während Simon Keller Lissy das Futter brachte, sprach die Stimme einen Wunsch aus, der ihn erschütterte. Seine erste Reaktion war ein Kopfschütteln und der Versuch zu vergessen. Vielleicht hatte er sie missverstanden.

Mit der Zeit wurde die Stimme immer beharrlicher, und Simon Keller, der über diese Heftigkeit erschrak, warf ihr vor, sich über ihn lustig zu machen. Sie solle damit aufhören. Mit diesem ständigen Geraune im Hintergrund könne er sich nicht auf seine Pflichten als Baur konzentrieren. Die Stimme brach in Gelächter aus. Und von da ab belagerte sie ihn, Tag und Nacht, unerbittlich.

Die Stimme veränderte sich. Sie wurde tiefer, knirschte wie aneinandergeriebene Feuersteine.

Simon Keller litt unter ihr und versuchte alles, um sie zum Schweigen zu bringen. Aber es half alles nichts, nicht einmal, wenn er sich Bienenwachs in die Ohren stopfte oder gleich löffelweise Schlafmohnkörner schluckte.

Brüllend wie der Wehen erklärte die Stimme, dass es für Lissy sei und er es tun müsse, dass er als Mann des Glaubens und nach Erlösung strebender Mörder die Pflicht habe zu gehorchen.

Oder habe er das etwa vergessen?

An seinen Händen klebe Lissys Blut. Die Verdammnis im Höllenfeuer erwarte ihn. Oder zweifle er nicht nur am Wort der Bibel, sondern auch an ihrem Wort?

Lissy hatte Hunger, ob er das nicht begreifen wolle?

Und er müsse doch ihren Hunger stillen, nicht wahr?

Mit diesem letzten Vorwurf verschwand die Stimme.

Am Anfang war es eine Erleichterung. Der Baur konnte schlafen und sich ausruhen. Er kümmerte sich um den Hof, um Lissy und um die anderen Schweine im Stall. Er schnitzte neue Tierfiguren und ging auf die Jagd.

Aber ohne die Stimme erschienen ihm das Haus leer wie eine nutzlose Hülle, die Berge wie ein öder Haufen Steine. Die Einsamkeit lastete auf ihm. Das Feuer in der Stube rief ihm Lissys Gesicht in Erinnerung. Nein, dachte er, die Stimme war kein Anzeichen von beginnender Verrücktheit. Die Stimme war Rätsel und Wunder. Und er war ein Mann des Glaubens. Er glaubte an Rätsel und Wunder. Er hörte auf zu zweifeln, und plötzlich war die Stimme wieder da.

Die Einsamkeit verschwand.

Simon Keller gehorchte dem Befehl der Stimme. Nicht nur einmal. Immer wieder. Er tat, was die Stimme von ihm verlangte. Jedes Mal. Simon Keller begann zu töten. Durch das Töten fühlte er sich der Erlösung näher.

Doch er tötete nicht aus diesem Grund.

Er tötete, um Lissys Hunger zu stillen. Und Lissy hatte immer Hunger.

49.

Herr Wegener hatte ihm Carbones Telefonnummer gegeben. Eine seltsame Ironie des Schicksals.

Der Capitano der Carabinieri hatte erklärt, in der Liste der in der Villa eingehenden und von dort aus getätigten Anrufe auch die Telefonnummer eines Gynäkologen aus Meran entdeckt zu haben.

»Wie viel macht zwei plus zwei?«

Als der Mann des Vertrauens ihm den Grund für seinen Besuch nannte, war der Arzt (weißer Schnauzbart und Halbglatze mit gelockter Seitenpartie) voller Empörung gewesen.

Wie er es wagen könne, ihm seine kostbare Zeit zu stehlen?

Schon bald änderte er seine Einstellung. Der Mann des Vertrauens hatte nachgeholfen.

Der Arzt konnte sich gut an Marlene erinnern, die er »Brigitte Egger« nannte, denn so hatte sie sich bei ihm vorgestellt. Eine Frau von auffallender Schönheit, die sich sehr über ihre Schwangerschaft gefreut habe. Sie habe ihm auch den Namen am Telefon anvertraut, den sie dem Neugeborenen geben wollte.

»Lassen Sie mich raten: Klaus.«

»Woher wissen Sie das?«

»Die Forellen in der Passer haben es mir verraten. Haben Sie noch mehr für mich, Doktor?«

Nicht viel.

Der Arzt hatte ihm eine Kopie von Marlenes Patientenakte gegeben. Mit dem Schwangerschaftsbefund (keinerlei

Auffälligkeiten) und dem geplanten Geburtsort (eine Klinik in der Schweiz).

Schwangerschaft.

Diebstahl.

Flucht.

Klinik.

Marlene hatte sich einen sicheren Unterschlupf erkauft, dachte der Mann des Vertrauens bei sich. Keine dumme Idee. Niemand wusste von der Schwangerschaft. Niemand würde sie in einer Klinik vermuten.

Nach seinem Besuch in der Praxis tätigte der Mann des Vertrauens einen Telefonanruf. Er gab sich als Marlenes Frauenarzt aus, der sich nach seiner Patientin erkundigen wollte. Er nannte den Namen, mit dem sie die Patientenakte unterschrieben hatte.

Brigitte Egger.

Der Mann des Vertrauens hatte nicht die leiseste Ahnung, wer diese Brigitte war (eine Verwandte? Eine Freundin? Ein erfundenes Pseudonym?), aber er hatte ihn sich notiert. Sicher war sicher.

Frau Egger habe sich in der Klinik noch nicht sehen lassen. Ob etwas passiert sei?

Der Mann des Vertrauens beruhigte die Sekretärin. Alles in bester Ordnung.

Er verabschiedete sich. Wischte den Hörer mit seinem Seidentuch ab. Hängte ihn wieder ein.

Natürlich war etwas passiert.

Aber was?

Dem Mann des Vertrauens fehlten noch ein paar Puzzleteile.

Der Gynäkologe hatte Stein und Bein geschworen, mit der Klinik nichts zu tun zu haben. Nicht mal Carbone hatte je von ihr gehört. Entweder handelte es sich also um einen Zufall, dass Marlene dort noch nicht aufgetaucht war (aber der Mann des Vertrauens hatte schon lange aufgehört, an Zufälle zu glauben), oder Marlene hatte einen Komplizen. Oder, wenn nicht einen Komplizen, dann jemanden mit genug Geld und Wissen, um ihr auf andere Weise zu helfen.

Aber wer?

Und warum?

Wenn er das wusste, war er seinem Ziel wieder einen Schritt näher gekommen. Folglich begab sich der Mann des Vertrauens in die Schweiz.

Die Straßen waren fast alle passierbar, nur auf einigen Teilstrecken waren noch Schneepflüge unterwegs. Und so musste sich der Mann des Vertrauens in Geduld üben, während er im Autoradio billige Schlager hörte. Eine anstrengende Reise.

Von Meran bis ins Vinschgau, über den Reschenpass, durch die Schweizer Kantone.

Er hatte nur einmal angehalten, um zu tanken, und mit dem Tankwart über den rasanten Anstieg der Benzinpreise geplaudert.

»An allem ist die Krise schuld.«

»Es heißt, sie sei bald zu Ende.«

»Glauben Sie etwa daran?«

Der Mann schüttelte den Kopf. Niemand glaubte daran. Beide lachten herzlich.

Doch als der Mann des Vertrauens seine prall gefüllte

Brieftasche hervorholte, war der Tankwart beim Blick auf die vielen Scheine auf einmal gar nicht mehr so höflich.

Obwohl der Mann des Vertrauens das Letzte aus seinem Wagen herausholte, was er sonst nie machte, erreichte er die Klinik nur ein paar Minuten vor Ende der Besuchszeit.

Mit all seinem Charme überredete er die Frau am Empfang, ihm Einlass zu gewähren. Ihm würden wenige Minuten genügen. Eine wichtige Angelegenheit.

»*Lebenswichtig*, verstehen Sie?«

Im Wartezimmer benahm er sich erwartungsgemäß. Er schaute regelmäßig dezent auf die Uhr, die unter seiner Manschette hervorlugte, und blätterte in einer Zeitschrift.

Er las die Artikel nicht, er schaute nur die Bilder an. Die Unbekümmertheit, mit der der Grafiker das Foto eines Napalm-Opfers direkt neben eine Anzeige für Intimpflege platziert hatte, faszinierte ihn.

Dann begann ihn auch dieses Spiel zu langweilen, und er nutzte die Zeit, um an Hirschkälber und Füchse zu denken.

Herr Wegener, Carbone, selbst Gabriel, der Schneider, hatten Marlene falsch eingeschätzt.

Sie alle hatten sie mehr oder weniger mit den gleichen Worten geschildert: ein verschrecktes Hirschkalb, das die Nerven verloren hatte.

Doch je mehr Informationen er über Marlene gewonnen hatte, umso genauer waren seine Vorstellungen von ihr geworden, umso gewisser war er sich, dass die anderen sich ein falsches Bild von ihr machten.

Was Marlene getan hatte, entsprang nicht der Launenhaftigkeit einer neureichen jungen Frau, sondern war der

Entschluss einer Mutter, die ihr Kind beschützen wollte (aber wovor? Vor Herrn Wegeners Geld?).

Marlene war kein Hirschkalb.

Sie war eine Füchsin.

Und die Fuchsjagd erforderte Schlauheit, Zeit und Geduld. Füchse hatten scharfe Zähne und gute Augen. Sie witterten Gefahr über Kilometer hinweg.

Die Fuchsjagd war ...

»Guten Abend, mein Name ist Zimmermann.«

Der Mann des Vertrauens stand auf und gab dem kleinwüchsigen Klinikdirektor die Hand. Mit seiner Hornbrille wirkte er wie ein Streber.

»Bitte, kommen Sie mit.«

Das Büro des Direktors war mit Wurzelholz ausgekleidet und roch nach Pfeifenrauch. Der Mann des Vertrauens verlor keine Zeit. Er legte Marlenes Patientenakte, die er dem schnauzbärtigen Gynäkologen abgeschwatzt hatte, auf den Besprechungstisch.

»Ihre Ehefrau?«

»Ich will nur wissen, wer das Zimmer bezahlt hat.«

»War das nicht sie?«

»Sagen Sie mir nur, wer die Rechnung gezahlt hat. Fräulein ... Egger kann es nicht gewesen sein, denn als sie die Reservierung getätigt hat, war es ihr – wie soll ich sagen? – unmöglich, die erforderliche Summe aufzubringen.«

Zimmermann schlug die Beine übereinander. Er tippte sich mit dem Finger gegen die Schneidezähne.

»Sind Sie von der Polizei? Hat die junge Dame was angestellt?«

»Nein.«

»Sie sind nicht verwandt mit ihr?«

»Nein.«

Der Direktor stand auf.

»In dem Fall vergeuden Sie bloß meine und Ihre Zeit. Es dürfte Ihnen bekannt sein, dass wir als Krankenhaus der Schweigepflicht unterliegen. Sie gestatten, dass ich mich empfehle. Guten Abend.«

Hätte es sich nicht um eine Fuchsjagd gehandelt, hätte der Mann des Vertrauens versucht, das Männchen mit der Streberbrille zur Vernunft zu bringen, aber er war erschöpft von der langen Fahrerei, und außerdem machte ihn der Ton des Doktor Zimmermann nervös.

Er holte eine Eisenzange aus seiner Ledertasche. Keine Suppenterrine oder eine Portion pikanter Hühnerflügel, eine seiner Spezialitäten. Sondern eine Eisenzange und eine durchsichtige Plastiktüte, die ein paar Eiswürfel und drei Finger enthielt. Daumen, Zeige- und Mittelfinger.

Die Eiswürfel waren teilweise schon geschmolzen, und auf dem Grund der Tüte hatte sich eine rosafarbene Lache gebildet.

»Ich habe es bedauert, sie abzwicken zu müssen. Sie gehörten einem Künstler. Die Kunst zählt zu den wenigen Dingen von Wert auf dieser Welt. Sie haben eine wunderschöne Reproduktion der ›Demoiselles d'Avignon‹ da hängen. Picasso ist für meinen Geschmack zwar zu brutal, aber ich nehme an, Sie haben das Bild ausgewählt, weil Sie Kunst mögen. Finden Sie nicht auch, dass Künstler etwas Einzigartiges sind?«

Zimmermann war blass geworden.

»Sie ...«

Der Mann des Vertrauens begann, den Schalldämpfer auf den Mündungslauf der Pistole zu stecken.

Der Arzt duckte sich.

»Leider sind Sie kein Künstler. Trotz Ihrer hübschen Diplome sind Sie nicht mal ein echter Arzt. Ärzte sind nützlich für die Gesellschaft. Unglücklicherweise sind Sie weder ein Künstler noch ein Arzt. Was tun Sie im Leben? Sie verwalten. Sie sind ein Bürokrat.«

Der Mann des Vertrauens setzte die Pistole an den Kopf des Männchens.

Dann senkte er den Lauf auf dessen Unterleib.

»Wie viele Bürokraten gibt es auf der Welt?«

50.

Warm und elegant.

Herr Wegener trug gefütterte Schuhe. Er hatte sie in Florenz anfertigen lassen. Der Schuhmacher hatte seinen Stempel ins Leder gebrannt, wie im Mittelalter. Die Schuhe hatten ein Vermögen gekostet. Aber seine Füße waren trocken.

Herr Wegener war kein Pimpf mehr aus Haut und Knochen. Er war ein gestandener Mann. Zweiundvierzig Jahre alt, nicht zwölf. Und er wurde Vater. Wenn er daran dachte, schwirrte ihm der Kopf. *Vater.*

Und doch, als er in der Kanzlei des silberhaarigen Anwalts saß, hatte er das Gefühl, wieder zwölf Jahre alt zu sein.

Und barfuß. Und hungrig. Und allein.

Schlimmer noch.

Machtlos.

»Den Mann des Vertrauens kann man nicht aufhalten.«

»Marlene ist …«

»Niemand kann das.«

»… schwanger.«

Der Anwalt blickte zur Seite. Er angelte eine Zigarette aus einer Schublade und zündete sie mit einem großen Feuerzeug an. Es hatte die Form eines Stiers. Die Flamme trat aus den Nüstern aus.

»Verstehe«, lautete sein einziger Kommentar.

»Sie erwartet ein Kind. Meinen Sohn. Wenn er sie tötet …«

»Der Mann des Vertrauens …«

»… tötet er meinen Sohn.«

»… hat noch nie sein Ziel verfehlt. Noch nie.«

Herr Wegener gab nicht auf.

»Es muss einen Weg geben, mit ihm zu reden.«

Der Silberhaarige schnippte die Asche in eine Kristallschale.

»Den Anrufbeantworter.«

»*Außer* dem Anrufbeantworter.«

Der Anwalt wollte etwas erwidern, aber Herr Wegener redete unaufhörlich weiter; er rang nach Worten, vornübergebeugt, die Hände um die Schreibtischkante geklammert wie ein Ertrinkender.

»Sie müssen den Vertrag nicht auflösen. Das habe ich nicht gesagt. Der Vertrag bleibt gültig. Sie müssen sie nur finden und mir bringen. Das Todesdatum verschieben.

Warten, bis sie niederkommt, und sie danach töten. Ich werde zahlen – wenn es eine Frage des Geldes ist.«

Der Anwalt drückte verärgert seine halb gerauchte Zigarette aus.

»Nicht mal das Konsortium kann den Mann des Vertrauens aufhalten. Sie verstehen das nicht. Dieser Mann wird seinen Auftrag erfüllen, das ist seine Art zu arbeiten.«

»Bitte, nur einmal eine Ausnahme ...«

Der Anwalt drückte auf einen Knopf.

Einer seiner Leibwächter steckte seinen Kopf durch die Tür.

»Glauben Sie mir, Wegener, es ist das Beste. Ein Kind« – mitleidiger Blick – »würde einem Mann wie Ihnen doch nur schaden. Sie würden wertvolle Zeit verlieren. Ein Kind würde Sie von Ihren Pflichten ablenken.«

»Meine ...«

»Vergessen Sie nicht, weshalb Sie noch am Leben sind.«

Herr Wegener gab ihm nicht die Hand.

Er stand auf und ging.

Kaum sah Georg ihn auf den Mercedes zukommen, setzte er den Wagen in Gang.

Herr Wegener sagte die ganze Fahrt über kein Wort. In der Villa an der Passer angekommen, schloss er sich in seinem Schlafzimmer ein. Er zog die 9-mm-Halbautomatik aus seinem Gürtel und legte sie aufs Bett. Er öffnete das Fenster und ließ die schneidende Kälte herein. Er setzte sich auf die Bettkante und dachte an früher.

An einen leeren Sessel und einen Teller Suppe an einem längst vergangenen Tag.

51.

Zu viele, hatte Zimmermann zugeben müssen.

Viel zu viele.

Es gab einfach zu viele Bürokraten auf der Welt. Die eine Hälfte der Fahrgäste in jedem x-beliebigen Linienbus verbrachte ihre Zeit damit, ihre Artgenossen mit Stempeln, Formularen und Schreibkram zu quälen. Die andere Hälfte bestand aus Menschen, die Erstere am liebsten am nächstbesten Baum aufgehängt hätten.

Zimmermann hatte rasch begriffen, wie wenig er in diesem großen Universum ausrichten konnte. Für einen Bürokraten fand sich leicht Ersatz, selbst wenn man so sorgfältig arbeitete wie er.

Und so war der Name ziemlich schnell gefallen. Die Frage danach war noch nicht mal gestellt, und schon war er auf dem Tisch. Zimmermann hatte ihm den Namen sogar in Großbuchstaben auf einen Zettel geschrieben, damit es ja keine Verwechslung gab.

Lorenz Gasser.

Der Name jenes Mannes, der im Voraus die Unkosten von Marlene bezahlt hatte. Der Komplize der Füchsin. Der Name sagte dem Mann des Vertrauens nichts.

Das wird dauern, dachte er, während er nacheinander Münzen in den Schlitz des öffentlichen Telefons steckte.

In seiner Ledertasche trug er Dokumente bei sich, die er sich aufmerksam ansehen wollte. Das Ergebnis der Recherchen aus den vergangenen Tagen und die geheimen Informationen von Carbone. Das alles würde ihm weiterhelfen. Oder er würde eine andere Möglichkeit finden.

So lief es immer.

Auf dem Anrufbeantworter waren drei Nachrichten. Herr Wegener. Herr Wegener. Und noch einmal Herr Wegener. Er brüllte, er bettelte, wollte den Vertrag auflösen, noch mal neu verhandeln, mit allem bis zur Geburt des Kindes warten. Die letzte Nachricht war ein lang gezogener Seufzer, der in einen Schluchzer mündete, dann wurde die Verbindung unterbrochen.

Der Mann des Vertrauens reinigte den Hörer mit dem Seidentuch, legte ihn wieder auf die Gabel und verließ die Telefonzelle.

Die Luft war schwer und feucht. Wahrscheinlich würde es bald wieder schneien.

Lorenz Gasser, dachte er.

52.

Sie waren schon immer arm gewesen.

Schon vor dem Krieg.

Der einzige Luxusgegenstand im Hause Wegner (ohne *e*) war ein Stuhl, ein Hochzeitsgeschenk. Mit Schnitzereien von einem der besten Handwerker im Passeiertal. Die Rückenlehne war mit Pflanzenornamenten verziert und ließ ein Herz frei, durch das der kleine Robert das Hemd seines Vaters sehen konnte, wenn sich der freundliche, müde Mann setzte. Was den Stuhl so kostbar machte, waren jedoch nicht die Verzierungen.

Es war das Polster.

Rot.

Der Stuhl am Kopfende des Tisches war als einziger im ganzen Haushalt gepolstert. Seine Mutter war ganz besessen von diesem weichen Sitzplatz. Einmal, beim Essen, war sein Vater in Gelächter ausgebrochen. Er hatte den Kopf in den Nacken geworfen und ein wenig Rotwein auf Hemd und Polster verschüttet. Seine Mutter war außer sich gewesen.

Sie hatte geschrien, ihre Augen traten aus den Höhlen, fast hätte sie ihren Mann vom Stuhl geschubst, sie schlug sogar mit dem Lappen, mit dem sie wie eine Wilde auf dem Fleck herumgerieben hatte, nach ihm.

Wenn er es recht bedachte, war es das einzige Mal gewesen, dass er seine Mutter wirklich wütend erlebt hatte.

Von da an zwang die sonst so schweigsame und schüchterne Frau ihren Mann, immer erst ein sauberes Tuch auf die Sitzfläche zu legen, bevor er Platz nahm.

Vater und Sohn lächelten sich dann verstohlen zu.

Dem kleinen Robert gefiel dieses heimliche Einverständnis. Manchmal, wenn die Mutter sich zur anderen Seite wandte, tat der Vater so, als verschüttete er etwas, und Robert konnte nur mit Mühe einen Lachanfall unterdrücken. Es war schön, mit dem Vater ein Geheimnis zu teilen.

Dann kam der Krieg.

Der Krieg veränderte alles.

Im Rückblick begriff Herr Wegener, weshalb seine Mutter immer so ein Aufheben um den Polsterstuhl gemacht hatte. Er war ein Symbol. Ein Symbol für die Hoffnung, dass sie es auch in ihrer Armut zu etwas bringen konnten.

Zu Wohlstand.

Herr Wegener, den Kopf in die Hände gestützt, die Halbautomatische neben sich auf der Matratze, dachte an den Polsterstuhl und an jenen Tag vor so vielen Jahren. Er dachte an seinen Vater, der bereits in dem Zug saß, der ihn an die Front brachte. Seine Mutter hatte den ganzen Nachmittag hinter verschlossener Tür auf dem Bett gelegen und geweint. Er selbst war wie benommen durchs Haus gestreift.

Als die Wanduhr sechs schlug, beschloss der kleine Robert, das Abendessen zuzubereiten. Das würde ihnen sicher guttun.

Er stellte die Suppe zum Aufwärmen auf den Herd, schnitt Käse auf, deckte den Tisch, und als die Suppe heiß war, goss er sie in die Teller. Er ging ins obere Stockwerk, blieb vor der Tür des Schlafzimmers stehen und rief seine Mutter, die mit dünner Stimme antwortete. Dann ging er wieder nach unten und setzte sich an den Tisch.

Seine Mutter ließ nicht lange auf sich warten. Sie war blass und hatte rot geweinte Augen. Als sie den gedeckten Tisch sah, wollte sie ihn streicheln oder seine Wange berühren, wie immer, wenn sie ihn lobte.

Doch plötzlich hielt sie mitten in der Bewegung inne.

Ihr Gesicht wurde puterrot, die Adern traten hervor. Tränen stiegen ihr in die Augen. Tränen der Wut. Die zärtliche Geste verwandelte sich in eine Ohrfeige.

Ohne eine Erklärung setzte sie sich, murmelte ein Gebet, bekreuzigte sich und begann zu essen. Erst da begriff Robert: Er hatte für drei gedeckt. Drei Teller, drei Portionen Käse, drei Suppenlöffel.

Zu Tode erschrocken, starrte er auf den leeren Platz seines Vaters. Die Suppe schmeckte nach Tränen. Als er aufgegessen, den Tisch abgeräumt und das Geschirr gespült hatte, war er nicht länger erschrocken, sondern wütend.

Es war jene Wut, die ihn später auf den geheimen Pfaden seines Vaters stundenlang antrieb.

Im Schlafzimmer der Villa an der Passer, während die Kälte ihm in die Knochen kroch, begriff Herr Wegener, dass der kleine Robert an jenem Tag die Bedeutung des schlimmsten aller Wörter erfasst hatte: »unwiderruflich«.

Der leere Stuhl. Der Zug, der seinen Vater in die russische Pampa gebracht hatte. Unwiderruflich, wie ein Projektil, dessen Flugbahn nicht mehr beeinflusst werden kann.

Dennoch nahm er zum dritten Mal innerhalb weniger Stunden erneut den Hörer ab. Er war schwer wie Blei. Er wählte die Nummer. Ein Knacken. Rauschen.

Könnte er dem Mann des Vertrauens die Sache mit dem leeren Stuhl erklären, dann würde der ihn bestimmt verstehen. Könnte er ihm nur begreiflich machen, was seit jenem Tag an ihm nagte und ihn zur Verzweiflung brachte, dann würde alles anders kommen. Er hatte einen barmherzigen Blick, der Mann des Vertrauens.

Die sogenannte Waffe.

Doch Waffen waren unschuldig. Waffen schossen nicht von allein.

Unwiderruflich bedeutete genau dies.

Er selbst hatte ja gesagt: »Ich will.«

Er war es, der den Abzugshahn getätigt hatte.

Ein Stöhnen entfuhr ihm, das zugleich ein Seufzer war.

Ein Schluchzen.

In diesem Augenblick schaltete sich der Anrufbeantworter ein.

53.

Obwohl das Feuer im Kamin brannte, drang die Kälte in der Stube bis in die Knochen. Aber Marlene zitterte nicht wegen der Kälte.

»Haben Sie alles?«

Simon Keller lächelte ihr zu.

Die junge Frau deutete auf das Knie des Mannes.

»Vielleicht sollten Sie lieber noch ein paar Tage warten.«

Simon Keller lächelte erneut und trat fest mit dem Stiefel auf. Die Halterung aus Holz und Eisendraht, die den Bruch schiente, knarrte.

Marlene ließ nicht locker.

»Vielleicht sollte ich Sie begleiten.«

Der Baur überprüfte, ob auch der oberste Knopf seines Mantels geschlossen war. Die Wunde im Gesicht war verheilt.

Marlene brach die Stimme.

»Sie sollten das nicht tun, nicht um diesen Preis. Ich flehe Sie an, Simon, bitte überlegen Sie es sich noch mal.«

Simon Keller zog seine Handschuhe an und gab ihr einen Kuss auf die Wange.

Dann ging er hinaus.

Draußen glitzerte der Schnee im Mondlicht.

Der Baur hievte den Reisesack auf seine Schultern und ging die Treppe hinunter. Unten angekommen, schnallte er die Schneeschuhe an, machte probeweise ein paar Schritte und drehte sich zu Marlene um. Mit Tränen in den Augen, die Arme wegen der Kälte eng um den Körper geschlungen, sah sie ihm nach.

Simon Keller hob die Hand zum Gruß.

Marlene ebenfalls.

Hinkend machte der Baur sich auf den Weg.

Marlene schloss die Tür erst, als die dunkle Silhouette, vom Hang verschluckt, aus ihrem Blickfeld verschwand.

54.

Im Morgengrauen.

Ohne sein kaputtes Knie, das in dem Käfig aus Holz und Eisendraht gefangen war und jede Bewegung erschwerte, hätte er die Strecke viel schneller zurückgelegt. Er kannte seine Bergpfade und fand sie auch dann, wenn sie unterm Schnee versteckt waren.

Nach sechs Stunden Fußmarsch gelangte Simon Keller an die Stelle, an der der cremefarbene Mercedes von der Straße abgekommen war. Den Ort, an dem sich ihrer beider Schicksalswege gekreuzt hatten.

Hätte er nicht ein so gutes Erinnerungsvermögen und einen so geübten Blick gehabt, der sich an Bäumen orientierte, ihm wäre die Stelle nicht aufgefallen. Der Mercedes lag im Straßengraben unter einer dicken Schneeschicht begraben. Niemand würde ihn bemerken.

Marlene war in Sicherheit.

Zumindest bis zum Frühjahr.

Simon Keller massierte die Wade seines verletzten Beins. Sein Knie würde nie wieder so werden wie früher. Die Bänder waren gerissen. Er würde den Rest seines Lebens am Stock gehen.

Wenn so etwas bei Tieren geschah, musste man sie notschlachten.

Der Baur lächelte bei dem Gedanken.

Er zog die Handschuhe aus und rieb sich die Finger, um das Blut zum Zirkulieren zu bringen. Er schlug den Mantel zurück, fischte das Leinensäckchen aus der Tasche. Wieder musste er lächeln. Marlene hatte seine Initialen daraufgestickt.

Er schüttete sich ein paar Schlafmohnsamen in die Hand. Einen halben Suppenlöffel, schätzte er. Nach kurzer Überlegung gab er noch etwas mehr dazu. Sicher war sicher.

Gemächlich mahlte er sie zwischen den Zähnen.

55.

Um die Mittagszeit.

Simon Keller saß im Postbus, der schnaufend und ruckelnd seine Fracht transportierte: alles Bauern, jetzt im Winter mit sorgenvollen Mienen, Müßiggänger mit vom

Alkohol geröteten Wangen und Frauen mit Kopftuch. Es waren auch ein paar Kinder darunter, die die Köpfe von einer Seite zur anderen drehten wie Eulen auf einem Ast.

Die Frau auf dem Platz neben ihm, offenbar eine Bäuerin, hatte den Kopf gegen die Scheibe gelehnt und schnarchte leise. Das kleine Mädchen auf ihrem Schoß hatte eine triefende Nase und den Finger in den Mund gesteckt. Unverhohlen starrte es ihn an.

Simon Keller hatte seinen Hut auf den Knien abgelegt. Der Reisesack klemmte zwischen seinen Unterschenkeln. Bei jeder Erschütterung schoss ihm Schmerz das Bein hinauf. Es war unmöglich, eine bequeme Sitzposition zu finden. Um sich abzulenken, betrachtete er die verschneite Landschaft.

Die Straße wand sich kurvenreich auf halber Höhe des Hanges. Ab und zu sah der Baur einen einsamen Hof. Meistens drängten sich jedoch mehrere Häuser um einen langen, spitzen Kirchturm. Der Postbus hielt von Zeit zu Zeit, um Passagiere ein- oder aussteigen zu lassen. Sie sahen einander ähnlich und hatten alle den gleichen Gesichtsausdruck. Trotz der Uhrzeit war kaum Verkehr. In den Gesprächen unter den Reisenden ging es um den Winter, aber das Hauptthema, wie Simon Keller einer Unterhaltung drei Reihen vor ihm entnahm, war die Wirtschaftskrise. Die Leute hatten keine Arbeit, und die Steuern stiegen – wer konnte sich da noch ein eigenes Auto leisten.

Der Postbus hielt wieder an. Durch das abrupte Bremsmanöver schreckte die Frau neben ihm hoch. Liebevoll redete sie auf das kleine Mädchen ein, während sie ihm die Nase putzte. Als hätte man sie bei der Vernachlässigung ihrer Mutterpflichten ertappt, sah sie schuldbewusst zu Simon herüber. Was machte diese Bäuerin allein im Bus?

Vielleicht änderten sich die Zeiten, dachte er. Dann schaute er das Mädchen genauer an und begriff. Es hatte Fieber. War krank. Wahrscheinlich brachte die Mutter es zum Arzt.

Der Motor dröhnte.

Es war noch eine lange Reise über verlassene und verschneite Straßen. Sein Bein schmerzte. So als hätte man ihm unterhalb der Kniescheibe einen glühenden Draht ins Fleisch gebohrt.

Simon Keller kaute noch ein paar Schlafmohnsamen.

»Du, Opa ...«, begann das Mädchen.

Opa, dachte Simon Keller lächelnd. Das hatte noch nie jemand zu ihm gesagt.

»Was isst du da?«

Das Mädchen deutete auf das Säckchen mit den Samen.

»Das ist meine Medizin.«

»Schmeckt das gut?«

»Das ist Medizin. Die muss nicht gut schmecken.«

»Bist du krank, Opa?«

»Lass den Herrn in Ruhe, Anna«, schaltete sich die Mutter ein.

»Anna«, sagte Simon Keller. »Ein schöner Name.«

»Danke«, antwortete die Mutter anstelle des Kindes. »Verzeihen Sie, sie ist noch klein und sehr neugierig.«

Die Frau war ziemlich jung. Zwanzig vielleicht. In den Augen des Baurn fast ein Mädchen.

Opa.

»Neugier ist ein Zeichen von Intelligenz. Ein intelligentes Kind ist ein kostbares Geschenk!«

Der jungen Frau schoss die Röte ins Gesicht. Sie war es nicht gewohnt, mit einem Fremden zu sprechen. Und Komplimente zu bekommen.

»Geht es dir jetzt besser, Opa?«

»Viel besser, kleine Anna.«

Die Kleine lächelte.

Simon beugte sich vor und kramte in seinem Reisesack. Er tastete nach etwas Bestimmtem.

»Ein kleines Geschenk für ein braves Mädchen«, sagte er und streckte ihr die Holzfigur hin.

»Das ist wirklich nicht nötig ...«

Doch die Kleine hielt das neue Spielzeug bereits in den Händen und strahlte.

»Ich vertreibe mir damit die Zeit. In meinem Bauernhaus habe ich ganz viele davon.«

Das Mädchen löste sich aus den Armen seiner Mutter und gab Simon einen Kuss auf die Wange.

Er war ebenso überrascht wie die junge Frau.

»Hast du gesehen, Mama?«, rief das Mädchen voller Begeisterung. »Der Opa da hat mir ein Schweinchen geschenkt!«

56.

Am Abend.

Kein Dunkel. Überall Lichter.

Schneeregen.

Meran.

Das kleine Mädchen und seine Mutter waren ein paar Haltestellen zuvor ausgestiegen. Sie hatten sich von ihm verabschiedet und ihm überschwänglich gedankt. Der Postbus war wieder angefahren. Unzählige Haltestellen, es schien kein Ende nehmen zu wollen. Simon Keller nickte ein.

Irgendwann weckte ihn die Stimme des Busfahrers, der die Endstation verkündete.

Vorsichtig darum bemüht, das verletzte Bein nicht zu belasten, stieg Simon Keller aus dem Bus und blickte sich um. Überall Lichter, viel zu viele Lichter.

Zu dieser Tageszeit gab es für ihn nur eine einzige Farbe: Schwarz. In Meran, so schien es, tat man alles, um das Schwarz zu verdrängen. So war das in der Stadt, sagte er sich. Dort herrschten andere Gesetze.

Er bemühte sich, den Passanten auszuweichen, die alle mit gesenktem Kopf vorbeihasteten. Er sah Autos (im Grunde nicht viele, aber mehr als sonst), die den Schneematsch aufspritzen ließen, außerdem Ampeln, einen Motorroller und – Schaufenster. Taghell erleuchtet. Und was da alles ausgestellt wurde!

Die Herrenmode war ihm unbegreiflich. Wie konnte man solche Jacken mitten im Winter tragen? Da starb man doch vor Kälte. Und diese Mokassins! Die hätten nicht mal einem Frühlingsschauer standgehalten. Und wer konnte sich diese Preise leisten?

Von den Schaufenstern mit Damenmode wandte er sich hastig ab. Simon Keller musste an die Blicke denken, die Voter Luis der Mutti zugeworfen hatte. Voller Begierde. Er sah sie vor sich, wie sie rot wurde, vor Scham, vor allem aber vor Freude.

Mutti war schön, und auch Elisabeth war auf dem besten Weg gewesen, eine Schönheit zu werden, mit ihren Korkenzieherlocken und den langen Beinen, die ihn an Spinnen erinnerten. Mein kleines Spinnlein, hatte er manchmal zu ihr gesagt. Aber wieso musste man das, was verhüllt werden sollte, so offensiv zeigen? Der Mensch begehrt nicht immer das, was er sieht.

Er begehrt das, was er sich vorstellt.

In Gedanken versunken, ging er weiter.

Meran.

Für seinen Vater war es immer nur »die Stadt« gewesen.

Die Schmerzen in seinem Bein nahm er kaum wahr. Die Heizung im Bus, der Schlafmohn und – wer weiß – der Kuss der kleinen Anna hatten ihre Wirkung getan.

Nicht weit vom Busbahnhof, an einem Platz, auf dem sich ein paar johlende Jungen gegenseitig mit Schneebällen bewarfen, lag ein Café. Es war voll. Frauen tranken aus dampfenden Tassen und aßen Apfelstrudel mit Sahne. Männer unterstrichen ihre Worte mit ausladenden Gesten und tranken Kräuterlikör. Vor dem Café standen ein paar Tische im Freien. Simon Keller nahm an einem von ihnen Platz.

Wenn Voter Luis in die Stadt fuhr (was selten genug

vorgekommen war), hatte er immer zwei Stück Sachertorte mit nach Hause gebracht. Eins für seine Frau und eins für ihn, Simon. Er hatte schon seit Jahren keine Sachertorte mehr gegessen. Dann fiel ihm ein, dass Lissy nie in diesen Genuss gekommen war. Für einen Moment betrübte ihn der Gedanke.

Aus seinem Reisesack holte er ein Bündel hervor und legte es auf den Tisch. Daneben stellte er eine Feldflasche.

In dem Bündel befand sich der Proviant, den Marlene für ihn vorbereitet hatte. Simon Keller breitete die Serviette aus und wollte gerade in das harte Brot mit dem Speck beißen, als, von schnulziger Musik begleitet (*»Where is that Happy Ending?«*, knödelte eine Stimme), ein Kellner aus dem Café angerauscht kam und ihn anherrschte: »Du kannst hier nicht essen, Alter. Verzieh dich!«

»Ich möchte gerne ein Stück Sachertorte.«

»Bist du taub? Hau ab!«

Simon Keller legte ein paar Geldscheine auf den Tisch.

»Ich habe genug Geld. Ich möchte ein Stück Sachertorte bestellen. Ohne Sahne«, fügte er hinzu.

»Du verschreckst mir ja die Kunden, nun zieh schon Leine. Ich will dein stinkendes Geld nicht.«

Der Baur sah ihn durchdringend an.

Er legte sein Jagdmesser auf den Tisch neben die Geldscheine.

»Ich habe mein eigenes Besteck.«

Der Kellner blickte erst ihn an, dann schaute er auf das Messer.

Er trat den Rückzug an.

Als er die Tür zum Café wieder aufriss, hatte die Musik

gewechselt, und eine dunkle Stimme krächzte einen Text, der den Baur zum Lächeln brachte: *»Um elfe kommen die Wölfe, um zwölfe zerbricht das Gewölbe.«*

Die Tür fiel wieder zu.

Simon Keller biss von seinem Brot ab.

Die Gäste des Cafés starrten ihn durch die große Scheibe hindurch an. Ein Hüne von einem Mann mit einem seltsam geschnittenen schwarzen Mantel, der an Rabenflügel erinnerte, und einem Hut auf dem Kopf. Mit gleichmäßigen Bissen vertilgte er sein Brot.

Er beachtete den Kellner, der drinnen wild gestikulierend von dem Vorfall berichtete, nicht weiter.

Er beachtete auch nicht das feiste Gesicht des Cafébesitzers, das im Lauf des Berichts rot anlief.

»Sie müssen gehen«, sagte der Besitzer, der herausgekommen war.

Ohne eine Reaktion abzuwarten, verpasste der Besitzer dem Baur einen Faustschlag.

Das Brot fiel in den schmutzigen Schnee.

Simon Keller hob es auf.

Mit einem Lächeln stand er auf.

»Ich kann bezahlen. Ich möchte nur ein Stück Sachertorte. Mal sehen, ob sie noch so gut schmeckt, wie ich sie in Erinnerung habe.«

Der Besitzer legte ihm die Hand auf die Schulter.

Schwer.

Er drückte zu. Fest.

»Du kannst deinen Scheiß hier einsammeln und abhauen. Ich hab ein Gewehr hinterm Tresen. Geladen.«

Simon Keller näherte sein Gesicht dem des Besitzers.

Seinem Mund entwich ein Quieken, wie es Schweine ausstoßen, wenn sie begreifen, dass sie gleich geschlachtet werden. Der Baur hörte die ganze Zeit nicht auf zu lächeln.

Der Cafébesitzer bekam Angst. Dieses Lächeln. Die Knie wurden ihm weich.

Simon Keller hielt ihn fest, damit er nicht hinfiel.

»Ein Stück Sachertorte. Danke.«

Er bekam eine doppelte Portion.

Er aß nur ein Stück. Die Torte war nicht so gut, wie er sie in Erinnerung hatte. Zu süß. Das andere Stück wickelte er in das Tuch ein.

Er nahm einen letzten Schluck aus seiner Feldflasche und erhob sich. Marlene hatte ihm genau erklärt, wie er zur Villa von Herrn Wegener kam. Außerhalb der Stadt, am Fluss.

Eine Stunde vom Zentrum entfernt.

Er machte sich schleppend auf den Weg.

57.

Kugel im Lauf.

Hahn entsichert.

Herr Wegener war allein, er saß auf dem Bett, das er mit Marlene geteilt hatte. Die Steppdecke lag zusammengeknüllt am Fußende, das Kissen duftete noch nach ihrem Parfüm. Die Waffe, eine schwere 9-mm-Halbautomatik, hatte er auf dem Schoß liegen.

Das Fenster war weit aufgerissen, die Vorhänge blähten sich im Wind, und die hereinwehenden Schneeflocken schmolzen auf dem Fußboden. Herr Wegener kam sich vor wie eine dieser Flocken; verloren, schwach. Dem Ende nah.

Er hätte gern das Eiserne Kreuz bei sich gehabt. Vielleicht wäre es ihm ein Trost gewesen, es fest in der Hand zu halten, aber er hatte es einem Mörder an die Brust geheftet.

Seit Stunden dachte er an nichts anderes als an jenen Moment, als sein Vater, mit unendlicher Trauer im Blick, jene Worte aussprach, die ihn jetzt, Jahre später, dazu gebracht hatten, seine Pistole zu laden und zu entsichern.

»Du kannst neun Mal das Richtige tun und wirst doch nur Leid erfahren. Erst beim zehnten Mal wirst du verstehen, warum du es getan hast. Und du wirst froh darüber sein.« Was das bedeutete, hatte der kleine, unschuldige Robert einst nicht verstanden. Dieser Mann mit dem bleichen Gesicht, den kurz rasierten Haaren und der Uniform ähnelte seinem Vater und dann auch wieder nicht, und sein Anblick erschreckte ihn. Kobold, der von Unschuld nichts mehr wissen wollte, war blind vor Hass und hatte den Sinn dieser Worte nicht begreifen wollen. Und Herr Wegener war zu erschöpft, um überhaupt noch Hass oder Angst zu empfinden, aber er begriff sie nun sehr wohl, als er dem Schnee auf dem Fußboden beim Schmelzen zusah.

Sein Vater hatte damals das Richtige getan.

Er hatte eine unwiderrufliche Entscheidung getroffen.

Er hatte seine Frau und seinen Sohn vor Repressalien gerettet.

Nicht um den Helden zu spielen, nicht wegen irgendeiner Ideologie oder Idiotie hatte sein Vater sich zur Front gemeldet. Das hatte Kobold sich so lange eingeredet, bis er es schließlich glaubte.

Nein, sein Vater war ein Bauer, war der Sohn von Bauern. Ein Mann, der jedes Mal wenn er, um den Hunger seiner Familie zu stillen, einen Hirsch oder einen Fasan erlegt hatte, ein Gebet murmelte, mit dem er die Seele des Tieres um Verzeihung bat.

Sein Vater war ein ehrbarer Mann gewesen.

Kobold hatte den Nachnamen des Bauernsohnes verunstaltet, um ihn aus seinem Gedächtnis zu tilgen. Lieber hätte er damals den Namen des Standartenführers geführt. Wer war wohl der eigentliche Held, fragte sich Herr Wegener nun, der SS-Leutnant oder der Bauer mit dem traurigen Lächeln? Siegfried, der einem barfüßigen kleinen Jungen den Hass beigebracht hatte, oder der Bauer, der wissentlich in den Tod gegangen war, um das Richtige zu tun?

Langsam zog Herr Wegener die Schuhe aus. Dann auch die Socken.

Mit bloßen Füßen trat er ans Fenster. Er zitterte in der klaren Luft. Er nahm sich eine Handvoll Schnee vom Fensterbrett und setzte sich wieder aufs Bett.

Langsam tropfte der schmelzende Schnee auf den Fußboden.

Er stellte die Füße in die Pfütze.

»Zeig es mir, Papa«, murmelte er. »Zeig mir, wie man mutig wird.«

Wie man sich für das Richtige entscheidet.

Herr Wegener streckte die Hand nach der Waffe aus. Eine Kugel war im Lauf und der Hahn entsichert. Er musste nur den Lauf an die Schläfe legen und abdrücken, dann war alles vorbei. Angeblich spürte man nichts. So als würde man eine Glühbirne zerspringen lassen. Aus und vorbei.

Das Konsortium hätte den Beweis für seine Feigheit, doch die Saphire würden ihren Wert verlieren, und das Unrecht wäre gesühnt. Den Mann des Vertrauens würde man zurückbeordern, Marlene (und Klaus) würden am Leben bleiben. Alles würde sich wieder einrenken.

Das Imperium würde geplündert werden.

Welches Imperium?

Herr Wegener sah sein Imperium plötzlich in aller Deutlichkeit vor sich. Es bestand aus Spielkasinos, Stundenhotels, ein paar Prostituierten, die ausgenutzt und dann ausgetauscht wurden, Schmugglern ohne Zukunft und Alkoholikern, die nur so taten, als wären sie harte Kerle. Sein Imperium, dachte Herr Wegener, war nicht mal so viel wert wie der Schnee, der zu seinen Füßen schmolz. Es war nie mehr als ein Traum gewesen. Das Fantasiegebilde eines hungrigen Kindes, das durch die Wälder streifte.

Erst beim zehnten Mal …

Die richtige Entscheidung.

»Was ist die richtige Entscheidung, Papa?«, flüsterte er.

Doch in der Villa blieb alles still. Sein Vater antwortete nicht.

Auch der Mann an der Tür antwortete nicht.

Herr Wegener sah zunächst den Schatten, dann den Mann.

Sein erster Gedanke war: Der Standartenführer hat sich getäuscht.

Den schwarzen Mann gibt es doch.

Es war kein Soldat, sondern ein armer Tropf aus einer armen Familie, wie sein Vater. Der Mann an der Tür war groß, hatte blaue Augen und sah ihn an. In der Hand hielt er ein Messer.

Von seinen Händen tropfte Blut.

Sicherlich war er nicht gekommen, um ihm Schokolade zu bringen.

Und dennoch lächelte Herr Wegener.

58.

Lorenz Gasser.

Drei Uhr nachts.

Der Mann des Vertrauens lag auf dem Bett eines billigen Hotels und rieb sich zufrieden das Kinn. Grund war ein Zeitungsausschnitt mit einer Schwarz-Weiß-Fotografie.

Der Mann des Vertrauens war geübt im Recherchieren. Wenn er einen Vertrag mit einer wichtigen Persönlichkeit unterzeichnete (und es hatte sehr viel bedeutendere als Herrn Wegener gegeben), sammelte er als Erstes Nachrichten über seinen Auftraggeber und nicht über das Opfer. Es war wichtiger, den Jäger zu kennen als die Beute. Warum ziehen manche Männer die Hirschjagd dem Fliegenfischen vor? Finde es heraus, und du wirst wissen, wo du Hirsch und Forelle findest.

Er wollte einen Mann finden.

Lorenz Gasser. Den Komplizen der Füchsin.

Das Stück Papier, das der Mann des Vertrauens triumphierend in der Hand hielt, stammte aus einer der Aktenmappen, die er in seiner Arzttasche mit sich führte. Ein Zeitungsausschnitt, den er im Magazin einer Bibliothek gefunden hatte. Tageszeitungen waren hervorragende Informationsquellen. Vor allem, was Männer betraf, denen einiges auf dem Gewissen lastete.

Manchmal wussten sie gar nicht, dass sie ein Gewissen hatten. Schliefen selig wie die Kinder. Und doch trieb sie irgendetwas zur Buße.

Es lag Eitelkeit in der Buße, denn mächtige Männer liebten es, sich in den Blicken anderer zu spiegeln. Reiche Männer wie Herr Wegener nannten diese Zurschaustellung der Eitelkeit »Wohltätigkeit«. Und genau darum ging es in dem Zeitungsartikel. Um eine Benefizgala.

Illustre Gäste. Girlanden. Ein üppig behängter Weihnachtsbaum. Geschenke für die Mittellosen. Eine Weihnachtsfeier 1972. Auf dem Foto: Marlene und Herr Wegener.

Er im Smoking. Sie wunderschön, die Haare zum perfekten Dutt frisiert und mit einem gewagten Ausschnitt, wie ihn so schamlos nur die blühende Jugend präsentieren darf. War es verwunderlich, dass dieses Paar alle Blicke auf sich zog?

Sie waren das Traumpaar schlechthin.

Reich, schön, glücklich.

Doch der schmächtige Mann am Bildrand, der nur halb zu sehen war, starrte Marlene nicht voller Bewunderung an und auch nicht voller Neugier. Nein, er starrte sie mit unbändigem Verlangen an.

Der schmächtige Mann hatte einen Namen. Er stand in der Bildunterschrift. In dem Artikel selbst fand sich eine ziemlich umfassende Aufzählung der Gäste. Im Grunde bestand der ganze Text fast nur aus Namen, als hätte der Journalist befürchtet, jemanden zu vergessen. Der schmächtige Mann war ein großes Tier im Import-Export-Geschäft. Der Name war identisch mit demjenigen, den Dr. Zimmermann ihm auf das Kärtchen geschrieben hatte.

Lorenz Gasser.

Man musste ihn nur ausfindig machen.

Keine große Herausforderung.

Es verstieß gegen die Regeln, aber der Mann des Vertrauens freute sich über diese Entdeckung. Außerdem war er müde, und draußen war es kalt. Er hatte keine Lust, aufzustehen, sich wieder anzuziehen und nur wegen eines Telefonats das Hotel zu verlassen. Er nahm also den Hörer ab und wählte die Nummer.

Eine Frau war am Apparat.

»Entschuldigen Sie die Störung, Isabella. Könnte ich Ihren Mann sprechen?«

59.

Das Hupen von Autos.

Simon Keller schreckte aus dem Schlaf hoch. Er hatte die Nacht im Hausflur eines Mietshauses verbracht, in seinen schweren Mantel verkrochen und auf seinen Reisesack gestützt.

Es war noch dunkel, und sein Knie pochte heftig. Die Schmerzen zogen sich von der Leiste bis hinunter zum Knöchel. Simon Keller versuchte, die Kälte abzuschütteln. Er streckte sich. Es dauerte eine Weile, bis er sich aufgerichtet hatte.

Sein Rücken war steif.

Es schneite nicht mehr, die Temperatur lag deutlich unter null.

Er betastete sein Knie. Es war wieder geschwollen.

Eine Handvoll Schlafmohn.

Oder vielleicht auch zwei.

Er stopfte seine Pfeife und wartete, gegen die Hauswand gelehnt, auf die Wirkung des Schlafmohns. Er sah den wenigen Autos nach.

Er rauchte und lächelte.

Seit Jahrzehnten hatte er sich nicht mehr so wohlgefühlt. Zum ersten Mal, seit er jene Stimme gehört hatte, dachte Simon Keller an Erlösung. Indem er Herrn Wegener umgebracht hatte, hatte er einen Fehler von vor vielen Jahren gutgemacht.

Als er die kleine Elisabeth nicht gerettet hatte.

Es war fast, als wäre die Zeit rückwärts gelaufen und die Gegenwart hätte sich mit der Vergangenheit verschränkt, damit er nun zwar nicht Lissy, wohl aber Marlene und ihr ungeborenes Kind beschützen konnte. Und den Mann umbringen, der sie bedrohte.

Rätsel und Wunder zugleich.

Wenn es denn so gewesen war.

Vielleicht war es nur das Opium in seinem Blut, das ihn auf diese Gedanken brachte.

Der Baur hievte sich den Sack auf seine Schultern und humpelte zum Busbahnhof.

60.

Schnell. Effizient.

Unglaublich, wie die Tatsache, dass er den Vornamen seiner Frau kannte, Capitano Carbone beflügelt hatte. Keine halbe Stunde später meldete er sich schon mit den Kontaktdaten von Lorenz Gasser zurück. In seiner Stimme schwang leichte Besorgnis mit.

Der Mann des Vertrauens bedankte sich freundlich und ersuchte Carbone, seine Frau nochmals um Entschuldigung zu bitten. Das erschreckte den Capitano noch mehr.

Der Mann des Vertrauens wischte den Hörer ab, machte das Bett, bezahlte die Hotelrechnung und hinterließ ein weder zu üppiges noch zu bescheidenes Trinkgeld. An der Tankstelle gönnte er sich einen Kaffee, dann fuhr er den Rest der Nacht über weiter. Diesmal nahm er nicht den Reschenpass, sondern hielt sich in östlicher Richtung.

Er überquerte die schweizerisch-österreichische Grenze und fuhr zum Brenner. Dort hielt er kurz an, um sich die Beine zu vertreten und die Blase zu entleeren. Er stürzte einen weiteren Kaffee hinunter und aß ein Kipferl vom Vortag, während ein betrunkener Fernfahrer den schläfrigen

Imbissbetreiber vom Atomkrieg und dem bevorstehenden Ende der Welt zu überzeugen versuchte. Gegen acht Uhr morgens kam er in Brixen an.

Es war ein Leichtes herauszufinden, wo der schmächtige Mann wohnte. Eine Villa mit Garten an der nördlichen Peripherie der Bischofsstadt. Der Mann des Vertrauens stieß das Gartentor auf und läutete an der Haustür. Ein verschlafen dreinblickender Mann öffnete ihm. Schmal, fast kahlköpfig und mit vorstehenden Zähnen. Er wirkte wie jemand, der sich für klüger als andere hält. Ein Frettchen also, der Komplize der Füchsin.

Lorenz Gasser.

»Darf ich hereinkommen?«

Gasser protestierte nicht. Er blickte nur beiläufig auf die Waffe, die der Mann des Vertrauens auf ihn gerichtet hatte, als wäre es völlig normal, mit dem Tod bedroht zu werden.

Der Mann des Vertrauens deutete auf die Tür, hinter der man das Rauschen einer Dusche hörte.

»Wer ist da drin?«

»Eine Freundin.«

»Wird sie Probleme machen?«

»Eine Prostituierte. Ich kenne sie, das dauert ewig, bis sie wieder rauskommt.«

Der Mann des Vertrauens schlug die Beine übereinander.

»Marlene Taufer.«

Gasser rieb die Hände aneinander.

»Dachte ich mir schon. Schickt Wegener Sie?«

»Gewissermaßen, ja.«

»Also schickt Sie das Konsortium.«

»Gewissermaßen, ja.«

»Stört es Sie, wenn ich rauche?«

»Sie scheinen gar keine Angst zu haben.«

»Wieso sollte ich?«, erwiderte das Frettchen. »Es geht ums Geschäft. Sie wollen Informationen, die ich Ihnen nur zu gerne gebe. Und zwar gratis. Das ist heute Ihr Glückstag.«

»Hoffentlich ist es auch der Ihre.«

Ein Schatten huschte über das Gesicht des Mannes.

»Marlene kam vor ein paar Wochen zu mir. Wenn Sie wollen, sehe ich im Kalender nach. Ich schreibe mir alles auf. Bin sehr genau. Sie wollte mich um einen Gefallen bitten. Etwas, von dem Wegener nichts weiß.«

»Wie haben Sie sie kennengelernt?«

»Nun, sie ist Wegeners Frau«, sagte der Schmächtige leicht gereizt. »Dieser Hurensohn schleift sie wie eine Trophäe hinter sich her. ›Darf ich Ihnen mein süßes Frauchen vorstellen ...?‹ Ich besitze wenigstens den Anstand, den Nutten ihren Platz zuzuweisen.«

»Marlene ist auch eine?«

Gasser grinste und entblößte nikotinverfärbte Zähne.

»Sie haben mir übrigens gar nicht gesagt, wie Sie heißen.«

»Ich bin der einzige Eintrag, der in Ihrer Agenda fehlt, Herr Gasser.«

»Wollen Sie von mir wissen, ob ich auch über das Flittchen Marlene gerutscht bin?«

»Mich interessiert, welcher Natur Ihr Austausch war.«

Gasser lachte heiser auf.

»Anfangs hatte ich mir das tatsächlich erhofft. Sie tüchtig durchzunudeln. Diesem Vollidioten eins auszuwischen. Nur um … Sie fragen sich sicherlich, woher diese Feindseligkeit meinerseits rührt …«

»Neid. Stolz. Enttäuschte Hoffnungen. Spielt das wirklich eine Rolle? Die Zeit vergeht, und wenn die Duscherei beendet ist, sind Sie ein Mann mit einer Kugel im Kopf. Machen Sie es kurz, und niemand wird einen Schaden davontragen. Vielleicht.«

Das Frettchen fuhr sich mit der Zunge über die Lippen.

»Marlene hat mich vor ein paar Wochen um einen Gefallen gebeten. Sie weiß, in welchem Bereich ich arbeite: Versicherungen, Banken. Versicherungen für Privatkliniken. Geschäftsbanken. Ich bin genau der, den sie gebraucht hat. Meine Nummer hat sie vermutlich in Wegeners Adressbuch gefunden. Wir treffen uns. Ich erhoffe mir eine heiße Nacht, doch das, was die kleine Marlene mir in Aussicht stellt, ist noch besser, glauben Sie mir.«

»Saphire«, sagte der Mann des Vertrauens.

»Schauen Sie sich um, mein neuer Freund ohne Namen. Haben Sie den Eindruck, ich bräuchte Geld?«

»Eine hübsche Summe für nur eine Nacht.«

Gasser schaute ihn durchdringend an.

»Wir wissen beide, was es mit diesen Saphiren auf sich hat.«

»Sagen Sie es mir.«

»Das Konsortium. Wegener möchte Teil davon werden.«

»Und Sie nehmen das Angebot an, weil Sie wissen, dass Marlene auf diese Art und Weise die Pläne Ihres Mannes durchkreuzt.«

Gasser klatschte Beifall.

»Erzählen Sie mir mehr.«

»Könnten Sie die vielleicht wegstecken?«

Der Mann des Vertrauens kam seiner Bitte nach.

Die Pistole verschwand im Holster unter der Jacke.

»Mit Marlene war vereinbart, dass sie zwischen drei Uhr nachts und neun Uhr morgens zum Reschenpass kommt. Innerhalb dieses Zeitraums hatte ein Grenzposten Dienst, der mir einen Gefallen schuldet und der sie, ohne groß nachzufragen, über die Grenze gelassen hätte. Danach wäre sie zur Klinik gefahren. Wissen Sie darüber Bescheid?«

»Zimmermann.«

»Übler Bursche. Hat aber den Bogen raus. Hoffentlich haben Sie ihn nicht umgebracht.«

»Nein.«

»Ich habe im Voraus gezahlt, aus eigener Tasche, damit die Sache auch tatsächlich funktioniert. Ich wäre dann ebenfalls dorthin gekommen. Ich hätte ihr den Gegenwert der Saphire in Dollar ausbezahlt, dazu gefälschte Dokumente. Eine Provision hätte ich natürlich einbehalten. Fünfzehn Prozent, wenn es Sie interessiert. Und dazu noch einen Saphir. Als Erinnerungsstück, sozusagen.«

»Marlene hat sich darauf verlassen.«

Eine abfällige Grimasse.

»Sie vergessen den Kleinkrieg mit Wegener. Hat Marlene sich wegen meiner hübschen Visage an mich gewandt oder weil sie von meinem Zerwürfnis mit ihrem Mann wusste?«

»Irgendwas ist schiefgegangen.«

Das Frettchen kratzte sich gedankenverloren an der Wade, die aus dem Pyjama hervorschaute.

»Marlene ist verschwunden.«

»Noch vor der Grenze.«

»Meine Leute haben sie nicht gesehen. Auch nicht in den Tagen darauf.«

Der Mann des Vertrauens überlegte kurz.

Marlene war zwischen Meran und dem Reschenpass verschwunden. Das Jagdgebiet verkleinerte sich somit beträchtlich. Vinschgau. Passeiertal. Ultental. Und dazu sämtliche Seitentäler. Halb Südtirol also. Nicht gerade einfach abzugrasen, aber es war zu schaffen.

Er erhob sich.

»Gehen Sie?«

Schon komisch, dachte der Mann des Vertrauens, als er dem Frettchen die Hand schüttelte, dass ein derart kluger Mensch ein so wichtiges Detail übersah. Indem er Herrn Wegener Steine in den Weg legte, hatte Lorenz Gasser die Pläne des Konsortiums behindert.

Der Mann des Vertrauens schüttelte die Hand eines Toten.

61.

Am Ziel.

Mit einem Ruck kam der Postbus zum Stehen. Simon Keller, der bereits aufgestanden war und sich an die Tür gestellt hatte, musste sich festhalten, um nicht zu stürzen.

Sein Knie sandte heftige Schmerzen durch den ganzen Körper, was ihn mit den Zähnen knirschen ließ. Der Fahrer warf ihm einen provozierenden Blick aus dem Rückspiegel zu – sollte er doch ruhig seinen Fahrstil kritisieren. Der Baur stieg aus.

An der Haltestelle standen Leute: manche, um jemanden abzuholen, andere zum Verabschieden.

Simon Keller atmete die eisige Luft ein und setzte sich auf die Stufen zur Kirche. Er kaute den letzten Rest des hart gewordenen Butterbrots und trank den letzten Schluck aus der Feldflasche.

Das Brot kam ihm wie Manna vor. Die im Hauseingang verbrachte Nacht hatte jedoch ihre Spuren hinterlassen. Das Knie forderte Schonung.

Er erhöhte die Dosis an Schlafmohnsamen.

Seit er im Café in Meran eine bestimmte Melodie gehört hatte, spukte sie ihm im Kopf herum.

Er summte sie, bis er die lauwarme Welle des Schlafmohns durch sein Blut fließen spürte. Er erhob sich und humpelte in Richtung Berge los. Nach wenigen Schritten, auf einem Platz zwischen einem Gemischtwarenladen und ein paar Wohnhäusern, gab sein Knie plötzlich nach.

Simon Keller fiel zu Boden.

Ein Kind steckte den Kopf zu einer Tür heraus, steckte den Finger in den Mund und machte die Tür sofort wieder zu.

Leise fluchend fuhr sich der Baur mit der behandschuhten Rechten über das Gesicht. Mühsam rappelte er sich hoch.

Das Kind kam wieder zur Tür heraus. Es trug einen

Schal und schwere Bergstiefel. Seine Jacke war nicht zugeknöpft.

Es sagte nichts, starrte ihn nur an.

»Du solltest wieder reingehen. Sonst erkältest du dich noch.«

Das Kind huschte zurück ins Haus.

Simon Keller schleppte sich bis zum Ortsausgang und schnallte seine Schneeschuhe an.

Noch ein wenig Schlafmohn.

Dann machte er sich auf den Weg.

62.

Gettoni.

Eine Nachricht.

Diesmal war kein Betteln, Jammern oder Drohen auf dem Anrufbeantworter. Es war nicht Herrn Wegeners Stimme, die der Mann des Vertrauens hörte, vielmehr forderte Carbone ihn auf, in der Villa anzurufen. Der Tonfall war dringlich, atemlos.

»Herr Wegener ist tot. Er wurde umgebracht.«

Das Telefon klingelte fünf Mal.

Ein Unbekannter nahm den Hörer ab.

»Capitano Carbone, bitte.«

»Wer spricht da?«

»Sofort.«

»Sagen Sie erst, wer Sie sind!«

»Carbone, bitte.«

Etwas an seinem Tonfall zwang den Mann am anderen Ende zum Gehorsam.

Schritte und Gepolter im Hintergrund.

Der Capitano, zögerlich.

»Sind Sie es?«

»Wann?«

»Er wurde vor einer halben Stunde gefunden. Ich dachte mir, ich verständige Sie besser.«

Der Mann des Vertrauens sah auf die Uhr.

Kurz vor vier. Er schätzte ab, wie viel Zeit er brauchen würde.

»Nichts anfassen!«

Dann legte er auf.

Er stieg ins Auto und fuhr los in Richtung Meran. Er schaltete die Scheinwerfer ein.

Es dämmerte bereits.

Erst kurze Zeit später fiel ihm ein, dass er den Telefonhörer nicht abgewischt hatte.

Ein betrüblicher Gedanke.

63.

Abenddämmerung.

Auf dem Erbhof.

Marlene hatte die Nacht, den Tag davor sowie die Nacht nach Simon Kellers Aufbruch in einem Zustand permanenter Angst verbracht. Sie hatte so gut wie nichts gegessen.

Geschlafen hatte sie immer nur kurz, zusammengekauert vor dem Fenster. In Wartestellung. Sie hatte die Schweine gefüttert (Lissy hatte sich allerdings nicht blicken lassen) und nachgedacht.

Über Klaus. Über den Funken Leben, den sie so deutlich in sich spürte.

Darüber, wie sie ihm von dem Wunder seiner Geburt erzählen würde, von dem Diebstahl und der nächtlichen Flucht.

Vor allem aber, wie sie ihm von dem dunkel gekleideten Mann erzählen würde, der mit bleichem Gesicht an der Türschwelle stand, den Reisesack von der Schulter gleiten ließ und lächelnd ein zerdrücktes Päckchen auf den Tisch stellte.

»Das ist für euch zwei.«

Ein Stück Sachertorte. Ein wenig zerquetscht, aber noch genießbar.

Marlene schossen die Tränen in die Augen.

»Sie schmeckt ganz gut. Ein wenig zu süß vielleicht«, sagte Simon Keller und setzte sich auf die Bank.

»Ich dachte schon, ich sehe Sie nie wieder!«

»Und weshalb nicht?«, erwiderte der Baur, während er seine Pfeife stopfte. »Er ist ein vernünftiger Mensch.«

Marlene blinzelte ungläubig.

»Vernünftig?«

»Wir haben miteinander geredet. Er hat alles verstanden. Er ist kein Unmensch. Er wünscht dir viel Glück in deinem neuen Leben.«

Marlene spürte, wie ihr die Knie weich wurden.

Sie sank auf den nächsten Stuhl.

»Ich hätte nie …«

»Das hättest du nie geglaubt?«

»Er …«

Simon Keller sah sie lange mit seinem durchdringenden Blick an.

»Oder *willst* du es nicht glauben?«

Damit hatte er den Nagel auf den Kopf getroffen.

Herr Wegener, jener Herr Wegener, den sie kannte, hätte nie jemandem eine zweite Chance gegeben. »Wenn ich jemandem eine zweite Chance gebe, kann ich mir auch gleich ins Knie schießen«, hatte er immer gesagt. Und doch saß Simon Keller ihr gegenüber und wirkte ganz lebendig. Er hatte Sachertorte mitgebracht. Wäre Herr Wegener nicht einverstanden gewesen, hätte jetzt Moritz vor ihr gestanden. Oder Georg. Oder Herr Wegener selbst. Mit einer Pistole, nicht mit einer Torte.

Es sei denn …

Marlene sah zu Simon Keller auf, der sie eindringlich musterte, während er an seiner Meerschaumpfeife zog.

Mord.

Wie der an Voter Luis.

Nein, kein Mord.

Gerechtigkeit.

Aber war es wirklich ein Akt der Gerechtigkeit gewesen, Herrn Wegener umzubringen?

»Wonach riecht es denn hier?«, fragte der Baur.

Marlene stand auf.

»Gerstensuppe. Ich hoffe, sie schmeckt.«

Sie war vorzüglich.

Als sie gegessen hatten, bereitete Marlene einen Aufguss

aus Schlafmohn zu. Dankbar nahm Simon Keller ihn entgegen. Während des Essens hatten sie die ganze Zeit herumgealbert und gelacht. Simon Keller hatte ihr von den Auslagen erzählt, von den Schaufensterpuppen mit den unsäglichen Kleidungsstücken, und Marlene hatte gemeinsam mit ihm über seine Naivität gelacht. Oder besser über seine Unschuld.

Mord. *Zwei* Morde.

Gerechtigkeit.

Rache.

Konnte ein unschuldiger Mensch schuldig werden? Auf diese Frage wusste die junge Frau keine Antwort. Denn schon die Frage war falsch formuliert. Simon Keller hatte die richtige gestellt: »Oder *willst* du es nicht glauben?«

Darin lag das Problem.

Entweder man hatte Vertrauen, oder man hatte es nicht.

Etwas dazwischen gab es nicht.

Marlene teilte den Kuchen in zwei Hälften, doch Simon Keller lehnte ab. Er begnügte sich mit einem Gläschen Branntwein, um seine Knochen aufzuwärmen. Ihr, der Schwangeren, bot er keinen an. Marlene hätte vielleicht ein Bier trinken dürfen, aber nur dunkles und nur während der Stillzeit. So stand es in einer der Bibeln der Vorväter. Wenn Frauen dunkles Bier tranken, kam mehr Milch.

Der Baur schien ganz aufgeregt und glücklich.

»Ich habe etwas Geld gespart. Nicht viel, aber ich kann es dir geben«, sagte er plötzlich.

»Das könnte ich niemals annehmen.«

»Es ist nicht für dich. Es ist für deinen Sohn!«

»Sie haben schon so viel für uns getan.«

»Ich verstehe ja, dass du nur ungern Geld annimmst.« Simon Keller zupfte an dem Hemd, das Marlene für ihn genäht hatte. »Sagen wir eben, es ist die Bezahlung dafür. Ich habe noch nie etwas so Schönes zum Anziehen besessen. Viel schöner als die Kleider in der Stadt. Ein Kind großzuziehen kostet eine Menge Geld. Die Kinder von heute sind auch anspruchsvoller. So ist es nun mal. Sie brauchen Spielzeug. Ein Federbett. Laken aus Baumwolle. Eine Wohnung mit elektrischem Licht und Heizung. Es ist nicht gesund, den Rauch aus dem Kamin einzuatmen. Und sie brauchen Bücher. Viele Bücher, Kinder müssen ganz viel lesen. Außerdem brauchen sie Medizin, und ...« – der Baur seufzte lächelnd –, »und alle diese Dinge kosten.«

Marlene legte sich die Hand auf den Bauch.

Noch sah man nichts, aber sie spürte es wachsen, jeden Tag ein Stückchen mehr.

Vielleicht, dachte sie, heißt du doch nicht Klaus.

»Simon«, sagte sie, »ist ein schöner Name.«

64.

In voller Montur im Bett.

Erschöpft, wie er war, hatte der Baur nicht mehr die Kraft gehabt, sich auszuziehen. Er hatte nur die Stiefel von den Füßen gestreift und den obersten Hemdknopf geöffnet.

Simon Keller lag auf dem Bett, unter der Decke. Die

Lider geschlossen, die Kiefer aufeinandergepresst. Allmählich tat der Schlafmohn seine Wirkung. Er spürte, wie sich die Muskeln entspannten.

Der Schmerz ließ nach.

Marlenes Worte hatten ihn zutiefst bewegt.

Im Dunkeln sah er das Gesicht ihres Sohnes vor sich. Ein Kind mit den blauen Augen der Mutter und dem fliehenden Kinn des Vaters. Und natürlich mit dem Leberfleck über der Oberlippe.

Simon Keller lächelte im Halbschlaf.

Der Leberfleck: Er erinnerte ihn an den Blutfleck auf Elisabeths Gesicht. Anfang und Ende des geheimnisvollen Zirkels, den sein Leben darstellte. Der mit dem Blut Elisabeths begann und mit dem von Herrn Wegener endete.

Dies bedeutete wohl: Erlösung.

Er stellte sich vor, wie er das Kind an der Hand führte. Ein hübscher, aufgeweckter Junge mit vielen Fragen, die beantwortet sein wollten. Warum schlafen die Murmeltiere so lange? Und was träumen sie den ganzen Winter über? Er stellte sich vor, wie er mit ihm Schlitten fuhr. Wie er ihm die Kräuter erklärte. Die Teufelskralle, die Borke der Weide, der Lärche.

Er würde zusehen, wie er sich im Schnee wälzte und Purzelbäume machte.

Würde Wolle kaufen und Stricken lernen, um ihm einen Schal zu schenken.

Simon Keller war kurz vorm Einschlafen.

Freilich, ein Kind konnte hier oben nicht leben. Zu kalt, zu einsam. Es würde krank werden. Außerdem mussten Kinder zur Schule gehen. Er selbst war nie auf einer

Schule gewesen, Voter Luis hatte ihm Lesen, Schreiben und Rechnen beigebracht, doch das waren andere Zeiten. Schulunterricht war unverzichtbar. Und die Kinder mussten lernen, mit anderen zusammen zu sein. Das Leben spielte sich heutzutage in der Stadt ab, mit den Ellbogen kämpfte man sich dort durch. Es war wichtig, sich daran zu gewöhnen. Vielleicht würde Marlenes Sohn eines Tages sogar die Universität besuchen. Würde seinen Doktor machen.

Wer weiß.

Der Bub würde ihn im Sommer besuchen kommen. Während der Ferien.

Warum nicht?

Die Luft im Sommer war klar, sie tat den Lungen gut. Der Smog in den Städten war schlecht für Kinder, er machte sie schwächlich. Wenn der Bub ein paar Wochen auf den Almwiesen verbrachte, würde er wieder zu Kräften kommen. Außerdem war es nachts nicht so stickig wie in der Stadt.

»Opa« hatte ihn das kleine Mädchen im Postbus genannt.

Opa Simon.

Das klang gut.

Ob der Kleine ihn auch so nennen würde?

Er würde ein paar Hühner kaufen und eine Milchkuh. Frische Eier zum Frühstück und Milch mit Zucker, damit er sich zu einem kräftigen Jungen entwickelte. Ja, das war eine gute Idee.

Er spürte Frieden in seinem Herzen.

Ein Gefühl, das ihm neu war.

Kurz bevor ihn die Dunkelheit wie eine sanfte Decke

umhüllte und er in den Schlaf hinüberglitt, hörte er die Stimme. Sie verspottete ihn.

Glaubst du wirklich, dass ein neues Kleidungsstück alles verändert?

65.

Die Villa war taghell erleuchtet.

Der Carabiniere an der Tür kam aus Süditalien und hatte sich immer noch nicht an die Kälte gewöhnt.

Seine Laune befand sich auf einem Tiefpunkt.

Inzwischen hätte der Capitano längst fertig sein müssen. Aber Carbone hatte die Gerichtsmedizin weggeschickt und sich in der Villa verschanzt, als wollte er sie nie wieder verlassen. Er müsse nachdenken, hatte er gesagt. Als der Staatsanwalt ihn bat, ihn seine Arbeit verrichten zu lassen, hatte er ihn wüst beschimpft. Fluchend hatte der Staatsanwalt daraufhin das Haus verlassen.

Der junge Carabiniere war nun schon seit einem Jahr für den Capitano tätig, und alles in allem war Carbone ein anständiger Dienstherr. Er verlangte von seinen Mitarbeitern nicht mehr als von sich selbst. Wenn Überstunden anfielen, übernahm er die Hauptlast der Arbeit und ging als Letzter nach Hause.

Es kursierten Gerüchte über den Capitano, es hieß, er stecke mit Gaunern unter einer Decke, und er selbst hatte tatsächlich ein paarmal seltsame Typen in sein Büro gehen sehen. Geheimdienstler. Doch der junge Carabiniere gab nichts auf diese Gerüchte. Außerdem erkundigte sich Carbone regelmäßig nach seinen Eltern und verweigerte ihm nie ein Urlaubsgesuch.

An diesem Abend schien der Capitano jedoch Angst zu haben.

Er hatte sinnlose Befehle gegeben.

Er hatte sogar den Staatsanwalt beschimpft und dann fortgejagt.

Das Auto hielt direkt vor ihm an, beinah hätte es ihn umgefahren. Der Carabiniere hatte ein paar Spritzer Schneematsch abbekommen und wollte schon protestieren. Der Mann, der aus dem Wagen stieg, sah aus wie ein Schauspieler. Einer aus Hollywood, dem jungen Carabiniere fiel der Name gerade nicht ein.

Irgendein berühmter.

66.

Der Gestank von kaltem Rauch.

Und, nicht sofort wahrnehmbar, von Blut.

Der Mann des Vertrauens betrachtete Herrn Wegeners Leiche, die auf dem Rücken am Boden lag. Ihn interessierte der Gesichtsausdruck. Furcht las er darin (doch wer empfand im Angesicht des Todes keine Furcht?), aber auch noch etwas anderes. Er dachte lange nach, während der junge Carabiniere mit bleichem Gesicht an der Tür stand und Carbone eine MS nach der anderen qualmte.

Der Mann des Vertrauens kniete sich neben die Leiche

auf den Boden, darauf bedacht, sich nicht mit geronnenem Blut zu beschmutzen. Herr Wegener hatte nicht einmal versucht, sich zu verteidigen. Die Pistole lag geladen und entsichert auf dem Bett. Er hätte reagieren können. Er hatte es nicht getan.

Der Mann des Vertrauens erhob sich. Er versuchte sich vorzustellen, wie sich alles zugetragen hatte.

Georg, der Leibwächter von Herrn Wegener, war im Garten ermordet worden. Die Carabinieri hatten die Leiche zusammengekauert unter den schneebedeckten Büschen gefunden. Er war nicht sofort tot gewesen, sondern war langsam verblutet. »Der Mörder hat sich nicht viel Zeit genommen«, hatte Capitano Carbone gesagt. Der Mann des Vertrauens sah das anders.

Georg war mit einem einzigen sauberen Schnitt durch die Kehle getötet worden. Die Klinge musste mindestens dreißig Zentimeter lang gewesen sein. Vielleicht ein Jagdmesser oder etwas in der Art. Der Mörder war nicht hastig vorgegangen, sondern sehr zielstrebig. Er war durch den Haupteingang hereingekommen, die Treppe hochgegangen und hatte sich direkt auf Herrn Wegeners Schlafzimmer zubewegt. Ein hochgewachsener Mann von massiger Statur. In der Blutpfütze war ein Fußabdruck zu sehen. Ein Bergstiefel Größe 45.

Kein Fuchs.

Kein Frettchen.

Etwas Größeres.

Der Mann des Vertrauens trat an eins der Regale. Er zog ein paar dicke Lexikonbände heraus und legte sie übereinander auf den Boden. Dann packte er den jungen

Carabiniere am Ellbogen und zwang ihn, sich in Armeslänge vor ihn hinzustellen.

Er stieg auf die drei Wälzer am Boden.

»Wie groß bist du?«

Der junge Carabiniere sah erst den Mann des Vertrauens an, dann Carbone.

Der Capitano gab ihm ein Zeichen zu antworten.

»Einen Meter fünfundsiebzig.«

Etwa so groß wie Herr Wegener.

Der Mann des Vertrauens legte noch zwei Bände auf den Stapel und stieg erneut hinauf.

Jetzt überragte er den Carabiniere um einiges. Er zog ihm einen Kugelschreiber aus der Brusttasche seiner Uniform und fuhr ihm mit der Spitze rasch über die Kehle. Der Carabiniere wich zurück.

»Stehen bleiben.«

»Sie …«

»Tu, was ich sage.«

Der Carabiniere nahm wieder seine Position ein.

Der Mann des Vertrauens nahm einen weiteren Band und wiederholte den Vorgang. Der junge Carabiniere hielt den Atem an, als er spürte, wie die Spitze des Kugelschreibers seinen Adamsapfel streifte.

»Danke. Du kannst gehen.«

Der Carabiniere verließ erleichtert den Raum.

»Unsere Freundin«, sagte der Mann des Vertrauens, »ist kein Hirschkalb. Sie ist eine Füchsin mit vielen Freunden: einem Frettchen und jetzt … Das hier ist ein anderes Tier.«

Carbone musterte die gedankenverlorene Miene seines Gegenübers.

»Was wollen Sie damit sagen?«

»Ein Wolf. Ich glaube, es ist ein Wolf.«

Der Capitano wich einen Schritt zurück.

»Sehen Sie denn nicht, dass ihm die Kehle durchgeschnitten wurde? Sie glauben ja wohl nicht, dass ein Wolf ...«

Der Mann des Vertrauens lächelte.

»In Südtirol gibt es keine Wölfe, ich weiß.«

»Und Sie wissen auch, dass Wölfe niemandem mit einem Messer die Kehle aufschlitzen.«

»Aber das hier ist ein besonderer Wolf. Einen Meter neunzig, schätze ich. Kräftig. Mit sicherer Hand. Der Schnitt ist ganz sauber. Kein Überlegen, kein Zögern. Eine unwiderrufliche Geste.«

»Vielleicht ein Mann aus dem Konsortium«, flüsterte Carbone.

»Und weshalb hat er ihn dann nicht einfach erschossen?«

Carbone zuckte mit den Achseln.

»Seltsame Geschichte, nicht wahr?«

»Warum hat Wegener sich nicht gewehrt?«

»Er hat ihn überrascht.«

Der Mann des Vertrauens deutete auf den Abstand zwischen Leiche und Tür.

»Sechs Meter. Die Pistole war geladen und entsichert. Selbst wenn der Mörder gerannt wäre, hätte er genügend Zeit gehabt, ihn mit Kugeln zu durchsieben.«

Carbone zündete sich die x-te Zigarette an und schüttelte den Kopf.

»Das ergibt alles keinen Sinn.«

»Haben Sie ihn sich genau angesehen?«

»Ich war drei Stunden hier drin«, erwiderte der Capitano entrüstet, »bis Sie sich endlich entschlossen haben, hier aufzukreuzen.«

»Schauen Sie ihm in die Augen. Was sehen Sie?«

»Angst. Den Tod. Nichts. Was soll man in den Augen einer Leiche schon erkennen?«

»Erleichterung. Wegener hat auf den Tod gewartet.«

Der Capitano zuckte zusammen.

»Glauben Sie, er hat den Mörder gekannt?«

»Nicht den Mörder. Den Tod.«

»Das ergibt keinen Sinn. Wegener war ein Drecksack, und glauben Sie mir, ich bin nicht der Einzige, der ihm keine Träne nachweint.«

Der Mann des Vertrauens drückte ihm mit zwei Fingern gegen die Brust.

»Mich und diesen Mann verband etwas, verstehen Sie? Es war ein starkes Band. In meiner Gegenwart sind Ihre Worte unangebracht.«

Carbone fiel die Zigarette aus der Hand.

Der Mann des Vertrauens war aufgebracht. Die Adern an seinem Hals traten hervor, sein Gesicht war bleich und angespannt.

Meine Güte, dachte der Capitano, er benimmt sich, als wäre ein Freund von ihm gestorben.

»Von jetzt ab«, zischte der Mann des Vertrauens, »berichten Sie an mich. Verstanden?«

Der Capitano hatte fünf Schießereien miterlebt. Einmal hatte ihn ein Streifschuss erwischt. Er hatte Schuldige und Unschuldige verprügelt. Er hatte Staatsanwälte und sein

Gewissen belogen. Doch noch nie hatte er einen derartigen Schrecken gespürt.

»Selbstverständlich.«

»Marlene ist noch hier. Irgendwo. Ich weiß es. Und sie hat Angst.«

»Woher wissen Sie das?«

»Sie hat zugeschlagen, und das heißt, sie hat Angst. Sie hat Angst, und das heißt, sie weiß, dass man sie finden kann. Sie ist irgendwo hier in der Nähe.«

»Wo?«

»Ums Wo geht es nicht. Es geht immer nur ums Wann, glauben Sie mir.«

67.

Eine Woche.

Sieben Tage.

Das Haus in Ordnung halten, Kleidungsstücke für Simon Keller nähen, die Mahlzeiten zubereiten, die Schweine füttern. Atmen. Es war, als hätte Marlene bislang immer Atemnot gehabt. Und das lag nicht nur an der Bergluft, das lag auch an den Worten des Baurn.

Zum ersten Mal in ihrem Leben dachte Marlene nicht an die Vergangenheit und bekümmerte sich nicht um die Zukunft. Sie lebte in der Gegenwart, im Hier und Jetzt. Ihre größte Sorge war, die richtige Futtermischung für die Schweine zusammenzustellen, das Holz für die Stube hereinzutragen und für Simon Keller Kräuteraufgüsse zu brauen, die seine Schmerzen linderten. Darauf zu achten, dass er sich schonte. Ihn freundlich auszuschimpfen, wenn er auf die Jagd ging. Wenn der Baur wieder bei vollen Kräften war, so hatte sie überlegt, würde sie ihn bitten, sie ins Dorf zu begleiten, wo sie sich von ihm verabschieden würde (freilich nicht für immer), um dann zu sehen, was das Schicksal für sie bereithielt.

Marlene war nicht dumm. Sie wusste, dass Simon Keller sie angelogen hatte. Der Baur hatte Herrn Wegener umgebracht. Nur aus diesem Grund waren sie beide, nein: alle drei, noch am Leben.

Gott allein wusste, was in der Stadt gerade vor sich ging. Sie sah Carabinieri und Polizisten vor sich, die auf den Tod ihres Mannes anstießen und die Ermittlungen in diesem Mordfall auf das gesetzlich vorgeschriebene Minimum beschränkten. Herr Wegener war verhasst, und verhassten Menschen widerfährt selten Gerechtigkeit. Sie sah Georg und Moritz vor sich, wie sie sich in der Villa an der Passer das Gold und die Wertgegenstände unter den Nagel rissen, um sie auf dem Schwarzmarkt zu verkaufen. Und sich neue Arbeitgeber suchten, denen sie sich mit ihrer Gewaltbereitschaft andienen konnten.

Die Autos würden versteigert werden. Die Villa verkauft. Und auch die Schneiderei.

Gabriel?

Sie hoffte, dass es ihm gut ging. Sie verdankte ihm so viel. Sie mochte ihn.

Herr Wegener war gestorben, wie er gelebt hatte. Gewaltsam. Außerdem hatte Simon Keller durch seine Tat nicht nur sie und ihr Kind gerettet. Er hatte verhindert, dass ihrem Mann noch wer weiß wie viele weitere Menschen zum Opfer fielen. Eine verrückte Tat?

Nein.

Eine gerechte.

Das sagte sie sich jeden Tag. Es war kein Mord, es war Gerechtigkeit. Es war nicht falsch, es war gerecht.

Und Marlene war es leid, sich ständig im Unrecht zu fühlen.

Daher war sie die ganze Woche über glücklich.

68.

Ganz im Gegensatz zu Simon Keller.

Es ging ihm schlecht.

Sehr schlecht.

Doch er tat alles, damit Marlene es nicht bemerkte. Er scherzte, freute sich wortreich über die Sonne vor dem Fenster, stand reglos wie ein Kleiderständer, während ihm die junge Frau mit den blauen Augen (und dem Leberfleck über der Oberlippe) an Hals, Brust und Armen Maß nahm, um ihm neue Hemden zu nähen. Später, wenn ihn dunkle Gedanken bestürmten und ihn das Theaterspielen noch mehr quälte als sein wundes Knie, rauchte er mit seligem Gesichtsausdruck seine Meerschaumpfeife und lobte die junge Köchin für das Abendessen.

Doch das war alles nur Theater.

Unablässig hörte Simon Keller die Stimme. Immer dringlicher. Im Dunkeln war die Stimme so laut, dass sie jeden Gedanken erstickte. Er lag zusammengekauert im Bett, zitterte und hatte die Hände auf die Ohren gepresst. Wenn die Stimme in seinen Ohren dröhnte, biss der Baur auf seinen Gürtel, um nicht laut zu schreien. Er wollte nicht, dass Marlene ihn hörte.

Die Stimme beleidigte ihn. Dann wieder schmeichelte sie ihm.

Drohte ihm.

Flüsterte.

Sie wollte natürlich etwas. Ständig verlangte sie ein und dasselbe.

Blut.

Es sei seine Pflicht, wiederholte die Stimme. Zu töten. Die Stimme sagte es nie so eindeutig, aber Simon Keller wusste genau, welches Leben da geopfert werden sollte.

Marlene. Und der Sohn, den sie unter dem Herzen trug.

Das würde nie geschehen. Nie würde er das tun. Er hätte es gar nicht gekonnt. Es war nicht richtig. Er *wollte* nicht. Er hatte Herrn Wegeners Blut vergossen, und der Kreis hatte sich geschlossen.

Mit einem Mal hatte er Pläne. Hoffnungen.

Die Stimme bedrängte ihn.

In den angstvollen Nächten jener Woche klammerte Simon Keller sich an das Bild des Knaben mit Marlenes blauen Augen und dem Kinn des Vaters. Er wollte ihn aufwachsen sehen. Gesund, kräftig, stark. Ihm die Kräuter erklären. Einen Schlitten für ihn bauen. Ihm die Sterne am Himmel zeigen. Ihn trösten, dass das Leben aus traurigen und rätselhaften Ereignissen bestand, aber auch Wunder und Überraschendes bereithielt.

Er wollte »Opa Simon« gerufen werden.

Doch die Stimme war unerbittlich wie eine Lawine bei Tauwetter. Als Simon zwischen den Forderungen der Stimme und seiner Wunschvorstellung von einem friedlichen Leben für Marlene aufgerieben wurde, rang er sich zu einem Kompromiss durch.

Er würde seine Flinte nehmen und in den Wald gehen. Würde für die Stimme jagen. Würde Tiere töten.

Blut für Blut. Leben gegen Leben. Wie es geschrieben stand.

Er tötete viel mehr Wild als er brauchte und fühlte sich schuldig, aber er klammerte sich an die Wahnvorstellung, dass diese Opfer nötig waren.

Drei Tage zuvor war er, die Jagdtasche noch leer, unerbittlich getrieben von jener Stimme, auf den Gipfel eines Berges gestiegen, und dort, wenige Minuten nach Sonnenuntergang, hatte er, vor Angst und Kälte zitternd (was würde passieren, wenn er mit leeren Händen heimkam?), im letzten Tageslicht einen Steinbock erspäht. Er hatte auf ihn geschossen, und das Tier war vom Kamm gestürzt. Er hatte es dort liegen lassen. Es war zu kalt, um es zu holen. Doch zumindest war an jenem Tag Blut geflossen.

Marlene gegenüber betonte er, eine werdende Mutter brauche Fleisch.

Er sagte es auch zu sich selbst, tagsüber. Um sich zu beruhigen. Um sich zu vergewissern, dass er nicht zu einem Untier geworden war. Es war richtig so, sagte er sich. Er redete sich ein, dass er aus eigenem Antrieb jagte und nicht, weil die Stimme ihn dazu zwang. Eine Schwangere brauchte frisches Fleisch, damit sie ein gesundes, kräftiges Kind zur Welt bringen konnte. Und Obst und Gemüse – deshalb würde er bei nächster Gelegenheit runter ins Dorf gehen, um es zu besorgen.

Doch er schob den Besuch im Dorf vor sich her, denn an diesem Tag hätte er nicht auf die Jagd gehen können.

Der Kompromiss, eigentlich ein Handel – Tierblut gegen das Blut einer Frau. Wenn er das nicht getan hätte ... wären die Folgen entsetzlich gewesen.

Er musste sie beschützen. Er war nicht mehr der schmächtige Siml, der die Hand des Vaters nicht aufhalten konnte. Er war ein Mann. Stark. Die Vergangenheit würde sich nicht wiederholen.

Und so ging er auf die Jagd. Blut gegen Blut.

Leben gegen Leben.

Und siehe da, die Stimme schwieg.

Eine Zeit lang.

69.

Die Bar.

Capitano Carbone hatte eine Nachricht hinterlassen, und zwei Stunden später trafen sie sich im Café auf dem Vorplatz des Busbahnhofs.

Es war ruhig dort, nur wenig Betrieb, dezente Musik. Ein paar kleine Tische und eine Vitrine voller Kuchen. Der Besitzer, ein Fettwanst mit Säufernase, unterhielt sich leise mit Carbone. Der Fettwanst blickte gleichgültig drein, der Capitano dagegen war die Liebenswürdigkeit in Person.

Der Mann des Vertrauens klopfte mit den Knöcheln gegen das Schaufenster, sie sollten beide zu ihm nach draußen kommen. Man konnte gar nicht vorsichtig genug sein.

Der Fettwanst, trotz der Kälte in kurzen Hemdsärmeln, musterte ihn mit vor der Brust verschränkten Armen. Der Mann des Vertrauens stellte sich nicht vor. Carbone tat es für ihn.

Einer, auf den man sich verlassen kann.

Ein Freund.

»Wiederholen Sie noch einmal, was Sie mir gerade erzählt haben.«

Der Fettwanst ließ sich das nicht zweimal sagen.

»Er war groß. Ich bin eins achtzig, aber der Kerl war einen Kopf größer als ich. Alt, mindestens sechzig. Sah aber vermutlich älter aus, als er war. Ich kriege hier ja viele Leute zu sehen, und der kam aus den Bergen, das können Sie mir glauben. Ein Hungerleider.«

»Von wem reden wir?«

»Von deiner fixen Idee«, erwiderte Carbone.

Der Mann des Vertrauens hatte ihm befohlen, ihn über alle ungewöhnlichen Ereignisse am Tag des Mordfalls zu unterrichten. Selbst wenn etwas noch so unwichtig erschien.

Was der Fettwanst berichtete, war nicht die einzige seltsame Begebenheit. Schier unglaublich, wie viel Sonderbares sich in einem derart verschlafenen Nest zutragen konnte.

Carbone ging jeder Spur nach. Kaum informierten ihn seine Leute über einen Diebstahl, über eine Anzeige oder einen Streit unter Betrunkenen, stürzte er an den Ort des

Geschehens und stellte Fragen. Der Mann des Vertrauens tat dasselbe.

Bislang war noch nichts herausgekommen, aber man brauchte Geduld.

»Er hat *gequiekt*, Herrgott noch mal. Wie ein Schwein.«

Seine Aufmerksamkeit wurde geweckt.

»Wer?«

Der Fettwanst prustete entrüstet.

»Hören Sie mir eigentlich zu, oder sind Sie taub?«

Der Mann des Vertrauens lächelte.

Der Fettwanst wurde bleich.

»Nichts für ungut.«

»Ein hochgewachsener Mann, haben Sie gesagt. Ein Meter neunzig? Kommt das hin?«

»Kann sein.«

»Und er hat Ihnen Angst eingejagt.«

»Ganz genau.«

Der Mann des Vertrauens zog eine Augenbraue hoch. Der Barbesitzer hatte einen Bizeps wie eine Schinkenkeule und schien ein ziemlicher Krawallbruder zu sein.

»Ein alter Mann. Sie haben sich vor einem alten Mann gefürchtet.«

»Der hätte auch Sie zu Hackfleisch verarbeitet.«

»Das bezweifle ich.«

Der Fettwanst wollte etwas erwidern, doch Carbone hinderte ihn daran, indem er ihn am Ellbogen festhielt.

»Erzählen Sie noch mal von Anfang an. In aller Ruhe.«

Der schwarz gekleidete Alte habe sich an einen der Tische gesetzt. An den da. Der Kellner habe sofort begriffen, dass der Mann nicht ganz dicht sei. Er habe Brot und

Speck aus der Tasche geholt und angefangen zu essen. Aus einer Art Reisesack, wie ihn Seeleute haben. Nein, kein Rucksack. Eine Art Tasche, ein Reisesack.

»Bitte erzählen Sie weiter.«

Der Fettwanst kam in Fahrt.

Sie befänden sich hier in einem Café und nicht in der Kantine von irgendeinem Alters- oder Pennerheim. Er solle sich also schleichen, habe der Kellner zu dem Mann gesagt. Doch nichts zu machen. Ja, vielleicht habe er auch ein wenig Bammel bekommen. Nein, ganz bestimmt habe er Bammel bekommen, einen gehörigen sogar. Denn er sei ganz aufgeregt ins Café gekommen und habe ihm zugerufen, das Gewehr hervorzuholen. Das er immer unterm Tresen verstecke.

»Ein Gewehr?«

Eine reine Vorsichtsmaßnahme. Es seien schließlich eine Menge Irrer unterwegs. Nein, er habe es nicht hervorgeholt. Es sei nur nicht klar gewesen, wie verrückt er tatsächlich gewesen sei. Er habe ein Messer mit einer langen Klinge dabeigehabt. Mindestens dreißig Zentimeter. Ein Jagdmesser. Nein, er habe niemanden damit bedroht. Er habe es nur auf den Tisch gelegt.

Der Besitzer des Cafés erzählte, der Mann des Vertrauens nickte.

Alles passte zusammen. Der Busbahnhof.

Der Wolf.

Ein Alter, der einem Angst machte.

Als er alles in Erfahrung gebracht hatte, was er wissen wollte, ließ er Carbone und den Cafébesitzer stehen und ging grußlos auf den Busbahnhof zu.

Auf der Anzeigetafel standen für die Uhrzeit, die der Cafébesitzer angegeben hatte, nur wenige Verbindungen. Alle kamen aus westlicher Richtung. Ein gutes Zeichen.

Der Capitano hatte ihn wieder eingeholt.

»Und, was denken Sie?«

»Das Bild wird immer klarer.«

»Das habe ich auch gedacht.«

Der Mann des Vertrauens legte neugierig den Kopf auf die Seite.

»Tatsächlich?«

»Das ist kein Profi. Ein Profi hinterlässt keine Spuren. Haben Sie schon mal von einem Killer gehört, der sich mit so einem Typen ein Wortgefecht liefert?«

»Ein Punkt für mich. Sie haben von einem Auftragsmörder gesprochen.«

Carbone nickte.

»Stimmt. Sie hatten recht. Und er könnte weitere Spuren hinterlassen haben. Außerdem, wenn er den Postbus nimmt, hat er vermutlich kein Auto.«

»Einer aus den Bergen.«

»Und was sagt uns das?«

Der Mann des Vertrauens ließ sich nicht aus der Ruhe bringen.

»Dass Marlene sich verfahren hat. Oder ihren Plan im letzten Moment geändert hat. Das wäre eine Möglichkeit. Vielleicht ist die Geschichte mit der Klinik auch nur Tarnung.«

»Bingo!«

»In einem Punkt bin ich allerdings nicht Ihrer Meinung.«

»Und zwar?«

Der Mann des Vertrauens atmete tief ein, die Luft stank nach Abgasen.

»Ich glaube, es ist ein Profi, aber kein Killer. Ich glaube, er kennt sich aus mit dem Tod. Sehen Sie, was unser Freund im Bahnhofscafé da erzählt hat, stimmt mit der Wirklichkeit überein. Der Wolf hat nicht angegriffen, er hat nur die Zähne gefletscht.«

Carbone zündete sich eine MS an.

»Er hat gegrunzt. Das ist ein Verrückter.«

»Schweine sind ziemliche Bestien. Aber sie sind klug.«

»Sie sprechen in Rätseln.«

»Er hat die Zähne gefletscht, weil der Tod für ihn eine vertraute Sache ist.«

»Gewalt ist für ihn kein Fremdwort.«

»Um Gewalt geht es nicht. Erinnern Sie sich? Ein sauberer, gezielter Schnitt. Es geht um den Tod.«

»Ist das nicht ein und dasselbe, Gewalt und Tod?«

Der Mann des Vertrauens legte ihm die Hand auf die Schulter.

»Bleiben Sie bei der Gewalt, Carbone. Und überlassen Sie den Tod Leuten wie mir.«

Er entfernte sich ein paar Schritte.

Carbone warf die gerade angezündete Zigarette zu Boden und holte ihn ein, die Hände in die Taschen seines Mantels vergraben.

»Wie geht es weiter? Soll ich weitersuchen?«

»Vergessen Sie die Geschichte.«

»Und Sie?«

»Ich höre mich ein bisschen um. Ich mache mir leicht Freunde, wissen Sie?«

Sie waren bei Carbones Wagen angelangt.

»Und wir, sind wir Freunde?«

Der Mann des Vertrauens sah ihm ins Gesicht.

»Möchten Sie das?«

»Ich möchte ruhig schlafen können.«

»Wer möchte das nicht, Carbone.«

Der Capitano wusste nicht, was er darauf erwidern sollte. Er öffnete die Wagentür.

Der Mann des Vertrauens schlug seinen Mantelkragen hoch.

»Beste Grüße an die Frau Gemahlin.«

70.

Ein perfekter Kreis.

Simon Keller zeichnete ihn mit dem Finger in den Schnee, während er hinter einem Felsvorsprung darauf wartete, dass irgendein Tier in seine Falle tappte.

Die Welt steckte voller Rätsel. Alle hatten die Form eines perfekten Kreises. Das war eine der ersten Lektionen, die Voter Luis ihm als kleinem Jungen erteilt hatte.

Wie schaffen es die Murmeltiere, monatelang zu schlafen, ohne von der Welt der Träume aufgesaugt zu werden? Was atmen die Sterne ein, um so hell erstrahlen zu können? Wie gelingt es der Erde, nach monatelanger Gefangenschaft im Eis alles zum Blühen zu bringen?

Rätsel über Rätsel.

Und doch explodierte das Grün in jedem Frühjahr, kam

das Murmeltier wieder aus seinem Bau und funkelten die Sterne mehr als zuvor. Immer und immer wieder.

Wunder über Wunder.

Die Welt war ein rätselhafter, wundersamer Ort, und die Form des Rätsels war der Kreis. Auch Lissys Wiedergeburten waren Kreise. Die Jahreszeiten wechselten sich ab, die Zeiten änderten sich, nur Lissy blieb immer dieselbe. Die erste Lissy hatte ein weibliches Ferkel geboren, das etwas dunkler und größer als sie selbst war. Die erste Lissy war tot. Mit der neuen Lissy war ein neuer Kreis entstanden. Schwache und kränkliche Schweine, bis auf den letzten Wurf. In diesem gab es wieder ein weibliches Ferkel. Es war dunkler, größer und hungriger als die anderen.

Eine perfekte Spirale.

Die erste Lissy hatte nur ein einziges Opfer gefordert. Voter Luis. Die zweite ein weiteres. Einen halb erfrorenen Wanderer, den Simon getötet hatte, als er vom Dorf zurückkam. Fast ein Akt der Gnade, hatte er sich damals gesagt.

Die dritte Lissy, die erste, der anstelle der Zähne richtige Hauer wuchsen, hatte drei Opfer gefordert. Zwei Wilderer, die Simon Keller im Schlaf überrascht hatte, Anfang Mai war das, und eine Frau im Herbst desselben Jahres. Sie zu töten war schwierig gewesen, sie hatte ihn um ihr Leben angefleht, und er hatte versucht, ihr zu erklären, weshalb er sie töten musste. Als er ihr von der Stimme in seinem Kopf erzählte, hatte die Frau aufgehört zu schreien und hatte einen vergeblichen Fluchtversuch unternommen.

Er konnte sich noch an seine Angst erinnern, als eines Tages ein Carabiniere in Tarnuniform an seine Tür klopfte und ihm ein Foto der Frau zeigte. Gertrud Kofler hieß sie. Sie habe sich wohl beim Pilzesammeln verlaufen, ob er sie gesehen habe? Die Stimme hatte ihm offenbar eine plausible Antwort eingeflüstert. Der Carabiniere hatte nur noch gefragt, ob er seine Wasserflasche auffüllen dürfe, und dann hatte Simon ihn nie wiedergesehen. Monatelang hatte er gezittert, und seitdem gab es immer eine Gertrud im Schweinestall unter dem Erbhof. Gertrud, die Flüchtige.

Die vierte Wiedergeburt von Lissy hatte zwei Opfer gefordert. Die fünfte wieder drei. Zwei davon hatten versucht, sich zu widersetzen. Die sechste, die Mutter jener Lissy, die Marlene kennengelernt hatte, kam zwar ohne Hauer zur Welt, war aber die erste, der oben auf dem Kopf jener schlohweiße Flaum wuchs, genau zwischen den Ohren. Sie hatte nur ein einziges Opfer gefordert, einen Arzt, der sich verirrt und an die Tür des Bauernhauses geklopft hatte. Er bat zwar um Hilfe, aber die Unordnung in der Stube hatte ihn sichtlich angewidert.

Ihn zu töten war ein Vergnügen gewesen.

In der Zwischenzeit hatte ihn die Stimme viele Arten gelehrt, die Ermittler zu täuschen. So konnte man etwa ein Kleidungsstück von einem Toten in einem weit entfernten Tal platzieren. Oder man legte ein Stück bleidurchsiebtes Fleisch aus, das die Spürhunde dann fanden, und alle dachten, hier sei eine offene Rechnung beglichen worden. Simon Keller hatte sich keine Sorgen mehr gemacht, entdeckt zu werden.

Jene Lissy, die Marlene kennengelernt hatte, war die siebte Wiedergeburt. Es war auch das erste Schwein mit zwei weißen Strichen unterm Auge. Das dunkelste, fetteste und hungrigste von allen. Bislang hatte sie neunzehn Opfer gefordert. Noch drei Jahre, und auch ihr Lebenskreis würde sich schließen. Lissy hatte Hunger.

Ständig.

Es raschelte im Dickicht.

Die Flinte im Anschlag, zielte Simon Keller auf den duftenden Heuballen in der Mitte der Lichtung. Seine Falle.

Ein Damhirsch steckte den Kopf aus dem Gestrüpp und nahm zögerlich Witterung auf. Simon Keller legte den Finger auf den Abzug.

Der Damhirsch, eine wunderschöne Hirschkuh, trat an den Heuballen heran. Ihre Nüstern bebten.

Die Hirschkuh rupfte mit dem Maul etwas Heu heraus, die Muskeln ihrer Beine zuckten in ständiger Fluchtbereitschaft. Ein zweiter, dann noch ein dritter Happen.

Der Atem des Tieres stieg in kleinen blauen Wolken auf.

Simon Keller schoss.

Die Hirschkuh machte einen Satz zur Seite, erst durch den Knall erschreckt, dann überrascht von dem plötzlichen Schmerz in ihrer Brust. Eine letzte Wolke. Das Herz hörte auf zu schlagen. Sie war bereits tot, als sie seitlich in den Schnee fiel.

Simon Keller lehnte das Gewehr an einen Felsblock, zog sein Jagdmesser heraus und stieg den Abhang hinab. Vorsichtig, denn das Knie tat ihm weh.

Die Jagd war keine saubere Angelegenheit und schon gar kein Sport. Man musste das Tier so bald wie möglich ausweiden, um zu verhindern, dass das Fleisch von den Körperflüssigkeiten vergiftet wurde.

Als sich Simon Keller langsam der Stelle näherte, an der der Kadaver lag, musste er wieder daran denken, dass die Welt doch wirklich ein rätselhafter Ort war.

Wie konnte es sein, dass die Hirschkuh, die hier in ihrem eigenen Blut lag, den Kopf hob und ihn aus wenigen Metern Entfernung ansah, obwohl seine Kugel sie doch direkt ins Herz getroffen hatte?

Wie konnte es sein, dass die Hirschkuh zu sprechen begann, als wäre sie ein Mensch?

Doch es war nicht die Hirschkuh, die er da in der (kreisförmigen) Lichtung sah. Die kleine Elisabeth drückte sich an den Heuballen. Die Hände auf den Bauch gepresst.

Das Kleidchen vor Blut triefend.

Die süße kleine Elisabeth sah ihn mit ihren weit aufgerissenen Augen an, verständnislos und erstaunt.

»Warum? Warum tust du mir das an?«

Simon Keller ließ das Jagdmesser fallen.

»Warum? Warum willst du mich umbringen?«

Simon Keller rieb sich die Augen. So fest, dass er Sterne sah. Dann machte er die Augen wieder auf. Entsetzt sah er, dass Elisabeth noch immer da war.

Sie schaute ihn an und rief: »Warum? Warum willst du mir wehtun?«

Der Baur trat näher.

»Ich habe Hunger, Simon«, quengelte das Kind.

Simon Keller blickte auf das kleine Mädchen mit dem blutverschmierten Kleid, sah die blauen Flammen in seinen Augen, und sein Entsetzen war wie verflogen.

Er musste an damals denken, als Voter Luis das Messer ergriffen hatte, um Elisabeth zu töten. Und dann begriff er.

Die Stimme.

Es war Lissys Stimme, die ihn sein ganzes Leben lang begleitet hatte. Es war immer nur sie gewesen. Sie war nicht da oben, an Muttis Seite. Sie war immer bei ihm gewesen. Sie hatte ihn nie verlassen.

Und er war nie allein gewesen.

»Lieber, lieber Siml«, murmelte das Mädchen. »Kleiner Siml ...«

Simon Keller schossen die Tränen in die Augen. Er kniete sich in den Schnee. Nahm sie in die Arme. Elisabeths Haare dufteten nach Heu und Sonne. Und nach Blut.

Simon Keller wiegte sie in den Armen.

»Ich habe so einen Hunger, Siml ... Warum gibst du mir nichts zu essen?«

Der Baur streichelte ihr die Haare, dann hielt er sie auf Armeslänge von sich und wollte antworten.

Als er hinter sich ein Geräusch hörte, drehte er sich ruckartig um.

Er lächelte.

Ja, das Universum war wirklich ein rätselhafter Ort.

71.

Er hieß Alex und war Wilderer.

Er war noch keine dreißig und hatte noch nie eine Arbeit abgelehnt. Ihn scherte es nicht weiter, sich die Hände schmutzig zu machen.

Er war nicht dumm. Alex wusste, was er wollte.

Neben der Wilderei war auch der Schmuggel eine gute Methode, um ein paar Groschen zusammenzukratzen, seit der Besitzer des Sägewerks ihn entlassen hatte. Natürlich war die Arbeit im Sägewerk etwas ganz anderes gewesen: feste Arbeitszeiten, eine Routinetätigkeit, so bequem wie ein Paar alter Pantoffeln. Man machte mal einen Scherz, lachte miteinander.

Als man ihnen kündigte, hatten die drei Kollegen geweint und geflucht. Einer von ihnen hatte sich an die Gewerkschaft gewandt. Alex hatte begriffen, dass es sich um einen aussichtslosen Kampf handelte, und den Mut trotzdem nicht verloren. Er war stark und hatte keine Angst vor harter Arbeit.

Außerdem war er im Gegensatz zu seinen Kollegen Junggeselle und hatte keine hungrigen Mäuler zu stopfen.

Er hatte sich auf die Suche nach einer neuen Arbeitsstelle gemacht.

Im letzten Sommer hatte er einen Riesendusel gehabt, kein Zweifel. Heumahd, Dachdecken. Immer an der frischen Luft, gesund war das. Am besten aber hatte ihm die Arbeit auf dem Markt im vergangenen Monat gefallen. Ständig Gelegenheit, mit Leuten zu reden und den Mädchen auf die Beine zu gucken.

Doch jetzt im Winter war es hart für ihn.

Keine Saisonarbeit und keine Arbeit im Warmen. Seine Ersparnisse waren fast völlig zusammengeschrumpft. Und so hatte er damit begonnen, in einem Rucksack Zigaretten von der einen auf die andere Seite der Grenze zu schmuggeln und sich als Wilderer zu verdingen. Die Restaurantbesitzer scherte es wenig, woher dieser oder jener Hirsch stammte. Was sie interessierte, war, dass sie Fleisch zu vernünftigen Preisen bekamen, und Alex ließ immer mit sich handeln.

Auch die Jagd selbst gefiel ihm. Abgesehen von den eisigen Temperaturen. Manchmal war es so kalt, dass ihm die Tränen kamen. Aber das ging vorbei. Irgendwann wurde es wieder Frühling, und dann würde er wieder auf dem Markt arbeiten. Hübsche Mädchen, gute Witze, leckeres Essen.

Alex war der Spur eines Damhirschs bis in die hohen Lagen gefolgt. Eine große, prächtige Hirschkuh. Dasselbe Tier, das dieser Alte in Schwarz mit einem einzigen Schuss aus hundert, hundertfünfzig Meter Entfernung getötet hatte. Erstaunlich.

Alex kam näher, um den Alten zu beglückwünschen, aber auch um einen kleinen Schwatz zu halten. Seit Stunden war er allein unterwegs. Er hatte schon die Hand auf die Flasche Trester gelegt, zu dem er den Mann einladen wollte, als er Zeuge einer ungewöhnlichen Szene wurde.

Der alte Mann umarmte die Hirschkuh. Besudelte sich den dunklen Mantel mit dem Blut des Tieres.

Er wiegte es in den Armen und murmelte irgendetwas dabei.

»Grüß Gott!«, sagte Alex und trat aus dem Dickicht.

Der alte Mann drehte sich zu ihm um.

Er hatte helle Augen, war bleich und weinte.

»Weiches Herz, was?«, sagte Alex augenzwinkernd.

Er hielt die Flasche Trester hoch.

»War nicht so gemeint. Passiert mir auch. Tut mir immer leid für die armen Viecher. Aber irgendwie muss man sich ja über die Runden bringen. Ich bin Alex. Und wie heißen Sie?«

Der alte Mann murmelte etwas.

Alex beugte sich zu ihm vor.

»Ich habe Ihren Schuss gesehen. Wo haben Sie so gut schießen gelernt? Ich wette, Sie waren im Krieg. Wie viel waren das, zweihundert Meter? So einen Schuss hab ich noch nie gesehen. Sie waren mal Heckenschütze, stimmt's? Wie heißen Sie – ich habe es nicht verstanden.«

Der alte Mann legte die Hirschkuh ab. Mit dem Finger zeichnete er einen Kreis in den Schnee.

»Wirklich stark! Aber was haben Sie? Sie sind doch nicht etwa stumm, oder?«

Doch dann sprach der Alte.

Seltsame Worte. Mit einem Gesichtsausdruck, den Alex nicht deuten konnte. Sanft und zugleich bedrohlich.

»Lissy hat Hunger.«

Dann hörten beide die Rufe.

Eine junge Frau kam atemlos zu ihnen gerannt.

72.

Der Wind war schuld.

Sie hatte schlecht und nur wenig geschlafen und war voller innerer Unruhe aufgewacht.

Nachdem Simon Keller sich die Flinte umgehängt hatte und auf die Jagd gegangen war, bereitete Marlene das Futter für die Schweine zu und ging hinunter in den Stall.

Sie gab zuerst den Säuen und Ebern zu fressen, dann füllte sie Lissys Trog, streifte den Metzgerhandschuh über und öffnete das Eisengitter.

Lissy kam näher. Zum ersten Mal. Für gewöhnlich verzog sich das riesige schwarze Schwein in eine dunkle Ecke, sobald die junge Frau hereinkam, und wartete dort, bis sie wieder gegangen war.

Doch heute war es anders.

Neugierig blieb Marlene stehen. Sie hörte den schweren Atem des Tieres und lächelte ihm zu, war aber darauf gefasst, sofort wegzurennen, wenn das Schwein sich aggressiv zeigte. Simon Keller hatte sie oft genug vor Lissy und ihren gefährlichen Hauern gewarnt.

Das Schwein blieb einen halben Meter vor ihr stehen, die feisten Flanken bewegten sich wie ein Blasebalg. Lissy hatte den Kopf zur Seite gedreht und schaute sie mit dem rechten Auge an.

Ihre Pupille verengte und weitete sich im Flackerlicht der Öllampe, die von einem Deckenbalken herabbaumelte. Im Rhythmus ihrer Atemzüge klingelte das Glöckchen an Lissys kräftigem Hals. Marlene streckte die Hand aus. Die Sau schnaubte, rührte sich aber nicht. Marlene beugte sich zu ihr hinunter.

Keine Reaktion.

Marlene streichelte über den seidigen Flaum zwischen ihren Ohren. Lissy schielte zu dem Handschuh aus Metallgewebe hinüber, der in der Luft verharrte. Marlene hielt den Atem an.

Lissy leckte ihr die Finger.

Marlene streckte auch die andere Hand aus. Sie fühlte

die harten Borsten unter ihren Fingern. Sie kraulte weiter Lissys Kopf, bis sie an den Ansatz der Ohren heranreichte.

Die Sau gab einen Laut von sich, den Marlene erst nicht zuordnen konnte.

Es klang fast so, als würde sie schnurren.

Wie sagte Simon Keller immer?

Süße Lissy, kleine Lissy.

Das Schwein wich zur Seite aus, und Marlene zog die Hand weg.

Lissy wedelte mit ihrem Ringelschwänzchen.

Sie kehrte zurück.

»Willst du wieder gestreichelt werden?«

Lissy grunzte.

Marlene kicherte und kraulte sie wieder zwischen den Ohren.

»Wir werden langsam Freundinnen, was?«

Lissy riss die Schnauze auf. Sie verdrehte die Augen.

Dann fiel sie wie ein Brett einfach um.

Marlene sprang auf.

Die Sau strampelte mit den Beinen und schlug aus. Aus ihrem Maul trat weißlicher Schaum. Ihre Augen rollten nach hinten. Dann wurden ihre Beine starr. Lissy zitterte. Speichel tropfte ihr von den Lefzen.

»Lissy?«

Die Sau stieß ein schreckliches Stöhnen aus.

Lissy lag im Sterben.

Marlene rannte aus dem Haus, auf den Wald zu, und rief lauthals nach Simon Keller.

73.

Es war nicht wegen der Hirschkuh.

Nicht in erster Linie.

Hauptsächlich ging es ihm um die Frau. Obwohl sie so schlicht gekleidet war und hochrote Wangen hatte (oder gerade weil sie so rote Wangen hatte), fand Alex sie unwiderstehlich. Sie war genau sein Typ. Zierlich, tolle Figur, große Augen.

Dennoch, als er sie zusammen mit dem seltsamen Alten verschwinden sah (wer zum Teufel war Lissy? Und was bedeutete es, dass sie im Sterben lag?), sagte er sich, dass er ihnen wegen der Hirschkuh folgen sollte. Sie hatten sie einfach dort liegen lassen.

Freilich war ihm auch der Gedanke gekommen, sich die Jagdbeute über die Schulter zu werfen und abzuhauen, aber er war kein Dieb. Wenn Alex etwas stahl (ein paarmal war es vorgekommen), dann nur von Leuten, für die der Diebstahl kein großer Verlust war. Er hatte da seine Prinzipien. Die beiden waren genauso arm wie er. Also, nichts da.

Nachdem er ihnen noch ein paarmal nachgerufen hatte, ohne eine Antwort zu erhalten, hievte sich Alex die Hirschkuh auf die Schultern und folgte den Spuren der Prinzessin und des Alten (Lissy hat Hunger? Herrgott, was sollte das denn heißen?). Bald hatte er sie eingeholt.

Alex hatte schon schlimme Behausungen gesehen, doch diese hier übertraf alles.

Kurzzeitig überlegte er sogar, ob er die Beute fallen lassen und einfach weglaufen sollte.

Aber diese blauen Augen ...

Er wollte wissen, wie sie hieß. Vielleicht suchte sie ja einen Mann.

Alex legte die Hirschkuh unten an der Eingangstreppe ab und folgte den Spuren des Alten und des Mädchens auf die Rückseite des Hauses. Aus einer offen stehenden Tür drangen aufgeregte Stimmen. Und ein Gestank, bei dem sich einem der Magen umdrehte.

Ein Schweinestall.

»Lissy! Lissy!«, jammerte der Alte.

Alex steckte den Kopf zur Tür hinein.

»Hallo?«

Niemand antwortete.

Alex trat ein. Es stank entsetzlich.

Schöne Scheiße, dachte er.

»Hallo?«

Das Licht brannte nur matt. Eine Öllampe hing von einem Dachbalken herab.

Der Alte kniete im Mist und drückte schon wieder ein Tier an seine Brust, diesmal war es ein Schwein. Es war schwarz und riesengroß. So eine riesige Sau hatte er noch nie gesehen. Mindestens vierhundert Kilo.

Und diese Hauer!

Die komischen Striche unter den Augen!

Was für ein Urviech war das denn?

Der alte Sonderling schien überhaupt keine Angst zu haben. Er tätschelte das Schwein und kraulte ihm den Kopf. Er sprach zu ihm, als wäre es ein Kind und keine Sau von vierhundert Kilo Lebendgewicht.

Verrückt.

Die junge Frau stand in einer Ecke und rang die Hände, leichenblass. Alex trat näher.

Er bemühte sich um eine möglichst kernige Stimme.

»Was ist passiert?«

Sie antwortete nicht.

Der Alte drehte sich zu der jungen Frau um und zog hastig einen großen metallenen Schlüssel aus der Tasche seines Mantels.

»Du musst in den Keller. Los, lauf! Sie hat einen Anfall und braucht ihre Medizin. Gleich rechts neben der Treppe. Eine rot-weiße Schachtel. Es steht ›Tiopental‹ drauf. Schnell!«

Die junge Frau rannte los.

Beinah hätte sie Alex umgerannt.

74.

Eine Kerze.

Die Tür.

Sie drehte den Schlüssel zweimal im Schloss um.

Der Gestank, der ihr entgegenschlug, war widerlich. Fast noch schlimmer als der im Stall.

Marlene zündete die Kerze an und ging die Stufen hinunter. Sie zählte sie. Neun. Wie bei der Treppe, die zum Schweinestall führte. Und genau wie beim Schweinestall war der Raum auch hier größer als erwartet. Er hatte die gleichen Mauern aus großen dunklen Steinen. Es roch nach Kalk und nach Mist.

Sie sah es sofort, es war nicht zu übersehen.

In der Mitte des Kellers ragte etwas auf, es war von einer Plane verhüllt. Es sah aus wie ein rätselhafter Berg und weckte Marlenes Neugier. Was sich wohl unter der Plane befand? Sie trat einen Schritt näher, um die Plane anzuheben, aber dann rief sie sich zur Ordnung – sie hatte keine Zeit zu verlieren.

Unter ihren Schritten knackte es, sie schaute nach unten, der ganze Boden war mit Knochen übersät. Sie ließ den Blick durch den Raum schweifen.

Ringsum nichts als Chaos.

In den Ecken lagen Kleidungsstücke in allen Größen. In der Hauptsache Männerkleidung. Bergstiefel und Windjacken, aber auch Frauenkleider. Einige waren von der Zeit und den Motten ganz zerfressen. An den Wänden standen Regale, manche Bretter waren zerborsten, andere von unten abgestützt. Die verschiedensten Gegenstände lagerten in den Regalen. Abgeschlagene Tassen, löchrige Rucksäcke, Feldflaschen. Und Bücher. Unzählige Bücher. Eine Brille mit runden Gläsern schimmerte im Kerzenlicht am Boden. Sie dachte nicht länger darüber nach. Die Schädel an den Wänden zogen ihre ganze Aufmerksamkeit auf sich.

Schweineschädel. Sechs an der Zahl. Von Spinnweben bedeckte Schweineschädel, die sie jeden Moment anzuspringen schienen. Um sie zu zerfleischen wie …

Hör auf damit.

Dann sah sie die Schachtel. Auf einem Regal. Rot und weiß, genau wie der Baur gesagt hatte. Mit einem Kreuz darauf.

Tiopental. Marlene griff nach der Schachtel und überflog die Packungsanweisung. Innen kleine Ampullen.

Ein Antiepileptikum.

Epilepsie? Schweine litten an Epilepsie? Ein Gedanke durchzuckte sie: *Lass sie doch sterben, die ekelhafte Sau.*

Sie unterdrückte ihn.

Sie schloss die Tür ab, blies die Kerze aus und rannte zurück zum Schweinestall.

75.

So etwas hatte er noch nicht erlebt.

Ein Schwein mit einem epileptischen Anfall.

Seltsam.

Außerdem hatten sie ihn wahrscheinlich angelogen. Angeblich waren sie Vater und Tochter, dabei ähnelten sie sich überhaupt nicht. Angeblich war Marlene verheiratet und der Mann wegen der Arbeit in der Stadt, doch sie trug keinen Ehering. Sie wollten unbedingt, dass er über Nacht blieb, wegen der Dunkelheit und weil der Weg ins Dorf weit war, doch die Vorstellung, bei ihnen übernachten zu müssen, hatte Alex gar nicht gefallen.

Dieses eigenartige Leuchten in den Augen des verschrobenen Alten (und dann die Art, wie er zu ihm gesagt hatte: »Lissy hat Hunger«) – da war ihm ganz anders geworden. Und die junge Frau war auch seltsam. Mit den beiden stimmte etwas nicht.

Es waren einfach zwei seltsame Typen und er, Alex, war

ein Angsthase. Vielleicht hatte er aber auch nur Gespenster gesehen.

Jedenfalls hatte er das Gläschen Trester nur deshalb angenommen, um wieder zu Kräften zu kommen, und auch, weil es unhöflich gewesen wäre abzulehnen. Zehn Minuten hatte er sich in der Stube aufgewärmt und über dies und jenes mit den beiden geplaudert, dann hatte er ihnen alles Gute gewünscht und war losgezogen.

Rasch, über die Wiesen und den Wald hinunter ins Tal.

Als er die Lichtung erreicht hatte, wo der Alte die Hirschkuh mit dem Meisterschuss erlegt hatte, fiel ihm auf, dass er seine Handschuhe in der Stube vergessen hatte. Verdammt. Sie waren fast neu.

Er blieb stehen. Sollte er noch mal umkehren?

Auf keinen Fall.

Zum Teufel mit den Handschuhen.

Als er das Geräusch hörte, war es schon beinah dunkel. Die Sonne war fast untergegangen.

Oberhalb von ihm, hinter den Felsen, hörte er eine Art Husten. Oder war es nur ein Stein, der ins Rollen geraten war?

Im Winter? Wo alles ringsum gefroren war?

Alex kniff die Augen zusammen und starrte in die Richtung, aus der das Geräusch gekommen war. Seine Nackenhaare hatten sich aufgestellt. Er zog die Hände aus den Taschen und glaubte eine gedämpfte Stimme zu hören.

Er griff nach dem Gewehr.

»Wer ist da?«

Er legte an.

76.

Mit den ersten dreien war alles in Ordnung gewesen.

Mit der vierten nicht.

Ab der vierten Lissy wurde Simon Keller klar, dass mit den Schweinen etwas nicht stimmte. Als die vierte Lissy ihren ersten Anfall hatte und, die Hufe von sich gestreckt, dalag, mit verdrehten Augen und Schaum vorm Mund, dachte der Baur, er würde verrückt. Es hatte nicht lang gedauert, eine Minute, vielleicht auch zwei, aber ihm war es wie eine Ewigkeit vorgekommen.

Tags darauf hatte er seinen Reisesack über die Schulter geworfen und war ins Dorf aufgebrochen. Er hatte den Postbus genommen und war nach Sankt Valentin gefahren, zu einem Tierarzt.

Dr. Kaser, so hieß er, hatte sich seinen Bericht angehört und ihn beruhigt.

Nichts Schlimmes. Es kam vor, dass Schweine an Epilepsie litten. Es war zwar selten, aber nicht unmöglich.

»Epilepsie«? Der Baur hatte das Wort noch nie gehört.

Dr. Kaser erklärte ihm, dass es sich um ein Problem im Gehirn handelte: Ab und zu gab es dort einen Kurzschluss.

Aber, fügte er mit breitem Lächeln hinzu, er brauche sich keine Sorgen zu machen.

»Die Epilepsie hat keinerlei Auswirkungen auf die Qualität des Fleisches.«

»Auf die Qualität des Fleisches?«

»Wenn Ihre Sau einen epileptischen Anfall gehabt hat, können Sie sie trotzdem schlachten und verkaufen.«

Simon Keller machte große Augen.

»Lissy schlachten?«

»Lissy?«

»Das ist der Name meines Schweins.«

»Verstehe«, hatte Dr. Kaser gesagt, obwohl das nicht stimmte.

»Wie kann man sie heilen?«

Der Veterinär hatte die Fingerspitzen aneinandergelegt.

»Epilepsie lässt sich nicht heilen, sie hat genetische Ursachen.«

»Gibt es keine Arzneien?«

Der Tierarzt hatte gelacht.

»Natürlich gibt es Medikamente, um die Krankheit in Schach zu halten. Aber nicht für Tiere.«

»Aber für Menschen?«

»Das ja. Epilepsie gibt es schon sehr lange. In früheren Zeiten glaubte man, dass einem Epileptiker die Götter besonders gewogen seien.«

»Können Sie mir diese Medikamente verschreiben?«

»Ich bin Tierarzt, kein Neurologe.«

»Können Sie mir einen ... Neurologen nennen?«

Dr. Kaser hatte ungläubig den Kopf geschüttelt.

»Nicht für ein Schwein, glauben Sie mir. Sie verschwenden nur Ihre Zeit.«

Als Simon Keller keine Ruhe gab, schrieb Dr. Kaser ihm schließlich den Namen des Medikaments auf einen Zettel.

Tiopental.

Daraufhin hatte sich Simon Keller an einen Schmuggler gewandt. Sie hatten ein wenig gehandelt. Simon schlachtete drei Eber und eine Sau und verkaufte das Fleisch auf dem Markt. Vom Erlös erstand er das Tiopental.

Die Ampullen dämmten die Anfälle ein.

Lissy Nummer fünf und Lissy Nummer sechs brauchten das Medikament nicht. Lissy Nummer sieben dagegen hatte etwa alle drei Monate einen Anfall. Der von eben hatte länger gedauert als alle anderen zuvor. Simon Keller hatte wirklich geglaubt, sie läge im Sterben.

Was hätte er dann getan?

Simon Keller wollte nicht daran denken, daher beschleunigte er seine Schritte.

Lissy hatte Hunger. Das war es. Er musste ihr nur Futter besorgen. Danach würde es ihr wieder besser gehen. Viel besser.

»Süße Lissy, kleine Lissy ...«

Schon bald hatte er den jungen Mann eingeholt. Ein Schmuggler, sein Verschwinden würde niemandem auffallen. So sagte jedenfalls die Stimme. Lissys Stimme.

Niemand wird sein Verschwinden bemerken, Siml ...

Simon Keller blieb hinter ein paar schneebedeckten Felsen stehen, um ihn zu beobachten.

Der Mann schien es eilig zu haben. Vielleicht hatte er Angst. Ziemlich sicher war ihm kalt. Simon Keller ließ seine Flinte von der Schulter gleiten. Er kniete sich hin und zielte auf Höhe des Herzens.

Weniger als siebzig Meter.

Er hätte ihn mit geschlossenen Augen getroffen.

»Lissy hat ...«

Er dachte den Satz nicht zu Ende.

Der Finger reagierte nicht auf sein Kommando. Er strengte sich an, doch nichts geschah. Die Flinte blieb stumm.

Die Hand, die die Waffe hielt, zitterte.

Simon Keller legte erneut an, doch wieder gelang es ihm nicht, abzudrücken.

Vor Anspannung keuchend, duckte er sich hinter den Felsen.

Langsam beruhigte er sich, und anstelle von Bestürzung empfand er inneren Frieden. Simon Keller dachte an den dankbaren Blick von Herrn Wegener, als er ihn erschossen hatte. Er dachte an Schlitten und Spielzeug aus Holz. Er dachte an ein Kind mit blauen Augen und einem Leberfleck über der Oberlippe. Und an Elisabeth, wie sie zitterte, während mit dem Blut das Leben aus ihr wich.

Dann kehrten seine Gedanken zu Herrn Wegener zurück.

Mit seinem Blut hatte das Morden ein Ende. Mit seinem Tod hatte sich der Kreis geschlossen.

Es war vorbei.

Er konnte nicht mehr töten.

Er brauchte nicht mehr zu töten.

Vor allem: Er *wollte* nicht mehr töten.

Friede.

Er schloss die Augen, lächelte.

Doch der Friede hielt nicht lange an.

Die Stimme schrie in seinem Kopf, so laut, dass er einen erstickten Laut ausstieß. *Lissy hat Hunger, Lissy hat Hunger.* Die Stimme verlangte nach Blut. Und zwar sofort.

Lissy hat Hunger.

Töte ihn!

»Opa Simon«, begann der Baur kaum vernehmlich zu murmeln. »Opa Simon.«

Von unten hörte er die Stimme des Mannes.

»Wer ist da?«

Simon Keller lugte über den Felsen.

Alex, der Schmuggler, zielte mit dem Gewehr in seine Richtung. Er zitterte. Das konnte Simon Keller trotz der Entfernung in der Dämmerung erkennen. Der Baur hatte Mitleid mit ihm.

Alex hatte seinetwegen Angst.

Er musste an die Angst all derer denken, die er umgebracht hatte. Einige hatten Glück gehabt, weil der Tod sie überrascht hatte, ein schwarzer Vorhang, der unerwartet über alles Freud und Leid in ihrem Leben fiel. Andere hatten ihn jedoch kommen sehen. Und hatten begriffen.

Mit ihnen war der Tod nicht so sanft umgegangen.

Töte ihn, Siml!

Bitte!

Simon Keller duckte sich wieder hinter den Felsen.

»Das werde ich nicht tun.«

Warum, warum, warum?

Simon Keller zählte bis hundert. Dann lugte er erneut hinter dem Felsen hervor. Der Schmuggler war verschwunden.

Der Baur segnete ihn mit einem Gebet, grub eine Mulde in den Schnee und legte die Wollhandschuhe des Mannes hinein.

Mit einem Schwefelhölzchen zündete er ein Feuer an und wartete, bis die Wolle verkohlt war. Dann scharrte er die Mulde wieder zu und stand auf.

Die Stimme jammerte: *Lissy hat Hunger.*

»Ja«, murmelte Simon Keller, »ich weiß.«

Lissy hatte Hunger, und er würde sich um sie kümmern. Denn auch wenn der Kreis sich geschlossen hatte, liebte Lissy Siml, und Siml liebte Lissy, und Lissy hatte ihn nicht im Stich gelassen.

Simon würde sie weiterhin versorgen.

Doch auf eine andere Art. Wie, das wusste er noch nicht. Er wusste nur, dass er nicht mehr töten würde.

Nie mehr.

77.

Ein vernünftiger Preis.

Am nächsten Tag übergab Alex Gewehr und Munition einem Schmuggler, der alles in seinen Kofferraum packte. Kein Geschenk, aber auch kein Beschiss.

Der Schmuggler wollte wissen, wieso Alex aufhörte. Er dachte sich spontan etwas aus.

Er gehe für eine Weile in den Süden.

Er habe die Kälte satt.

Er verschwieg dem Mann, was er gedacht hatte, als er mit dem Gewehr in die dunkle Nacht zielte. Dort in der eisigen Kälte, zu Tode erschrocken, hatte er einen Schwur getan: Wenn er heil zurück ins Dorf käme, würde er sein Leben ändern.

Das Gewehr zu verkaufen war der erste Schritt.

78.

Kurz nach Sonnenaufgang.

Marlene ging nach unten in die Stube und sah dort Simon Keller sitzen, die kalte Pfeife im Mund, den Blick in eine abgegriffene Bibel versenkt, die auf seinen Knien lag.

Der Baur erwiderte ihren Gruß erst nach einem Moment der Verwunderung.

Marlene öffnete die Fensterläden, damit das Licht hereinströmen konnte. Beide kniffen die Augen zu.

Sie schürte das Feuer an.

Während sie anschließend Kaffeepulver in die kleine Kanne füllte, erkundigte sie sich nach Lissy.

»Die Krise ist ausgestanden«, erwiderte Simon Keller.

»Es war nicht das erste Mal, oder?«

»Nein«, sagte der Baur und zündete seine Pfeife an. »Schon als Ferkel hatte sie diese Probleme. Lissy muss behandelt werden.«

»Sie hätte keinen besseren Ort finden können. Und keinen besseren Baurn.«

Simon Keller deutete ein Lächeln an und trommelte mit den Fingern auf dem Einband seiner Bibel.

»Ich ... ich muss dich um was bitten.«

Marlene setzte die Kanne auf die Herdplatte und nahm Simon gegenüber Platz.

»Alles, was Sie wollen.«

»Um Aufschub.«

Simon Keller strich sich mit der Hand über den Nacken. Er schien besorgt. Wahrscheinlich war er es auch, dachte

Marlene. Doch er schien auch gedanklich abwesend. Als versuchte er, ein Rätsel zu lösen.

»Voter Luis hat immer gesagt, vor dem Fest kommt die Fastenzeit. In der man alles noch einmal bedenken kann. Und darum muss ich dich um Aufschub bitten.«

Der Baur sah sie durchdringend an.

»Lissy geht es nicht gut. Das hast du ja selbst gesehen«, erklärte der Baur. »Die Krise ist ausgestanden. Aber ich muss noch ein wenig bei ihr bleiben ...« Er schaute zur Seite, zu Boden, zuckte mit den Schultern und redete dann weiter. »Sie könnte weitere Anfälle haben. So etwas kommt vor.«

»Sie meinen, wir sollten die Abreise verschieben?« Marlene versuchte, seine Bedenken zu zerstreuen. »Das ist überhaupt kein Problem, machen Sie sich deswegen keine Gedanken.«

»Ein Aufschub von wenigen Tagen«, fügte Simon Keller hastig hinzu. »Nur ein paar.«

»Keine Sorge, ein Tag früher oder später spielt überhaupt keine Rolle für mich ...«

»Wenn es Lissy wieder besser geht, bringe ich dich ins Dorf runter. Zum Postbus. Du musst auf dein Kind achten. Hier oben kannst du es nicht zur Welt bringen, und je weiter deine Schwangerschaft fortschreitet, desto schwieriger wird es für dich, ins Tal hinabzusteigen. Aber bevor wir uns trennen, feiern wir ein Fest.« Der Baur nahm ihre Hände und sah sie lächelnd an. »Denn auf die Fastenzeit folgt das Fest.«

Marlene spürte, wie sich ihre Augen mit Tränen füllten.

»Aber kein Abschiedsfest, oder?«

»Kein Abschiedsfest«, antwortete Simon Keller und setzte hinzu: »Es sei denn, du möchtest das.«

Marlene biss sich auf die Lippen.

»Ich werde wiederkommen. Und dann werde ich nicht mehr allein sein.«

Marlene fühlte, wie der Baur ihre Hand noch ein wenig fester drückte.

»Opa«, sagte er leise.

»Opa?«, wiederholte Marlene überrascht.

Simon Keller ließ ihre Hände los, er war rot geworden.

»Das war ein Scherz.«

Flink ergriff Marlene wieder seine Hand.

»Opa Simon. Warum nicht?«

Ja, dachte Simon Keller.

Warum nicht?

Dann zog er seinen Mantel an, hängte sich die Flinte um, steckte die Bibel in die Tasche und ging zur Jagd.

Die Stimme schwieg.

79.

Nicht einmal das Glöckchen.

Nichts.

Drei Tage lang ließ Lissy sich nicht blicken.

Marlene dachte sich nichts dabei.

Sie stand im Morgengrauen auf, bereitete Simon Keller das Frühstück zu, verabschiedete sich an der Tür von ihm und wartete, bis er hinterm Horizont verschwunden war. Dann kümmerte sie sich um das Futter für die Schweine.

Inzwischen hatten sich auch die Säue an ihre Anwesenheit gewöhnt. Die Eber, das wusste Marlene, waren einfacher gestrickt: Hauptsache, sie bekamen ihr Futter.

Sie kletterten grunzend übereinander und versuchten, die anderen wegzubeißen, bis sie endlich auch den letzten Tropfen des widerlichen Breis aufgeschleckt hatten.

Marlene rief sie beim Namen.

Der Doktor mit den dunklen Ringen um die Augen kam nie, wenn sie ihn rief. Franz war da schon freundlicher. Er hob den Kopf und wedelte mit seinem Ringelschwänzchen. Kurt dagegen legte den Kopf auf die Seite. Er sah lustig aus mit seinen Hängeohren. Gertrud, die Flüchtige, hatte sich angewöhnt, im Koben auf und ab zu gehen, wenn sie oben durch die Tür hereinkam.

Vielleicht zur Begrüßung.

Vielleicht war es auch nur Ungeduld.

So wie sie selbst auch ungeduldig war. Er wolle sie um Aufschub bitten, hatte der Baur gesagt. Irgendwie musste sie versuchen, ihre Ungeduld zu bezähmen.

Und dann war da auch noch diese Entdeckung, die ihr nicht mehr aus dem Kopf wollte. Seit drei Tagen musste Marlene ständig an diesen Haufen im Keller denken. Sie war neugierig. Aber sie hatte auch Angst. Und die Angst stachelte wiederum ihre Neugier an.

Dem rätselhaften Haufen galt ihr erster Gedanke beim Aufwachen und der letzte vor dem Einschlafen.

Unter der Lederplane war nichts. Ein altes Möbelstück. Trödel.

Wollte sie wirklich riskieren, dort unten von Simon Keller entdeckt zu werden? In dem einzigen abgeschlossenen Raum des ganzen Hofs?

Da war nichts.

Oder doch?

Doch, da war etwas, nur wusste sie nicht, was. Etwas (und dies brachte sie auf den Gedanken, den Schlüssel heimlich zu entwenden), das sie eigentlich gar nicht sehen *wollte*.

Sie hatte sich doch geschworen, nie mehr zu lügen. Nie mehr Märchen zu erzählen.

Lügen, um der Wirklichkeit zu entfliehen. Darin war Marlene Meisterin. So wie damals, als sie begriff, dass sie schwanger war. Sie hatte ein paar Tage gebraucht, um sich an die Vorstellung zu gewöhnen. Anfangs hatte sie so getan, als wäre nichts.

Im Nachhinein kam es ihr verrückt vor, aber sie hatte tatsächlich versucht, ihren Sohn einfach wegzudenken. Wenn du nicht an ihn denkst, existiert er nicht. Doch Klaus wollte leben.

Er war da. In ihr drin.

Und er hatte gekämpft.

Marlene hatte von ihm geträumt. Ein Neugeborenes. Wunderschön. Es bewegte die Ärmchen, wollte hochgenommen werden. Schweißgebadet war sie aufgewacht. Zu Tode erschrocken. Glücklich. Entsetzt. Im siebten Himmel. Sie hatte stumm geweint, während Herr Wegener schlief. Und als sie sich beruhigt hatte, fasste sie einen Entschluss: keine Lügen mehr, nie mehr. Ihr ganzes Leben war eine Lüge. Du bist schwanger, hatte sie gedacht. Wirst Mutter.

Eine Mutter lebt nicht in einem Fantasiereich. Sie stellt sich der Realität. Schau dich um, hatte sie sich gesagt. Da ist die Villa. Da sind die Autos in der Garage. Der Schmuck. Schau dir die Fotos von deinem Mann an. Seine selbstsüchtigen Augen. Dieses grausame Aufblitzen, das ihn nie verlässt. Seine Hände, an denen Blut klebt. Willst du wirklich, dass dein Sohn in einer solchen Umgebung aufwächst?

Und so begann Marlene, Fluchtpläne zu schmieden. Der Welt, so gut sie konnte, ins Auge zu blicken, ihr mit Mut zu begegnen. Das war es, was Klaus ihr beigebracht hatte.

Am vierten Tag der Fasten- und Bedenkzeit entwendete Marlene, die Mutige, den Schlüssel.

80.

Schlüssel.

Simon Keller hatte vier, sie hingen an einem großen, rostigen Schlüsselring. Der größte und älteste, aus Bronze, war der zum Keller. Doch es war nicht schwer, ihn zu entwenden. Marlene hatte ihn kurz vor Tagesanbruch aus der Jagdtasche genommen, die der Baur immer mit sich führte, wenn er das Haus verließ. Sie fühlte sich schuldig, war aber auch aufgeregt.

Dann hatte sie das Frühstück zubereitet, einen Schwatz mit Simon Keller gehalten und ihm dann bei seinem morgendlichen Ritual zugesehen. Den Mantel bis oben hin zuknöpfen, sich die Schneeschuhe anschnallen, die Flinte über die Schulter hängen. Mit klopfendem Herzen hatte sie sich von ihm verabschiedet und ihm nachgeblickt. Sie befürchtete schon, er würde plötzlich kehrtmachen und nach dem Schlüssel fragen, der in ihrer Hosentasche drückte, doch nichts dergleichen geschah.

Sie war allein. Für die nächsten paar Stunden.

Wie immer.

Sie machte sich an die Arbeit. Bereitete das Schweinefutter zu, kippte es in die Eimer, biss die Zähne draußen in der Kälte zusammen und ging hinunter in den Schweinestall. Sie gab den Tieren zu fressen, erst den Ebern, dann den Säuen, und wie immer stellte sie Lissy das Futter in den Koben und kehrte in die Stube zurück. Ohne weitere Überlegung steckte sie den Schlüssel ins Schloss und drehte ihn zweimal um. Die Tür sprang auf.

Wie kann man nur so blöd sein?

Marlene machte kehrt, suchte nach einer Kerze und zündete sie an.

Nun war sie bereit. Die Kellerluft raubte ihr auf halber Treppe den Atem.

Dieser Schmutz. Dieses Chaos.

Und der Haufen.

Der in die Lederhaut gehüllte Gegenstand berührte beinah die Decke.

Gleich würde sie wissen, was für ein Geheimnis er in sich barg.

Genau in dem Moment hörte sie es. Das Wummern.

Wie erstarrt blieb sie stehen.

Kräftig. Dumpf. Eine Art Donner. Aber unter der Erde.

Marlene blickte sich um.

Bumm.

Erneuter Donner.

Die Kerze flackerte. In ihrer Verwirrung konnte Marlene nicht ausmachen, woher das Wummern kam und was dahintersteckte.

Bumm.

Sie schauderte.

Bumm.

Dann ein helles Quieken. Unverwechselbar.

Lissy.

Beinah wäre ihr die Kerze aus der Hand gefallen.

Das Quieken kam von rechts.

Dann begriff Marlene. Neun Stufen zum Schweinestall, neun zum Keller. Keller und Schweinestall bildeten einen einzigen Raum, nur durch eine Wand voneinander getrennt.

Marlene trat auf die Wand zu, die Hand schützend um die Kerzenflamme gelegt.

Ihr Atem ging schnell.

Die Stöße wurden zu einem rhythmischen Klopfen.

Bumm.

Bumm.

Bumm.

Eine Luke. Eine kleine Fensteröffnung mit einem Gitter davor. Ziemlich weit unten am Boden. Eine Verbindung zwischen Schweinestall und Keller.

Vorsichtig schritt sie über das Gerümpel am Boden hinweg und trat näher.

Sie bemerkte ein eigenartiges Leuchten. Grünlich. Wie

von Schleim gedämpft. Oder Schimmel. Das Leuchten verschwand, und ...

Bumm.

Marlene beugte sich vor und schaute durch die Luke.

Hinter den Gitterstäben stand Lissy und blutete. Auf der Stirn hatte sie eine Platzwunde. Von den Hauern tropfte Blut.

Marlene verschlug es den Atem.

Lissy lief zurück in ihre dunkle Ecke, stieß einen schrillen Schrei aus und nahm Anlauf. Ihr dunkler, bedrohlicher Körper knallte mit solcher Wucht gegen das Gitter, dass sich das Metall verbog.

Lissy schüttelte den Kopf und rollte mit den Augen, wie benommen vor Schmerz. Doch sie beruhigte sich nicht. Sie kehrte wieder ins Dunkel zurück, stieß einen weiteren, lang gezogenen Schrei aus und stürmte erneut auf die Gitterstäbe los. Wieder und wieder. Jedes Mal heftiger.

Jedes Mal wütender.

Jedes Mal spritzte Blut. Und vibrierte das Gitter, als wollte es aus der Zarge springen.

Bumm.

Lissy hat Hunger, dachte Marlene.

Ein Spritzer Blut traf sie mitten im Gesicht, und sie taumelte angewidert zurück.

Auf der anderen Seite des Gitters musterte Lissy sie voll Hass. Sie berührte mit dem Rüssel die Stäbe, schnüffelte daran und prustete, einen feinen Regen aus Blut und Schleim verspritzend. Dann biss sie in das Metall.

Die spitzen Hauer trafen klirrend auf die Stäbe. Das Eisen bog sich, so heftig biss das Tier zu.

»Ich bitte dich, Lissy! Hör auf, hör auf!«

Lissy gehorchte. Sie warf ihr einen letzten Blick zu, dann verzog sie sich wieder ins Dunkel.

Marlene bekam weiche Knie und musste sich setzen.

81.

Im Dreck.

Sie saß im Dreck. Zitternd richtete sie sich auf und brach in Tränen aus. Dicke Tränen der Angst. Das Weinen tat ihr gut. Allmählich fing sie sich wieder.

Lissy war doch nur ein Schwein. Nichts weiter. Es war einfach nur dumm, dumm und noch mal *dumm*, vor Lissy Angst zu haben. Lissy war doch nur ... ein Schwein? Gab es an diesem Schwein irgendetwas, das normal war?

Nein, ein ganz entschiedenes Nein. Marlene versuchte, ruhig zu atmen. Sie rieb sich mit dem Ärmel das Blut vom Gesicht.

Jene Lissy, vor der sie Angst hatte, gehörte ins Reich der Fantasie. Kobolde, Hexen, vom Teufel besessene Schweine. Alles nur Märchen. Es war Zeit, dass Marlene, die Mutige, wieder die Oberhand gewann.

Sie warf einen Blick zur Luke hinüber und konzentrierte sich auf den Haufen vor ihr.

Deshalb war sie doch hier.

Sie streckte die Hand aus und riss die lederne Plane herunter.

Als der aufgewirbelte Staub sich gelegt hatte, nahm

Marlene den Haufen vor sich etwas genauer in Augenschein.

Bücher, stapelweise.

Unzählige Bücher. Allesamt dicke Wälzer mit schwarzen Rücken. Marlene, die Mutige, berührte den Bücherberg mit den Fingerspitzen. Er war kalt.

Vorsichtig ging sie um den Bücherstapel herum. Kein einziges Buch ragte auch nur ein Stückchen hervor. Unbeweglich ragte der Haufen im Zentrum des Erbhofs auf.

Sie nahm sich einen der Bände. Bei Kerzenschein las sie:

»Voter Heini«.

»A.D. 1778 – A.D. 1791«.

Dieselbe Schrift, den ganzen Band hindurch. Sie blätterte in dem Buch: eine Bibel. Voter Heini hatte offenbar dreizehn Jahre gebraucht, um sie abzuschreiben. Von derselben Hand, die die Genesis, Deuteronomium und so weiter bis zur Apokalypse transkribiert hatte, stammten wohl auch die Anmerkungen am Rand, die Marlene aber beim besten Willen nicht entziffern konnte.

Verdutzt klappte sie das Buch zu und legte es vorsichtig an seinen Platz zurück.

Dann nahm sie ein zweites Buch zur Hand.

»Voter Hannes«.

»A.D. 1856 – A.D. 1863«.

Vor allem aber: Weshalb hatten sie es getan?

Um sich die Zeit zu vertreiben. Jene schrecklichen langen Winter. Schreiben und Meditieren waren probate Mittel gegen die Einsamkeit. Marlene dachte an Simon Keller, der mit den Schweinen sprach.

Glaube.

Langeweile. Einsamkeit.

Und dann war es ein Weg, das Gedenken an die Ahnen wachzuhalten und von ihrem Wissen zu zehren.

Marlene blätterte noch in einigen Bibeln, bis sie zufällig auf seinen Namen stieß.

Da war er ja.

»Simon«.

»A.D. 1962 – A.D. 1966«.

Nur Simon. Nicht *Vater* Simon. Denn Simon Keller hatte keine Frau. Und auch keine Kinder. Seine Bibel würde die letzte Bibel der Kellers sein, so wie Simon auch der letzte Spross der Familie war. Niemand würde Simons Bibel auf der Suche nach Erbauung und Trost aufschlagen. Niemand würde seine Worte zitieren, so wie der Baur stets die Worte seines Vaters zitierte. Simon war der Letzte seines Geschlechts, mit seinem Tod würde der Name Keller untergehen.

Marlene hatte einen Kloß im Hals.

Sie zögerte. Dann entschied sie sich dagegen. Sie brannte vor Neugier, doch sie schlug die vielleicht letzte Bibel der Familie Keller nicht auf. Das wäre ein zu großer Vertrauensbruch gewesen.

In gewisser Weise war dieser Band noch kostbarer als ein Tagebuch.

Er war sozusagen der einzige Beweis für Simon Kellers Existenz.

Vorsichtig legte Marlene das Buch wieder zurück. Sie war fest entschlossen, unverzüglich zurück in die Stube zu gehen. Was für eine dumme Idee, hier unten zu spionieren. Hier gab es nichts, was sie etwas anging.

Nur Einsamkeit.

Sie griff nach der ledernen Plane, schlug sie wie ein Bettlaken aus und deckte den Bücherberg damit zu. Sie hatte genug gesehen.

Keine zwei Schritte von der Treppe nach oben, stolperte Marlene.

82.

Krimskrams.

Wäre sie über eine Tonscherbe, eine Flasche oder einen ähnlichen Gegenstand gestolpert, hätte Marlene sich nichts weiter dabei gedacht.

Sie hätte sich aufgerappelt, wäre nach oben in die Stube zurückgekehrt, hätte sich den Staub von den Kleidern geklopft und die Spinnweben aus dem Haar gezupft. Dann hätte sie die Tür zum Schweinestall abgesperrt, die sie, wie ihr eingefallen war, vergessen hatte zu schließen.

Doch nein.

Mit der Kerze in der Hand stürzte sie heftig aufs Knie. Sofort rappelte sie sich wieder auf und schaute verärgert auf die Stelle am Boden, wo sie gestolpert war.

Ein Schädel.

Kein Wolpertinger. Auch nicht der Schädel eines Zaunkönigs, eines Fuchses oder Nagetiers. Es war der Schädel eines Menschen.

Auf einmal war ihr, als würden ihre Augen erst jetzt *wirklich* sehen. Sie leuchtete mit der Kerze in den Raum hinein.

Da lagen zum Beispiel ein Paar Stiefel.

Stiefel waren für das Leben in den Bergen unentbehrlich, wusste Marlene. Sie hatte sie bei ihrem ersten Besuch mit einem Blick gestreift und dann vergessen. Doch jetzt betrachtete Marlene, die nicht mehr ganz so Mutige, die Stiefel genauer. Und kein halbwegs gescheiter Baur hätte solche Stiefel jemals angezogen.

Vorn spitz zulaufende Stiefel. Von der Art, die einem die Zehen einschnürten, sodass die Nägel einwuchsen.

Herr Wegener hätte sie als »Stadtschranzenstiefel« bezeichnet. Vielleicht waren sie zu allem Überfluss auch noch aus Schlangenleder. Oder aus Krokodilleder. Cowboystiefel.

Wie bei Kurt, dem Eber.

»Lass das«, murmelte sie vor sich hin. »Sieh zu, dass du hier wegkommst. Geh wieder nach oben.«

Doch sie musste einfach hinschauen.

Dort zum Beispiel. Frauenkleider. Wie man sie auf einem Ausflug in die Berge anzog. Als eine, die aus der Stadt kam. Keine Dutzendware. Sie musste an Birgit, die Sau mit den gepflegten Klauen, denken. »Eine echte Dame.« Und dort auf dem morschen Fass, stand da nicht eine Arzttasche? Sie erinnerte sich an die Brille mit den runden Gläsern, die sie gesehen hatte, als sie zum ersten Mal im Keller war. Tasche und Brille. Vielleicht ein Arzt mit Brille und dem hochmütigen Gesichtsausdruck von jemandem, der glaubte, alles zu wissen. Vielleicht ...

Gab es hier etwa noch weitere Schädel?

Bloß weg hier!

Sie brauchte Luft.

Sie ging nicht. Noch nicht. Sie riss die Plane erneut herunter und leuchtete mit der Kerze über den Bücherstapel. Und traute ihren Augen nicht: Dort lag eine Bibel mit einem Lesezeichen darin. Es war die Bibel, an der Simon Keller gerade schrieb.

Tatsächlich, auf der ersten Seite stand: »Simon«.

»A.D. 1971 – A.D.«

Noch unvollendet.

Sie schlug das Buch an einer beliebigen Stelle auf. Und las.

»... und sie brachten auch das tägliche Brandopfer für Lissy und die Opfer für die Neumonde Lissys und alle heiligen Festtage Lissys und was sonst einer Lissy freiwillig darbrachte.«

Zitternd übersprang sie ein paar Seiten. »›Bist du Gottes Sohn, so sprich, dass diese Steine Brot für Lissy werden.‹ Siml aber antwortete und sprach: ›Es steht geschrieben: Lissy lebt nicht vom Brot allein, sondern von einem jeden Fleisch, das die Stimme Siml durch Lissys Mund zuträgt.‹«

Die Offenbarung war ein wirrer Sermon, der mit diesen Worten begann: »Dies ist die Offenbarung Lissys, die Lissy ihr durch Lissy gegeben hat, und Lissy wurde zum Menschen in Gestalt ihres Bruders Siml. Der bezeugt hat das Wort Lissys und das Zeugnis von ...« Und dann nichts mehr, denn die Bibel von Simon Keller war noch nicht zu Ende geschrieben.

Nur unbeschnittene Seiten, weiß wie Knochen.

Sie schleuderte das Buch von sich.

Wahnsinn. Reiner Wahnsinn.

Und in all dem Wahnsinn schien plötzlich ein logischer Gedanke auf: Simon Keller mordete.

Er mordete und gab Lissy ...

»Weil Lissy Hunger hat ...«, murmelte Marlene.

Entsetzt stieg sie vom Stuhl, hob die Bibel vom Boden auf und legte sie ordentlich obenauf. Nachdem sie die Plane wieder über den Bücherberg gebreitet hatte, nahm sie den Stuhl und stieg wie benommen die Treppe hinauf. In der Stube setzte sie sich an den Tisch, durchbohrt vom Blick der Wolpertinger.

Sie strich sich durch die Haare.

Staub, Spinnweben.

»Lissy hat Hunger«, murmelte sie und zog ihre Steppjacke an.

Sie verließ die Stube. Das Haus.

Sie stieg die Außentreppe hinunter. Atmete die eisige Luft ein.

Sie streichelte sich über die Wange. Dann ohrfeigte sie sich selbst.

Kräftig.

»Lissy hat Hunger!«, schrie sie den Bergen, dem Schnee und dem Himmel entgegen.

Und rannte los.

83.

Wie will man dem Zorn entfliehen, dem die Erde anheimfällt? Wohin sich flüchten, wenn die Wasser der Meere und Ozeane sich erheben und alles Leben auf der Erde unter sich zu begraben drohen?

Nach oben.

Der Erbhof der Kellers duckte sich oberhalb der Baumgrenze an einen Hang, an dem es nichts als Felsbrocken und vereinzelte Sträucher gab. Weiter oben befanden sich nur noch ewiges Eis und vorüberziehende Wolken.

Um den Hof vom Tal aus zu erreichen, musste man eine Art Maultierpfad einschlagen, der mit zunehmender Höhe immer mehr unter Wurzeln, Steinen und Flechten verschwand.

Im Winter, wenn der Schnee alles unter sich begrub, war es unmöglich, sich zu orientieren.

Oder zu fliehen.

Das Einzige, was sie tun konnte, war, nach unten Richtung Tal zu gehen und zu hoffen.

Und so kämpfte sich Marlene durch den Schnee auf den Wald zu, wo die weiße Decke fester war.

Sie kam an der Lichtung vorbei, an der Alex, der Schmuggler, Simon Keller die Hirschkuh hatte umarmen sehen. Sie kämpfte sich weiter, die Zweige schlugen ihr ins Gesicht, der Schnee bremste sie, Knie und Rücken schmerzten.

In der Mitte des Waldes angelangt, gönnte sie sich eine kurze Pause und lehnte sich gegen eine uralte Tanne. Beinah fühlte sie sich beschützt. Sie hatte seit einer Weile zu schreien aufgehört, aber einen klaren Gedanken konnte sie noch immer nicht fassen.

Panik.

Echte Panik.

Ein Geräusch, vielleicht ein Tier oder auch nur Schnee, der sich von einem Ast löste, ließ sie zusammenzucken. Sie fuhr herum, das Herz klopfte ihr bis zum Hals. Niemand zu sehen.

Sie hastete weiter.

Oder versuchte es zumindest.

Im dichten Wald war es sogar noch mühsamer. Sie musste über umgekippte Baumstämme steigen, musste aufpassen, dass sie nicht in ein Erdloch stolperte, musste unterm Schnee verborgenes Dornengestrüpp umgehen. Mit Schneeschuhen an den Füßen hätte sie weit weniger Schwierigkeiten gehabt. Aber im ersten Impuls hatte sie nicht daran gedacht, ihre Vergesslichkeit kostete sie jetzt Kraft und Energie.

Nur jetzt nicht die Nerven verlieren, redete sie sich gut zu.

Aber je langsamer sie wurde, desto mehr spürte sie die Kälte.

Der Schweiß trocknete kalt an ihrem Hals, Kälteschauder jagten ihr über den Rücken. Ihr graute vor der Nacht: Sie hatte nur ihre Jacke dabei. Ihre Fingerspitzen verfärbten sich jetzt schon blau. Nachts würden die Temperaturen noch einmal beträchtlich fallen.

Minus zehn? Minus zwanzig?

Wenn Wind aufkam, sogar noch mehr.

Marlene, die Mutige, war fest entschlossen, die Zähne

zusammenzubeißen. Sie würde es bis ins Tal hinunter schaffen und dann in südöstlicher Richtung weiterlaufen, wo das Dorf liegen musste, an dem sie damals mit dem Mercedes vorbeigefahren war. Im Dorf wäre sie in Sicherheit. Sie würde schreien, an jede Tür klopfen. Irgendjemand würde ihr schon helfen.

Du musst nur durchhalten, sagte sie sich. Für Klaus.

Klaus, der zusammen mit ihr gestorben wäre, wenn sie auf dem Erbhof geblieben wäre. Wie Kurt, Birgit, Gertrud. Und wer weiß, wie viele andere noch. Denn Lissy hatte Hunger. Doch sie, Marlene, würde Lissy nicht bekommen. Und ihren Sohn auch nicht. Sie klammerte sich an den Gedanken und schaffte es doch nicht, weiterzugehen.

Erschöpft. Starr vor Kälte. In Todesangst. Nicht mehr vor dem, was sie im Keller gefunden hatte. Sondern vor dem, was sie erwartete. Die Nacht, die Kälte.

Die sie umbringen würden.

Ich darf nicht zurück. Ich darf …

Noch während sie das dachte, hörte sie plötzlich Simon Kellers Stimme.

84.

»So holst du dir den Tod!«

Simon Keller stand hinter ihr. Mit seinem schwarzen Hut auf dem Kopf, die Flinte umgehängt. Er trug einen großen Damhirsch quer über den Schultern und schaute sie überrascht an.

»Simon ...«, keuchte Marlene.

Der Baur sagte nichts.

»Ich ...«, hauchte sie.

Der Baur machte einen Schritt auf sie zu. Vielleicht bedrohlich, vielleicht auch nicht. Schwer zu sagen. Simon Keller erwartete eine Erklärung, so viel war sicher. Sie musste improvisieren.

Und zwar auf der Stelle. Bevor der Baur noch Verdacht schöpfte.

Sie atmete tief durch.

Denk dir was aus. Oder das hier ist der Ort, an dem du sterben wirst.

An dem *ihr* sterben werdet.

»Lissy«, begann Marlene atemlos.

Endlich sprach der Baur.

»Hat sie wieder einen Anfall?«, fragte er alarmiert.

Marlene schüttelte den Kopf.

»Nein. Ja. Sie ...«

Simon Keller trat noch näher.

Marlene bemerkte, dass sein Mantel offen stand. Man sah den Griff des Jagdmessers. Auf seiner Hose war Blut. Wohl von dem Damhirsch.

Der Baur streckte die Hand aus und streichelte ihr das Gesicht.

Seine Finger waren warm.

»Vergiss das Atmen nicht. Seit wann bist du schon unterwegs?«

»Ich weiß nicht. Ich ...«

»Du bist ja zu Tode erschrocken.«

Ja, verdammt.

»Und du bist ganz kalt.«

Simon Keller legte den toten Damhirsch in den Schnee, schnallte den Rucksack ab und zog eine mottenzerfressene Wolldecke heraus. Er legte sie Marlene um die Schultern und rieb sie, damit ihr warm wurde.

»Geht es wieder?«

Marlene nickte.

»Was ist mit Lissy? Weshalb bist du hier?«

»Lissy geht es nicht gut, sie hat ...«

Zitternd zog Marlene die Decke enger um sich.

Sie schloss die Augen.

Atmete tief durch.

»Ich war gerade dabei, die ... Jungs zu füttern. Alles ganz normal. Dann gab ich Lissy ihr Futter, und sie fing an ... Hinten in ihrem Verschlag ist eine Art ...«

»Eine Luke, richtig«, ermunterte der Baur sie.

»Sie ist mit dem Kopf dagegen angerannt. Ganz fest. Ich weiß nicht, weshalb, ich habe wirklich keine Ahnung. Ich habe versucht, sie zu beruhigen, aber ... Es war überall Blut, und ich wusste nicht, was ich tun sollte. Und da bin ich rausgerannt.«

Simon ließ sie nicht aus den Augen.

Er sah der jungen Frau an, wie sehr sie sich ängstigte.

Und war ganz gerührt.

»Du bist ein tapferes Mädchen, Marlene. Komm, gehen wir«, sagte er und lud sich den Damhirsch wieder auf die Schultern. »Du wirst sehen, es ist alles in Ordnung. Ab und zu macht sie das. Ich glaube, das kommt davon, dass sie eingesperrt ist. Vielleicht muss ich ihren Koben vergrößern.«

Keine Stunde später (denn Simon Keller kannte die Berge und sämtliche Abkürzungen, wie Marlene erschrocken feststellte) tauchte der Erbhof vor ihnen auf.

Schwarz inmitten des Schnees.

Marlene musste an den Bücherberg im Keller denken.

Und dennoch, als der Baur sie aufmunternd ansah, gelang es ihr sogar zu lächeln.

85.

Nach dem Essen am selben Abend.

Die Seite umblättern.

Die Abbildungen in der alten Ausgabe von »Grimms Märchen« fesselten sie und widerten sie zugleich an. Geraubte oder gefressene Kinder, Frauen, die in Stücke gerissen wurden, Hinterlist, Grausamkeit. Von einer Abbildung konnte sie sich gar nicht losreißen: Gretel, die die Backofentür hinter der Hexe zuschlug.

Marlene sah von ihrem Buch auf und blickte den Baurn von der Seite an. Simon Keller saß, die Pfeife zwischen die Zähne geklemmt, am Tisch. Das verletzte Bein hatte er auf einen Stuhl gelegt. Er schnitzte an dem Rüssel eines Schweinchens. Drei weitere standen bereits auf dem Tisch.

Erst jetzt fiel Marlene auf, dass der Baur seit Herrn Wegeners Tod immer nur Schweine geschnitzt hatte. Große und kleine, die Mundwinkel nach oben oder auch nach unten gerichtet und mit Ringelschwänzchen. Immer nur Schweine.

»Für das Kind«, hatte er gesagt. »Spielzeug.«

Einmal hatte er hinzugefügt: »Für den Enkel.«

Simon Keller bemerkte ihren Blick, und Marlene hatte das Gefühl, etwas sagen zu müssen. Sie deutete auf das Schweinchen in seinen Händen.

»Das ist wirklich schön, Simon Keller.«

»Nur der Zeitvertreib eines alten Mannes«, erwiderte dieser.

Marlene steckte wieder den Kopf in ihr Buch. Sie strich die Seite glatt, blätterte aber nicht um. Die Schwarz-Weiß-Zeichnung hypnotisierte sie.

Als sie zurückgekehrt waren, hatte der Baur sofort – allein – nach Lissy gesehen und die Wunde versorgt. Lissy würde es bald wieder gut gehen, hatte er Marlene versichert. Er hatte ihr mehrmals gedankt, dass sie nach ihm gesucht hatte, ihr aber auch Vorwürfe gemacht.

Sie hätte sich verirren können.

Und wie hätte sie die Nacht überleben wollen? Bei der Kälte?

»Du musst an das Kind denken. Du bist jetzt Mutter.«

Er hatte ausnahmsweise das Abendessen zubereitet und ihr das beste Teil auf den Teller gelegt, fetttriefend und duftend, und Marlene hatte sich zu ein paar Happen gezwungen, obwohl ihr speiübel war.

Zum Glück war das Essen rasch vorbei.

Nach dem Geschirrspülen hatte Marlene es sich mit dem Märchenbuch auf den Knien vor dem Kamin bequem gemacht. Doch sie las nicht. Sie dachte nach.

Noch eine Abbildung.

Hänsel und Gretel, die Hand in Hand nach Hause

gingen. Marlene hielt das Buch in den Flammenschein. Sie studierte ihre Gesichter. Sie lächelten. Die Geschichte hatte ein glückliches Ende gefunden, kein Wunder also, dass sie lächelten.

»Und sie lebten in lauter Freude zusammen.«

Aber lag da nicht ein Schatten auf ihren Gesichtern?

Waren die Augen der beiden Geschwister nicht ein wenig zu weit aufgerissen, allzu glücklich? So als ob das, was sie erlebt hatten, sie für immer verändert hätte?

War da nicht etwas Wahnsinniges an der Geschichte von Hänsel und Gretel?

Niemand hatte je erzählt, wie die Geschichte weiterging, nachdem sie »in lauter Freude« zusammengelebt hatten. Wie war Gretel als Erwachsene? Und Hänsel? Hatten sie Albträume? Hatten sie die Hexe vergessen? Oder hörten sie noch immer die fürchterlichen Schreie des alten Weibes? Hatte ihnen ein derart brutaler Tod keinen Schrecken eingejagt? Oder hatten sie ihn etwa *genossen*?

Hatten sie später erneut jemanden umgebracht? Konnte man ständig nach Blut dürsten? War dies mit Simon Keller geschehen, nachdem er Voter Luis getötet hatte? War er schlagartig verrückt geworden, oder hatte sich der Wahnsinn ganz allmählich eingenistet?

Marlene schauderte. Das war zu viel. Alles zusammen war zu viel. Sie klappte das Buch zu, stand auf und wünschte dem Baurn eine gute Nacht. Dann ging sie hinauf in ihre Kammer und schlüpfte unter die Decke.

Sie dachte an Lissy.

An den Baurn.

Simon Keller tötete. Vielleicht ja wegen Voter Luis.

Vielleicht wegen Elisabeth, die in seinen Armen gestorben war. Oder wegen beiden. Vielleicht hatte die Einöde hier oben ihn dazu getrieben. Oder ... Aber spielte es denn wirklich eine Rolle, weshalb er es tat?

Simon Keller tötete. Sie musste sich auf eine einzige lebenswichtige Frage konzentrieren: Was hast du jetzt vor?

Fliehen. Beim nächsten Mal aber gut vorbereitet. Mit Vorräten und mehreren Kleidungsschichten gegen die Kälte.

Er lebt schon sein ganzes Leben hier. Er kennt die Berge wie seine Westentasche. Eine Strecke, für die du Stunden brauchst, bewältigt er in Minuten.

Ich hatte Todesangst. Bin im Kreis gelaufen. Das wird nicht mehr passieren.

Er ist schneller als du.

Das stimmt nicht. Er ist verletzt. Er humpelt.

Hast du gesehen, wie er den Hirsch getragen hat? Er ist stark. Viel stärker als du.

Ich kann es schaffen.

Willst du wirklich das Leben deines Sohnes aufs Spiel setzen?

Ein Seufzer.

Was tun?

Die Antwort ließ nicht lange auf sich warten.

Sie dachte an die Märchen der Brüder Grimm.

An die Schwarz-Weiß-Abbildungen.

Schieb ihn in den Ofen und lass ihn schreien.

Die Grausamkeit dieses Gedankens erschütterte Marlene derart, dass sie aus dem Bett sprang, sich auf den Boden kniete und sich die Hand vor den Mund schlug. Es hätte nicht viel gefehlt, und sie hätte losgeschrien.

Auf den Nachttisch gestützt, rappelte sie sich wieder auf. Sie ging zum Fenster, riss die Läden auf und atmete die eisige Nachtluft in vollen Zügen ein. Übelkeit brannte ihr in der Kehle. Ihr wurde schlecht. Fast hätte sie sich das Kinn am Fensterrahmen angestoßen, so heftig musste sie sich übergeben.

Als ihr Magen sich beruhigt hatte, schloss sie das Fenster und legte sich wieder ins Bett, den Arm über die Augen gelegt.

Schieb ihn in den Ofen und lass ihn schreien.

86.

Nachdem Marlene sich in ihre Kammer zurückgezogen hatte, ging Simon Keller noch einmal hinunter in den Schweinestall, um nach Lissy zu schauen.

Sie lag auf der Seite und schlief ruhig atmend. Vor dem Versorgen der Wunde hatte der Baur ihr Tiopental gegeben, um sie zu betäuben und daran zu hindern, sich zu viel zu bewegen. Er kraulte ihren weißen Haarflaum. Dann besah er die Wunden. Die Ränder waren rot, aber es gab kein Anzeichen für eine Entzündung.

Er tätschelte ihren Rüssel. Lissy war ein Dickschädel, genau wie er, dachte der Baur und lachte im Stillen.

Bevor er sich neben ihr zum Schlafen niederlegte, trat der Baur an die Luke zum Keller. Er berührte die Metallstäbe. Lissy hatte ihre Hauer hineingetrieben. Er spürte es an den Unebenheiten.

An einigen Stellen hatte sie das Gitter fast durchgebissen. Er würde es auswechseln müssen. Und vielleicht hatte Marlene ja wirklich recht, und es war Zeit für einen größeren Koben. Dies ging zwar zulasten der anderen Schweine, aber Lissy brauchte mehr Platz.

Vierhundert Kilo, in diesen kleinen Verschlag gepfercht.

Kein Wunder, dass sie durchdrehte.

Der Baur seufzte und stellte sich vor, wie die Sau gegen das Gitter anrannte und hineinbiss. Lissy, dachte er voller Zuneigung, war nicht böse, aber sie konnte einem Angst machen. Er verstand, weshalb Marlene in Panik geraten war. Aber sie hatte nicht den Kopf verloren, dachte er bewundernd. Marlene hatte sich Sorgen um Lissy gemacht und war losgelaufen, um ihn zu suchen. Eine mutige Geste.

Wäre sie gestürzt oder hätte sich verlaufen ...

Opa.

Der Baur schauderte bei dem Gedanken.

Er hatte beschlossen, hier unten zu schlafen, sodass Lissy beim Aufwachen sah, dass er bei ihr war und sie nie im Stich lassen würde.

Er legte sich neben das Schwein, löschte die Kerze und murmelte: »Süße Lissy, kleine ...«

Die Stimme ließ ihn nicht ausreden.

Die Stimme in seinem Kopf war noch nie so laut gewesen. Sie schrie unzusammenhängende Sätze, manche stammten von Voter Luis, andere von Elisabeth. Dazwischen grunzte sie.

Es tat weh.

Simon Keller hielt sich die Ohren zu.

Hast du gesehen. Sie wird dich verraten.

Nein, sie ist kein böser Mensch!
Sie hat es doch schon getan. Das weißt du.
Sie hat überall Spuren hinterlassen.
Das ist nicht wahr.
Die Stimme brach in schrilles Gelächter aus.
Sie weiß Bescheid.
Sie hat alles gesehen.
Sie weiß es.
Das ist nicht wahr, das kann nicht sein ...
Die Stimme klang plötzlich einschmeichelnd.
Sie wollte fliehen.
Vor mir.
Vor uns.
Vor dir.
Nein, das ...
Sie wird dich töten.
Sie wird mich töten.
Sie wird dich verlassen.
Das kannst du nicht ...
Sie liebt dich nicht. Niemand hat Siml lieb.
Nur Lissy.
Niemand liebt dich so sehr wie ich.
Die Stimme schwieg.
Simon Keller, auf allen vieren, schüttelte den Kopf.
»Das ist nicht wahr!«
Wer liebt dich so sehr wie ich, Siml?, schnarrte die Stimme entrüstet.
»Opa«, wimmerte Simon Keller
Dann rief er es laut: »Opa!«, sprang auf und stieß dabei gegen das am Boden liegende Schwein.

Und da geschah das Unfassbare.

Lissy stürzte sich auf ihn. Mit weit aufgerissener Schnauze. Die Augen zu Schlitzen verengt, mit zitternden Muskeln und speichelglänzenden Hauern. Simon Keller wich taumelnd zurück. Er fiel auf sein wundes Knie, und der Schmerz, der ihm durch den Körper schoss, war so stark, dass sich sein Blick vernebelte.

Lissys Fänge schnappten ins Leere. Ein dumpfer Ton, der die Stimme zum Schweigen brachte.

Der Baur starrte die Sau an.

Lissy erwiderte seinen Blick, reglos. Ein feiner Speichelfaden hing von ihrer nachtschwarzen Schnauze herab, die Hauer glänzten im Licht der Öllampe.

Sie legte sich wieder hin. Und schloss die Augen.

Simon Keller trat den Rückzug an. Er schloss die kleine Tür.

Und rannte in den Wald hinaus.

87.

Früher einmal hatte Simon herausfinden wollen, was das für eine Stimme war, die ihn quälte.

Er las alle Bibeln der früheren Voter. Einige sogar mehr als einmal.

Er vertiefte sich auf der Suche nach einer Antwort in die Lektüre. Sein Glaube war unerschütterlich, doch er war ein Mensch, und Menschen sind neugierig.

Schließlich war das Wort Gottes den Gläubigen ja durch

eine Stimme ohne Antlitz, Körper und Blut diktiert worden. Eine Stimme, die zuweilen Mitleid zeigte, zuweilen zürnte, jedoch nie etwas von ihrer wahren Natur preisgab.

Und auch die Stimme in seinem Kopf blieb Rätsel und Wunder zugleich.

Jedes Mal, wenn er eine der Bibeln von seinen Vorvätern ausgelesen hatte, legte Simon Keller sie in die Mitte des Kellerraumes. Zunächst aus purer Bequemlichkeit.

Er stapelte die bereits gelesenen Bibeln, damit er nicht durcheinanderkam.

Das Licht in Reichweite, hatte Simon Keller auf diesem Altar seine Bibeln abgeschrieben und die der Vorväter gelesen. Je mehr er las, desto höher wuchs der Altar, bis eine Art Säule entstand, hoch und schwarz, denn ihm gefiel die Vorstellung, dass die Worte seiner Ahnen zum Himmel aufstrebten, von dem das Wort Gottes gekommen war. Außerdem war es ein Zeitvertreib wie jeder andere auch.

Wie das Basteln der Wolpertinger.

Oder das Schnitzen von Holztieren.

Du bist verrückt, Simon, dachte er am Anfang. Wie Voter Luis. Du bist schlicht und einfach verrückt.

Doch je länger er in den Bibeln seiner Ahnen las, desto weniger glaubte er daran, dass er verrückt war.

Bis zu dem Moment, als Lissy ihn angefallen hatte und er in den Wald geflüchtet war. Mitten in der Nacht, allein. Er lehnte an einer Tanne. Schlafmohn kauend, um die Stimme in Schach zu halten (die unablässig *Verrat! Verrat!* schrie), setzte Simon Keller sich wieder mit dem Wesen dieser Stimme auseinander.

Er musste an seinen Vater denken.

Simon Keller hatte Voter Luis' Wahnsinn Jahrzehnte zuvor begriffen. Der Schmerz über den Tod von Mutti war zu stark gewesen. Voter Luis war verrückt geworden und hatte Lissy umgebracht.

Warum durfte dasselbe nicht auch für ihn gelten?

Vielleicht war er ja doch verrückt?

Und hatte aus diesem Grund so viele Menschen getötet?

Du bist nicht verrückt. Du hast es getan, weil Lissy Hunger hat.

Nein, Lissy war nur ein Schwein.

Lissy liebt dich.

Es gab Simon Keller einen Stich ins Herz. Lissy, die echte Lissy, war vor vielen Jahren gestorben. Als sein Vater verrückt geworden war. Als er, Simon, noch die Möglichkeit gehabt hätte, ein normales Leben zu führen. Er hätte Voter Luis und den Hof verlassen können. Ins Tal hinabsteigen. Sich als Hilfsarbeiter verdingen. Ein tüchtiger Handwerker werden. Ein Schreiner. Das hätte ihm gefallen. Bretter abschleifen, Spielfiguren schnitzen, Wiegen für Babys bauen.

Es ist wegen dem Kind.

Das Kind ist an allem schuld.

Deshalb bist du blind geworden, Siml.

Simon Keller versuchte, die aggressiven Vorwürfe der Stimme auszublenden.

Es gab sie gar nicht.

Sie existierte nur in seinem Kopf.

Ohne die Stimme hätte er vielleicht sogar eine Frau gefunden. Ein tüchtiges Mädchen, mit dem man lustig sein und dem man zulächeln konnte, so wie Voter Luis das mit Mutti getan hatte, bevor sie starb. Heiraten und Kinder zeugen. Eigene Kinder. Ganz viele Kinder, das Ebenbild ihres Vaters.

Voter Simon?, spottete die Stimme.

Der Baur erhob sich wutentbrannt.

»Warum denn nicht?«

Voter Simon. Opa Simon, höhnte die Stimme.

»Schweig!«

Doch die Stimme schwieg nicht.

Lissys Stimme.

Aber Lissy hatte ihn angegriffen.

Simon Keller atmete schwer. Plötzlich kam ihm ein Gedanke, der noch schlimmer war als der Gedanke, er sei verrückt.

Lissy war böse. Lissy liebte ihn nicht. Hatte ihn nie geliebt. Sie hatte ihm eine Kette um den Hals gelegt und ihn dort, auf dem Hof, bei sich gefangen gehalten.

Sie hatte ihn gezwungen zu töten, immer und immer wieder.

Selbst die Stimme verstummte bei diesem beängstigenden Gedanken.

Nein, Lissy hatte keinen Hunger, dachte der Baur.

Lissy war *böse.*

Und so beschloss Simon Keller, dass er wohl doch verrückt war und das Schwein töten musste.

Der Gedanke, dass Lissy böse war, schien noch schlimmer als sein Wahnsinn.

88.

Blaue Flammen, dachte er.

Opa, dachte er.

Steif vor Kälte, völlig durcheinander. Hinter ihm färbte die Morgenröte die Berggipfel. Vor ihm zeichnete sich der Erbhof als schwarzer Fleck vor der Felswand ab.

Simon Keller lehnte keuchend an der Tür zum Schweinestall. Er kaute die letzten Samen Schlafmohn und wartete ein paar Minuten.

Als er bereit war, stieß er die kleine Tür auf, stieg die neun Stufen hinab und ließ seine Flinte von der Schulter gleiten.

Er dachte an die blauen Flammen, die im Paradies aufloderten, an ein Kind mit blauen Augen und einem Leberfleck oberhalb des Mundwinkels, das die Arme nach ihm ausstreckte, um sich hochheben zu lassen. Opa Simon war groß und stark wie eine Esche, in seinen Armen würde ihm nichts passieren.

Simon Keller betrat Lissys Käfig. Er richtete den Gewehrlauf auf den Kopf der Sau. Lissy schlief. Sie schnaubte im Schlaf, als die eisige Morgenluft zur offenen Tür hereindrang. Der Baur legte den Finger auf den Abzug.

Blaue Flammen, dachte er.

Opa, dachte er.

Wenn Voter Luis verstanden hätte, dass er verrückt geworden war – ob Lissy dann noch am Leben wäre?

Bestimmt. Er hätte sie dann nicht umgebracht. Voter Luis war nicht böse.

Lissy war böse.

Er atmete ein. Und wieder aus.

Der Wahnsinn war mit der Sau mit der gefleckten Schnauze gekommen, und mit der schlafenden schwarzen Sau würde er wieder verschwinden, denn Lissy war das Auge, das ihn ärgerte.

Simon Keller dachte, dass dies die Worte von Voter Luis gewesen waren, bevor er sein Jagdmesser in den Körper der kleinen Elisabeth bohrte.

Er zauderte.

Er betete, dass die Stimme wieder ertönen möge.

Nicht um ihn zu beruhigen, sondern weil er, wenn die Stimme gesprochen hätte, wenn sie versucht hätte, ihn von dem Vorhaben abzuhalten, den Beweis für ihre Grausamkeit gehabt hätte. Und dann hätte er auch den Mut gehabt abzudrücken.

Die Stimme schwieg. Lissy schlug im Schlaf aus. Ihr Ringelschwänzchen zuckte. Sie wachte auf.

Sie bemerkte, dass er bei ihr war, und stand auf. Neugierig schnüffelte sie an dem Gewehrlauf.

Simon Keller senkte die Flinte und kehrte ins Haus zurück.

89.

Als Marlene in die Stube kam, saß er reglos da und starrte ins Feuer. Sie hatte noch nie Flammen von dieser Farbe gesehen.

Blau.

Der Baur drehte sich zu ihr um und deutete ein Lächeln an. Aus einem Beutel entnahm er ein wenig Pulver und streute es in die Flammen. Nun färbten sie sich dunkelblau.

Marlene dachte: Kobolde.

Sie betrachtete das Gesicht des Baurn. Seinen kahlen Schädel.

Sie schauderte.

Schützend legte sie eine Hand auf den Bauch.

»Das machen wir schon seit jeher so«, murmelte der Schädel.

Marlene schwieg.

Der Baur erhob sich. Er hatte noch seinen Mantel an. Wasser tropfte herab. Er war draußen gewesen, in der Kälte, die ganze Nacht.

»Wenn jemand stirbt, wird ein solches Feuer angezündet. Mit blauen Flammen.«

Marlene gefror das Blut in den Adern.

»Wer ist gestorben, Simon Keller?«

»Niemand. Noch nicht.«

Mit gesenktem Kopf ging der Baur hinaus und ließ sie allein.

90.

Schieb ihn in den Ofen und lass ihn schreien.

Es gab auf dem Erbhof gar keinen Ofen, der groß genug wäre, dachte Marlene, die Mutige. Aber sie würde schon eine Lösung finden.

Irgendwie würde sie zurechtkommen.

91.

Er zog los.

Stellte Fragen.

Er schloss Freundschaften. Hörte zu. Sogar den Betrunkenen und den Bettlern auf ihren provisorischen Lagern. Er lächelte, scherzte, gab Getränke aus. Vor allem aber hörte er zu.

Und als der Mann des Vertrauens genug gehört hatte, als er sicher war, nichts außer Acht gelassen zu haben, verabschiedete er sich, verzog sich an einen abgelegenen Ort, breitete die Landkarte Südtirols aus, glättete sie behutsam, nahm einen roten Stift zur Hand – und strich sie sorgfältig aus.

Alle Orte, an denen die Füchsin und der Wolf nicht gesehen worden waren.

Auf diese Weise kreiste er ihr Versteck immer enger ein.

Das war seine Methode, und sie war noch nie fehlgeschlagen. Man musste nur Geduld und Entschlossenheit an den Tag legen.

Beides besaß der Mann des Vertrauens in ausreichendem Maß.

Er saß über die Karte gebeugt da, als es ans Fenster klopfte.

92.

Die Haarnadelkurve.

Die Wand aus Bäumen.

Eine Haltebucht am Straßenrand, die Zapfsäule. Ein Betonwürfel mit Blechdach und Schiebefenster. Hier kam nie jemand vorbei. Nicht mal der Schnee am Straßenrand war schwarz. Auf dem vereisten Schild stand: »Geschlossen«.

Kein Problem, war ja Selbstbedienung.

Hätte da nicht das Auto mit beschlagenen Scheiben gestanden, wäre es so abgelaufen: volltanken, eine Zigarette rauchen, und dann nichts wie weg, auf der Suche nach einem Lokal, in dem man sich vollllaufen, eine kleine Schlägerei anzetteln und so das Gift abbauen konnte, das sich mit dem ununterbrochenen »Jawohl, sofort« des Tages angesammelt hatte. Doch dieses Auto war einfach zu verlockend.

Allein auf weiter Flur. Kein Dampf von Abgasen.

Und beschlagene Scheiben.

Pärchen auszurauben machte besonders viel Spaß.

Das hatten sie schon öfter getan. Sie brauchten sich also gar nicht abzusprechen. Leute erschrecken, ihnen die

Brieftaschen rauben. »Schnelles Geld«, nannte es der lange Lulatsch auf dem Beifahrersitz.

Der Lulatsch hieß Markus. Der kleine Walther war sein Spezl. Die Namen der beiden anderen taten nichts zur Sache, es waren zwei Muskelpakete, die Walther und Markus immer im Schlepptau hatten, eigentlich ohne Grund.

Von den vieren war der Kleine noch am nüchternsten. Und er war auch der Gemeinste. Sie stiegen aus, die Türen ließen sie offen stehen. Schal übers Gesicht. Markus nahm eine Handvoll Schnee und presste sie aufs Nummernschild. Ein prüfender Blick, dann ein Nicken. Sie umringten das geparkte Auto. Der Kleine trommelte an die Scheibe.

Schade. Der Mann im Wageninneren war allein. Dem Kleinen gefiel es, wenn die Mädchen zu schreien anfingen. Der Mann war sehr elegant gekleidet und hatte eine Landkarte auf dem Beifahrersitz ausgebreitet. Vielleicht hatte er sich verfahren. Seinen Klamotten nach zu schließen, hatte er bestimmt eine fette Brieftasche.

Es würde sich also lohnen.

»Aussteigen!«

Der Mann rührte sich nicht. Er schien nicht überrascht. War ganz ruhig. Fast entspannt.

Er zog eine Augenbraue hoch und fragte: »Wieso sollte ich aussteigen?«

Der Lulatsch schlug mit der flachen Hand aufs Autodach, um dem Mann Beine zu machen. Der Kleine rüttelte am Türgriff. Es war offen. Er riss den Schlag auf und machte einen Schritt zur Seite.

»Aussteigen!«

Der Typ klappte seinen Mantelkragen hoch und gehorchte. Langsam. Als hätte er alle Zeit der Welt.

»Brieftasche!«

Der Mann holte seine Brieftasche hervor, entnahm ihr einige Geldscheine und reichte sie ihm.

Der Kleine spürte, wie ihm das Blut zu Kopf stieg. »Alles!«

»Ich muss noch tanken. Du willst mich doch sicher nicht zu Fuß weitergehen lassen?«

Der Lulatsch brach in hämisches Gelächter aus. Die beiden Muskelpakete traten näher und bauten sich vor dem Auto auf. Sie hatten schwielige Hände und breite Schultern. Bauernsöhne. Normalerweise reichte diese Drohgebärde, um diejenigen zur Vernunft zu bringen, die den Helden spielen wollten.

Es funktionierte nicht.

Der Fremde musterte sie einen Moment, dann wandte er sich lächelnd dem Kleinen zu.

Darauf hatte Walther nur gewartet. Er zog sein Klappmesser aus der Hosentasche und ließ die Klinge aufschnappen.

»Soll ich dir hier den Bauch aufschlitzen? Jetzt gleich?«

Der Mann sah sich um.

»Kein schlechter Ort ...«

»Der spinnt«, sagte einer der beiden Muskelprotze und schüttelte den Kopf.

Oberhalb des Schals, den er vor sein Gesicht gebunden hatte, waren Aknepusteln zu erkennen.

»Also, willst du die jetzt oder nicht?«, sagte der Mann und schwenkte die Geldscheine. »Langsam wird mir kalt.«

Der Kleine setzte ihm das Messer an die Kehle und ritzte ihm die Haut auf. Ein paar Blutstropfen quollen hervor.

Der Mann lächelte weiterhin. Er rührte sich nicht einmal von der Stelle.

Dann seufzte er.

»Also gut«, sagte er.

Er leerte seine Brieftasche und gab dem Kleinen die Geldscheine, die dieser hastig zusammenraffte und in seine Hosentasche stopfte.

Dieser Typ brachte ihn zur Weißglut.

»Ich mag keine Schlaumeier. Schlüssel her! Mal sehen, was du so im Kofferraum hast.«

Der Mann legte den Kopf zur Seite.

»Das Schicksal fordert man nicht heraus, das ist nicht klug. Wenn du das tust, wirst du eine Prüfung bestehen müssen. Und du scheinst mir nicht besonders helle zu sein, weißt du?«

»Wenn du nicht gleich die Fresse hältst, schneide ich dir die Kehle durch.«

Einer der beiden Muskelprotze trat mit einem Grunzen einen Schritt näher. Er stieß den Mann beiseite, zog den Schlüssel aus dem Zündschloss und warf ihn Markus zu, der ihn im Flug auffing.

Das Kofferraumschloss klemmte.

Als er endlich die Heckklappe geöffnet hatte, wich er mit einem unterdrückten Schrei hastig zurück.

»Heilige Scheiße, Walther!«

Der Kleine sah zu seinem Freund hinüber, der wie benommen in den Kofferraum starrte.

»Was ist da drin? Geld? Ist das ein Schmuggler?«

»Verdammte Kacke! Walther, das ist ...«

Markus brach die Stimme.

Walther kannte ihn seit ewigen Zeiten. Er wusste, dass er kein Held war, aber dass er so stammelte, war doch eher ungewöhnlich.

»Was ist?«, wiederholte der Kleine. »Was ist da drin?«

»Was man so braucht fürs Geschäft«, entgegnete der Mann.

Dann legte er ihm die Hände auf die Schultern, ganz langsam. Er schien sich überhaupt nicht befreien zu wollen. Es war eine freundschaftliche, beinah schon brüderliche Geste.

Der Kleine prustete verächtlich.

»Einem Unbewaffneten einen Klinge an die Kehle zu setzen ist eine unwiderrufliche Geste«, raunte der Mann. »Überleg dir gut, was du tust. Weißt du, was das Wort ›unwiderruflich‹ bedeutet?«

»Bleib ...«

»Stehen? Still?«

»Beides.«

»Ansonsten?«

»Bringe ich dich um.«

»Schon mal gemacht? Hast du schon mal jemanden umgebracht?«

Der Kleine zögerte. Dann schaute er Markus an.

»Nun sag schon, Mann: Was ist da drin?«

»Waffen«, lautete die Antwort. »Ich habe noch nie so viele Waffen gesehen.«

Der Kleine riss die Augen auf.

»Jetzt«, sagte der Fremde, »ist der Moment der Prüfung gekommen. Seid ihr bereit?«

Der Kleine schluckte.

»Du hast sie nicht alle.«

»Dachte ich mir's doch«, sagte der Mann.

Er packte den Kleinen am Handgelenk und verdrehte es. Mit einem Tritt gegen den Knöchel brachte er ihn zu Fall. Das Gesicht nach oben gewandt, landete der Kleine im Schnee.

Der Mann setzte ihm das Messer unters Augenlid. Wie er es so schnell hatte an sich reißen können, war den Anwesenden schleierhaft.

»Also, sprich mir jetzt nach: ›Benehmt euch anständig, Jungs.‹«

»Du verdammter ...«

Der Schmerz im Handgelenk ließ ihn aufheulen.

»Benehmt ...«, wimmerte der Kleine, »euch ... anständig, Jungs!«

Überflüssig. Keiner der drei anderen hätte auch nur einen Finger gerührt. Sie waren wie gelähmt.

Der Mann warf das Klappmesser in den Schnee und zog eine Pistole hervor, die er dem Kleinen an die Stirn setzte.

»Ich erzähle dir jetzt vom Alten und dem Kind. Das ist wichtig. Die Prüfung, du erinnerst dich? Ihr habt das Schicksal herausgefordert. Und das Schicksal ist ein gestrenger Lehrmeister. Konzentriere dich. Überlege. Hör genau hin. Ich möchte dir vom Alten und dem Kind erzählen. Hörst du mir zu?«

Der Kleine nickte.

»Und ihr da?«

Die drei anderen nickten.

»Dem Alten fehlten ein paar Fingerglieder, die hatte ein Wolf gefressen. Kaum zu glauben, was? Ein Wolf. Das Kind liebte es, wenn der Alte von den Wölfen erzählte, es setzte sich bei ihm auf den Schoß und bat: ›Erzähl mir, wie du auf Wolfsjagd gegangen bist.‹ Da erklärte ihm der Alte jedes Mal mit einem Lächeln, dass die Wölfe nach ihm gesucht hätten und nicht umgekehrt. Dies taten sie, weil er Schafe besaß, und die Schafe bemerkten auch als Erste, dass etwas nicht stimmte. Sie stellten sich im Kreis auf, die Lämmer in der Mitte, die kräftigsten Schafe außen. Um sich zu schützen, versteht ihr? Also griff der Alte zur Doppelflinte. Und wartete. Als er die roten Augen rings um sich sah, wusste er: Er war umzingelt. Denn so machten es die Wölfe, sie schnitten einem den Fluchtweg ab. Mehr oder weniger, wie ihr es mit mir gemacht habt. Da begann der Leitwolf plötzlich zu heulen.«

Der Mann brach in Gelächter aus.

Der Kleine zitterte vor Angst.

»Ihr hättet ihn sehen sollen, diesen Verrückten. Er warf den Kopf in den Nacken und imitierte aufs Schönste ein wildes Tier. Und das Kind, die Augen vor Staunen weit aufgerissen, sah die Wölfe, die Schafe, den Wald und die Nacht vor sich. Atemlos fragte es: ›Und, hast du geschossen?‹ – ›Natürlich nicht‹, antwortete der Alte, ›ich hatte zwei Patronen, und sie waren in der Überzahl.‹ Er streichelte ihm übers Haar und fügte hinzu: ›Ich konnte nur hoffen, dass sie nicht zu hungrig waren.‹«

Der Mann sah die vier scharf an.

»Und nun der Test: Was wollte der Alte dem Kind mit der Geschichte von den Wölfen beibringen?«

Keiner antwortete.

Der Kleine nicht. Der Lulatsch nicht. Und auch nicht die beiden Muskelprotze.

»Nicht so schüchtern! Die erste Antwort hat noch keine Konsequenzen.«

Da ergriff der Lulatsch das Wort.

»Dass der Ärger auf einen zukommt und nicht ...«

Der Knall hallte lange nach.

Ein Häufchen aufgewirbelter Schnee zu Füßen des Lulatschs.

Der Lulatsch fiel auf die Knie. Er hatte in die Hose gemacht, war aber unverletzt.

Die Pistole war wieder auf die Stirn des Kleinen gerichtet.

»Jetzt du. Aber erst sage ich dir noch etwas Wichtiges. Ich werde dich nicht umbringen. Du bist es, der darüber entscheidet, ob du leben oder sterben wirst. Ich bin nur derjenige, der auf den Abzug drückt.

Ein Seufzen.

»Dies sind die zwei wichtigsten Sekunden deines Lebens. Genieße sie.«

Der Kleine hörte den Schnee knirschen. Den Windhauch zwischen den schneebeladenen Ästen. Das Rauschen der kilometerweit entfernten Landstraße. Das Zwitschern eines Ziegenmelkers und das Atmen der Murmeltiere im Winterschlaf.

Er hörte das eigene Herz schlagen und verliebte sich in diesen Klang.

Der Mann lächelte ihm zu.

»Und nun raus mit der Sprache: Was wollte der fingerlose Alte das Kind lehren?«

Walther fuhr sich mit der Zunge über die Lippen. Er sah dem Mann direkt in die Augen.

»Wie man Wölfe von Schafen unterscheidet.«

93.

Sie waren ihm beim Tanken behilflich.

Sie gaben ihm das Geld zurück.

Der Mann des Vertrauens schüttelte jedem von ihnen die Hand.

Lächelnd vertiefte er sich wieder in die Landkarte und ließ sie ziehen.

94.

Einen Löffel.

Nicht die Flinte.

Und auch kein Messer.

Sie hatte ihren ganzen Mut zusammennehmen müssen, um ihn zu stehlen. Einen Löffel. Kein Messer. Nicht die Flinte. Die Flinte war ihr als Erstes eingefallen.

Die Flinte stehlen und laden, dann zielen und abdrücken. Nur hatte Marlene noch nie geschossen und wusste, dass sie nur eine einzige Chance hatte. Wenn sie danebenzielte, landete sie im Schweinetrog.

Die Idee mit dem Messer hatte sie beinah auf der Stelle verworfen. Lieber versuchte sie es mit einem Löffel. Das Verschwinden eines Löffels würde nicht weiter auffallen, bei einem Messer sah das schon anders aus, und das Letzte, was passieren durfte, war, dass Simon Keller Verdacht schöpfte. Ein Löffel war auch am Nordpol ein Löffel und bestand wie ein Messer aus Metall.

Und Metall konnte man feilen, bis es schön spitz war. Und sie wollte nicht, dass Simon Keller Fragen stellte.

In den letzten Tagen hatte er ein seltsames Verhalten an den Tag gelegt. Er war schweigsam und verschlossen gewesen. Außerdem las er viel in der Bibel und murmelte dabei Worte in einem unverständlichen Dialekt. Er aß ohne Appetit und war den ganzen Tag über auf der Jagd. Stets kehrte er mit der Jagdtasche voller Fleisch zurück, und die junge Frau hatte den Eindruck, dass es nur ein kleiner Teil seiner Beute war.

Und dann war Marlene in den letzten Tagen noch etwas anderes aufgefallen. Die geschnitzten Schweinchen hatten sich verändert.

Tack, tack, tack, wie am Fließband produzierte der Baur in frenetischer Hast ein Schwein nach dem anderen. Nur hatten die Holzfiguren jetzt etwas Beunruhigendes an sich: Ihre Mäuler grinsten hämisch, ihre Zähne waren zu Hauern geworden.

Böse Schweine.

Es lief ihr kalt den Rücken hinunter.

Seit dem Tag, als Marlene ihn in die blauen Flammen

starren sah, hatte der Baur Lissy nicht mehr erwähnt. Ebenso wenig wie Marlenes Abreise. Das gab ihr Zeit. Zum Planen.

Marlene, die Mutige, hatte an alles gedacht.

Aus alten Stoffresten hatte sie sich ein paar weiche Hausschuhe gebastelt, die Sohlen waren mit Watte gepolstert. Während Simon Keller stundenlang auf der Jagd war, hatte sie alle Türen auf dem Erbhof geölt. Sie hatte den Grundriss des Hauses auswendig gelernt und auch alle knarrenden Holzdielen. Dem Baurn mischte sie heimlich etwas Schlafmohn ins Essen. Nur wenig, damit er keinen Verdacht schöpfte, aber genug, um ihn leicht zu benebeln.

Und sie hatte den Löffel gestohlen.

Das war ihre Waffe.

Sie hatte denselben Wetzstein benutzt, mit dem Simon Keller sein Jagdmesser schliff. Jetzt war der Löffel scharf wie ein Rasiermesser. Sie hatte ihn unter ihrem Kopfkissen versteckt, und mit der Wange darauf zu schlafen verlieh ihr ein Gefühl der Sicherheit. Besser als nichts. Einstweilen verrichtete sie die üblichen Arbeiten im Haus. Sie bereitete das Essen zu und räumte auf. Sie stopfte trockenes Moos unter die Fensterrahmen. Sie nähte Simon Keller neue Kleidung.

Sie las die Märchen der Gebrüder Grimm.

Sie fütterte die Schweine.

Lissy kam ihr nicht mehr nahe. Sie beäugte sie aus ihrer dunklen Ecke heraus.

Marlene war es nur recht.

95.

Jeden Abend beim Nachhausekommen ging Simon Keller in den Schweinestall hinunter und läutete das Glöckchen. Die Sau kam näher, und der Baur ließ die Flinte von der Schulter gleiten.

Dann richtete er sie auf das Tier.

Blaue Flammen, dachte er.

Opa, dachte er.

Und er dachte an den Teller Suppe, den Elisabeth nicht mehr aufessen konnte.

An Voter Luis dachte er.

Die Stimme schwieg.

Simon Keller kaute Schlafmohn und ging ins Haus.

96.

Simon Keller bemerkte, dass ihr Bauch immer dicker wurde. Trotz Pullover sah man, dass sie schwanger war.

Ihr Unterleib wölbte sich sanft. Der Baur konnte die Augen nicht davon abwenden.

Marlene stellte sich vor, wie sie ihm den Löffel in die Kehle stieß. So, wie er dort stand. Sie hatte Angst.

Doch es wäre verrückt gewesen.

Simon Keller war stark.

Und sie war Marlene, die Mutige. Nicht Marlene, die Lebensmüde.

Sei schlau, Marlene.

Los. Gebrauche deinen Verstand.

Also versuchte sie, ihn abzulenken.

Bald würde sie so fett sein wie Lissy, sagte sie lachend. Ob Voter Luis ein Heilmittel gegen ihre morgendliche Übelkeit wisse, fragte sie ihn. Dabei war ihr gar nicht übel. Und ob er nicht die Tür verbreitern wolle, weil sie sonst womöglich noch stecken bleibe.

Der Baur gab auf keine ihrer Fragen eine Antwort. Schmunzelte über keinen ihrer Scherze.

Plötzlich sprang er erregt auf, und Marlene sah ihm sprachlos dabei zu, wie er alle Holzschweine, die er geschnitzt hatte, einsammelte und in einen Sack steckte.

Sie beobachtete, wie er jedes noch so kleine Holztierchen vom Boden aufklaubte, auch eines, das unter die Bank geraten war, neben den Schürhaken, zwischen das Brennholz.

Schließlich folgte sie ihm nach draußen, die Arme gegen die Kälte um den Leib geschlungen.

Sie sah ihn ein Loch in den gefrorenen Schnee graben, mit bloßen Händen, auf allen vieren wie ein Hund. Sie sah, wie ihm das Blut über die Hände rann, sagte aber kein Wort.

Sie hatte Todesangst.

Simon Keller leerte den Inhalt des Sacks in die Grube, stand mühsam auf, indem er sich auf sein gesundes Bein stützte, gab das Pulver hinzu und entfachte ein Feuer.

Hoch züngelten die blauen Flammen.

Als sie erloschen waren, nahm Simon Keller die Flinte und schloss sich im Schweinestall ein. Stundenlang blieb er dort.

In der Dämmerung hörte Marlene einen Schuss.

Dann einen weiteren. Und noch einen dritten.

Sie lief zum Eingang und sah Simon Keller aus der kleinen Tür kommen.

Er weinte.

War blutverschmiert.

Marlene tat, als hätte sie nichts bemerkt. Beim Essen wagte sie nicht, den Baurn anzusehen. Sie gab vor, so vertieft in ihr Buch zu sein, dass sie Simon Kellers Singsang nicht hörte.

OpaSimonOpaSimonOpaSimon ...

Dann ging er auf sein Zimmer.

In dem Moment fasste Marlene ihren Entschluss.

Heute Nacht würde es passieren.

97.

Es waren nur noch einige Stunden.

Heute Nacht war *die* Nacht.

Sieben Tage seit ihrer Flucht.

Marlene war sicher, nichts übersehen zu haben.

Sie musste ihren Plan nur ausführen.

Sie ließ Mitternacht verstreichen. Herr Wegener hatte ihr mal erzählt, dass die Polizei die Wohnungstür von Verbrechern immer gegen vier Uhr morgens aufbrach, denn um diese Uhrzeit seien die wenigsten wach.

Marlene besaß keine Uhr, hatte aber die Fensterläden ihrer Kammer einen Spaltbreit geöffnet, um anhand des

Mondes die ungefähre Uhrzeit zu bestimmen. Abnehmender Mond zwischen den Berggipfeln. Wie von einem Kind gezeichnet. Beim Anblick des Mondes überlief sie ein Schauer, und sie sah nicht mehr hin.

Als es gefühlt vier Uhr war, machte Marlene sich fertig.

Sie schlüpfte in die selbst genähten Puschen und griff nach dem Löffel. Sie schloss die Fensterläden und wartete, bis ihre Augen sich an die Dunkelheit gewöhnt hatten. Mit genau abgezählten Schritten schlich sie sich zur Tür.

Im Haus herrschte eisige Kälte: Nicht einmal das Moos und die doppelten Scheiben verhinderten das Eindringen des Winters. Dennoch glühte Marlene innerlich.

Noch nie war ihr so heiß gewesen. Noch nie hatte sie solche Angst gehabt.

Sie hielt kurz inne, um neuen Mut zu fassen. Lautlos öffnete sich die Tür. Sie hatte gute Arbeit geleistet; die geölten Türangeln machten kein Geräusch. Sie schlüpfte auf den Flur hinaus.

Einen Schritt vor, einen nach links. Geradeaus weiter und dann wieder links. Eins, zwei, drei, Walzerschritt.

Einer imaginären Choreografie folgend, vermied Marlene, ihre Füße auf die Dielenbretter zu setzen, von denen sie wusste, dass sie knarrten. Als überquerte sie ein Minenfeld. Mit dem spitz geschliffenen Löffel in der rechten Hand. Bei einem Lebenszeichen des Baurn würde sie auf der Stelle umkehren, hatte sie sich geschworen. Marlene, die Mutige, kämpfte nicht um ihr eigenes Leben.

Sie kämpfte um das Leben von Klaus.

Er gab ihr Mut.

Den sie bitter nötig hatte.

An der Tür zu Simon Kellers Schlafzimmer blieb sie stehen.

Sie schaute durchs Schlüsselloch. Pechschwarz.

Sie legte das Ohr an die Tür.

Nur das Rauschen in ihren überreizten Ohren. Gut.

Er schläft.

Bring ihn um!

Sie drückte die Klinke hinunter und öffnete die Tür einen Spaltbreit. Lauschte.

Nichts.

Noch ein paar Zentimeter. Marlene hielt den Atem an.

Sie steckte den Kopf zur Tür hinein.

Im Vergleich zum Flur war es in Simon Kellers Zimmer geradezu hell.

Der Baur schlief immer bei offenem Fenster.

Im Licht des Mondes konnte sie den Kerzenstummel auf dem Nachttisch, eine Bibel und einen Teil vom Bett ausmachen.

Vorsichtig stieß sie die Tür noch weiter auf. Nun stand sie halb offen.

Noch einen Schritt vor.

Das zerwühlte Bettzeug, der schwarze Hut am Haken.

Auf Zehenspitzen ging Marlene auf das Kopfende zu. Sie hob den Arm.

Marlene hatte sich vorbereitet.

Sie hatte sich die Mordszene in allen Einzelheiten vorgestellt. Das aufgeschlitzte Fleisch, das Blut, das überallhin spritzte. Die Schreie. Sie hatte sich vorbereitet und vor allem fest eingeplant, kein Mitleid zu haben. Und das würde ihr auch gelingen.

Obwohl sie genau wusste, dass sie wegen ihrer Tat für den Rest ihres Lebens Albträume plagen würden.

Sie stieß zu, mit aller Gewalt.

Und dann noch einmal.

Doch der Löffel schlitzte nur Kissen und Decken auf.

Dann ertönte die Stimme. Grabesschwer.

98.

Simon Keller hatte sie getötet.

Alle.

Er hatte es für Marlene getan. Für das Kind.

Er hatte sich beim Schießen beeilt und noch mehr beim Nachladen. Damit sie nicht unnötig leiden mussten. Ein Schuss in den Nacken, und sie fielen eins über das andere tot zu Boden.

Danach fühlte er sich entsetzlich.

Ihre Schreie hallten in seinen Ohren wider. Ihre flehenden Blicke verfolgten ihn.

Er fand keinen Schlaf, obwohl er unendlich müde war und ihn schwindelte, als hätte er zu viel Schlafmohn genommen. Das Blut, das noch an seinen Händen klebte, erinnerte ihn an das schreckliche Gemetzel.

Simon Keller stand auf und betrachtete den Mond über den Bergen. Im Stehen, weil sein Knie ihm unerträgliche Schmerzen bereitete. Auch der Anblick des Mondes beruhigte ihn nicht.

Er trat aus dem Lichtschein und lehnte sich an die

Wand. In seiner Verwirrung begann er zu beten. Obwohl er sicher war, das Richtige getan zu haben, fand er keinen Frieden.

Reglos stand er da. Wartete auf ein Zeichen.

Das Zeichen kam.

Die junge Frau.

Der *Verrat.*

Simon Keller sah, wie Marlene auf Kissen und Decken einstach.

Erst in diesem Moment sagte er etwas.

Einen Spruch aus einem alten Märchen.

Jenen Spruch, den Siml der süßen, kleinen Lissy so oft vorgesagt hatte.

Knusper, knusper, knäuschen, wer knuspert an meinem Häuschen?

99.

Marlene zuckte zusammen.

Die bedrohliche Silhouette eines Mannes, direkt hinter ihr, mit verschränkten Armen, den Rücken an die Wand gelehnt. Zuerst dachte sie, es sei Voter Luis. Sie schrie.

Doch dann stürzte sie sich auf den Baurn, der ihr auswich, sie beim Arm packte und mit aller Kraft zudrückte. Die Schmerzen waren so stark, dass sich unwillkürlich ihre Finger lösten.

Der Löffel fiel zu Boden. Marlene spürte, wie sie hochgehoben wurde. Sie trat um sich, vergebens.

Der Baur schüttelte sie und warf sie dann gegen die Wand.

Marlene spürte, wie der Aufprall in ihrer Schulter, ihrem Ellbogen und schließlich auch ihrem Kopf nachhallte.

Sie sah plötzlich doppelt.

Simon Keller hob sie auf, hielt sie in seinem eisernen Griff.

»Ich wollte es nicht glauben. Ich wollte es einfach nicht glauben!«

Er schüttelte sie erneut.

Sein Gesicht – eine Maske des Hasses. Nicht mehr Mensch. Tier!

Er schleuderte sie zu Boden.

Marlene schlug mit der Stirn auf. Sternchen tanzten vor ihren Augen.

Simon Keller packte sie bei den Haaren und schleifte sie auf den Flur.

Sie versuchte sich zu wehren, strampelte hilflos, krallte sich in die Astlöcher der Dielen.

»Ich wollte es einfach nicht glauben!«, schrie der Baur, während er sie zur Treppe zerrte.

Marlene wehrte sich verzweifelt.

Die Stufen.

Klaus!

Marlene kreuzte die Arme vor dem Bauch, winkelte die Knie an, beugte den Kopf vor.

Instinktiv.

Sie musste das Baby schützen. Um jeden Preis.

Bei jeder Stufe ein stechender Schmerz. Sie biss die Zähne zusammen, Tränen schossen ihr in die Augen.

Die Knochen blieben heil.

Simon Keller hörte nicht auf zu brüllen.

»Sie hat es mir gesagt, ja, sie hat es mir gesagt! Ich hätte gleich auf sie hören sollen!«

Marlene stammelte Worte der Entschuldigung, sinnloses Zeug.

»Ich habe ihr gesagt, dass es nicht wahr sein kann. Dass du nicht böse bist.«

Sie waren in der Stube angelangt.

Simon Keller kauerte über ihr.

»Aber ich habe mich getäuscht.«

Sein Atem roch nach Opium.

Marlene zog den Kopf ein.

Der Baur schlug sie nicht mehr.

»Ich wusste es, ich wusste es!«

»Bitte ...«

»Sie lügt nämlich nie«, murmelte Simon Keller.

Marlene gelang es, den Kopf so weit zu drehen, dass sie ihm in die Augen sehen konnte.

»Wer?«

Der Baur riss die Kellertür auf.

Marlene versuchte fortzukriechen. Neben dem Kamin hing das Schüreisen. Sie hätte es als Waffe benutzen können. Doch ihr war schwindelig. Ihre Schulter schmerzte. Die Gewalt, mit der Simon Baur auf sie losgegangen war, hatte ihr einen Schock versetzt.

Sie war langsam. Zu langsam.

»Wer?«, brachte sie mit matter Stimme hervor.

Der Baur packte sie am Knöchel und hob sie wie eines seiner Beutetiere hoch.

»Wer?«, schrie Marlene, zum letzten Mal.
Neun Stufen.
Marlene berührte keine einzige davon. Sie landete direkt auf dem Steinboden.
Dann nur noch Schwarz.

100.

Der Geruch.
Dieser süßliche Gestank, der ihr verriet, wo sie sich befand, noch bevor sie die Augen aufschlug.
Sie zwang sich, durch den Mund zu atmen, doch das war noch schlimmer. Als hätte man ihr einen Schwamm in die Kehle gestopft. Ihr Magen rebellierte. Marlene gelang es, ihre Übelkeit zu bekämpfen. Sie schrie auch nicht. Es hätte nichts gebracht.
Sie blickte sich um.
Fahles grünliches Licht drang durch die Luke zum Schweinestall rechts von ihr und warf seine Schatten auf das Durcheinander, unter dem der Raum begraben lag.
Überall Spinnweben. Umgekippte Eimer, zerbrochene Kisten.
Die Knochen der Wolpertinger.
Und die anderen, an die sie lieber nicht denken wollte.
In der Mitte, unter der Lederhülle, der Berg aus Büchern. In dem seltsamen Dämmerlicht schienen sich die ins Leder eingebrannten Zeichen zu bewegen.
Im Krebsgang kroch Marlene zu der Luke, ohne den

verhüllten Haufen aus den Augen zu lassen, als könnte er sie jeden Moment anspringen.

Neben der Luke, wo es etwas heller war, fühlte sie sich gleich besser. Aber woher kam der penetrante Geruch nach Blut und Tod?

Mit angewinkelten Knien, die Arme schützend um den Körper gelegt, ließ sie sich neben der Luke zu Boden sinken. Sie weinte. Hörte auf damit. Weinte wieder.

Die Schmerzen kamen völlig unerwartet. Überfallartig. Am Hinterkopf.

Marlene hatte das Gefühl, nach hinten weggerissen zu werden. Sie versuchte dagegenzuhalten, aber das machte alles nur noch schlimmer. Die Schmerzen waren kaum mehr auszuhalten.

Sie schlug um sich, stöhnte laut. Zappelte und kam mit den Händen durch die Gitterstäbe hindurch an etwas Feuchtes, Lebendiges. Das an ihren Haaren zerrte.

Das einen ekelhaften Gestank verströmte.

Marlene schrie auf.

Ein heftiger Ruck.

Ihr Rücken, ihre Hände wurden gegen das Gitter geworfen. Panik. Marlene versuchte sich zu befreien. Die Schmerzen waren unerträglich.

Lissy war stark.

Marlene zerrte mit aller Kraft, sie spürte, wie ihre Kopfhaut zum Zerreißen gespannt war. Sie hatte nur noch eine Chance: Rolle vorwärts, mitten ins Gerümpel.

Keuchend drehte sie sich um.

Von der anderen Seite des Gitters sah die riesige Sau zu ihr herüber, ein schwarzes Haarbüschel im Maul.

Lissy.

Marlenes Panik ebbte ab, dafür stieg die Wut in ihr auf. Sie trat an die Luke und spuckte dem Tier auf den Rüssel.

»Hau ab, du widerliches Vieh!«

Lissy blinzelte.

Ich weiß, wer du in Wahrheit bist, meine Süße.

Oh ja, ich weiß es.

Und ich weiß auch, was mit dir geschieht.

Marlene hieb mit der Faust auf das Gitter ein.

»Du weißt gar nichts!«

Lissy starrte sie an. Das Büschel Haare zwischen ihren Hauern war nicht mehr zu sehen.

Marlene wollte lieber nicht wissen, was damit passiert war. Sie krümmte sich zusammen und schlug die Hände vors Gesicht.

Nicht mehr lange, und sie würde völlig den Verstand verlieren. Was hatte es für einen Sinn, sich mit der Sau anzulegen?

Du bist Schweinefutter.

Genau das bist du, meine Süße.

Futter für Lissy.

Marlene sprang auf, rannte die neun Stufen nach oben und hämmerte mit den Fäusten gegen die Kellertür. Laut schreiend trat sie gegen das Holz. Aber sie holte sich nur blutige Knöchel. Immerhin hatte sie sich etwas abreagiert.

Sie fühlte sich wieder klarer im Kopf. Gebrauch deinen Verstand, sagte sie sich.

Hier unten ist jede Menge Krempel. Wer weiß, was man da alles finden kann. Das Blatt könnte sich durchaus noch wenden.

Hektisch begann sie, in den Regalen zu wühlen, zwischen Bücherstapeln und Kleidungsstücken zu kramen, alte Koffer auszuräumen. Als sie eine Ledertasche ausleerte, hörte sie plötzlich ein Klirren von Metall gegen Stein.

Sie ertastete den Gegenstand auf dem Fußboden. Eine Feile.

Schmal, verrostet und alt, aber …

Lissy grunzte.

»Stirb, du Biest!«, schrie Marlene ihr entgegen.

Und brach in Gelächter aus.

Sie musste sich auf die Zunge beißen, um mit dem Lachen wieder aufzuhören.

Marlene zückte ihre Waffe, als wäre es ein Dolch, und stellte sich vor, wie sie dem Baurn die Klinge in den Hals rammte.

Schon fühlte sie sich besser.

»Und dann bist du dran!«, rief sie zur Luke hinüber.

Ein Grunzen, das eher an ein Kläffen erinnerte, war die Antwort.

Versuch's doch mal.

Sie musste hier raus.

Wieder lief Marlene die Stufen hoch zur Kellertür. Mit zusammengekniffenem Auge spähte sie durch das Schloss. Nichts, nur Dunkelheit. Allenfalls der Lichtschein des Kamins.

Marlene steckte die Feile ins Schloss und begann, mit ihr herumzuhantieren, wie sie es aus den Fernsehkrimis kannte, die Herr Wegener so gern geschaut hatte.

Es war verrückt, doch sie hatte nichts zu verlieren.

Das Glück ist mit den Tapferen, sagte sie sich.

Mit den Tapferen und *(Mama)* den Verrückten.

Zweimal ertönte ein Klicken, das sie mit Hoffnung erfüllte, doch beide Male glitt ihr die Feile aus der Hand. Sie gab nicht auf. Machte unermüdlich weiter.

Vor Konzentration trat ihr der Schweiß auf die Stirn, klebten ihr die Haare im Gesicht, während sie vor dem Schloss kniete und es zu knacken versuchte.

»Verdammtes Aas, verdammtes ...«

Die Feile zwischen ihren Fingern wölbte sich wie ein Flitzebogen – und zersprang in zwei Teile. In letzter Sekunde wich Marlene zurück: Beinah hätte sie ein Stück ins Auge bekommen.

Das Spiel war vorbei.

Marlene brach in Tränen aus.

101.

Sie hatte Hunger.

Aber vor allem hatte sie Durst.

Ihr Hunger wurde von Stunde zu Stunde größer, doch der Durst war schlimmer. Er nahm jede Minute zu. Und je mehr Marlene sich zwang, nicht daran zu denken, desto trockener wurde ihre Kehle. Es machte sie verrückt.

Der Gestank im Keller war inzwischen zweitrangig geworden, daran hatte sie sich gewöhnt.

Sie war so oft eingenickt und dann wieder aufgewacht, dass sie jedes Zeitgefühl verloren hatte.

Wie viele Stunden wohl vergangen waren?

Oder waren es Tage?

Lissys Grunzen erfüllte sie mit Angst und Abscheu. Ab und zu äugte die Sau durch das Gitter, als wollte sie das Spektakel genießen. Marlene hatte aufgehört, sie zu beschimpfen.

Der Durst war zu groß.

Die Mühe vergeblich.

Einmal hatte sie das Gefühl gehabt, Simon Kellers Stimme auf der anderen Seite des Gitters zu hören.

Süße Lissy, kleine Lissy.

Sie hatte sich zu der Luke vorgetastet und das Gesicht gegen die Gitterstäbe gepresst. Und da hatte sie ihn gesehen. Simon Keller streichelte Lissy den Kopf.

Marlene hatte ihn angefleht, sie aus dem Keller zu befreien. Sie hatte geweint und geschrien. Der Baur hatte nicht mal hergesehen. Die Sau genauso wenig. Marlene hatte sich damit abgefunden.

Sie hatte Hunger.

Sie hatte Durst.

Sie hatte aufgegeben, um Gnade zu flehen.

102.

Durst.

Der Durst ließ sie delirieren. Sie sprach mit Lissy. Sie sprach mit ihrer Mutter, vor allem mit ihr, aber auch mit ihrem Vater, beleidigte beide und bat dann um Verzeihung.

Sie sprach mit Herrn Wegener.

Die Welt war auf den stinkenden Kellerraum zusammengeschrumpft, mit Lissys Atem, ihrem Grunzen und Kläffen im Hintergrund.

Wahnvorstellungen. Und Durst. Entsetzlich.

Am Ende des zweiten Tages (oder war es der Beginn des dritten?) meinte sie, einen Hauch von Feuchtigkeit in der Luft zu spüren. Zu riechen. Ihr wurde schwindelig. Was für eine Qual.

Zuerst hatte sie an einen Streich geglaubt, den ihr die Fantasie spielte.

Doch die Feuchtigkeit war da. Marlene konnte sie spüren, und ihr wurde klar, dass sie von dem schlimmsten aller Orte her wehte.

Der Luke zum Schweinestall.

Nein, nein, nein.

Sie würde nicht rübergehen.

Nein, niemals.

Sie kroch auf das Gitter zu. Machte kehrt.

Ein Zentimeter, zwei. Zehn. Dann wieder zurück.

Die Zeit verstrich. Die Angst ebbte ab.

Stundenlang starrte Marlene auf den Bücherberg in der Mitte des Kellerraums.

Kroch immer wieder auf die Luke zu.

Wo es nach Wasser roch.

Irgendwann war ihr Durst stärker als ihre Angst. Marlene kroch zu dem kleinen Gitterfenster. Zentimeter um Zentimeter. Bei der Luke angekommen, setzte sie sich in den Schneidersitz.

Ihr Rücken schmerzte und die Haut an ihren Fingerknöcheln, mit denen sie gegen die Holztür geschlagen hatte, juckte. Sie kratzte so lange, bis es blutete. Sie hatte versucht, ihren Durst mit dem Blut zu stillen, doch es hatte nichts geholfen.

Sie brauchte Wasser. Nur ein paar Tropfen.

Sie streckte die Hand aus und ließ ihre Finger über das Metall gleiten. Sie spürte die Scharten, die von Lissys Hauern stammten. Dort, wo das Metall in den Stein gebohrt war, spürte sie – Feuchtigkeit.

Sie führte die Finger zum Mund. Die plötzliche Zufuhr von Flüssigkeit brachte ihren Kreislauf durcheinander.

Ein Grunzen ertönte.

Sie schreckte zurück.

Das darfst du nicht.

Das darfst du nicht.

Benommen starrte Marlene auf die Tropfen, die sich in der Öffnung der Wand sammelten.

Dieser Durst.

Sie kniete sich vor die Luke und schloss die Lippen um die Gitterstäbe.

Die Feuchtigkeit schmeckte nach Eisen. Ihr Gehirn explodierte vor Dankbarkeit.

Marlene begann zu lecken. Sie leckte und weinte.

Dankbar. In Todesangst.

Verrückt.

Sie hörte nicht auf zu lecken. Nicht einmal, als sie Lissy sah, die reglos dastand und sie anstarrte.

103.

Überall rote Kringel.

Der Mann des Vertrauens hatte fast die ganze Landkarte mit roten Kringeln markiert.

Lauter Orte, wo Marlene *nicht* gesehen worden war.

Lauter Orte, wo der Wolf *nicht* gesehen worden war.

Die Kringel ballten und überlagerten sich. Je mehr Tage vergingen, je mehr Fragen er stellte, umso dichter wurde die Anhäufung von Kringeln, bis sie sich in einen großen Fleck mit ausgefransten Konturen verwandelt hatte. Er sah aus, als wäre auf die Karte ein Schuss aus nächster Nähe abgegeben worden.

In der Mitte von all dem Rot befand sich eine Aussparung: ein Weiler, am Ende eines von hohen Bergen umgebenen Tals.

Ein Weiler von vielen.

Eine kleine Kirche mit ein paar Stufen davor, wenige Häuser, eine Dorfschenke.

Der Mann des Vertrauens kam gegen Abend dort an.

Wie immer fand er schnell Anschluss. An drei redselige Alte, um genau zu sein.

104.

Es war tief in der Nacht. Und doch war die Dorfschenke noch hell erleuchtet, denn der elegante Fremde, der sein Auto neben der Kirche geparkt hatte, schien nicht ins Bett, sondern eine Runde nach der anderen ausgeben zu wollen.

Ein sympathischer Typ. Obwohl er ein strahlendes Gebiss hatte und penibel gepflegte Hände. Für ihren Geschmack etwas zu sehr der Stutzer aus der Stadt, aber wenn man zum Bier eingeladen wurde, sagte man nicht Nein.

Sie redeten. Sie lachten.

Und sie erzählten.

Ein Mann, von Kopf bis Fuß in Schwarz gekleidet. Mit einem schweren, altmodischen Mantel. Solche Mäntel gibt es heute gar nicht mehr. Von der Sorte, die vor Regen, Schnee und Kälte schützt. Schon mal davon gehört?

Also, wir haben ihn gesehen. Sicher.

Sie stießen sich gegenseitig mit den Ellbogen an und fingen hämisch an zu lachen.

Der Mann des Vertrauens behielt die ganze Zeit sein Lächeln bei. Hob das Glas an die Lippen und tat, als würde er trinken.

»Vor vierzig Jahren haben wir den gesehen.«

Sie bogen sich vor Lachen.

»Vor vierzig Jahren?«

»Mehr oder weniger. ›Voter Luis‹ nannten sie ihn. Ein Baur. Ein Kräutermandl. Ein tüchtiger Mann. Peter hier, der kann dir sagen, wie tüchtig er war – gelt, Peter?«

Der rotnasige Alte mit den wässerigen Augen nickte so heftig, dass sein Bier überschwappte und auf die Hose tropfte, was zu einem neuen Heiterkeitsausbruch führte.

»Der hat meiner Frau mal das Leben gerettet. Das war neunzehnhundert ... Lass mich nachdenken ... Jedenfalls war der Krieg da schon vorbei.«

»Die Sache hat allerdings einen Haken, Fremder«, wandte sich einer der drei Alten an den Mann des Vertrauens. »Voter Luis ist nämlich schon lange tot. Mir scheint, du jagst einem Gespenst hinterher.«

Ein Schlag mit der flachen Hand auf die Tischplatte.

Der Mann des Vertrauens gab dem Wirt ein Zeichen, noch eine Runde Bier zu bringen.

»Der, den ich suche, lebt noch. Aber was soll's – das ist so ein schöner Abend, und wir sitzen so nett zusammen ... Trotzdem, jetzt habt ihr mich neugierig gemacht: Spukt es wirklich hier in der Gegend?«

Die drei Alten lachten.

Aber nicht mehr so wie vorher.

»Das ist nur dummes Gerede.«

»Ich liebe dummes Gerede.«

Die Männer sahen sich verstohlen an. Der Betrunkenste von ihnen – auch er hieß Peter, war aber im Gegensatz zu dem anderen völlig kahlköpfig und hatte eine fette Wampe – strich sich über den dichten Bart und leerte seinen Bierkrug in einem Zug.

»Es heißt, in seinen letzten Lebensjahren ist Voter Luis ...« – er klopfte sich mit dem Finger gegen die Schläfe – »nicht mehr ganz richtig im Kopf gewesen. Er ist verrückt geworden. Und hat angefangen, mit dem Feuer zu spielen.«

Der andere Peter unterbrach ihn.

»Wenn du es schon erzählen willst, dann richtig! Der ist nicht verrückt geworden ...«

»Ach nein?«, mischte sich der dritte Alte ein, der einen Wikingerbart trug. »Wie würdest du es denn nennen, wenn einer anfängt, den Teufel anzubeten?«

Der Mann des Vertrauens zog eine Braue in die Höhe.

»Teufel? Voter Luis hat den Teufel angebetet?«

Der dicke Peter schlug mit der Hand auf den Tisch.

»Soll ich dir mal sagen, warum das nur dummes Gerede ist? Voter Luis, Gott hab ihn selig, war ein anständiger Mann. Seit dem Tod seiner Frau wurde er ein wenig ... seltsam. Das ja. Ich kann mich gut an ihn erinnern. Und dann noch der Tod der Tochter, das machte ihn noch einsamer. Ja, bestimmt. Meinem Bruder, unten in Welsberg, ist ein Sohn gestorben, ein Unfall beim Heutransport mit dem Schlitten, er wurde überfahren, der arme Junge, und mein Bruder ist vor Schmerzen fast verrückt geworden. Also, was soll das Gerede? Das ist doch ganz normal.«

»Aber man hat nie genau erfahren, woran Voter Luis eigentlich gestorben ist«, gab der Wikinger zu bedenken.

Der dicke Peter prustete entrüstet.

»Die Leute sterben eben, basta.«

»Und wie erklärst du dir das mit den Gespenstern?«

»Ich glaube nicht an so was.«

»Ach nein?«, spottete der andere Peter. »Und die Leute, die einfach so verschwinden? Daran glaubst du auch nicht?«

»Was für Leute?«, fragte der Mann des Vertrauens.

»Das gehört zu der Geschichte«, sagte der dritte Alte,

während die beiden Peter die Köpfe über ihre Bierkrüge beugten. »Denn wir erzählen hier nur Geschichten. Und wenn du sie hören willst, Fremder, solltest du uns vielleicht zu was anderem einladen als zu dieser Kuhpisse hier.«

Das ließ sich der Mann des Vertrauens nicht zweimal sagen. Der Wirt stellte die Flasche Trester auf den Tisch und legte die Schlüssel der Schenke gleich dazu.

»Ihr schließt dann ab«, sagte er. »Ich gehe schlafen.«

Und damit ging er hinaus.

»Voter Luis ist tot, aber sein Gespenst lässt Leute verschwinden?«, ermunterte der Mann des Vertrauens die drei Alten nach der ersten Runde.

»Das Gespenst lässt sie verschwinden. Und zwar etliche. Das Gespenst bringt sie um. Sagt man. Nicht dass unsereins ...« – er hustete – »das glauben würde.«

»Es ist nur eine Geschichte.«

»Nur eine Geschichte.«

»Und wo könnte ich dieses Gespenst finden?«

»Auf dem Hof von Voter Luis. Ganz am Ende vom Tal. Auf dem Berg, oberhalb der Baumgrenze. Ein gottverlassener Ort«, brummte der dicke Peter.

»Was ist sonst noch da oben?«

»Berge. Gletscher. Mehr nicht.«

»Und auf der anderen Seite der Berge?«

»Na, Österreich«, versetzte der andere Peter.

Der Mann des Vertrauens zog die Karte mit den vielen roten Kringeln aus der Tasche und legte sie auf den Tisch. Er schob die leeren Bierkrüge und die Tresterflasche beiseite.

»Und da verirrt sich keiner hin?«

Die drei Alten antworteten nicht.

Der Mann des Vertrauens lächelte.

»Schmuggler?«

»Was glaubst du, wen du hier vor dir hast?«

»Also Ja. Und kehren die alle zurück?«

Der Wikinger spielte mit seinem Schnapsglas.

»Zurück kann man ja einen anderen Weg nehmen.«

»Also gibt es dort nun ein Gespenst oder nicht?«

Der dicke Peter schenkte ihm nach.

»Wir sind drei alte Männer, die sich einen Spaß draus machen, einem Fremden Geschichten zu erzählen. Dort oben gibt es nur Felsen, Schnee und Tod, wenn du dich in den Bergen nicht auskennst. Und du kommst nicht aus den Bergen, stimmt's?«

Der Mann des Vertrauens breitete die Landkarte auf der schmierigen Tischplatte aus.

»Nein, aber ich bin neugierig. Könnt ihr mir zeigen, wo das Haus von Voter Luis liegt?«

Der Wikinger stand auf.

»Ich gehe pinkeln. Und dann gehe ich nach Hause, meine Frau macht sich bestimmt schon Sorgen.«

Die beiden anderen lachten.

Keiner legte den Finger auf die Landkarte.

»Bitte.«

Der Mann des Vertrauens schob die Karte auf die beiden Peter zu. Der dicke Peter deutete schließlich mit seinem Zeigefinger auf das Ende des Tals.

»Hier.«

»Und wo ist das Gebiet, in dem angeblich Leute verschwinden?«

Der andere Peter beschrieb einen Kreis, der Gipfel, Gletscher und Talsenken umfasste.

»Da ungefähr«, murmelte er.

Der Mann des Vertrauens studierte die Karte eingehend. Plötzlich löste sich das Bild, das er sich von dem Wolf gemacht hatte, in Luft auf.

Stattdessen sah er eine Spinne vor sich. Eine Spinne mit sehr langen Beinen, die zwischen den Gipfeln dort oben hockte, in der Mitte eines unsichtbaren Netzes.

Und die auf das nächste Opfer wartete. Eine arme kleine Mücke. Das erklärte seine Vertrautheit mit dem Tod. Den sauberen Schnitt durch die Kehle. Den Gleichmut. Und den Wahnsinn.

Vor allem den Wahnsinn.

Es erklärte jedoch nicht seine Verbindung zur Füchsin.

»Das gesamte Gebiet?«

Der dicke Peter und der andere Peter tauschten einen Blick.

»Mehr oder weniger.«

»Das sind mehrere Hektar«, sagte der Mann des Vertrauens. »Oben in zweitausend Metern Höhe.«

»Da möchte man nicht begraben werden.«

»Könntet ihr etwas genauer sein?«

Nun mischte sich der Wikinger ein, der sich brummelnd wieder zu ihnen gesetzt hatte.

»Keine schöne Gegend, mein Freund. Wir haben heute Abend zusammen gelacht und Geschichten erzählt, richtig? Aber das ist und bleibt eine üble Gegend. Nicht für alles Geld der Welt würde ich einen Fuß dorthin setzen.«

»Blödsinn«, knurrte der andere Peter.

»Würdest du da hingehen?«, fragte der Wikinger herausfordernd.

Die beiden Peter hielten den Blick gesenkt.

Der Mann des Vertrauens wartete. Es war so weit. Entweder klopften die drei Alten weiterhin Sprüche, oder sie ließen endlich die Katze aus dem Sack.

Der Wikinger trank aus und sagte leise: »Also, in Wahrheit ist es so. Vergiss die Gespenster und den ganzen Rest, in Ordnung?«

»Tabula rasa«, sagte der Mann des Vertrauens lächelnd.

»Voter Luis war ein tüchtiger Mann und gläubig dazu. Das wissen wir alle, er hat vielen von uns das Leben gerettet, bevor er verrückt wurde. Seine Frau starb im Kindbett, die Tochter ein paar Jahre später. Als er zu uns ins Dorf kam, hat er die ganze Zeit wirres Zeug geredet. Dann ist auch er gestorben, nur sein Sohn ist übrig geblieben. Alles andere, das mit dem Gespenst und der Teufelsanbetung, sind nur Ammenmärchen, mit denen man Kindern Angst einjagen will.«

»Und Fremden, die überall ihre Nase reinstecken«, fügte der dicke Peter hinzu und schenkte sich erneut ein.

»Voter Luis hatte einen Sohn?«

»Er ist das Gespenst. Ab und zu kommt er runter ins Tal. Er redet nicht viel. Er ist ... halt anders.«

»Das kann alles und nichts heißen.«

Die Alten sahen sich verstohlen an.

Schließlich antwortete der Wikinger.

»Er trägt die Kleidung seines Vaters. Deshalb heißt es, er sei das Gespenst von Voter Luis. Aber das ist nur üble Nachrede.«

»Und die Leute, die verschwinden? Könnte er nicht ...«

»Die Leute verschwinden hier genauso wie überall auf der Welt«, erwiderte der Wikinger mit Nachdruck. »Der eine fällt in eine Erdspalte, der andere wird wegen Spielschulden umgebracht. Andere geben alles auf und ziehen in die Stadt, ohne irgendjemandem Bescheid zu sagen. Nur die Lästerer geben nie Ruhe. Wenn sie behaupten, es wäre ein Gespenst gewesen, beschuldigen sie ja im Grunde den armen Kerl. Glaub mir: Ich habe mit ihm gesprochen. Er ist ein Mann des Glaubens, wie sein Vater. Er ist ein Sonderling. Und einsam ist er auch, so viel ist sicher. Wer hält es denn da oben mutterseelenallein aus? Aber« – der Alte beugte sich zu dem Mann des Vertrauens hinüber und sah ihn durchdringend an – »der Sohn von Voter Luis ist nicht gefährlich. Er hat seinen Hof, seine Berge und will sonst nichts.«

Der Mann des Vertrauens entgegnete grinsend: »Alle wollen was.«

»Er nicht.«

Den Blick vom Alkohol getrübt, mischte sich der andere Peter wieder ins Gespräch.

»Du willst da rauf, was?«

»Vielleicht, vielleicht auch nicht.«

»Das ist ein gefährlicher Ort für einen Stutzer aus der Stadt.«

»Manchmal trügt der Schein.«

»Du tanzt wohl gerne mit dem Teufel, oder?«

Der Mann des Vertrauens zögerte.

Dann brach er in Gelächter aus, bis ihm die Tränen über die Wangen liefen.

»Bitte entschuldigt, aber ich ...«

Er schniefte und versuchte, wieder zu Atem zu kommen, doch er musste weiterlachen, er konnte nichts dagegen tun.

»Bitte entschuldigt mein Verhalten, aber ich ... Auch ich bin in gewissem Sinne als Mann des Glaubens aufgewachsen und ...«

Er unterbrach sich.

Er krempelte die Ärmel seines Hemdes hoch. Seine Unterarme waren von Brandwunden übersät. Die drei Alten, die im Schützengraben wahrlich schlimme Dinge gesehen hatten, waren entsetzt.

Noch immer gelang es dem Mann des Vertrauens nicht, seinen Lachanfall unter Kontrolle zu bringen.

»Ihr müsst wirklich entschuldigen ...«

Er zog ein Taschentuch hervor und wischte sich über die Augen.

»Der Teufel ... Ich bitte um Nachsicht, glaubt mir. Aber den Teufel gibt es nicht. Das weiß ich. Diese Narben hier können es bezeugen.«

105.

Sechs. Neun.

Vier. Vier.

Eine veränderte Zahlenfolge bahnte den Weg in die Vergangenheit. Am 6. September 1944 geschah in Bozen zweierlei. Das gleißende Licht eines Meteoriten erhellte die Nacht, und es kam ein kleiner Junge zur Welt. Ein kleiner blonder Engel mit Schmollmund.

Das Kind war ein Engel, aber ein ganz ernster. Ein Seraph. Es lachte nie, es weinte nie. Ein nachdenkliches Kind, sagte der Arzt zur Mutter, die sich wegen des ansonsten gesunden Knaben Sorgen machte.

Es sei dem Jungen nicht zu verübeln. Er sei ja während der Bombardements zur Welt gekommen (was streng genommen nicht stimmte, denn die erste Bombe traf Bozen erst am 9. September; der 6. war der Tag des Meteoriten gewesen) und habe vom ersten Plärren an das Leben ernst nehmen müssen.

Es sollte ein Witz sein, und die Mutter lächelte. Insgeheim dachte sie jedoch: Was für ein Idiot, dieser Arzt.

Der Knabe wuchs heran. Ohne zu lachen, ohne zu weinen, ganz in sich gekehrt.

In der Schule war er Klassenbester. Der Lehrer ließ keine Gelegenheit aus, ihn vor den Kameraden und den Kollegen zu loben. Einem Klischee zufolge hätte der Junge im Sport eine Niete sein müssen, doch so war es nicht. Bei Wettbewerben belegte er stets einen der ersten drei Plätze. Er war gewandt, gewissenhaft und unermüdlich.

Sein Vater war sehr stolz auf die Pokale, die sein Sohn in der Schule gewann, und reihte sie neben der Kasse des Familiengeschäfts auf, das in Zwölfmalgreien im Nordosten der Landeshauptstadt Südtirols lag.

Im Unterschied zu seiner Frau beunruhigte ihn das Verhalten seines Sohnes nicht. Seine Vorfahren waren allesamt aus hartem Holz geschnitzt, sie hatten damals unter Andreas Hofer gegen Napoleon und die Franzosen gekämpft. Besonnene Menschen, die sich nicht von irgendwelchen Gefühlen leiten ließen. Und der Junge machte auf ihn einen zufriedenen Eindruck.

Er war auch zufrieden.

Die Welt des Jungen, der nie lachte oder weinte, war bis zu seinem neunten Geburtstag perfekt. Alles, was ihn umgab, die Autos auf dem Trottoir, das Geplauder der Marktfrauen auf der Piazza Erbe, der Duft der Süßspeisen im Backofen und das Tschilpen der Spatzen auf der Fensterbank, war nur Illusion. Die Welt entstand, wenn er morgens die Augen aufschlug, und stürzte wieder ins Dunkel, wenn er sie abends schloss. Nichts konnte ihm etwas anhaben, denn nichts existierte tatsächlich.

Außer ihm selbst.

Er selbst war das einzig Reale in dieser perfekten Welt.

Zumindest bis ihn, im Alter von neun Jahren und sechs Monaten, eine streunende Katze kratzte.

Der Junge hatte die Hand ausgestreckt, um sie zu streicheln, und die Katze hatte reagiert. Ganz einfach.

Als er die Hand zum Mund führte, bemerkte er jedoch mit Entsetzen, dass er hindurchsehen konnte. Von Panik ergriffen, rannte er zum Spiegel und betrachtete sein Ebenbild. Sein Verdacht bestätigte sich. Sein Spiegelbild war verschwommen, körnig.

Er löste sich allmählich auf. Wie die Kreideschrift auf der Tafel, wenn der Schuldiener sie mit einem Schwamm wegwischte. Am schlimmsten war, dass dieser Prozess sich über Tage hinzog und gegen Ende sogar noch beschleunigte.

Auf der Straße rempelten ihn sämtliche Leute an und

entschuldigten sich nicht einmal. Die Kinder spielten auf dem Hof, ohne ihn zu fragen, ob er mitspielen wolle. Der Blick des Lehrers überging ihn völlig. Eine Biene hatte ihn gestochen, und seine Mutter hatte nichts bemerkt.

Je mehr er verschwand, desto bizarrer und ungewöhnlicher wurden seine Gedanken. Seine Fantasien waren so lebendig, dass sie wahr zu sein schienen. Der Vater in einem See aus Blut. Seine Banknachbarin, ein niedliches Mädchen mit Kniestrümpfen, die sich in einer Feuersbrunst wand. Und seine Mutter erwürgt und ganz blau im Gesicht.

Im Unterschied zu dem Gefühl des Sichauflösens, das ihn mit Angst erfüllte, waren diese Fantastereien angenehm. Und da die Angst immer erdrückender wurde, klammerte sich der Junge mit aller Gewalt an die Fantasie.

Bis diese Gedanken ihm einen Weg aufzeigten, wie er den Prozess stoppen konnte. Er empfand große Erleichterung.

Wieso war er nicht gleich darauf gekommen?

Er lockte die streunende Katze mit einem Stück Speck, das er aus der Speisekammer stibitzt hatte, zu sich heran und spießte sie mit einem Stock auf (wobei er sich vorstellte, es handele sich um den Magen seiner Mutter, was ihn in eine derartige Hochstimmung versetzte, dass er beinahe in Ohnmacht gefallen wäre). Als er sich in ihren brechenden Augen spiegelte, sah er sein eigenes Spiegelbild wieder auftauchen. Mit dem letzten Atemzug der sterbenden Katze war der Prozess abgeschlossen.

Der kleine Junge lachte. Zum ersten Mal in seinem Leben lachte er.

Er lachte, bis ihm die Tränen kamen.

Er lachte, als würde die Sonne in seiner Brust explodieren. Denn wenn man es recht besah, war er ja die Sonne.

Niemand bemerkte etwas.

Die Zeit verging.

Dreizehn Jahre nach der Meteoritennacht wurde der Junge, wie es in gehobenen Kreisen üblich war, in die Obhut eines Geistlichen gegeben, damit seine moralische Entwicklung mit der geistigen Schritt halten konnte.

Der Geistliche nahm ihn mit sich in die Festung des Herrn. Ins Vinzentinum, das Seminar in Brixen. Er lehrte ihn, wie man Freundschaften schloss und Liebe zur Schöpfung empfand. Wie man Kunst und Schönheit erkannte und Talent als eine kostbare Gabe schätzen lernte. Für die Speisung der Armen brachte er ihm Kochen bei (der Junge erwies sich als kleines Genie, wenngleich sein Vater bei der Vorstellung, sein Sohn könnte Koch werden, den Mund verzog).

Vor allem aber lehrte er ihn Selbstdisziplin und Barmherzigkeit.

Der Junge, der nun schon ein Jüngling war, wusste mit diesen Lektionen etwas anzufangen.

Die Selbstdisziplin half ihm, seine Todesfantasien in Schach zu halten. Er hatte sie nämlich noch immer. Die Erregung angesichts des Lebens, das aus den Augen der Katze wich, gefolgt von einem alles durchdringenden Gefühl des Wohlbefindens, war ein starkes Lockmittel. Die Versuchung, diese Erfahrung zu wiederholen, war groß, manchmal beinah unwiderstehlich. Etwa, indem er einen Hund tötete. Oder eine der Kühe, die auf den Weiden außerhalb der Stadtgrenzen grasten. Ab und zu verfiel er auf den Gedanken, einen Menschen zu töten. Die zweite wichtige Lektion, die ihm der Geistliche erteilt hatte – Barmherzigkeit zu empfinden –, war das Einzige, was ihn, abgesehen von seiner Selbstdisziplin, davon abhielt.

Barmherzigkeit, hatte der Geistliche ihm erklärt, diene dazu, die Welt mit den Augen Gottes zu betrachten. Und er hatte recht. Die Welt mit den Augen Gottes zu betrachten war so, als wohnte man einer Theatervorstellung von einem Berggipfel aus bei und bemerkte dabei, wie irreal alles war. Abgesehen vom Betrachter und dessen Barmherzigkeit.

Als weder Barmherzigkeit noch Selbstdisziplin seine Todessehnsucht vertreiben konnten, kam der Junge auf den Gedanken, es mit Schmerzen zu versuchen. Wenn er sich welche zufügte, nur leichte, verschwand das Verlangen zu töten.

Während seiner langen Studienjahre bis kurz vor Erreichen des Lehrerdiploms sah sich der junge Mann wieder als das einzig Reale im Leben.

Bis eine Prostituierte ihn für einen Priester hielt. Kein gewaltiger Irrtum. Schließlich begleitete der junge Mann seinen geistlichen Mentor gern auf dessen Spaziergängen, weil der Geistliche dann Betrachtungen über die Natur Gottes anstellte, die er unglaublich faszinierend fand. Gott ist der Punkt, von dem alle Bahnen ausgehen, hatte der alte Priester gesagt. In seiner unendlichen Güte zeichnete Gott die Lebensbahn jeder einzelnen Kreatur vor. Eine Bahn, der sich niemand entziehen konnte.

Unwiderruflich, hatte er sie genannt.

Die Frau war nicht schön, sie war betrunken und hielt gar nicht nach Freiern Ausschau. Sie war traurig, wollte jemandem ihr Herz ausschütten. Daher hatte sie ihn angesprochen.

Im ersten Moment wollte der junge Mann die Flucht ergreifen. Er spürte instinktiv, dass diese Frau Gefahr bedeutete. Vielleicht lag es an ihrem erschöpften Aussehen, vielleicht an der Tatsache, dass sie ihn so sehr an die Schwarz-Weiß-Fotografien seiner Mutter in jungen Jahren erinnerte. Er wusste es nicht.

Jedenfalls blieb er an ihrer Seite.

Sie gingen durch das schlafende Städtchen. Sie erzählte ihm von ihrem armseligen Leben, und er hörte ihr zu. Er fühlte sich immer unwohler. Er war beunruhigt, ohne dass er wusste, weshalb, und starrte auf den Schatten, den sie beide im Schein der Straßenlaternen aufs Pflaster warfen. Dann, in einer dunklen Gasse, presste die Frau plötzlich ihre Lippen auf die seinen. Ihre Hände berührten ihn an Stellen, an die sich noch keine Frau gewagt hatte.

Verwirrt machte sich der junge Mann los und packte die Frau, ohne groß zu überlegen, bei der Kehle. Dann drückte er mit aller Gewalt zu. Er hätte sie umgebracht, hätten sich seine Hände nicht vor seinen Augen aufgelöst. Die Panik, die er als Kind empfunden hatte, kehrte wieder, tausendmal so schlimm.

Er rannte davon, seine Beine hielten ihn kaum aufrecht. Jede Minute, die verstrich, schwächte ihn mehr. Er kehrte mit einem einzigen Gedanken ins Seminar zurück: Schmerzen. Die Schmerzen würden ihm helfen.

Im Keller fand er zwei Dosen Waschbenzin. Eine war

leer, die andere kippte er sich über die Arme. Die Schmerzen auf seiner brennenden Haut waren furchtbar. Seine Schreie waren es ebenfalls.

Diese Schreie machten die anderen auf ihn aufmerksam, und das Letzte, woran er sich später noch erinnern sollte, bevor er in Ohnmacht fiel, waren die aufgeregten Mienen seiner Kameraden und das entsetzte Gesicht des Geistlichen. Der einen Austreibungsritus praktizierte. Der heilige Mann betätigte sich als Exorzist. Und zum zweiten Mal in seinem Leben lachte der junge Mann aus vollem Herzen.

Im Krankenhaus, betäubt von den Medikamenten, hatte er ausreichend Zeit zum Nachdenken. Seine Angehörigen, die sich für seinen geistigen Zustand schämten, wollten nichts mehr von ihm wissen. Das war nicht weiter schlimm: Der junge Mann hatte noch nie wirkliche Zuneigung zu ihnen verspürt. Während er allmählich gesund wurde, stellte er fest, dass die durch das Feuer verursachten Schmerzen den Auflösungsprozess nicht gestoppt hatten. Sie hatten ihn nur verlangsamt. Daher machte er sich nach seiner Entlassung aus dem Krankenhaus gleich auf die Suche nach der Prostituierten.

Stattdessen stieß er jedoch auf ihren Zuhälter, einen Mann mit schlechten Zähnen und stinkendem Atem, der ihn erst einmal verprügelte. Dann schleppte er ihn in die Wohnung eines Anwalts, eines in der Halbwelt höchst angesehenen Mannes, der zu Hilfe gerufen wurde, wann immer ein Streit zu schlichten war. Der Zuhälter wäre mit einer Entschädigung einverstanden gewesen, doch der junge Mann hatte kein Geld, und der Zuhälter (der die Prostituierte insgeheim liebte) bat um Erlaubnis, ihn töten zu dürfen. Der Anwalt wollte mit dem Beschuldigten allein gelassen werden.

Sie unterhielten sich.

Im Lauf dieses Gesprächs wurde dem Anwalt klar, dass der junge Mann eine seltene Gabe besaß. Er empfand keinerlei Gefühle. Der Anwalt bezahlte den Zuhälter aus eigener Tasche und schickte ihn fort. Dann stellte er den jungen Mann auf die Probe. Er setzte ihn auf einen Betrüger an. Der junge Mann machte ihn ausfindig und tötete ihn. Dabei fühlte er sich endlich wieder lebendig.

Der Anwalt war beeindruckt von seiner Tat. Der junge Mann tötete sehr präzise und hatte sich in diesem Fall als veritabler Spürhund erwiesen. Der Anwalt erzählte ihm von gewissen Leuten, die jemanden wie ihn gut gebrauchen könnten. Das »Konsortium«, so nannten sie sich. Diese Leute würden sich sehr erkenntlich zeigen, wenn er ihnen als Waffe diene.

Mit Geld wusste der junge Mann nichts anzufangen. Die Welt war ja sein, sie stand ihm zur freien Verfügung. Er hätte abgelehnt, hätte der Anwalt nicht dieses Wort verwendet: »Waffe«.

Eine Waffe war unschuldig. Zu verantworten hatte sich derjenige, der den Abzugshahn betätigte.

Eine Waffe war der Punkt, von dem aus sich unwiderruflich die Lebensbahnen verzweigten.

Und so wurde er zur Waffe.

106.

Sie verabschiedeten sich an der Tür.

Der Wikinger war der Erste, der Lebwohl sagte. Gegen den Wind gestemmt, zog er von dannen. Der Nächste war der dicke Peter, der sich mit einem schlüpfrigen Lied auf den Lippen trollte.

Blieb noch der andere Peter. Von den dreien in der Dorfschenke war er derjenige, der am meisten getrunken hatte, aber auch der mit dem klarsten Blick.

»Du wurdest also religiös erzogen.«

»Von einem Priester, angeblich.«

»Aber du bist nicht gläubig.«

»Nein.«

Peter rieb sich die Hände, um sie aufzuwärmen.

»Und einer aus den Bergen bist du auch nicht. Und trotzdem willst du da rauf.«

Der Mann des Vertrauens schaute in die Richtung, in die Peter gezeigt hatte.

Ins schwarze Loch am Ende des Tals.

»Genau.«

Peter spuckte aus.

»Du glaubst nicht an den Teufel, und trotzdem möchtest du ihm begegnen.«

Der Mann des Vertrauens lächelte schief.

»Ja, das könnte man so sagen.«

»Und du willst mir weismachen«, sagte der Alte schließlich, »dass du kein Mann des Glaubens bist?«

107.

Brandgeruch.

Der Brandgeruch war es, der ihn zu dem Erbhof führte. Hätte ihm der Wind nicht jenen beißenden Dunst in die Nase geweht, er hätte aufgegeben.

Er war früh am Morgen aufgebrochen, in einer nagelneuen Skimontur mit windfester Daunenjacke. Die Nacht hatte er damit verbracht, sein Reisegepäck zusammenzustellen und die Landkarte zu studieren. Mit sicherem Schritt hatte er das Tal in nördlicher Richtung durchwandert.

Nach ein paar Stunden hatte er die Ski abgeschnallt und die Schneeschuhe übergestreift, um jenseits der Baumgrenze voranzukommen. Er versuchte, sich vor fremden Blicken zu schützen (denn er kam sich vor wie eine lebende Zielscheibe), indem er von Fels zu Fels huschte und sich beeilte, wenn er keine Deckung hatte.

Ab und zu hielt er inne, um einen Schluck aus der Feldflasche zu nehmen und einen Blick auf die Karte zu werfen. Er setzte den Rucksack ab und ließ die Schultern kreisen, um die Blutzirkulation wieder in Gang zu bringen. Er trank, schöpfte Atem und marschierte weiter.

Je länger er unterwegs war, desto seltener fand er Spuren von Menschen. Anfangs hatte er noch ab und zu eine Almhütte mit verrammelten Fensterläden gesehen, dann unter Schneemassen begrabene Ruinen, schließlich gar nichts mehr.

Ohne es zu wollen, dachte er die ganze Zeit über die Worte der drei Alten nach. Die Beschreibung der Spinne, des Sohnes von Voter Luis. Ein Mann, der keine Bedürfnisse hatte.

Sie täuschten sich.

Alle hatten irgendein Bedürfnis. Geld, Sex. Der eine war auf Rache aus, der andere auf Ruhm. Die Mehrheit begnügte sich mit etwas zu essen, einem warmen Bett und einem einfachen Leben. Doch Sex, Geld, Ruhm und Essen waren nur Masken, die die Wahrheit verbargen.

Alle Menschen wussten insgeheim, dass sie nicht wirklich existierten. Sie wünschten sich eine treue Ehefrau, eine gut bezahlte Arbeit oder ein prächtiges Schloss, doch was sie tatsächlich wollten, war, dass sie jemand aus ihrem Zustand der Illusion riss. Daher fielen sie auch nach Erreichen eines lang ersehnten Ziels in ein tiefes Loch. Sie stellten fest, einer falschen Wunschvorstellung gefolgt zu sein. Sie dürsteten nach der Wirklichkeit, fürchteten sich aber zugleich davor.

Alle, außer einem.

Die drei Alten aus dem Dorf konnten es nicht wissen, aber wenn es jemanden gab, der keinerlei Wünsche hatte, dann war es nicht der gespenstische Eremit mit dem seltsamen schwarzen Mantel, sondern er selbst, der Mann des Vertrauens.

Nur er brauchte sich nichts zu wünschen. Denn er war *selbst alles.* Daher hatten die Menschen Angst vor ihm und waren zugleich fasziniert von ihm.

Sie spürten, dass er irgendwie anders war.

Und sie hatten recht.

Er existierte tatsächlich, sie nicht.

Das hatte er vor Jahren begriffen.

Dennoch hatten ihn die Worte der drei Alten aufgewühlt und den ganzen Tag beschäftigt. Er hatte über sie nachgedacht, während er immer höher stieg, während er den Horizont absuchte und an Berghängen entlangwanderte.

Immer höher.

Immer selbstvergessener.

Das Tageslicht, das bereits in schrägem Winkel einfiel, hatte ihn überrascht, er dachte daran, umzukehren. Nachts, das wusste er, würde er nichts finden. Nur den Erfrierungstod.

Wäre da nicht der Brandgeruch gewesen, er hätte kehrtgemacht.

108.

Der Mann des Vertrauens folgte dem Geruch. Er führte ihn zu einem an Felshänge geklammerten Erbhof, der sich gegen das Licht der untergehenden Sonne abzeichnete. Der Mann des Vertrauens beachtete jedoch weder den Sonnenuntergang noch das Gebäude. Er nahm das Feuer in Augenschein. Und inmitten des Feuers entdeckten seine Augen den Wolf. Vielmehr die Spinne. Der Mann, in einen langen schwarzen Mantel gehüllt und mit einem breitkrempigen Hut auf dem Kopf, ging seltsam gebeugt, schleppend.

Kein Zweifel: Das war der Gesuchte.

Gleich war die Jagd beendet.

Die Spinne war beschäftigt, und das war ein großes Glück für den Mann des Vertrauens, denn hätte sich der Alte umgedreht, hätte dies sein Ende bedeutet. Er hatte keinerlei Deckung.

Hastig erklomm der Mann des Vertrauens ein paar Felsblöcke oberhalb des Erbhofs. Kälte und Erschöpfung hatte er so gut wie vergessen.

Der Mann des Vertrauens lugte hinter den Felsen hervor. Ein optimaler Blickwinkel.

Er zog einen Metallkasten aus dem Rucksack und setzte ihn im Schnee ab. Er hauchte in seine gewölbten Handflächen, damit sie warm wurden, und streifte seine Handschuhe über. Die Temperatur fiel stetig. Der Mann des Vertrauens klappte den Kasten auf und entnahm ihm mit raschen, präzisen Handgriffen eine Waffe: eine Mauser Karabiner 98k, Kaliber 7,92, die nur selten ihr Ziel verfehlte. Seine liebste Waffe.

Er steckte das Zeiss-Visier und den Schalldämpfer auf: aus Furcht vor Lawinen, nicht weil er Angst hatte, gehört zu werden. Im Umkreis von Kilometern war keine Seele.

Er packte den Kasten wieder in den Rucksack und zog eine zusammengerollte Matte heraus, die er im Schnee ausbreitete. Das linke Bein gestreckt, das rechte leicht gebeugt, legte er sich darauf. Eine perfekte Position zum Schießen.

Er legte den Kolben an die Schulter und stützte den Lauf auf einen Felsen, dann blickte er durchs Zielfernrohr auf das Feuer, das die Spinne entfacht hatte.

Die Flammen hatten fast die gleiche Farbe wie Methangasflammen. Blau.

Die Spinne hatte einen spiralförmigen Graben in die Schneedecke rund um das Haus geschippt. Damit nicht genug, hatte diese seltsame Bergkreatur auch noch Holzscheite im Graben aufgeschichtet.

Und diese angezündet.

Blaue Flammen.

Der Mann des Vertrauens hatte so etwas Ähnliches schon einmal gesehen, in natura. »Irrlichter« nannte man so etwas. Doch Irrlichter waren das Ergebnis der Zersetzung toter Organismen. Für gewöhnlich zu erleben in Sümpfen oder im Morast. Hier oben gab es aber nur Eis und Felsen.

Der Mann des Vertrauens konzentrierte sich. Das Visier war genau auf die Tür des Bauernhauses gerichtet.

Die Dämmerung wurde von der Nacht abgelöst. Der Himmel war bewölkt, der Mond versteckte sich. Die Spinne ebenfalls. Es wurde immer kälter. Ab und zu rieb der Mann des Vertrauens seine Finger gegen die Kälte, ohne jedoch die Tür zum Bauernhaus aus den Augen zu lassen.

Das Licht der Sterne spiegelte sich auf dem Eis. Zusammen mit den blauen Flammen entstand ein seltsamer, hypnotischer Effekt. Wind kam auf.

Der Mann des Vertrauens kniff die Augen zusammen. Er atmete langsam und zählte seinen Herzschlag.

Er zog einen Schokoladenriegel aus der Skijacke und kaute, ohne etwas zu schmecken.

Das einzige Licht, das im Haus zu sehen war, drang aus einem kleinen Fenster gleich neben dem Eingang. Vermutlich die Stube, dachte der Mann des Vertrauens.

Wären da nicht die brennenden Holzscheite gewesen, hätte er nicht so lange gewartet. Er hätte das Haus gestürmt. Doch die Spinne musste die Feuerspirale aus einem ganz bestimmten Grund angezündet haben und würde also früher oder später wieder herauskommen.

Lieber wartete er, um einen Schuss aus der Distanz abzugeben.

Das war sicherer.

Er befand sich ungefähr dreihundert Meter von dem Gebäude entfernt. Selbst bei diesem Wind würde er nicht danebentreffen. Er hatte schon unter weitaus schwierigeren Bedingungen ins Schwarze getroffen.

Plötzlich öffnete sich die Haustür, und in dem warmen Lichtschein der Stube war der schwarze Schatten der Spinne zu sehen. Der Mann des Vertrauens blinzelte. Die Spinne trug weitere Holzscheite auf dem Arm. Mit der Hacke trat der Mann die Tür zu und stieg die Stufen herab.

Der Mann des Vertrauens drückte nicht ab.

Er folgte der Spinne. Der Mann trug das Holz zu einer Stelle, an der die Flammen schwächer züngelten. Er gab offenbar Pulver ins Feuer, denn sie loderten blau auf.

Die Spinne hinkte sichtlich.

War der Mann verwundet?

In der Villa von Herrn Wegener gab es keine Anzeichen für einen Kampf. Ohne ihn aus dem Visier zu verlieren, folgte der Mann des Vertrauens der Spinne, die die Stufen wieder hinaufstieg.

Die Spinne machte die Tür weit auf.

Der Mann des Vertrauens spürte, wie sich seine Muskeln an den Schultern entspannten.

Die Silhouette der Spinne war deutlich im Gegenlicht der Stube zu erkennen.

Der Mann des Vertrauens schoss.

Die Spinne stürzte.

109.

Marlene harrte stundenlang neben der Kellertür aus und lauschte Simon Keller, der Holz hackte, sang und vor sich hin murmelte.

Lauschte seinen schweren Schritten droben in der Stube. Auf und ab. Auf und ab.

Ihr kam der Gedanke, dass der Baur den Erbhof mit ihnen beiden darin anzünden wollte. Eine geradezu verlockende Vorstellung. Lieber sterben, und sei es auf noch so grausame Art, als noch eine weitere Minute, eine weitere Sekunde in diesem Loch zu verbringen. Sie wurde langsam verrückt.

Sie hörte Geräusche, die von dem Bücherberg ausgingen.

Waldrauschen, das Heulen des Windes zwischen den Gletschern. Töne, Klänge wie Stimmen.

Mama, die ihr sagte, dass sie bald so sein würde wie sie. *Verrücktverrücktverrückt*, weil sie so auf *Geldgeldgeld* aus gewesen sei, statt ein dreckiger Bauerntrampel zu werden, wie das Schicksal es ihr vorherbestimmt hatte. Wenn Simon Keller das nächste Mal in den Keller kam, hatte Mama gekrächzt, so würde er gar keine Marlene mehr vorfinden.

Weder Marlene, die Mutige, noch Marlene, die Hure; er würde ein quiekendes Mäuschen vorfinden, und dann würde er ...

Weil sie das Gezeter nicht länger ertragen konnte, erzählte Marlene sich selbst Geschichten. Mit lauter und immer noch lauterer Stimme. Um sich an etwas zu klammern, das ihr helfen würde, nicht wie Mama zu werden: *verrücktverrücktverrückt*. Klaus hatte eine andere Mutter verdient.

Für eine Weile waren die Stimmen verstummt.

Dann, als der Schlaf sie schon fast übermannt hatte, trat Onkel Fritz auf den Plan.

Mit seiner Grabesstimme, die Anzüglichkeiten murmelte.

Marlene brach in Tränen aus. Hoffentlich würde Simon Keller sie endlich umbringen.

Plötzlich spürte sie ein Kribbeln. Im Bauch. Vielleicht war es auch nur Einbildung.

Aber ...

Sie hatte es gespürt.

Ein Hauch von Wärme in dieser Eiseskälte.

Klaus.

Die Gespenster waren verschwunden, der schwarze Berg wieder das geworden, was er war: ein Haufen alter Bücher und sonst nichts.

Lissy war nicht verschwunden. Lissy starrte sie weiterhin durch das Gitterfenster an, aber Lissy war nur ein Schwein und würde niemals die Stäbe durchbeißen können und in den Keller kommen. Sie würde das Gitter weiter mit ihren Hauern attackieren, aber eine fiese fette Sau wie sie würde selbst in einer Million Jahren nicht durch diese Luke passen.

Der Gedanke gab ihr Kraft.

Und ohne weiter auf das Gezeter von Mama, die halbseidenen Witzchen von Onkel Fritz und Lissys Starren zu achten, fing Marlene, die Mutige, wieder an, Pläne zu schmieden. Und beim Pläneschmieden musste sie lächeln.

Und mit diesem Lächeln auf den Lippen machte sie sich auf die Suche.

Denn Onkel Fritz hatte recht gehabt.

Marlene, die Mutige, war ein dreckiger Bauerntrampel. Sie hatte Scheiße geschippt. Tonnenweise. Hühnerkacke, Ziegendreck, Kuhscheiße.

Und Schweinemist.

Einen ganzen Lkw voll.

Aber das mit der Scheiße hatte nicht etwa aufgehört, als sie aus den Bergen fortgezogen war. Nein, sie hatte auch danach noch Scheiße schippen müssen. Auch wenn die nicht mehr stank.

Scheiße waren auch die lächelnden Gesichter, die »Da ist ja die Hure« dachten, wenn Wegener sie bei gesellschaftlichen Ereignissen seinen Geschäftspartnern vorstellte. Scheiße waren auch die Tränen, die sie vergoss, wenn Wegener seine Befehle ins Telefon brüllte. Scheiße waren die Juwelen, der Nagellack, die schönen Kleider. Scheiße war »Frau Holle«. Die ganze Welt war ein riesiger Misthaufen.

Aber Marlene wusste, wie man mit Scheiße umgeht.

»Wer suchet, der findet«, murmelte sie vor sich hin.

»Wer suchet, der findet.«

110.

Er hatte ihn die ganze Zeit im Visier behalten.

Der Mann des Vertrauens stand vorsichtig auf, die Mauser im Anschlag. Er schüttelte seine Beine aus, klopfte sich den Schnee ab. Dehnte den Rücken. Die Wirbel knackten.

Er machte sich an den Abstieg.

Der Wind trieb ihm Tränen in die Augen, aber er schloss sie nicht einmal für einen winzigen Moment.

Als er nur noch etwa dreißig Meter vom Erbhof entfernt war, das Gesicht steif gefroren vor Kälte, spürte er die Hitzewellen, die von dem spiralförmig angelegten Feuer der Spinne ausgingen.

Er lief weiter.

Er wusste, dass die Spinne nicht tot war. Er hatte nicht geschossen, um zu töten. Wenn das sein Ziel gewesen wäre, hätte er nicht so viele Vorsichtsmaßnahmen ergriffen. Er hatte geschossen, um zu verletzen.

Die Spinne und die Füchsin. Er wollte begreifen, was sie miteinander verband.

Das Knie der Spinne war getroffen. Ein kleiner See aus Blut hatte sich unter ihm gebildet. Der schwarz gekleidete Alte lag am Boden und stöhnte, das Gesicht Richtung Stube gewandt. Der Mann des Vertrauens stieß ihm den Gewehrlauf in den Nacken.

»Wo ist sie?«

Die Spinne wollte sich umdrehen, doch der Mann des Vertrauens hinderte ihn daran, indem er seinen Druck verstärkte.

»Die junge Frau. Marlene.«

»Hier gibt es keine Marlene.«

»Das Mädchen mit den Saphiren. Wo ist sie?«

Die Spinne antwortete nicht.

Der Mann des Vertrauens bedrängte ihn.

»Gib sie mir, und ich lasse dich am Leben.«

»Hier gibt es keine Marlene. Hier gibt es nur Lissy.«

Der Mann des Vertrauens runzelte die Stirn.

Wer war Lissy?

»Wo ist sie?«

»Unten. Zusammen mit meinem Vater. Und dem Vater meines Vaters.«

Der Mann des Vertrauens biss sich auf die Lippe. Sie war so kalt, dass er den Schmerz nicht spürte.

Der Alte faselte dummes Zeug.

Er war verrückt. Oder er tat so, als ob.

»Mich interessiert nur Marlene. Danach lasse ich dich gehen.«

»Mit dem Bein?«

»Wo ist sie?«

Der Alte am Boden verlor viel Blut.

»Werd mir ja nicht ohnmächtig.«

»Im Keller unter der Stube ist eine Tür. Sie ist abgeschlossen.«

Das passte nicht zusammen.

Das passte überhaupt nicht zusammen.

»Hast du sie eingesperrt?«

»Ja.«

Der Mann des Vertrauens musterte das fahle Gesicht des Alten.

»Hast du Wegener umgebracht?«

»Ja.«

»Warum hast du das getan?«

Der Alte schloss die Augen.

»Süße Lissy. Kleine Lissy.«

Der Mann des Vertrauens zielte mit dem Gewehrlauf auf das kaputte Knie.

Er presste die Mündung auf die Wunde.

Der Alte hob die Stimme, sein Gesicht war zu einer fürchterlichen Grimasse verzogen.

»Süße Lissy! Kleine Lissy! Süße ...«

Der Mann des Vertrauens schoss noch einmal.

Die Spinne schrie. Der Singsang hörte auf.

»Es macht keinen Sinn. Es macht überhaupt keinen Sinn.«

Die Spinne drehte sich langsam zu ihm um, wie in Zeitlupe.

Der Mann des Vertrauens konnte jetzt auch die Augen der Spinne sehen. Er stellte fest, dass ihre Pupillen sich verengt hatten und ein unnatürlicher Glanz in ihnen lag. Wie unter Drogeneinfluss.

»Die Welt ist eine Sammlung von Rätseln.«

»Den Schlüssel«, drängelte der Mann des Vertrauens nervös. »Du hast gesagt, die Tür ist verschlossen. Gib ihn mir, und ich tue dir nicht mehr weh.«

Der Alte reichte ihm den Schlüssel.

Als der Mann des Vertrauens ihn an sich nehmen wollte, packte ihn die Spinne am Handgelenk und zog ihn blitzschnell zu sich herunter. So plötzlich, dass der Mann des Vertrauens keine Chance hatte, sich zu wehren. Gerade noch hatte er mit seinem Gewehr auf den Alten gezielt, jetzt lag er quer über ihm am Boden. Auge in Auge. Sie war *stark*, die Spinne.

»Sie wird kommen«, flüsterte der Alte.

»Wer?«

»Die Wahrheit.«

Der Mann des Vertrauens spürte einen Schlag in der Magengrube.

Die Welt war auf den Kopf gestellt.

Er wurde gegen die Hauswand geschleudert. Er sah, wie der Alte, der trotz seiner Verletzung noch immer über unglaubliche Kräfte verfügte, sich mit seinem ganzen Gewicht auf die Treppe warf, sodass das Holz in sich zusammenkrachte. Er sah ihn in das dunkle Loch stürzen, das sich plötzlich auftat. Er hörte einen dumpfen Aufprall und einen erstickten Schrei.

Der Mann des Vertrauens rappelte sich hoch und packte im selben Atemzug die Mauser. Er legte sie an und zielte.

Ins Leere.

Der Alte war in der Finsternis verschwunden.

Der Mann des Vertrauens zögerte.

Die Spinne war zerquetscht. So stark und so unverwüstlich der Alte auch zu sein schien, kein Mensch würde mit einer Wunde, wie er sie ihm beigebracht hatte, überleben können.

Er war kein Risiko mehr. Jedenfalls kein unmittelbares.

Er beschloss, die Spinne erst einmal zu vergessen.

Allerdings würde er sie nicht am Leben lassen, das nicht. Der Mann des Vertrauens ließ nie Zeugen zurück. Er würde erst Marlene erschießen und sich dann dem Alten widmen.

Ihn zu finden würde ein Leichtes sein, er musste nur den Blutspuren im Schnee folgen. Aber erst musste er die Füchsin aufspüren. Sie musste hier drinnen sein.

Er hängte sich das Gewehr um.

Und ging ins Haus.

111.

Die Tür ging auf.

Die Silhouette, die sie im Gegenlicht erkannte, war nicht die von Simon Keller.

Marlene hatte sich auf der türabgewandten Seite des Bücherbergs versteckt, hinter einem umgekippten Regal. Sie stand mit dem Rücken gegen die feuchte Wand gelehnt und hielt den Atem an.

Der Mann trug eine Waffe.

»Marlene?«, rief der Unbekannte.

Marlene machte sich ganz klein.

»Es ist vorbei«, sagte die Stimme, »du kannst rauskommen.«

Marlene antwortete nicht.

Der Mann ging einige Stufen nach unten.

»Ich bin gekommen, um dich zu retten. Es ist vorbei. Du bist frei.«

Marlene hatte nicht die leiseste Ahnung, wer dieser Mann sein konnte. Wo Simon Keller war. Ob es Tag oder Nacht war und ob dieses Zusammentreffen vielleicht nur eine Ausgeburt ihrer Fantasie war.

Sie wusste jedoch, dass der Unbekannte trotz seines sorgenvollen Tonfalls log.

Sie schnappte sich eine Decke und legte sie über ihre Beine.

»Vertraust du mir etwa nicht?«, sagte die Stimme. »Na ja, an deiner Stelle würde ich das auch nicht tun. Wir kennen uns schließlich nicht. Du weißt nicht, warum ich hier bin. Du weißt gar nichts. Du hast viel durchgemacht, ich kann dich gut verstehen. Seit wann hat er dich gefangen gehalten?«

Noch eine Stufe.

»Du möchtest Antworten auf deine Fragen haben?«, sagte die Stimme einschmeichelnd. »Du weißt über das Konsortium Bescheid, oder? Nun, sie schicken mich. Du musst keine Angst haben. Die Schulden sind beglichen. Wegener ist tot. Aber das ist nichts Neues für dich, stimmt's?«

Dieser Mann wusste sehr viel.

Vielleicht zu viel.

»Du hast die Saphire. Gib sie mir, und die Angelegenheit ist erledigt. Du hast immer noch Angst vor dem Mann in Schwarz, oder?«

Marlenes Augen weiteten sich.

»Er ist tot«, sagte die fremde Stimme.

Simon Keller.

Tot.

Tot.

Tot.

»Aber natürlich!«, rief der Unbekannte aus. Er war am Fuß der Treppe stehen geblieben. »Es ist das Gewehr! Das macht dir Angst. Du hast völlig recht. Jetzt, wo der Alte tot ist, brauchen wir keine Waffen mehr. Schau her!«

Der Mann zog das Gewehr über seinen Kopf und lehnte es an die Wand. Die Hände erhoben, entfernte er sich ein paar Schritte von dem Gewehr. Als er sich zur Seite drehte, konnte Marlene sein Gesicht im vollen Licht sehen. Er ähnelte einem berühmten Schauspieler.

Er lächelte.

»Ich bin hier«, flüsterte Marlene.

»Komm, lass uns hier weggehen. Hast du Hunger? Ich habe gesehen, dass in der Stube ein paar Vorräte sind. Ich kann dir was kochen. Und du kannst dich ausruhen. Vielleicht warten wir bis morgen mit der Rückkehr ins Dorf. Wir haben schließlich keine Eile. Und ich werde Wache halten.«

»Ich bin angekettet«, sagte Marlene. »Ich kann mich nicht bewegen. Er wollte verhindern, dass ich weglaufe.«

Der Blick des Unbekannten legte sich auf das umgekippte Regal. Ihr Versteck.

Er kam näher.

Er sah sie.

Marlene, inzwischen zusammengekauert am Boden. Die Beine unter einer mottenzerfressenen Decke verborgen.

Der Mann des Vertrauens trat noch näher.

»Marlene«, sagte er, »ich freue mich, dich endlich kennenzulernen. Ich habe schon so viel von dir gehört. So ein tüchtiges Mädchen.«

Marlene schob sich die Haare aus dem Gesicht und musterte den Mann, der sie, die Hände in die Flanken gestützt, beobachtete.

Er lächelte.

Jedoch nicht mit den Augen.

Sie lächelte zurück.

»Man hat mir gesagt, dass du schön bist.« Der Mann des Vertrauens hockte sich neben sie. »Aber ich hätte nicht gedacht, dass du *so* schön bist.«

Er hatte etwas Einschmeichelndes an sich. So eine übertriebene Nettigkeit.

Wie die Hexe.

Wer knuspert an meinem Häuschen?

Marlene, die Mutige, fasste einen Entschluss.

»Siehst du mich?«, fragte sie.

»Natürlich«, erwiderte der Mann des Vertrauens, erstaunt über die Frage.

»Gut«, sagte die junge Frau. »Denn ab jetzt wirst du mich nicht mehr sehen.«

Eine rasche Handbewegung.

Und eine Wolke aus weißem Puder legte sich auf das Gesicht des Mannes.

Branntkalk. Etwas für Scheiße schippende Bauerntrampel. Das ätzt und brennt. Und bei Augenkontakt ...

... knuspert es, knuspert es, *knuspert es.*

Auch Branntkalk war gefräßig.

Genau wie Lissy.

Mit einem Aufschrei sprang der Mann des Vertrauens zur Seite. Er stieß gegen einen Schrank, der umkippte.

Eine Lawine aus Gerümpel begrub ihn unter sich.

Er schrie, denn die Schmerzen wurden immer heftiger, je tiefer sich der Branntkalk in die Augen fraß.

Marlene entfernte sich flink.

Nur weg.

Sie lief die Treppe drei Stufen hinauf, blieb stehen.

Dann machte sie auf dem Absatz kehrt, packte das Gewehr des Fremden und stürmte hoch zur Tür.

Der Schlüssel steckte noch im Schloss.

Sie drehte ihn zweimal um.

112.

Die Stube war leer.

Diesmal kein Löffel.

Marlene hielt die Mauser im Anschlag und bewegte den Gewehrlauf von rechts nach links. Sie fühlte sich dumm und ungeschickt. Sie hatte noch nie ein solches Gewehr gesehen. Es war eine Kriegswaffe, kein Jagdgewehr wie das von Simon Keller oder ihrem Vater.

Auf jeden Fall funktionierte es auf dieselbe Weise, sagte sie sich.

Du entscheidest, wen du umbringen willst, und drückst auf den Abzug.

Sie ging vor zur Tür und sah das Blut im Schnee.

Der Fremde hatte gesagt, er habe Simon Keller getötet. Da war zwar Blut. Aber keine Spur vom Baurn. Und Tote laufen nun mal nicht durch die Gegend. Es war also doch noch nicht vorbei.

Wo bist du?

Wo bist du? Wo bist du?

Der Wind schnitt ihr ins Gesicht.

Sie kehrte ins Haus zurück.

Sie lehnte das Gewehr gegen die Wand. Zog die Daunenjacke an. Strich mit den Fingern über Simon Kellers Flinte. Betrachtete die Mauser Die Mauser hatte ein Magazin, die Flinte nicht. Marlene kannte sich mit Waffen nicht aus, doch sie wusste, dass ein Gewehr mit Magazin über mehr Munition verfügte als eins ohne.

Die gute Nachricht ist, dass du alleine bist. Geh aus dem Haus. Mach dich auf den Weg.

Ergreif die Flucht!

Auf dem Tisch lag ein Kanten Graubrot. Außerdem stand da ein Glas Wasser. Beim Wasser konnte sie nicht widerstehen. Sie trank und biss ein paarmal in das Brot. Sie trank noch einmal. Viel Wasser. Kaltes, eisiges, wunderbares Wasser.

Das Wasser schmeckte so gut, dass sie beinah in Tränen ausgebrochen wäre.

Sie ging noch immer nicht nach draußen.

Dieses Mal würde sie alles richtig machen.

In der Stube lag eine der Bibeln. Marlene riss ein paar Seiten heraus und stopfte mit dem Papier ihre Kleider aus. Eine wärmende Schicht rund um den Oberkörper. Dann knöpfte sie ihre Daunenjacke zu und riss weitere Seiten aus, mit denen sie ihre Oberschenkel und Waden umwickelte.

Draußen war es kalt.

Eiskalt.

Sie schnappte sich die Mauser.

Fertig?

Fertig.

Die zerstörte Treppe sagte ihr, dass es einen Kampf zwischen Simon Keller und dem Fremden gegeben haben musste. Die vielen Feuer rund um den Erbhof sprachen von Wahnsinn. Panik stieg in ihr auf. Sie begann zu rennen.

Richtung Sicherheit.

Heiß loderten die Flammen zu ihrem Gesicht auf. Sie überwand den ersten Kreis. Die Wärme tat gut. Sie überwand auch den zweiten Kreis und blieb stehen.

Zu kalt.

Viel zu kalt.

Was sie da im Begriff war zu tun, war glatter Wahnsinn. Sie würde niemals dort draußen überleben können. Das Bibelpapier würde sie nicht gegen die eisige Kälte schützen. Hinter dem Feuer, nur wenige Schritte talabwärts, lauerte der Tod.

Er wartete auf sie und auf Klaus. Der noch nicht geboren war, aber schon zum Tode verurteilt. Von seiner eigenen Mutter.

Nein.

Hör auf, dir was vorzumachen. Wenn du weitergehst, bist du verloren. Wenn du stehen bleibst, auch.

Es gab nur einen Weg. Sie musste Simon Keller finden.

Dem Ganzen ein Ende setzen.

Die Nacht in der Stube verbringen. Essen. Ausruhen. Auf den Sonnenaufgang warten. Und dann ins Tal hinuntergehen.

Vergessen.

Nicht bevor sie den Hof angezündet hatte, mit dem Fremden darin.

Ihn in den Ofen sperren und *schreien* lassen.
In die Hölle mit ihm und mit allem.
Dann hörte sie es.
Das Läuten.

113.

Der Mann des Vertrauens fühlte etwas unter seinen Fingern. Etwas Feuchtes. Stein. Metall. Keuchend tastete er sich voran. Eine Luke. Gitterstäbe. Der Stein war feucht und warm unter seinen Händen.

Feucht.

Seine Augen hatten sich in brennende Kohlenstücke verwandelt. Aber dieser Stein gab Feuchtigkeit ab. Feuchtigkeit, die er dringend brauchte, um seine Augen zu reinigen, bevor der Branntkalk, mit dem die Füchsin ihn beworfen hatte, seine Hornhaut endgültig zerfraß und er für immer blind wurde.

Die paar Tropfen am Stein mussten genügen.

Der Mann des Vertrauens kniete sich neben die Luke. Er wischte seine Hände an der Skijacke ab und widerstand dem Impuls, sich die Augen zu reiben.

Die Augen, die so schrecklich brannten.

Er legte seine Hände auf die feuchte Kellerwand. Und dann auf sein Gesicht.

Er zwang sich, die Augen offen zu halten. Die Schmerzen waren bestialisch. Er nahm die Hände weg. Fluchte. Spuckte aus. Atmete tief durch.

Beruhigte sich.

Die Welt war eingehüllt in einen weißen Nebel, aber er konnte noch sehen. Er legte die Hände noch einmal auf die Wand. Auf sein Gesicht. Der Dunst lichtete sich.

Er holte sein Klappmesser hervor. Drückte auf den Knopf und hörte das vertraute Schnappen des Scharniers. Zwanzig Zentimeter Schwedenstahl. Eine gute Klinge.

Der Gestank nach Schweinemist war bestialisch. Kaum auszuhalten. Die Luke, ein Quadrat von sechzig mal sechzig Zentimetern, schien gerade groß genug, dass er mit einigen Verrenkungen hindurchkriechen konnte.

Er schlug mit der Klinge gegen die Zarge. Offenbar war sie ziemlich robust, aber der Mann des Vertrauens ließ sich nicht entmutigen. Er schnalzte mit der Zunge und bohrte die Messerspitze zwischen Metall und Mörtel, sodass die Klinge wie ein Hebel wirkte. Das Metall war unnachgiebig, der Mörtel aber war alt und porös.

Mit der Zeit lockerte sich die Zarge an mehreren Stellen. Was ihn beinah seine brennenden Augen vergessen ließ. Vor allem das linke machte ihm Sorgen. Es war schwer verletzt.

Als er die Luke fast aus ihrer Verankerung gerissen hatte, meinte der Mann des Vertrauens einen seltsamen Singsang zu hören.

Eine Stimme.

»Süße Lissy. Kleine Lissy.«

114.

Lissy.

Marlene hörte die Sau kommen. Das Untier. Sie griff nach dem Gewehr. Legte es an. Der Wind übertönte das Läuten des Glöckchens. Das Prasseln der Holzscheite tat ein Übriges.

Musste sie eher nach rechts oder nach links zielen?

Plötzlich sah sie einen gedrungenen Schatten auf der anderen Seite des Feuers, direkt ihr gegenüber. Marlene zog am Abzug. Das Gewehr feuerte einen Schuss ab. Im selben Moment spürte sie den Rückstoß.

Die Mauser rutschte ihr aus der Hand und traf sie mit dem Kolben am Kinn. Marlene wurde nach hinten geworfen. Leicht benommen schüttelte sie den Kopf, stand auf und überprüfte die Lage. Kein Schwein in Sicht, nur Flammen. Sie nahm das Gewehr wieder auf.

Sie musste nachladen, aber wie? An der Seite befand sich ein Hebel. Marlene musste an die Gangsterfilme denken, die Wegener so geliebt hatte. Ziehen und schieben. Oder schieben und ziehen. Eins von beiden. Sie zog und schob. Ein metallisches Klacken ertönte. Wie im Film.

Die Patrone war im Lager.

Oder zumindest hoffte sie das.

Sie legte den Gewehrkolben an die Schulter, die pulsierte wie ein entzündeter Zahn. Sie dachte daran, wie ihr das Gewehr aus den Händen geglitten war. Die Hand unter dem Magazin, versuchte sie, den Rückstoß zu berechnen.

»Okay.«

Einen Schritt nach vorn.

Den Kopf leicht zur Seite geneigt, die Muskeln angespannt. Finger am Abzug.

An einer Stelle, wo das Feuer schon fast heruntergebrannt war, sprang sie über die Flammen.

Sie züngelten noch immer hoch genug, um ihr Haar zu erreichen, doch sie sengten gerade mal die Spitzen an. Ansonsten nur Wind und Kälte.

Und das Glöckchen. Ganz nah.

Zu ihrer Linken.

Marlene drehte sich um und schoss.

Der Schuss ging ins Leere. Ihre Schulter meldete sich. Aber wenigstens war ihr das Gewehr nicht aus der Hand gerutscht. Ziehen und schieben. Das metallische Klacken. Patrone im Lager. Wie viel Munition hatte sie noch?

Sie wusste es nicht. Verdammt.

Das Glöckchen. Lissy. *Hinter* ihr.

Sie war schnell, die verfluchte Sau.

Wieder drehte Marlene sich um und feuerte los.

Wieder ein Schuss ins Leere.

Ziehen und schieben. In der Hoffnung, dass sie noch Patronen hatte.

Wo bist du?

Wo bist du?

Eine Windböe, stärker als die vorherigen, wehte die Flammen zu ihr herüber. Dieses Mal nahm Marlene nicht nur den Brandgeruch wahr, dieses Mal fühlte sie auch die Hitze. Sie ließ das Gewehr fallen und warf sich schluchzend in den Schnee. Sie hob den Blick, und da war sie.

Das verdammte Vieh.

Lissy.

Vor ihr die Sau, hinter ihr das Feuer.

Lissy wedelte mit ihrem Ringelschwänzchen. Vierhundert Kilo schwarze Masse.

Der weiße Haarflaum wurde zweimal von einer Seite zur anderen geweht, von rechts nach links, als würde Lissy den Kopf schütteln.

Nein, nein, nein, meine Hübsche. Von hier gibt es kein Fortkommen. Nein, nein, nein.

Die weißen Streifen unter den Augen leuchteten wie Ausrufezeichen nach einer Drohung. Von den Hauern tropfte Speichel. Weil, dachte Marlene, Lissy Hunger hatte.

Sie hatte immer Hunger.

Die Sau prustete mehrfach durch die Nase. Kleine Wölkchen stiegen auf. Den Blick stur auf sie gerichtet, sodass Marlene sich wie festgenagelt fühlte, machte sie ein paar Schritte in ihre Richtung. *Du bist Fressen,* sagten die bösen Äuglein. *Du bist Fressen für Lissy.*

Marlene tastete nach dem Gewehr. Berührte es.

Vorsichtig zog Marlene die Mauser näher an sich heran. Vorsichtig ging sie auf die Knie. Vorsichtig legte sie das Gewehr an. Vorsichtig schloss sie das linke Auge und blickte durchs Zielfernrohr.

Vorsichtig legte sie den Finger auf den Abzugshahn.

Lissy beugte den Kopf nach unten, hieb ihre Hauer in den Schnee.

Lissy *schrie.*

Das Glöckchen klingelte wie verrückt.

Mit gesenktem Kopf stürmte die Sau voran, Schnee spritzte unter ihren Hufen auf, die mächtigen Muskeln tanzten unter dem schwarzen Fell, Dampf trat ihr aus den

Nüstern. Die spitzen, gebogenen Hauer waren bereit, sie aufzuspießen.

Nicht schießen.

Sie tat es nicht.

Lass sie näher kommen.

Fünfzehn Meter.

Ohne anzuhalten, reckte Lissy den Rüssel in die Höhe und schrie noch einmal.

Der Gewehrlauf wackelte.

Zehn Meter.

Die Hauer waren wie die Zinken eines Pfluges.

Neun Meter. Acht.

Immer näher.

Marlene spürte, wie die Erde unter den Hufen der Sau bebte. Sie spürte die Schwingungen, als die schwarze Walze mit der Geschwindigkeit eines Geschosses auf sie zustürmte.

Jetzt!

Der Schlagbolzen ging ins Leere. Sie hatte keine Munition mehr. Marlene schloss die Augen. Sie ließ das Gewehr fallen. Im Geiste spürte sie bereits das Gewicht der Sau auf ihrem Körper.

Den Aufprall.

Die Knochen, die knackten und unter Lissys Wucht zerbrachen. Die Hauer, die sich in ihr Fleisch bohrten. Die Schmerzen. Und den Tod. Sie bat Klaus um Verzeihung.

Sie konnte den Atem der Sau schon riechen, aber es folgte kein Aufprall. Keine Schmerzen, kein Blut. Nur das Läuten des Glöckchens. Marlene öffnete die Augen.

Die blauen Flammen. Die Nacht.

Der Wind.

Keine Lissy.

Nur die Spur ihrer Hufe im Schnee, sie bog einen Meter vor ihr ab und verschwand hinter dem Flammenvorhang. Marlene legte die Hand auf ihr Herz. Sie meinte, das Hämmern durch die Daunenjacke, durch die Bibelseiten hindurch zu spüren. Sie lebte noch.

Warum?

115.

Mit letzter Kraft öffnete Simon Keller die Käfigtür und ließ Lissy aus ihrem Gehege.

Vielleicht würde die Kälte sie umbringen, aber das Eis war gnädiger als der Hunger.

Allein zurückgeblieben, fühlte er, dass sein Ende nahte und der Tod schon zu seinen Füßen hockte.

Simon Keller konnte ihn nicht wirklich sehen. Er war zu erschöpft. Aber er wusste, dass er da war.

Er war nicht kalt, der Tod.

Er hatte ihn sich immer kalt vorgestellt, seit ihrer ersten Begegnung, als Voter Luis ihn mit dem Tod konfrontiert hatte, Jahre zuvor. Seit damals war viel Zeit vergangen. Sie waren Freunde geworden, der Tod und er. Er hatte ihn jedes Mal gesehen, wenn er jemanden umgebracht hatte.

Nun war der Tod gekommen, um ihn zu holen.

»Ich dachte, du bist kalt«, sagte der Baur.

Der Tod antwortete nicht.

Der Baur stützte sich auf und zog sich vor bis zu Lissys Lager in der dunklen Ecke. Er war von Kopf bis Fuß mit Mist beschmutzt. Es tat ihm leid wegen der Kleidungsstücke, die Marlene für ihn genäht hatte. Sie waren die schönsten, die er je besessen hatte.

Aber nun lag er im Sterben, und nichts hatte mehr Bedeutung.

Er lächelte, und der Tod lächelte auch.

»Du kannst Gedanken lesen, stimmt's?«

Es stimmte.

Der Tod kam näher.

Simon Keller roch seinen Atem. Ein Geruch nach frisch gemähtem Heu. Er schloss die Augen.

Eine üppige Wiese. Hohes, reifes Gras, das im Wind wogte, ein Rauschen wie von einem Bach im Frühling. Auf der Wiese stand ein Baum. Jemand hatte sich hinter ihm versteckt.

Die Brise brachte ihn dazu, die Augen wieder zu öffnen.

Es war keine Brise, es war der Tod.

Der Tod hatte sich neben ihn gekniet, ganz nah.

»Was ist das für ein Ort?«, fragte der Baur.

Er bekam keine Antwort.

Mit zarter Hand schloss der Tod ihm die Augen. Und legte die Hand auf sein Herz, sodass der Puls sich verlangsamte. Simon Keller war dankbar dafür.

Der Baum war eine Esche, stark und mächtig. Simon Keller fühlte sich klein im Vergleich mit ihr. Er freute sich darüber.

Er trat näher, weil er wissen wollte, wer sich hinter dem Baumstamm verbarg.

Eine Stimme rief ihn.

Siml.

Sie hatte sich nicht verändert, obwohl so viel Zeit vergangen war.

Er nahm sie in die Arme.

»Lissy«, sagte Siml.

Das Haar des kleinen Mädchens duftete nach frisch gemähtem Heu.

Sie löste sich aus seiner Umarmung und hielt ihm ein kleines Holzschwein hin. Das Schweinchen lächelte.

Das Mädchen zeigte ihm das Licht, und Simon Keller wollte ihr folgen.

»Du musst stärker gegen mein Herz drücken«, sagte er zu dem Tod.

Der Tod gehorchte ihm nicht. Er zog sich zurück.

Simon Keller nickte hustend.

Der Tod gehorchte niemandem. Er war launenhaft. Er kam, wenn die Zeit noch nicht reif war, und zog sich zurück, wenn er gerufen wurde.

Simon musste Geduld haben.

Die Wiese. Die Bäume.

Das Licht.

Elisabeth nahm ihn bei der Hand und zog ihn weg von der Esche. Simon Keller bedauerte das, denn er fühlte, dass die Esche ihm zugetan war.

Immer schon.

So viel Licht.

Dann verschwand der Tod, und Lissy lief davon.

Simon Keller kehrte in den Schweinestall zurück.

Er war nicht mehr allein.

116.

»Du hast sie erschreckt«, beschwerte sich der Baur.

Der Mann des Vertrauens, das Klappmesser in der Hand, schaute sich um. Da war niemand.

»Wen?«, fragte er trotzdem.

»Lissy«, erwiderte Simon Keller mit einem traurigen Lächeln. »Du hast sie vertrieben. Aber sie wird bald zurückkehren. Sie ist noch nie weggelaufen, weißt du? Sie ist immer hier geblieben. Bei mir.«

Der Baur ließ seinen Blick durch den Schweinestall schweifen.

Der Tod war da, irgendwo dort in der Dunkelheit. Er wartete darauf, dass der Fremde ging, um zu ihm zurückzukehren und ihn zu Elisabeth zu bringen. Simon Keller wollte nur die Wiese wiedersehen.

Und das Licht.

So viel Licht.

Der Mann des Vertrauens sah nichts als die toten Schweine, ein hölzernes Gatter und eine Lampe, die an einem Dachbalken hing. Das Licht blendete sein gesundes Auge. Er rieb es. Es tat weh. Das andere Auge war nicht mehr da.

Nur Nebel.

Er senkte die Hand mit dem Messer.

Schüttelte den Kopf.

»Du bist verrückt.«

Der Baur schaute ihn an, und der Mann des Vertrauens sah, dass der Tod ihn bald holen würde.

»Das dachte ich auch«, keuchte Simon Keller. »Aber

Lissy ist nicht böse, sie hat mich nie belogen. Sie ist keine Einbildung. Lissy gibt es wirklich. Lissy war immer bei mir. Sie hat mich nie verlassen. Und sie wird mich nie verlassen.«

Mühsam griff er in seine Westentasche. Und zog ein Glöckchen hervor. Schüttelte es. Drei Mal. Ein viertes Mal gelang es ihm nicht. Selbst dieses winzige Glöckchen war zu schwer für ihn. Es fiel ihm aus der Hand und landete im Mist.

Der Mann des Vertrauens ließ ihn gewähren.

Das silberne Läuten verlor sich im Leeren.

Nichts geschah.

Niemand kam.

Nur sie beide waren da.

Der Mann des Vertrauens dachte an die Worte des Alten aus der Dorfschenke.

Er hatte gesagt, der Sohn von Vater Luis sei ein Mann des Glaubens, genau wie der Geistliche, der ihn gelehrt hatte, die Welt mit dem Blick der Barmherzigkeit zu betrachten. Aber beide waren nur Menschen. Und Menschen sehnten sich nun mal nach Illusionen.

Nach Trost.

Mit ebenjenem Blick der Barmherzigkeit näherte sich der Mann des Vertrauens dem Baurn, das Klappmesser in der ausgestreckten Hand.

»Willst du, dass ich ihn zu dir bringe?«, flüsterte er. »Ist es das, was du willst?«

Der Baur hob schwerfällig den Arm und deutete auf einen Punkt hinter ihm, hinter der Esche, auf dem Hügel.

Sie war wunderschön, Lissy. Barfuß auf der Wiese.

Lissy reichte ihm das Holzschweinchen. Das Schweinchen lächelte.

Und das Licht, all das Licht.

Der Mann des Vertrauens sah das Licht nicht, aber er hörte ein Läuten. Ruckartig drehte er sich um.

Sie war da.

Dort, auf der Schwelle.

Dort, auf dem Hügel.

»Lissy«, rief Simon Keller.

Lissy, dachte der Mann des Vertrauens.

Lissy war eine Sau.

Schwarz. Riesig.

Böse.

Lissy senkte den Kopf und nahm Anlauf.

Sie wälzte sich die Stufen hinunter wie eine Lawine, und wie eine Lawine stürzte sie sich auf den Mann des Vertrauens. Im letzten Moment, bevor er fiel, instinktiv, versenkte er sein Messer in den Fettwülsten der Sau, aber Lissy schien es nicht einmal zu bemerken. Durch den Aufprall wurde sein Oberschenkel zerfetzt. Die Klinge steckte immer noch in der Speckschwarte. Lissy hob die Schnauze, und der Mann des Vertrauens spürte, wie er Richtung Decke geschleudert wurde.

Für den Bruchteil einer Sekunde schwebte er in der Luft, dann krachte er schreiend und mit dem Gesicht voran auf den Steinboden.

Lissy drehte ihn mit ihren Hauern gewaltsam auf den Rücken, und er prallte gegen das Gehege der Eber. Der Mann des Vertrauens hob die Hand, um sich gegen den zweiten Angriff zu schützen.

Lissy biss ihm drei Finger ab.

Der Schweinestall, die toten Tiere, das Holzgehege, das Eisengitter, die Luke, der Mist, der sterbende Baur, alles verschwand. Weggewischt wie Kreide von einer Schiefertafel.

Der Mann des Vertrauens schaute die Sau an, und in den Augen des Tieres sah er einen schrecklichen, nicht zu stillenden Hunger. Er sah nicht sein Spiegelbild. Oder das der Welt.

Nur Lissy gab es wirklich.

Die Sau senkte den Kopf, um ihm den Unterleib mit ihren spitzen Hauern zu durchbohren, doch als sie die Stimme des Baurn hörte, hielt sie inne.

»Süße Lissy, kleine Lissy.«

Lissy drehte sich zu dem Baurn um, und der Mann des Vertrauens sah, wie Simon Keller mehrfach das Glöckchen läutete. Er sah Lissy auf den Baurn zugehen. Er sah sie den Kopf senken und ihm mit der Zunge übers Gesicht schlecken. Er sah den Baurn die blutige Schnauze der Sau streicheln und hörte ihn die Worte wiederholen: »Süße Lissy.«

Die Sau schmiegte ihren Rüssel gegen das Gesicht des Alten.

»Kleine Lissy.«

Die Sau begann zu weinen.

Der Mann des Vertrauens öffnete den Mund und schloss ihn wieder. Er brach in Gelächter aus.

Es war Wahnsinn. Nichts als Wahnsinn.

Verzweifelt stellte er fest: Er war keine Waffe mehr. Er wurde wieder zum Menschen. Zum panischsten aller

Menschen. Seine perfekte Welt war eine perfekte Täuschung gewesen. Denn der Mann des Vertrauens hatte Angst vor allem.

Er hatte keine Arme mehr, keine Beine. Keinen Kopf. Nur die Panik war geblieben.

Und was wäre, wenn auch die Panik verschwunden sein würde?

In der Leere um ihn herum hörte er die Stimme von Simon Keller. Der Mann des Vertrauens klammerte sich daran.

»Lissy. Süße Lissy. Kleine ...«

Die Schmerzen kehrten zurück.

Die Tür kehrte zurück. Und der Schweinestall kehrte zurück.

Kaum erkennbar. Dunkel. Aber konkret, wirklich.

Er betete, dass der Alte weitermachen möge, dass der Tod ihm noch ein wenig Zeit für seinen Singsang lassen würde. Um wieder konkret zu werden.

Doch der Tod näherte sich dem Baurn und nahm sein Herz zwischen die Hände. Behutsam. Wie Voter Luis, wenn er ihn hochhob, um ihm die Vogelnester in den Bäumen zu zeigen. Der Tod hauchte einmal, ein einziges Mal, und Simon Kellers Herz hörte für immer auf zu schlagen.

Der Baur stieß einen letzten Seufzer aus.

Der Mann des Vertrauens spürte, wie diese schwache Verbindung gelöst wurde, und fand sich orientierungslos in der Finsternis wieder. Mit letzter Kraft suchte er nach einem Weg, um den Tod zu täuschen.

»... Lissy«, sagte er. »Kleine Lissy.«

Aus dem Nichts kam ein Geräusch.

Ein Läuten.

»Süße Lissy.«

Und Lissy kam.

117.

1984.

Die Meeresbrandung ist ein Schlaflied. Die Frau, die am Ufer sitzt, ist schön. Sie sieht älter aus als zweiunddreißig. Aber sie ist schön. Niemand könnte das bestreiten.

Sie ist vor allem schön, wenn sie dem Kind zuschaut, wie es Sandburgen baut. Sie selbst hat es ihm beigebracht. Das Kind ist ihre Tochter und ihre ganze Welt.

Das kleine Mädchen ist dunkelhaarig wie sie und genauso schön. Man sieht, dass sie Mutter und Tochter sind. Sie haben das gleiche Lächeln.

Das Mädchen spricht Spanisch und kennt nur wenige Wörter auf Deutsch. »Mutti« ist ihr Lieblingswort. Aber sie sagt es nur, wenn sie allein sind.

Das Mädchen heißt Astrid, aber hier ist sie für alle nur Estrella.

Estrella ist ein hübscher Name.

Auch Marlene kümmert es nicht, dass das Mädchen weder Deutsch noch Italienisch kann. Es stört sie nicht einmal, dass das Mädchen sich nicht für ihre Heimat interessiert.

Estrella wird niemals in die Berge zurückkehren.

Sie und Carlos haben sich das geschworen. Astrid soll niemals etwas über ihre Geburt erfahren. Über Herrn Wegener, über Simon Keller. Nichts. Carlos kennt ihre ganze Geschichte. Marlene liebt ihn und hätte ihn niemals anlügen können. Sie liebt ihn wirklich. Carlos ist ein geduldiger Mann, sanft. Er hat diese Fremde mit der vernarbten Seele kennengelernt, sie zum Lachen gebracht und zum Lieben. Mit seiner Liebe hat er sie neu zum Leben erweckt. Carlos liebt auch Estrella. Er sagt, sie sei ein Geschenk. Und das ist sie wirklich.

Für beide.

Es gibt nur eine Sache, die Carlos nicht weiß: eine Erinnerung, die Marlene auszulöschen versucht. In ein paar Jahren wird es ihr gelungen sein.

Den Moment, als die Hebamme ihr das Neugeborene mit den rabenschwarzen Haaren auf den Bauch legte und sie fragte, wie sie es nennen wolle.

»Klaus«, antwortete Marlene.

Klaus.

Aber Klaus ist ein Jungenname.

»Es ist ein Mädchen«, sagte die Hebamme mit einem Lächeln. »Ein wunderschönes kleines Mädchen.«

Marlene schaute sie an.

Ja, ein Mädchen.

»Ich werde sie Astrid nennen. Das heißt ›Stern‹.«

Sie sagte »Astrid«.

Aber der Name, den sie im Kopf hatte, war ein anderer.

118.

1994.

Wie schön es abseits der Piste ist. Der jungfräuliche Schnee, die ganze Natur – alles nur für sie. Hier haben sie sich kennengelernt, in den Bergen. Doch jetzt hat sie einen Knöchelbruch (er meint: »Du hast dir nur den Knöchel verstaucht«) und findet den jungfräulichen Schnee und die Natur gar nicht mehr so romantisch.

Schnee, Natur.

Und nirgendwo Hilfe.

Er hat den Mut nicht verloren, dafür ist er nicht der Typ. Er hat sie in den Feuerwehrgriff genommen und sich auf den Weg zurück gemacht, immer entlang ihrer Spuren. Der Skispuren. Ganz schön anstrengend, aber er weiß, er wird es schaffen.

Er ist gut in Form, und das hier ist nur ein Abenteuer, bald wird er es bei seinen Freunden zum Besten geben.

Irgendwann fängt es leider an zu schneien. Eigentlich keine Überraschung. Immerhin sind sie in den Bergen, und es ist Ende November. Die Wettervorhersage hat ausnahmsweise recht gehabt. Wirklich zu dumm.

Die Spuren sind wie die Brosamen von Hänsel und Gretel, sie verschwinden einfach.

Die Bäume sehen alle gleich aus.

Das Schneetreiben wird zum Schneesturm.

Dann die Dunkelheit.

Und die Kälte.

Die Kälte dringt in die Körper ein, die Stimme wird vom Rufen heiser. Aber hier ist niemand. Nur Natur.

Plötzlich steht im Schneesturm ein Mann vor ihnen. Er ist auf einem Auge blind, aber er hat ein schönes Lächeln.

Wie ein Hollywood-Star.

Er sieht aus, als wäre er schon alt, was vor allem an seinem seltsamen Mantel liegt, aber so alt kann er noch gar nicht sein, wenn man bedenkt, wie behände er die junge Frau auf seine Schultern hievt.

Ein absoluter Glücksfall, denn Carlos selbst ist am Ende mit seinen Kräften.

Der Mann zeigt Richtung Berggipfel.

»Dort oben ist das Haus von Voter Simon«, sagt er, »einem Mann des Glaubens.«

Sie werden dort das Ende des Schneesturms abwarten und etwas Warmes zu essen bekommen.

»Denn ich bin hungrig gewesen und ihr habt mir zu essen gegeben. So steht es geschrieben.«

Der junge Mann hört es kaum, er zieht seine Skier an und kann dem Fremden gar nicht genug danken.

Begleitet vom Heulen des Windes, setzt sich der Mann in Bewegung und stimmt einen seltsamen Singsang an.

119.

»Süße Lissy, kleine Lissy.«

Zitatnachweise

Die Zitate auf Seite 5, 121, 357 und 403 sind den *Kinder- und Hausmärchen* der Brüder Grimm entnommen, die erstmals 1812 im Verlag Georg Reimer, Berlin, erschienen.

Das Zitat auf Seite 240 stammt aus *Deutsche Mythologie* von Jacob Grimm (Dieterich'sche Verlagsbuchhandlung, Göttingen 1835).

Die Liedzeile auf Seite 239 ist dem Titel »Where Are You« von Harold Adamson und Jimmy McHugh entnommen. Das Lied wurde unter anderem von Frank Sinatra interpretiert.

Danksagung

Mein Dank geht an Piergiorgio Nicolazzini, den Unermüdlichen, und an Luca Briasco, der sich von nichts und niemandem aufhalten lässt (um es vorsichtig zu formulieren). An Francesco Colombo, weil er immer das Richtige sagt. An Severino Cesari, den Vater im Geiste dieses Romans, an Paolo Repetti, Rosella Postorino, Raffaella Baiocchi und die ganze Einaudi-Familie.

Danke auch all den Kräutermandln, Votern und Baurn, die mich ganz unentgeltlich an ihrer Weisheit teilhaben ließen, und an Aldo Gorfer, dessen Werk ein unvergleichlicher Quell der Inspiration ist. Danke ebenso Hermann Tamanini, Gentleman und Medizinmann. Desgleichen Robert Gorreri für die Tipps, die er mir in Rekordzeit gab.

Ich danke Luis für seine Geduld, Maurizio Girardi, weil die Zweite besser war als die Erste, und Michele Melani, dem Sparringspartner, Mann der vielen Talente und Freund.

Last but not least geht mein Dank an Alessandra, die das Ruder fest in der Hand hält, auch wenn ich *auf die andere Seite* wechsele.

Lesen Sie weiter >>

Eins

1.

»Glaub nicht, was sie sagen, mein Junge. Der Anfang ist das Schwierigste. Danach geht es nur noch bergauf.«

Freddy drehte sich genervt zu ihm um und warf ihm einen Blick zu, der in etwa Folgendes bedeutete: *Hör auf, mich so anzustarren, oder wir sind heute Mittag immer noch hier.*

Der große Bernhardinerhund wedelte lässig mit dem Schwanz und hob das Bein, um sich wieder voll auf das zu konzentrieren, was er hatte tun wollen, bevor er unterbrochen wurde: den Bürgersteig in einen Mini-Pollock zu verwandeln.

2.

Wenn jemand zu ihm gesagt hätte, wie traurig die Vorstellung sei, als einzig einen einhundertzehn Kilo schweren Bernhardiner zum Freund zu haben, wäre Tony, amtlich Antonio Carcano oder auch »der Mann, den sie Sophie Kinsella in Lederhosen nannten« (eine Definition, die auf jenen abgrundtiefen Neid schließen ließ, mit dem die Literaturwelt alle vom Erfolg geküssten Unterhaltungsautoren bedenkt), wäre er aus allen Wolken gefallen. Traurig? Er? Warum das denn?

Das Problem war ein ganz anderes: Seit einiger Zeit raunte ihm der Teil seines Gehirns, der auch für seine Schlaflosigkeit zuständig war, in einer Endlosschleife jene Worte zu, die Doktor Huber bei der letzten Untersuchung gesagt hatte. »Du musst dir allmählich darüber klar werden, dass dieses süße kleine Hundebaby ein gewisses Alter erreicht hat. Mach dich also auf die Möglichkeit gefasst, dass …«

Verdammter Quacksalber. Freddy war nicht alt. Freddy hatte zehn Jahre auf dem Buckel, und Tony hatte von Bernhardinern gehört, die elf oder sogar zwölf Jahre alt geworden waren.

Klar, das Fellknäuel, das beim leisesten Donnergeräusch draußen vor dem Fenster dermaßen zu zittern anfing, dass man es nur beruhigen konnte, wenn man *Another One Bites The Dust* anstimmte, gab es nur noch in der Erinnerung. Genauso wie den Tiger, der sich im Morgengrauen auf sein Bett stürzte, um ihn auf ein dringendes Bedürfnis aufmerksam zu machen (inzwischen beschränkte er sich darauf, ihm ins Gesicht zu hecheln und ihn, wenn er endlich aufgewacht war, anklagend anzuschauen). Aber … stand er wirklich schon mit einem Bein im Grab? Das sollte wohl ein Witz sein!

Freddy ging es gut. Sehr gut sogar. Er war nur ein bisschen lahm wegen der Hitze.

Wie um seine Ängste zu besänftigen, begann es just in dem Moment unter dem Hinterbein des massigen Hundes zu tröpfeln. Ein Rinnsal zwar und keine Fontäne mehr wie vor ein paar Jahren, aber immer noch ein gesunder Pissstrahl, der Tony aufatmen ließ. Endlich bemerkte er auch das aufdringliche Brummen, das die ländliche Stille unterbrach. Ein Motorrad, nichts Besonderes also. Es kam häufiger vor, dass irgendein Valentino-Rossi-Epigone das Labyrinth an Feldwegen zwischen den Apfelbäumen mit einer Rennstrecke verwechselte, aber weil Tony generell lieber vorsichtig war, nahm er Freddy an die Leine und trat so weit wie möglich vom Straßenrand zurück. Vorsicht war die Mutter der Porzellankiste. Und die Voraussetzung für ein langes, gesundes Leben.

Doch in den paar Sekunden, die er brauchte, um im Morgendunst jenes Junisonntags drei Schritte zur Seite zu gehen, verwandelte sich das aufdringliche Brummen in das Röhren einer weißen Enduro, einer schlammverdreckten Yamaha, die ihre Geschwindigkeit drosselte, sich in die Kurve legte, und nachdem sie einen imposanten schwarzen Streifen auf dem Asphalt hinterlassen hatte, genau vor Tony und Freddy, die sich zwangsläufig noch ein Stück tiefer in die Böschung drückten, zum Stehen kam.

Die Fahrerin der Enduro trug Shorts, die den Blick auf lange schlanke Beine freigaben, und ein T-Shirt mit einem tiefroten Stern auf der Brust. Aber nicht ihr Outfit war es, das Tony so in Alarmbereitschaft versetzte, dass er den Bernhardiner für alle Fälle noch weiter hinter sich zerrte.

Das Messer lugte aus der Gesäßtasche der Shorts hervor, als die Motorradbraut mit einer eleganten Drehung von der Yamaha abstieg, den Helm abnahm und ihm wortlos ihren hasserfüllten Blick zuwandte.

Lange Locken. Blond. Zierlicher Körperbau. Blaue Augen. Die feinen, fast katzenartigen Gesichtszüge erinnerten ihn an eine Popsängerin, deren samtige Stimme gepaart mit ihrer erotisch-melancholischen Ausstrahlung in den Neunzigern der letzte Schrei war. Er kramte in seinem Gedächtnis nach ihrem Namen, als hinge sein Leben davon ab.

Vergeblich.

Die Arme vor der Brust verschränkt, verzog das Mädchen keine Miene, sondern starrte ihn nur schweigend an. Sie wirkte, als wäre sie derart außer sich vor Zorn, dass er sich unwillkürlich fragte, wie ein so zartes Figürchen ohne zu explodieren viel negative Energie in sich aufstauen konnte.

Beunruhigend, fand er. Vielleicht sogar gefährlich. Was absurd war, denn Klappmesser hin oder her: Das junge Mädchen wog nicht mehr als fünfzig Kilo. Im Falle einer Attacke hätte Tony sie mühelos überwältigen und entwaffnen können. Aber warum sollte sie ihn angreifen?

Wie um seine Frage zu beantworten, ließ die Unbekannte ihren Segeltuch-Rucksack von der Schulter gleiten und entnahm ihm einen Briefumschlag, den sie ihm hinstreckte. Tony, dessen Finger plötzlich eiskalt waren, griff danach.

Der Briefumschlag enthielt ein Foto, das lang Verdrängtes aufwühlte. Sinneseindrücke. Den Geruch von Schlamm im Frühling. Den Geruch von jenem Ort, an dem das Foto zwanzig Jahre zuvor aufgenommen worden war: Kreuzwirt. Ein Dorf in einem Tal im Nordosten Südtirols. Geranien vor den Fenstern. Ein Blick, und alles war wieder da.

Inklusive der Angst.

Links auf dem Foto, unscharf, ein Carabiniere, der zu ihm sagte: »Was willst du denn hier, du Vollidiot?« Im Zentrum, auf allen Vieren und schlammbesudelt: Tony. Ein zwanzigjähriger Tony, der direkt in die Kamera schaute und lächelte. Neben ihm auf diesem am 22. März 1999 um zehn Uhr morgens aufgenommenen Schnappschuss: ein drittes Subjekt, verdeckt von einem Tuch, unter dem eine Hand, ein Gesicht und eine Flut blonder Locken hervorschauten.

Das Tuch verhüllte mehr schlecht als recht die Leiche einer gerade zwanzigjährigen Frau: Erika. Erika Knapp. Oder, wie sie in Kreuzwirt genannt wurde: »Erika die Narrische«.

Erika Knapp, die aussah wie Fiona Apple, die Popsängerin mit der erotisch-melancholischen Ausstrahlung, deren Name auf einmal mit einer solchen Heftigkeit in Tonys Gedächtnis aufpoppte, dass er Angst hatte, ihm würde gleich der Kopf zerspringen. Erika Knapp, die in der Nacht vom 21. März 1999 ihre Tochter als Waisenkind zurückließ: Sibylle.

Und eben jene Sibylle, die wie ihre Mutter eine blondgelockte Version der inzwischen fast vergessenen Popsängerin war, das Mädchen mit der Yamaha, mit dem Klappmesser in der Gesäßtasche und dem provokanten T-Shirt, stellte hochrot im Gesicht und vor Wut fast platzend eine einfache Frage:

»Warum. Hast du. *Gelacht?*«

Tony zuckte zusammen. Er hätte gerne alles erklärt, ihr erzählt, wie die Dinge sich damals zugetragen hatten. Stattdessen erbebte er schon wieder und diesmal, weil das Mädchen näherkam, ihm gerade in die Augen blickte, die blonden Locken schüttelte und ihm dann so heftig ins Gesicht schlug, dass seine Nase zu bluten anfing.

»Du … du … *Bastard!*«

Angewidert wandte sie sich von ihm ab, kehrte zurück zu ihrer Enduro, setzte den Helm auf und sprang in den Sattel. Ein Aufheulen des Motors, das Freddy zu einem Winseln veranlasste, und die Yamaha verschwand in einer Staubwolke. Das Röhren des Motors wurde zu einem Brummen, und das Brummen erstarb.

Wie erstarrt blieb Tony stehen. Ein Zittern durchlief seinen Körper, während er zuschaute, wie das Blut aus seiner Nase allmählich langsamer zu Boden tropfte. Er lauschte der ländlichen Stille, bis Freddy, der die Geduld verloren hatte und vielleicht auch etwas verängstigt war, ihm einen kleinen Schubs mit der Schnauze gab.

Tony streichelte beruhigend über den mächtigen Schädel mit den dicken Hautfalten, faltete das Foto in der Mitte zusammen (auf der Rückseite war in weiblicher Handschrift eine Telefonnummer und eine Adresse notiert – in Kreuzwirt, versteht sich), steckte es in die Gesäßtasche seiner Jeans und wischte sich mit einem mit Spucke benetzten Papiertaschentuch das Gesicht ab, wie man es bei einem Kleinkind tut.

Dann machte er sich auf den Weg. Die besorgten Blicke des Bernhardiners ignorierte er.

In weniger als einer halben Stunde erreichte er das Viertel, in dem er geboren und aufgewachsen war. Das die Bozener »Shanghai« nannten, manche voller Zuneigung, andere weniger. Zu Hause füllte er Freddys Trinknapf mit frischem Wasser, warf seine blutbefleckten Kleidungsstücke auf den Boden und stellte sich unter die Dusche.

Anschließend zog er sich in sein Arbeitszimmer zurück, schaltete den Computer ein und suchte nach dem Lied, das Fiona Apple berühmt gemacht hatte: *Criminal*. Kaum gaben

Bass und Schlagzeug den Rhythmus vor, spürte er, wie Übelkeit in ihm hochstieg, doch er ließ sich nicht davon überwältigen. Er verbot es sich schlicht. Er wollte Bescheid wissen. Begreifen, wer Sibylle das verdammte Foto gegeben hatte, und warum. Mithilfe der Musik und trotz der Übelkeit, die ihn befallen hatte, beschwor er in seiner Erinnerung Gesichter, Situationen, Worte herauf. Das Klappern der Schreibmaschinentasten. Der Geruch nach abgestandenem Kaffee und Jim Beam.

Il Sole delle Alpi.

Wie lange hatte dieses Abenteuer gedauert? Einen Monat? Zwei? Die Zeitung, nach der Sonne über den Dolomiten benannt, hatte 2001 dichtgemacht, in die Räumlichkeiten war eine Zeitarbeitsagentur eingezogen. Das einzige Redaktionsmitglied, mit dem Tony in jenen Tagen (wider Willen) näher zu tun hatte, war das Oversize-Großmaul Michele Milani, der offizielle Fotograf der Zeitung. Aber obwohl er der Urheber der verdammten Aufnahme gewesen sein musste, konnte er es Sibylle nicht gegeben haben. 2008 hatte Tony an Micheles Beerdigung teilgenommen. Er hatte eine Bourbon-Flasche neben den Grabstein gestellt, überzeugt, dass das alte Lästermaul seine Geste zu schätzen wüsste.

Aber wer konnte Sibylle dann das Foto gegeben haben? Jemand, der richtig gemein war, dachte Tony. Jemand, der so voller Rachsucht und ohne jedes Schamgefühl war, dass er es zwei Jahrzehnte lang aufbewahrt hatte, und …

Giò!

Giovanna Innocenzi. Hohe Wangenknochen, kinnlanger Bob. Eine Vorliebe für dunkle Kleidung. Ein unverschämtes

Grinsen selbst bei den schlimmsten Tragödien. Giò, die Königin der Rubrik »Vermischtes«. Giò, die Prinzessin des Gossip. Oder wie Michele Milani sie getauft hatte: Giò, die Hohepriesterin über Wahrheit und Lüge.

Giò, die …

Der Bernhardiner legte den Kopf auf seinen Oberschenkel.

»Du hast recht, Fred, jetzt weiß ich, mit wem ich als erstes reden muss.«

Zwei

1.

Als Sibylle ihre Schicht beendete, war es fünf Uhr nachmittags, und das Thermometer über der Tür des Black Hat zeigte neunundzwanzig Grad. Tante Helga behauptete, der heißeste Sommer sei der von 1981 gewesen, aber Sib konnte es kaum glauben. Fast meinte sie, die Hitze des Asphalts durch ihre Schuhsohlen zu spüren.

Wenn es allerdings in Kreuzwirt auf tausendzweihundert Meter Höhe schon so heiß war, dann musste Tony in Bozen, das in einer Talsohle von höchstens dreihundert Metern über dem Meeresspiegel klebte, in einer stinkenden Brühe aus Schweiß und Luftfeuchtigkeit schwimmen.

Schwacher Trost. Noch dazu von kurzer Dauer. Die schwarz gekleidete Journalistin hatte ihr gesagt, die Bücher von Carcano würden sich gut verkaufen (»Die Welt ist voller frustrierter Hausfrauen, die sich liebend gerne ausnehmen lassen«), sodass er mit großer Wahrscheinlichkeit eine Klimaanlage besaß. Und zwar eine funktionierende. Nicht so wie die von Oskar, die früher oder später ihren Geist aufgeben würde. Oder wie die im Haus von Erika, wo Sib lebte: Da war sie gar nicht erst vorhanden.

Tony …

Sibylle gelang es einfach nicht, den Ausdruck in Tonys Augen zu vergessen, nachdem sie ihn geohrfeigt hatte. Erstaunen? Schlechtes Gewissen? Sie war fast sicher, dass es

Angst gewesen war. Aber wovor? Vor dem Schwanzabschneider, ihrem Klappmesser, das sie gut sichtbar in ihrer Gesäßtasche mit sich herumtrug? Denn genau dort glotzten die Triebtäter aus dem Black Hat immer hin, sobald sie in der Nähe war. Na ja, vielleicht. Ein Schwanzabschneider war schließlich genau dafür gedacht, Angst einzujagen.

Aber Tony wirkte nicht wie ein Weichei. Eher wie diese Werkzeuge, die außen aus Gummi sind und völlig harmlos wirken, aber innen sind sie aus Stahl. Als ob die ausgeblichene Jeans, das billige T-Shirt und der Hund nur Fassade wären, so nichtssagend, dass es schon wieder verdächtig war. Wie eine Art Sichtschutz.

Um sich vor was zu schützen?

Sibylle wusste es nicht, und nach der kleinen Szene am Straßenrand würde sie es wohl nie erfahren. Das machte sie nervös, dazu die Hitze und all das, was seit der Beerdigung von Perkmann vorgefallen war: der anonyme Brief, die durchwachten Nächte zwischen verschwitzten Laken und so weiter.

Denn Sib hatte nicht gut hundert Kilometer Serpentinen von Kreuzwirt bis ins Bozener Umland hinter sich gebracht, bloß um einem Typen eine Watschn zu verpassen (eine ziemlich saftige Watschn allerdings), der seinen Lebensunterhalt mit Schmonzetten verdiente. Bei dem, was die Yamaha schluckte, wäre das nur rausgeschmissenes Geld gewesen. Nein, sie hatte Zeit und Benzin investiert, um mit Tony zu *reden*.

Um ihm die Hand zu reichen, ihm das Foto von Erika am Seeufer zu zeigen, ihm Fragen zu stellen.

Und um ihm zuzuhören.

Aber hatte Sib sich je an ihre Vorsätze gehalten? Niemals, um genau zu sein. Weil sie zu impulsiv war. Weil in den denkbar ungünstigsten Momenten zuverlässig jenes ihrer beiden Ichs zum Vorschein kam, das Tante Helga »Sibby Langstrumpf« getauft hatte. Und wann immer Sibby Langstrumpf ihre Finger im Spiel hatte, ging alles daneben. Darauf konnte man wetten.

Sibby Langstrumpf hielt ihre Zunge nie im Zaum, musste ihre Nase immer in Dinge stecken, die sie nichts angingen, und hatte an jenem Morgen, als sie dem Mann gegenüberstand, der zwanzig Jahre zuvor neben Erikas Leiche wie ein Honigkuchenpferd in die Kamera gegrinst hatte, die brillante Idee, ihm eine Watschn zu verpassen. Weshalb sie innerhalb von Sekunden die beste aller Chancen vertan hatte, jemals in Erfahrung zu bringen, was tatsächlich in der Nacht vom 21. März 1999 passiert war.

Sie musste nur daran denken und war sofort von Neuem stinkwütend. Auf Sibby Langstrumpf. Auf sich selbst. Auf die ganze Welt. Auf Erika. Vor allem auf Erika.

Erika, die dein Leben zerstört. Erika, die dir Unglück bringt. »Erika kommt dich holen«, wie die Kinder von Kreuzwirt grölten, wenn sie dachten, sie könnte sie nicht hören. Sib war mit diesem Mist groß geworden. Hatte sich all die Jahre gegen diesen Mist behauptet.

»Verdammte Scheiße!«, rief sie aus.

Und zwar nicht, weil in die Motorradkluft zu steigen, die sie immer dann trug, wenn sie Lust (oder das dringende Bedürfnis) hatte, mit der Yamaha die Wälder und Felder rund um Kreuzwirt zu rocken, dem Gefühl glich, in eine Badewanne mit siedendem Wasser zu gleiten. Sondern weil sie bis zum Tag von Friedrich Perkmanns Beerdigung so dumm gewesen war, all das zu glauben, was man ihr über die Jahre erzählt hatte: Erika die Arme. Erika das Sensibelchen.

Am 8. Juni, während die anderen Dorfbewohner und die gekrönten Häupter der Autonomen Region Südtirol Friedrich Perkmann den letzten Gruß erwiesen, hatte irgendjemand (Sibylle wusste nicht, wer, und vernünftigerweise hatte sie auch aufgehört, sich darüber den Kopf zu zerbrechen) ein Foto in ihren Briefkasten gesteckt.

Nicht die Aufnahme, die ihr die schwarz gekleidete Journalistin gegeben hatte, mit Erika unter dem Tuch und dem grinsenden Tony daneben. Nein, das andere Foto. Das Foto, das es eigentlich gar nicht geben konnte.

Das mit dem Lächeln des Kolibris.

Das Foto, das besagte: »Hast du den ganzen Quatsch wirklich geglaubt? Vergiss das Wort ›Selbstmord‹. Ersetz es durch ›Mord‹. Und lass dir seinen Klang auf der Zunge zergehen.«

Seit diesem Tag hatte Sib nicht mehr richtig geschlafen und angefangen, Fragen zu stellen. Diskrete Fragen. Auch wenn sie vermutete, dass sie nicht diskret genug waren. Zumindest manchen Blicken zufolge, die sie aufzufangen meinte. Aber vielleicht war sie auch nur paranoid. Noch so ein nettes Erbe von Erika: Sibylle die Paranoide. Denn das Foto mit Erika, dem See und dem Lächeln des Kolibris, das Foto, das sie noch niemandem zu zeigen gewagt hatte (nicht einmal Tante Helga), hatte ihr die Augen geöffnet.

Irgendetwas stimmte nicht mit Erikas Tod. Und je mehr Sib nachbohrte, umso mehr Verbindungen, Widersprüche und Zufälle tauchten auf, die ihr keine Ruhe ließen und sie in der Gewissheit bestätigten, dass sie keineswegs den Verstand verloren hatte. Und zwar ganz und gar nicht.

Erika hatte sich nicht umgebracht.

Erika war umgebracht worden.

Noch einmal: »Verdammte Scheiße!«

Sibylle setzte den Helm auf und gab Gas. Die Yamaha heulte auf. Hinter den Fenstern des Tanzsaals vom Black Hat drehten sich ein paar Köpfe in ihre Richtung. Sib zeigte ihnen nur nicht den Stinkefinger, weil sie schon längst über alle Berge war. Sie brauchte Luft. Brauchte den Rausch der Geschwindigkeit. Nur das. Die Geschwindigkeit pustete ihr Gehirn durch. Während das Adrenalin sie beruhigte.

Sibby Langstrumpf konnte nie den Mund halten, nie einen Plan bis zum Ende verfolgen (sofern es überhaupt einen gab) und war ein hoffnungsloser Fall im Umgang mit Schriftstellern und Bernhardinern. Aber ihre Yamaha konnte sie reiten wie der Teufel.

Sie durchquerte Kreuzwirt, fuhr von der asphaltierten Straße ab und weiter auf den unbefestigten Wegen zwischen den Bäumen hindurch, auf denen bis zum Konkurs des Sägewerks mit all den Jeeps und Holzfällern reger Betrieb geherrscht hatte und die auf keiner Karte zu finden waren, ließ den Torfgeruch hinter sich und bog in den Wald ein, steigerte ihr Tempo weiter, wich den herabhängenden Ästen aus, flog über die Buckel, ließ das Geröll unter sich aufspritzen, die Gänge krachen – und lächelte.

Es funktionierte.

Es funktionierte jedes Mal.

Es funktionierte auch an diesem Nachmittag. Bis etwas Großes, Rotes und Böses ihr den Weg abschnitt.